Mario Soldati

Briefe aus Capri

Roman

Aus dem Italienischen
von Herbert Schlüter

Verlag Klaus Wagenbach Berlin

Die Originalausgabe erschien bei Aldo Garzanti Editore Mailand unter dem Titel *Le lettere da Capri.*

Wagenbachs Taschenbuch 330

Umschlaggestaltung Groothuis+Malsy
unter Verwendung eines Photos der Bildagentur Mauritius
Die Karnickel auf Seite 1 zeichnete Horst Rudolph
Gesetzt aus der Borgis Bell von der Offizin Götz Gorissen, Berlin
Druck und Bindung durch die Druckerei Wagner, Nördlingen
Gedruckt auf chlor- und säurefreiem Papier
Printed in Germany.
ISBN 3 8031 2330 5

Eins

Es war im vergangenen Jahr, an einem Frühlingsmorgen, als ich durch die Via Margutta kam. Ich war auf dem Weg zu einem kleinen Synchronstudio, das in einem der alten Höfe zwischen der Via Margutta und den Hängen des Pincio liegt. Diese Höfe sind wie Oasen der Stille inmitten eines Gewirrs von Mauern, Treppen, Balustraden und Häusern.

Halb in der Sonne, halb im Schatten, zeigte die Via Margutta das Gesicht der heitersten Stunde des Tages: elf Uhr. Später, sobald der Mittag vorüber ist, verändert sich alles. Um diese Stunde festzuhalten, schieben zwar die Römer das Mittagessen hinaus und verlängern so den Mittag bis zwei Uhr und darüber. Aber die heiterste Stunde bleibt immer die zwischen elf und zwölf.

Ich kam an den Läden der Handwerker, der Rahmenmacher und Tischler vorbei, an der kleinen Reparaturwerkstatt eines Mechanikers, die früher eine Schmiede gewesen war, an einer Weinschenke, einer Wäscherei. Selbst die Straße war hier zum Arbeitsplatz geworden, vollgestopft mit Werkzeugen und Geräten, mit parkenden Autos und Motorrädern. Man meinte, die Fröhlichkeit zu spüren, mit der diese Handwerker, mit mehr Krach als nötig, auf Holz und Blech klopften, sich etwas zuriefen oder vor sich hin sangen. Ich ging langsam, wie um recht viel von dieser Daseinsfreude mitzunehmen, bevor ich in mein Studio kam. Dort erwartete mich die tägliche Arbeit.

Plötzlich hörte ich meinen Namen rufen. Ich blickte mich um und erkannte meinen amerikanischen Freund Harry Perkins, der mit langen stakenden Schritten, eine Milchflasche in der Hand schwenkend, auf mich zueilte.

Ich hatte ihn seit vielen Monaten, wohl seit mehr als einem Jahr, nicht mehr gesehen. Ich fand ihn verändert. Die Augen von hellem Nußbraun wirkten müde, und sein Gesicht schien noch blasser als sonst. Überdies war er ungekämmt und unrasiert, wie ich ihn nie zuvor gesehen hatte. Ja, ich hätte es für unmöglich gehalten, daß er sich jemals anderen Menschen so zeigen könnte. Der Bart – ein paar spärliche Stacheln von derselben Farbe wie das hellblonde Kopfhaar – ließ ein zartes, fast knabenhaftes Kinn erkennen. Harry sah aus, als wäre ihm etwas Böses zugestoßen. Wir hatten uns im Krieg bei der Arbeit im Büro eines amerikanischen Senders kennengelernt und angefreundet, doch nicht soweit, daß ich ihn jetzt ohne alle Umstände hätte fragen können, was ihm zugestoßen sei.

Er begrüßte mich in seiner gewohnten, freundschaftlich ungezwungenen Art. Wie früher verzog er den Mund zu einem etwas melancholischen Lächeln und umarmte mich kurz; ich spürte die Milchflasche in meinem Rücken.

Während wir darüber sprachen, wie lange wir uns nicht gesehen hatten, und ich mich mit meiner Arbeit entschuldigte, die mich monatelang von allen Freunden ferngehalten, und er sich mit der seinigen, die ihn viel auf Reisen nach Paris, nach London und New York geführt hatte, stellte ich fest, wie sonderbar auch seine Kleidung war. Nach Kriegsende hatte er die knappe Eleganz der amerikanischen Uniform mit dem korrekten Grau des Zweireihers vertauscht, wie es seiner neuen, nicht unwichtigen Stellung entsprach. Er hatte einen Posten bei der Unesco übernommen. Sein Amtssitz war Paris, doch sein Aufgabenbereich führte ihn oft nach London oder nach Rom. Er organisierte den Austausch von Ausstellungen alter und moderner Kunst zwischen Amerika und Europa. Fast täglich hatte er wie ein Diplomat Umgang mit jenen Leuten, die man wichtige Persönlichkeiten des öffentlichen Lebens nennt, und nahm an Empfängen und Sitzungen teil. Daher wunderte es mich, ihn jetzt in zerknitterten Flanellhosen zu sehen, mit offenem Hemd, ohne Krawatte, im abgetragenen Pullover: ein ungepflegter, um nicht zu sagen schäbiger Aufzug, der aber ganz zu seinem merkwürdigen Gesichtsausdruck paßte. Stand ich ihm auch nicht so nahe, daß ich ohne weiteres fragen konnte, was mit ihm geschehen war, so boten mir doch seine Kleidung und die Milchflasche einen harmlosen Vorwand.

»Du machst Ferien, wie ich sehe.«

»Ja, aber Ferien ohne Ende«, antwortete er abrupt und lächelte dabei melancholisch.

»Was meinst du damit? Bist du nicht mehr bei der Unesco?«

»Gott sei Dank, nein! Ich wählte die Freiheit, ich auch! Ich hatte genug. Diplomatie ist nicht meine Stärke. Mich freut nur die Kunstgeschichte. Genauer gesagt, Jacopo Torriti und Piero Cavallini!«

Über diese beiden römischen Maler des dreizehnten Jahrhunderts, zu deren Studium er vor dem Krieg nach Italien gekommen war, hatte er Monographien geschrieben, die freilich unveröffentlicht geblieben waren.

»Ich habe alles aufgegeben. Paris ist mir unerträglich geworden. Die Leute da leben – ich weiß nicht mehr, wer das gesagt hat –, als wenn sie ewig zu leben hätten. Italien ist anders. Hier steht immer der Tod neben dem Leben, wie Gott es will. Ich tue nichts mehr und komme mit niemandem mehr zusammen. Aber ich gehe täglich nach Trastevere und studiere die Fresken in Donna Regina.«

»Und bist du dabei nicht zufrieden?«

»Ich wäre schon äußerst zufrieden, glaub mir!« Wieder zeigte er sein bitteres Lächeln. »Aber da gibt es eine kleine Schwierigkeit. Sehr bald werde ich keinen Heller mehr haben, und dann muß ich nach Amerika zurück. Deswegen bin ich dir nachgelaufen, als ich dich vorhin erkannte. Immer schon wollte ich dich anrufen, hatte aber deine Nummer verlegt. Nur du kannst mir helfen. Du bist der Mann ...«, schloß er lächelnd, schaute mich mit seinen großen sanften Augen an und legte mir die Hand auf die Schulter, mit scherzender, scheuer Verstellung, als böte er mir Hilfe an und nicht, als erbäte er sie von mir, »... du bist der Mann der Vorsehung!«

Er war mir sehr sympathisch, und ich mochte ihn gern. Trotzdem spürte ich jenen leichten Stich im Herzen (Mein

Gott! was tue ich jetzt? Wieder eine Sorge mehr!), den wir immer spüren, wenn jemand, und sei es der beste Freund, Hilfe oder Geld von uns verlangt. Vergeblich versuchen wir, den Ausdruck der Belästigung, in dem sich unser Egoismus spontan verrät, in den einer bedauernden, freundschaftlichen Anteilnahme umzufälschen. Die ersten Sätze, mit denen wir die plötzliche Forderung des Freundes erwidern, sind immer unsicher und gezwungen. Wem ist tätige Nächstenliebe angeboren? Wohl nur den Heiligen.

Doch Harry, ebenso intelligent wie sympathisch, wußte genau, daß ich kein Heiliger war. Ohne sich zu wundern, nahm er meine Verlegenheit zur Kenntnis und berichtete weiter. Um keinen Preis wollte er nach Amerika zurück. Er wollte in Italien bleiben. Um in Italien bleiben zu können, brauchte er Geld, mußte er verdienen. Mir fiel ein, daß er Familie hatte: seine Frau und zwei Kinder. Um Zeit zu gewinnen, erkundigte ich mich nach ihnen.

»Oh, die Kinder sind in Amerika«, antwortete er. »Sie sind in Philadelphia bei den Großeltern. Es geht ihnen großartig. Ich könnte auch dort leben und hätte sogar meine Arbeit da. Meine Stelle als Dozent an der Princeton-Universität ist noch immer frei. Aber das wäre das Ende, verstehst du? Mein geistiger Tod. Ich muß hier leben, mit diesen Steinen, mit diesen Menschen, mit diesem Licht.« Er blickte um sich. Die Via Margutta war in diesem Augenblick das beste Sinnbild des alten Italien, der alten Welt: alt, aber voll Leben. Ich sagte:

»Du brauchst Geld? Aber warum hast du dann die Unesco aufgegeben?«

»Ach, das ist eine lange Geschichte, ich erzähle sie dir ein andermal. Jetzt mußt du mir helfen, Geld zu verdienen.«

»Warum schreibst du keine Artikel oder schickst Berichte an amerikanische Zeitungen?«

»Manches mache ich schon. Aber wenn einer nicht vom Bau ist, nicht im Sattel sitzt, speist man ihn mit ein paar Pfennigen ab. Nein. Nur du kannst mir helfen.«

»Was möchtest du denn tun?«

»Was du meinst. Du bist doch Regisseur, sieh halt zu. Beim Film gibt es tausend Dinge, die ich tun könnte. Schauspieler, Regieassistenz, Treatments, Übersetzungen, Synchronisieren... Ich brauche ja nicht viel Geld.«

Er erzählte, daß er gleich hier nebenan verhältnismäßig günstig ein Maleratelier gemietet habe; und falls ich ihm, zu seinen unregelmäßigen Einnahmen von den Zeitungen, noch etwas Arbeit beim Film verschaffe, sei er sicher, ganz gut durchzukommen.

»Komm doch eben mit hinauf, auf einen Drink. Dann kannst du selbst sehen, wie ich lebe.«

Ich blickte auf die Uhr und lehnte dankend ab; es war ohnehin schon spät für mich, ich mußte an meine Arbeit. Er begleitete mich. Ich erklärte ihm, daß ich ihm vor meinem nächsten Film, also im kommenden Sommer, selbst im günstigsten Fall keine Beschäftigung verschaffen könnte. Die Rollen waren schon alle besetzt, die Jobs vergeben.

Er begleitete mich zum Studio; er schien nicht recht überzeugt zu sein und fing immer wieder aufs neue an. Er könne doch Drehbücher entwerfen. Auch den Preis für ein gutes Script wußte er; es war soviel, wie er brauchte, um ein Jahr in Rom auszuhalten. Ich machte ihm klar, daß es ein Glücksfall sei, wenn man ein Script unterbringe; mir zum Beispiel, der ich in jahrelanger Filmtätigkeit wenigstens fünfzig entworfen hatte, war es nicht ein einziges Mal gelungen. Trotzdem, und gerade weil es so sehr vom Zufall abhing, könnte er es natürlich versuchen. Soweit es an mir lag, sagte ich ihm jede Hilfe zu.

Wir standen jetzt auf dem Hof, wo sich mein Studio befand. Die Synchronsprecher und die Techniker mit ihren schwarzen Schürzen spazierten in der Sonne umher, rauchten und sprachen miteinander. Die Fenstertüren des kleinen Atelierraums standen offen. In der Annahme, daß man schon auf mich wartete, bat ich um Entschuldigung wegen meiner Verspätung. Aber der Tonmeister erklärte mir lachend, ich könnte unbesorgt sein. Eine Stromstörung verzögerte den Arbeitsbeginn für mindestens eine weitere halbe Stunde.

Harry benutzte diesen Umstand, mich nochmals in seine Wohnung zu bitten, zu der es nur ein paar Schritte waren. So gingen wir die Via Margutta zurück, und nach wenigen Minuten betraten wir durch ein enges Tor das Haus, in dem er wohnte.

Es ging einen dunklen, engen, sehr langen Hausflur entlang, dann eine Steintreppe mit eisernem Geländer hinauf, bis wir auf eine ziemlich verwahrloste Terrasse mit gelockerten oder zerbrochenen Fliesen gelangten. Sie war von Malerateliers mit Glaspapierfenstern oder von kleinen Balkons voller Tomaten- und Basilikumstauden umgeben, wie sie zu den Wohnungen von Kleinbürgern und Handwerkern gehören. Eine junge Frau im Unterrock hängte Wäsche auf, gleichgültig blickte sie sich nach uns um. Wieder ein Gang, noch eine Treppe. Schließlich gelangten wir auf einen an drei Seiten von ebensolchen Häuschen und ebensolchen Atelierfenstern umgebenen Hof, der aber uns gegenüber, nach der hohen, grünen, dichten Masse der Pincio-Anlagen hin, offen war. Dieser Blick zwang einen, stehenzubleiben und einen Augenblick lang - wie verzaubert - nur zu schauen.

»Wie schön das ist!« sagte ich.

»Kennst du diese Ateliers nicht?«

»Andere schon, hier in der Nähe, ähnliche. Aber hierher bin ich noch nie gekommen.«

Harry faßte mich am Arm.

»Siehst du«, sagte er fast flüsternd, »wenn ich ein Boathouse an einem See in Minnesota hätte, oder eine Jagdhütte in den Wäldern Wyomings, dann würde ich vielleicht ganz gern in den Staaten leben. Aber Princeton! Philadelphia! Oder gar New York! Nein, nein.«

Er schwieg. Dann wandte er sich langsam um und wies auf eine kleine Terrasse, die sich hinter uns, knapp über unseren Köpfen befand; man gelangte über eine schmale Fliesentreppe hinauf. »Da ist meine Wohnung.«

Wir wollten schon hinaufgehen, als er mich plötzlich am Arm zurückhielt. Lächelnd, ohne zu sprechen, sah er mich an. Dann schaute er hinauf, nach der kleinen Terrasse hin, und meinte nach einigem Zögern, mit kaum vernehmbarer Stimme:

»Da ist etwas, was ich dir vorher noch sagen muß. Ich weiß nicht recht, wie. Die Frau..., die Frau, die du gleich sehen wirst, ist nicht... ist nicht die Zugehfrau. So.«

»Hältst du mich für beschränkt? Sie ist also Italienerin?«

»Aus der Ciociaría, dem Land der Sandalenmänner südlich von Rom«, antwortete er mit seinem melancholischen Lächeln. Doch diesmal war es beinahe ein Grinsen. Ciociaría! Schon das bloße Wort schien ihm eine quälende Lust zu bereiten.

Zwei

Als wir die kleine, mit Fliesen ausgelegte Treppe hinaufstiegen, war ich recht zufrieden mit mir. Ich hatte nämlich, als ich mich vorhin nach seiner Familie erkundigte, in einem richtigen Instinkt nicht von seiner Frau gesprochen, sondern nur von den Kindern. Die Frau hatte ich vor einigen Jahren auf den Empfängen des British Council zwei- oder dreimal kurz gesehen. Sie war klein, brünett, weder häßlich noch schön, schmächtig, aber sehr elegant. Eine Haarsträhne hing ihr in wohlberechneter Nachlässigkeit in die Stirn. Sie hatte ausdrucksvolle Augen und wirkte gepflegt, sensibel und intelligent. Ich wußte, daß es zwischen ihr und Harry ständig Streit gegeben, daß er schon damals von einer Trennung gesprochen hatte.

Die Frau, die also keine Zugehfrau war, meldete sich, sobald Harry die Tür öffnete, mit einem langgedehnten ungeduldigen Ruf:

»Harry«, oder vielmehr »Arry!«, denn das »H« sprach sie nicht. »Was ist denn mit der Milch! Beeil dich doch!«

»Hier, hier, Liebling«, und eilends verschwand er hinter einer Zwischenwand aus dunklem Holz, die den großen Raum teilte. Es war ein Maleratelier wie viele andere in der Via Margutta. Ein großes Fenster seitlich der Eingangstür umrahmte die Aussicht auf den Pincio. Links war die Zwischenwand. Zwischen den beiden anderen Wänden gab es einen dreieckigen Hängeboden, der auf dicken Balken ruhte. Hängeboden und Balken waren schwarz gestrichen, ebenso wie die eingezogene Zwischenwand; vermutlich stand dort oben ein großes, breites Ehebett. Es war die übliche Einrichtung dieser Behausungen der römischen Bohème, wie sie den Intellektuellen aus dem Ausland so sehr gefällt: Sessel mit schadhafter Federung, ein Drahtgestell, das als Couch hergerichtet war, zerrissene Kissen, eine gemusterte Wandbespannung, ein schwerer, großer geschnitzter Tisch und ein ebensolches Büfett, beide in imitierter Renaissance. Unordnung, Staub und Schmutz. Auf dem Tisch, zwischen Flaschen und Tellern, sah man Bücher, Zeitungen, eine Schreibmaschine und eine Vase mit Kornblumen.

Harry kam sogleich zurück und brachte die Frau mit.

Sie war groß, kräftig und üppig, hatte breite Hüften und deutlich hervortretende feste Brüste. Ihr Kopf war klein und wohlgeformt. Das schimmernde rabenschwarze Haar war glatt zurückgestrichen und endete im Nacken in einem großen, straffen Knoten längstvergangener Mode. Sie hatte große, hellgrüne und sehr schöne Augen, eine klassisch gerade Nase und einen vollen, sinnlichen Mund. Ein Körper wie der eines Modells. Ein Gesicht wie aus einem Mosaik Cavallinis. Kurz, ich hatte sofort den Eindruck, daß ich diese Frau schon einmal gesehen hatte und nur nicht gleich wußte, wann und wie. Im nächsten Augenblick aber dachte ich, daß dieser Eindruck auf das Wesen der Frau zurückzuführen sei, das herausfordernd, aggressiv und geradezu unzüchtig wirkte, wenn sie sich auch für den Augenblick einer gewissen, vielleicht auch nur scheinbaren Zurückhaltung befleißigte. Es war das unverkennbare Auftreten der »Berufsmäßigen« außer Dienst, die bestrebt und auch überzeugt ist, sich durch nichts zu verraten.

Sie trug eine Schürze und kam kaum zwei Schritte auf mich zu, während sie sich noch die Hände an der Schürze abtrocknete.

»Guten Morgen. Verzeihen Sie, wenn ich Ihnen nicht die Hand gebe, ich bin gerade beim Kochen.«

»Martini? Pink Gin?« fragte Harry, indem er auf den Tisch zutrat. Er nahm eine Flasche und hob sie gegen das Licht, um zu sehen, wieviel noch darin war. Aber statt sie zu entkorken, hielt er plötzlich inne und wandte sich an die Frau:

»Verzeih, Dora, ich habe dich gar nicht gefragt. Was nimmst du?«

»Ach, was du willst, du weißt ja, daß mir das gleich ist. Ich verstehe nichts von eurem Mixen. Du solltest lieber auch nicht trinken! Es ist nicht gut für dich.«

»Aber warum sagst du das? Du hast doch Tausende von Martinis in deinem Leben getrunken. Kannst du etwa keinen Martini mixen? Versuch's mal!«

»Ach was, versuchen! Ich weiß nicht einmal, was das ist«, und zu mir: »Ein komischer Kauz ist Ihr Freund! Erklären Sie es ihm bitte! Er will nicht einsehen, daß wir Italienerinnen Frauen vom alten Schlag sind.«

»Das weiß Harry genau«, sagte ich. »Und darüber freut er sich ja. Er macht nur Scherz.«

Harry goß den Gin in die Gläser, lachte und schien zufrieden.

»Entschuldigen Sie die Unordnung«, begann Dora wieder. »Eine Wohnung ist das nur dem Namen nach. Aber sie liegt wenigstens zentral, nur zwei Schritt von der Piazza del Popolo.«

Wir tranken einen Martini. Harry erinnerte Dora daran, daß sie schon oft von mir gesprochen hätten.

»Du kennst sie nicht«, erklärte er mir. »Aber sie dich wohl. Sie hat dich oft gesehen. Auch auf Fotos, in den Filmzeitschriften. Und sie hat sogar schon bei dir gearbeitet, als Komparsin.«

Die Frau nannte den Titel des Films. Da fiel mir ein, wo ich sie gesehen hatte. Das berichtigte natürlich nicht den ersten Eindruck, den sie auf mich gemacht hatte. Harry setzte hinzu:

»Wenn du einmal Komparsen brauchst, dann hast du jetzt zwei. Weshalb nimmst du uns nicht? Notfalls auch sie allein, weißt du, wenn's für mich nicht zu machen ist.«

Dabei sah er mich lächelnd an, und ich erwiderte für einen Moment seinen Blick. Ich begriff und fühlte, daß er diese Frau liebte. Aber zugleich begriff und fühlte ich noch etwas anderes: Harry war ein vornehmer Charakter. Wenn er sich jetzt herbeiließ, mich vor ihr und geradezu für sie um Beschäftigung anzugehen und sich dabei so benahm, als wollte er mir die Frau seines Herzens anbieten, so zwang ihn dazu nicht nur die bare wirtschaftliche Not, sondern auch ein anderer, wohl viel tiefer liegender Grund.

Ebenso war mir klar, daß es für ihn ein tiefer Schmerz wäre und es ihn empören würde, wenn ich wagen sollte, um Dora zu werben. Trotzdem muß ich sagen, daß die Zweideutigkeit der Situation mich reizte. Diese Frau gefiel mir. Ich ließ mich auf das gefährliche Spiel ein und machte jetzt Harry bereits größere Hoffnungen als zuvor.

»Ich kann dir nichts versprechen; aber du kannst sicher sein, daß ich alles tun werde, was mir möglich ist. Ich hoffe, – ich glaube, in vierzehn Tagen wird sich vielleicht etwas finden. Gib mir deine Telefonnummer. Hier hast du meine.«

Ich erhob mich; ich mußte gehen. Diesmal gab mir Dora die Hand. Ihre nackten Arme waren kräftig, aber sie hatte kleine Hände, und das Handgelenk, an dem sie eine Armbanduhr trug, wirkte fast zart. Sie verabschiedete mich nun mit einem ganz bestimmten Unterton von Kühle, ohne zu lächeln, und dankte mir in einer höflichen, zurückhaltenden Form für das, was ich versprochen hatte:

»Ich danke Ihnen, aber machen Sie sich bitte keine Umstände. Ich muß kommende Woche verreisen. Und auch Harry muß fort. Ich weiß nicht, ob wir in vierzehn Tagen schon zurück sein werden.«

Es war, als läge ihr daran, Harrys zweideutige Kühnheit abzuschwächen, so, als wollte sie sagen: ›Seien Sie vorsichtig! Sie irren sich, wenn Sie glauben, mit mir etwas anfangen zu können. Vielleicht wirke ich auf Sie wie eine leichtfertige Frau, aber das bin ich nicht: ich *liebe* Harry.‹ Oder auch, und zwar aufrichtiger: ›Ich bin eine leichtfertige Frau gewesen, und bin es noch immer, ohne daß Harry es weiß. Aber selbst wenn ich mich mit Ihnen einließe, der Sie doch ein Freund von Harry sind, würde er es schließlich erfahren. Und das wäre mein Ende. Denn Harry ist bei weitem der Großzügigste unter meinen Kunden. Er bietet mir, was keiner mir zuvor gegeben hat: Sicherheit.‹

Obwohl ich all dies begriff oder vielleicht gerade, weil ich es begriff, hielt ich beim Abschied ihre Hand, mit einem leichten Druck der Finger am Puls, den Bruchteil einer Minute länger als üblich, was stets zwischen Mann und Frau eine ausreichende Ouvertüre bedeutet. Offenbar beunruhigt, wollte sie mir sofort zeigen, daß schon dieses winzige Zögern ihren Unwillen erregte. Sie entzog mir ihre Hand mit einer so brüsken und dabei wohlbemessenen Gebärde, daß zwar Harry nichts merken konnte, mir selbst jedoch kein Zweifel über ihre Einstellung blieb.

»Auf Wiedersehn«, sagte sie und blickte mich mit ihren großen grünen Augen streng an; und nach diesem Blick, der mindestens ebenso wie mein Händedruck länger als üblich währte: »Es hat mich gefreut, Sie kennenzulernen.«

Harry begleitete mich hinab durch das Labyrinth.

Wir waren schon bis in den dunklen Hausflur gelangt, als er kurz vor der Tür stehenblieb und mich mit ein paar verlegenen Worten um Geld bat.

Gewiß, er brauchte es. Aber ebenso gewiß schien mir, daß er den Mut zu dieser Bitte erst gefaßt hatte, als er sah, wie mir die Frau gefiel. Ganz sicher aber: er brauchte nicht nur dringend Geld, sondern er genoß die Selbstdemütigung, mich darum anzugehen.

Ich hatte nicht genügend Geld bei mir und mußte einen Scheck ausschreiben. Während ich das Heft aus der Tasche holte und nach dem Füllhalter in der Weste tastete, erlag ich der plötzlichen Versuchung, Dora wiederzusehen und vor ihren Augen dem Mann ihrer Wahl mit Geld auszuhelfen.

»Ich habe leider meinen Füllhalter nicht bei mir«, sagte ich. »Es tut mir leid, daß du nochmals alle die Treppen steigen mußt.«

Im Eilschritt waren wir oben. Und ich sah mich sofort bestraft. Harry ging zu ihr in die Küche. Mit betonter Langsamkeit füllte ich an einer Ecke des Tisches den Scheck aus. Aber Harry kam allein zurück, Dora ließ sich nicht mehr blicken.

»Sag mal«, fragte ich Harry, als ich ihm den Scheck gab, »Stimmt es, daß ihr beide jetzt verreisen wollt?«

»Aber nein, ganz und gar nicht«, erklärte Harry lachend.

»Weshalb hat sie es dann behauptet?«

»Um meine Bitte an dich irgendwie abzubiegen. Sie fürchtet, du könntest dir deswegen besondere Mühe machen.«

»Dann braucht ihr also nicht zu verreisen, weder du noch sie?«

»Nein. Dorothea möchte«, setzte er leise hinzu, »daß ich wieder nach Amerika gehe. Sie will mit mir kommen und versteht nicht, weshalb ich hier bleibe und Hunger leide. Sie kann es nicht verstehen. Und wie soll ich ihr das begreiflich machen? Du verstehst es doch, nicht wahr? Aber sie möchte unbedingt nach Amerika. Vielleicht liebt sie mich auch gar nicht, oder ihre Liebe ist nichts anderes als diese fixe Idee, nach Amerika zu kommen.«

»So sind die Italienerinnen«, bemerkte ich.

»Die Italienerinnen ihrer Herkunft, willst du sagen.«

»Nein, ich glaube, auch die anderen.«

»Sie verstehen nichts. Wie alle Frauen, im übrigen«, schloß Harry lachend.

Auch während dieser Unterhaltung hatte sich Dora, oder Dorothea, nicht wieder gezeigt. Ich konnte nicht länger warten. Enttäuscht ging ich fort. Aber plötzlich schämte ich mich. Hatte Harrys Verdorbenheit mich bereits angesteckt?

Drei

So sehr ich es auch wünschte, in den darauf folgenden Tagen war es mir nicht möglich, Harry und Dorothea zu besuchen. Harry rief mich einige Male an und sagte mir, daß er, meinem Rat folgend, über ein Filmsujet nachgedacht habe. Er arbeite daran. Bei unserem nächsten Zusammensein wolle er mir davon erzählen. Ich ermutigte ihn zu schreiben, ohne ihm jedoch übermäßige Hoffnungen zu machen. Jedenfalls überlegte ich, daß es sehr viel einfacher für mich und auch klüger sei, (selbst wenn es mich mehr kostete und aller Wahrscheinlichkeit nach ein glatter Verlust für mich war) ihm Geld als Vorschuß auf die mögliche Unterbringung seines Filmstoffs zu geben, als ihm irgendeinen Posten oder Auftrag zu verschaffen.

An einem Sonntagmorgen in den ersten Junitagen rief mich Harry an und fragte, ob ich nicht mit ihm und Dorothea ans Meer fahren wolle. Zufällig hatte ich nichts Besonderes vor. Vor mir lag ein einsamer Tag, der nichts versprach, es sei denn die Erinnerung an aufgegebenen Ehrgeiz oder längst vergessene Wünsche. So sagte ich zu.

Sie holten mich mit einem alten Jeep ab. Ich setzte mich nach vorn. Harry fuhr, und Dorothea saß, eng zwischen uns, in der Mitte. Sie hatte ihr schwarzes Haar in ein rotes Kopftuch gebunden, das gut zu ihrem kraftvollen Gesicht und ihren smaragdgrünen Augen stand. Ihr Strandanzug, gleichfalls aus rotem Stoff mit großem gelbem Blumenmuster ließ ihre Schultern, sowie Rücken und Bauch frei.

In der Sonne, in der Wärme, im Wind und im Salzgeruch des Meeres, der immer kräftiger wurde, je weiter wir uns von Rom entfernten, geriet ich durch die Berührung mit ihrem halbnackten Körper, den unwillkürlichen Druck ihres Armes oder ihrer Beine und ihre heute anscheinend leichtere, fröhlichere und – ich begriff nicht, weshalb – mir gegenüber weit freundlichere Stimmung sehr schnell in einen Zustand quälender Erregung, der zwischen der höchst unsicheren Aussicht auf meinen Erfolg bei Dorothea und der sehr sicheren Vorstellung dessen, was meine Freundespflicht war, schwankte.

Als wir auf freier Strecke waren und noch etwa dreißig Kilometer bis zum Strand zu fahren hatten, fing Harry an, von seinem Filmentwurf zu sprechen. Er hatte mit der Arbeit begonnen, aber, von tausend Zweifeln geplagt, wieder abgebrochen. Er wollte mir diese Zweifel erklären und mich um Rat bitten.

Aber Dorothea widersprach lachend: heute sei Festtag, bei diesem leuchtend klaren Himmel, dieser strahlenden Sonne dürften wir nicht fachsimpeln, sondern nur an ein schönes Bad und ein gutes Mittagessen denken.

»Ich will nicht, daß ihr von eurer Arbeit sprecht! Das Leben ist so schön!« rief sie in das Rattern des Motors hinein. Ihre Haut war von einem natürlichen Braun, glatt wie ein vom Wasser polierter Kieselstein. Zwei breite, vergoldete Armbänder umspannten ihr Handgelenk.

Harry schien diesmal ihre fröhliche Stimmung nervös zu machen. Je mehr Dorothea lachte und schwatzte, desto schweigsamer und ernster wurde er. Aber er erreichte damit nur das Gegenteil: Dorothea wurde immer ausgelassener und wandte sich mit ihren Scherzen immer häufiger an mich.

»Heute komme ich mir schön vor. Ich fühle mich ›photogen‹!« sagte sie. »Weshalb machen Sie keine Probeaufnahme von mir, hm? Ich habe schauspielerisches Talent, müssen Sie wissen. Nachher, am Strand, spiele ich Ihnen etwas vor.«

»Das müssen Sie tun«, antwortete ich, mitgerissen von ihrer guten Laune. »Es wird mir ein Vergnügen sein. Ich bin überzeugt, daß Sie sehr viel können.«

Harry bemerkte trocken: »Um Gottes willen, das hätte uns noch gefehlt!« Er schwieg wieder und sah starr auf die Straße vor sich hin.

Ich verstand Harry instinktiv. Von allem Anfang an war ich mir über die zweideutige und verzwickte Natur seiner Leidenschaft klar gewesen. Hatte er das erste Mal, als Dora mir gegenüber reserviert war, noch so getan, als wollte er sie mir geradezu anbieten, so zeigte er heute, angesichts ihrer herausfordernden Lustigkeit, entschieden seine Eifersucht.

Wir machten hinter Torre San Lorenzo halt, an einer einsamen Stelle der langen schnurgeraden Straße, halbwegs zwischen Pratica di Mare und Lavinio. Wir ließen den Jeep auf einem Feldweg, nahmen die Eßpakete, die Harry und Dorothea mitgebracht hatten, und machten uns auf den Weg durch den weiten, verwilderten Pinienhain hinunter an den Strand.

Auch der Strand war verlassen, obwohl es Sonntag war. Kaum daß man am Horizont die Badekabinen von Lavinio sah, und hier und da, einige hundert Meter entfernt, verstreute Zelte, von improvisierter Form, was die Gegend noch mehr der Küste einer fernen Insel ähnlich machte.

Wie es in der Art der meisten Amerikaner liegt, hatte Harry die Gelegenheit ergriffen, sich wie ein echter Robinson Crusoe zu gebärden. Er sammelte Pfähle, die sich da und dort am Strand fanden, schnitt sie zurecht, rammte sie in den Boden und erbaute das Gerüst für eine Hütte. Er arbeitete ernsthaft, fast verbissen, und wollte, daß ich mich daran beteiligte, während Dorothea auf dem Bauch im Sande lag. Er lebte sicherlich in der Erinnerung an die organisierten Zeltlager seiner Jugend in den Wäldern Minnesotas. Aber wenn sein mürrischer Arbeitseifer damit zusammenhing, daß er über Dorotheas übertriebene Vertraulichkeit mit mir verstimmt war und er mich nun auf diese Weise wortlos zurechtweisen wollte, so muß ich sagen, daß ich dafür Verständnis hatte.

Er forderte mich also auf, mit in den Pinienhain zu kommen, wo er mit einem großen Klappmesser eine Unmenge Äste und Zweige schnitt. Er belud mich und sich damit, und wir kehrten an den Strand zurück.

Dorothea hatte sich erhoben. Sie gähnte und streckte sich.

»Ich koche vor Hitze«, sagte sie. »Ich geh jetzt ins Wasser. Wer mich liebt, folge mir.«

Ich sagte nichts, denn ich sah, wie Harry sie und mich stirnrunzelnd betrachtete.

»Geh' doch, wenn du willst«, antwortete er ihr. »Wir müssen hier erst alles fertigmachen.«

Wir befestigten die Zweige an dem Gerüst und brachten eine Art Schattenlaube zustande. Währenddessen schielte ich nach der hochgewachsenen Gestalt, die sich zögernd ins Wasser begab. Sie hatte ihren hellgrünen Badeanzug angelegt, eine Art Lastex, der die Rundungen ihres kräftigen Körpers plastisch modellierte. Ich sah weg und sagte zu Harry:

»Wenn du mit mir über deinen Filmstoff sprechen willst, wäre jetzt...«

»Nein, heut hab ich keine Lust mehr dazu. Heute wollen wir uns amüsieren, und damit basta. Aber ich rufe dich morgen um ein Uhr an, dann können wir uns verabreden. Du warst so freundlich, mir zu helfen, ich will dir zeigen, daß ich gearbeitet habe und daß ich viel darüber nachgedacht habe.«

»Wenn du noch etwas brauchst, so sag' es mir ruhig. Sicher werden wir deinen Entwurf verkaufen. Und wenn nicht, gibst du mir das Geld zurück, wenn es dir wieder besser geht.«

Ich griff in die Jackettasche und nahm die Brieftasche heraus. Ich wollte jedes Mißverständnis zwischen uns zerstreuen. Mein Takt war offensichtlich: ich benützte einen Augenblick, der sich vielleicht an diesem Tag nicht nochmals bieten würde. Dorothea war fort, sie konnte nichts beobachten. Ich bot ihm Geld an, damit er mir, selbst wenn er es im Augenblick nicht unbedingt brauchte, durch die Annahme des Geldes zeigen konnte, daß er nicht beleidigt war.

Und so geschah es. Endlich hatte er wieder das gewohnte sanfte und melancholische Lächeln:

»Danke dir. Du bist ein wirklicher Freund.«

Ein Blick und ein Lächeln, wie er es mir in Anwesenheit Dorotheas nicht mehr gegönnt hatte.

Wir gingen ihr nach ins Wasser, dann aßen wir, rauchten ein paar Zigaretten, plauderten und ruhten uns aus. Alle drei betrugen wir uns besser als vorhin, denn jeder von uns hatte eingesehen, daß wir sonst in Streit gerieten. Dorothea war nicht mehr so herausfordernd, Harry nicht so empfindlich, und ich war abgelenkt.

Ja, ich versuchte auf jede Weise, mich abzulenken, und blickte angestrengt anderswohin. Aber jedesmal, wenn meine Augen sie unwillkürlich streiften, war es, als machte ich gleichsam eine fotografische Aufnahme von ihr, die ich entwickeln wollte, sobald ich wieder allein war. Und als ich wieder zu Hause war, konnte ich in dieser Nacht erst spät einschlafen. Ich spürte am ganzen Körper das Brennen von Wind und Sonne, und wenn ich im Dunkel die Augen schloß, war es wie warmes Gold, vor lauter Sonne, Sand, Himmel und Meer, die ineinanderflossen. In diesem warmen Gold entwickelten sich, ganz ohne mein Dazutun, die Erinnerungsbilder, eines nach dem anderen. Ich sah Dorothea, wie sie aus dem Wasser auftauchte, glitzernd von zahllosen Tropfen, die über ihre braune Haut perlten. Ich sah sie im Sand liegen, ihr Rücken glänzte, und sie stützte mit abgewinkeltem Arm den Kopf. Es war eine gelöste und zugleich monumentale Pose. Mir war, als könnte ich dank eines erstaunlichen Wunders die Rückseite eines berühmten Gemäldes betrachten, eine Odaliske, wie Delacroix sie von vorn gemalt hat. Dann sah ich sie, wie sie voll Gier mit beiden Händen ein Hühnerbein oder eine Scheibe Schinken aß, und resigniert gestand ich mir, daß sie mir auch so gefiel, in ihrer natürlichen und vulgären Art zu essen. Schließlich sah ich, wie sie, auf dem Rücken liegend, schlief und unwillkürlich ein Bein bewegte. Ich hörte ihr Lachen wieder und sah das smaragdene Glitzern in ihren Augen, dann, wie sie die Hand hob oder wie sie ihren Fuß mit den rubinroten Nägeln in spielerischem Auf und Ab durch den weißen Sand gleiten ließ.

Am nächsten Tag erhielt ich vollkommen unvorbereitet – wie es im Filmbetrieb sehr häufig vorkommt – die Mitteilung, daß ich in wenigen Tagen nach Paris fahren müsse, wo ich an der szenischen Ausarbeitung meines neuen Films mitarbeiten sollte. Meine Abwesenheit war für etwa zwei Monate gedacht.

Um ein Uhr rief mich Harry, wie wir vereinbart hatten, im Studio an. Ich weiß nicht, warum, aber ich verschwieg ihm meine doch so nah bevorstehende Abreise und sagte ihm nur, daß ich ihn an diesem und auch am nächsten Tage nicht treffen könnte. Als ich den Hörer auflegte, begriff ich, warum ich ihm nichts davon erzählt hatte: plötzlich und ohne vorherige Absicht hatte ich einen Plan ersonnen.

Vier

Ich wußte, daß Harry jeden Abend zwischen acht und zehn ins Clubhaus der Auswärtigen Presse ging und sich einige Zeit dort aufzuhalten pflegte, um Material für die Berichte zu sammeln, die er gelegentlich an seine New Yorker Zeitung schickte.

Um diese Zeit also wollte ich, am Vorabend meiner Abreise nach Paris, einen unangemeldeten Besuch im Atelier der Via Margutta machen und mein Glück versuchen.

Es war die Reise, die mir Mut zu dem Unternehmen gab. Wenn das Abenteuer sich in die Länge zu ziehen drohte, so würde es meine Abreise rechtzeitig beenden. Diese Gefahr bestand also nicht. Und wenn ich mich hinterher etwa schuldig fühlen sollte, so würden meine Abwesenheit und der Umstand, daß ich Harry mindestens zwei Monate lang nicht zu sehen bekam, meine Selbstvorwürfe mildern.

Was man vorhat, tun – und dann verschwinden, das ist das Ideal bei galanten Abenteuern. Wer nicht jederzeit verschwinden kann, wer an einen bestimmten Ort durch seine Arbeit gefesselt ist, vertauscht oft zwangsläufig die Begriffe. Das Verschwinden darf nicht die Folge des Abenteuers sein, sondern muß der Anlaß dazu sein, die Ursache. Man suche und wage ein Abenteuer, wenn man ohnehin seinen Aufenthalt wechseln muß.

Außerdem gefiel mir Dorothea. Das letzte Mal, am Strand, hatte sie mir zu verstehen gegeben, daß sie mich nicht unbedingt abwies. Zwar hatte ich Harry gern und achtete ihn; mein Vorhaben war also nicht sehr löblich. Aber was hat schließlich, sagte ich mir am Morgen des betreffenden Tages, als ich mich rasierte und mir neuerdings moralische Bedenken kamen, was hat ein Abenteuer, ein kurzes Vergnügen, mit Achtung und Freundschaft zu tun? Ich verdarb ja Dorothea nicht. War ich es nicht, war es ein andrer. Im Gegenteil, so dachte ich: weshalb so viele andere, und nur ich nicht?

Natürlich überlegte ich mir auch alles, was dagegen sprach. Im Grunde hätte ich, wenn ich auf Dorothea verzichtete, mich nicht gerade zu Tode gegrämt, wie man zu sagen pflegt. Weshalb also sollte ich für ein so kurzes Vergnügen eine lange Zeit der Gewissensbisse in Kauf nehmen, selbst wenn sie nicht allzu heftig sein sollten? Und warum meine bisher völlig unbelastete Freundschaft mit Harry trüben?

Aber gerade darum, flüsterte mir der Teufel ein. Wenn du deine Neugier nicht stillst, wird diese Frau immer zwischen euch stehen. Neugierde wohlgemerkt – nicht etwa Leidenschaft. Gerade um diese Freundschaft zu retten, mußt du sie zu einem winzigen Teil und für ganz kurze Zeit verraten.

Nun, ich glaube, jeder Mann wird mich verstehen. Wir sind stark gegenüber den starken Versuchungen, gegen schwache sind wir schwach. Es lohnt nicht die Mühe, sagen wir uns, den Helden verpaßter Gelegenheiten zu spielen.

Wie lang jedoch zog sich dieser Juninachmittag hin! Wann würde es endlich auch in der Via Margutta wieder Nacht werden!

In der lauen, blauen Luft hingen die letzten Schreie der Schwalben, tönte das Lärmen spielender Kinder vor der Garage, klangen Grußworte und das Lachen der Passanten. Es war ein Abend der Johanniswoche in Rom, eine Zeit, da es keine Sünde zu geben scheint und in der mit dem ersten Anhauch des wiederkehrenden Sommers die alte Lebensweisheit der Antike neu erblühen will. Die Lichter gingen an, Schatten begannen zu geistern. Die Augen der Vorübergehenden glitzerten. In der ganzen kleinen Welt dieser engen Straße, die erfüllt war von Rufen, Gelächter, Gruß- und Abschiedsworten, Gesten und Blikken, schienen alle nur den einen heidnisch-frohen Gedanken zu haben. Wenn ich noch Bedenken gehabt hatte, so schwanden jetzt die letzten dahin, und als ich die Silhouette von Harrys langer Gestalt aus dem Tor kommen, in den Jeep klettern und diesen lärmend zur Via Alberti wegfahren sah, zündete ich mir eine Zigarette an und setzte mich ohne weiteres

Zögern in Bewegung. Ich lachte still vor mich hin. Die Welt gehört dem, der sie sich nimmt.

Ich durchschritt das kleine Haustor. Eine Stille empfing mich, die kaum durch den schrillen Laut eines Radios, durch das Knattern eines Motorrads und andere Straßengeräusche unten in der Via Margutta unterbrochen wurde; die dicken Mauern rückten allen Lärm in die Ferne. Das Dunkel auf den Treppen mit ihren gelockerten Fliesen war durch den matten Lichtkreis einer altersschwachen Lampe aufgehellt. Das Schweigen und Dunkel, in dem ich das Labyrinth der Stiegen, Vorplätze und Gänge durchwanderte, rührte mich wie mit einem Schauder an.

Dorothea öffnete die Glastür und lächelte mir sofort einladend zu: »Kommen Sie nur herein, Harry ist zwar nicht zu Hause, kommt aber bald zurück.« (Ich wußte, daß das nicht stimmte.) »Entschuldigen Sie, daß es so dunkel ist. Die Birne in der Mitte ist gerade vorhin durchgebrannt.«

Zwischen einem Stoß Papier neben der Schreibmaschine, einer Teekanne und zwei Tassen, die auf anderen Papieren und Zeitungen standen, brannte nur eine kleine rote Tischlampe.

Dorothea war sehr einfach gekleidet. Sie trug einen schwarzen Rock und eine ärmellose blaue Bluse. Die kräftigen braunen Arme waren nackt bis zu den Schultern. Wie üblich hatte sie das sorgfältig glattgestrichene Haar im Nacken zu einem großen Knoten zusammengefaßt.

Sie bot mir eine Tasse Tee an und ein Stück von einer runden, flachen Torte, die mit kleinen Zuckerperlen in den zartesten Farben bestreut war, weißen, bläulichen, grünen, gelben und rosavioletten. Der Teig war fest, nicht zu süß und von köstlichem, kräftigem Geschmack. Man begriff, daß es sich um ein Gebäck aus der Schule der guten alten Zeit handelte, das eindeutig von alten und hochentwickelten Überlieferungen zeugte.

»Eigenes Erzeugnis«, erklärte Dorothea lachend und zufrieden, daß ich es zu würdigen schien. »Es ist ein Gebäck aus meiner Heimat.«

»Merkwürdig«, sagte ich, »ich war schon oft in Frosinone und habe niemals dort solches Gebäck gesehen.«

»Was hat Frosinone damit zu tun?« fragte sie überrascht.

»Frosinone, die Hauptstadt der Ciociaría«, erwiderte ich, leicht verlegen, denn von den Ciociaren und der Ciociaría spricht man in Rom immer etwas überlegen und herablassend. »Sind Sie nicht dorther?«

»Aber nein, ganz und gar nicht. Ich bin aus Apulien. Und diese Torte ist ein apulisches Gebäck. Wir nennen sie bei uns Scarcella.«

So hatte sich Harry also geirrt, und ich wunderte mich nicht einmal darüber. Wie oft irrt man sich gerade bei Menschen, mit denen man viel zusammen ist und die man liebt, über die wesentlichsten Lebensumstände und Daten. Also aus Apulien! Ich betrachtete Dora. Die kleinen, zartbunten Zuckerperlen und der Wohlgeschmack der Scarcella erklärten und steigerten, so schien mir, den Zauber ihrer Schönheit, die bei allem herausfordernden Betragen der »Berufsmäßigen« unserer Tage doch irgendwie archaisch, urtümlich und bäuerlich geblieben war.

Ich setzte mich zu ihr auf die Drahtcouch. »Ich bin gekommen, um mich zu verabschieden, da ich morgen verreisen muß. Ich fahre für ein paar Monate nach Paris.« Ich übertrieb absichtlich die Dauer meiner Abwesenheit, um den ziemlich hohen Geldbetrag zu rechtfertigen, den ich ihr geben wollte. Ich hatte mir ein Bündel Zehntausenderscheine zurechtgelegt, die ich jetzt aus der Tasche zog und auf den Tisch legte, natürlich ohne sie zu zählen, aber doch so, daß sie sehen mußte, um welche Summe es sich ungefähr handelte.

Dorotheas Miene verdüsterte sich wie bei meinem ersten Besuch; sie regte sich nicht.

Es entstand ein verlegenes Schweigen.

»Seien Sie nicht böse, wenn ich es Ihnen einfach so gebe«, sagte ich.

»Aber ich bitte Sie«, gab sie trocken zur Antwort.

Und doch war ich mir ihrer Käuflichkeit sicher; und ich

hatte Bargeld gewählt statt eines Schecks, damit sie es ohne Harrys Wissen leichter für sich behalten könnte.

Jetzt verwirrte mich ihr ernster Gesichtsausdruck. Ich hätte geschworen, daß sie beim Anblick des Geldes das übliche scherzende und ablenkende Benehmen käuflicher Mädchen nach abgeschlossenem Handel an den Tag legen werde, – statt dessen blickte sie starr vor sich hin und sagte gar nichts. Ich wußte nicht, was ich machen sollte. Das Schweigen wurde peinlich. So begann ich von unserem Ausflug ans Meer zu sprechen, von ihrer Eignung für den Film, und daß ich sehr wahrscheinlich für sie in einem meiner geplanten Filme eine Rolle finden werde.

»Sobald ich aus Paris zurück bin«, fuhr ich fort, bestrebt, sie endlich aufzuheitern, »werde ich eine Probeaufnahme von Ihnen machen, und Sie werden sehen, daß wir Erfolg haben...«

Dorothea sah mich lächelnd an: »Danke. Aber Harry würde es nicht recht sein.«

»Wieso? Er hat doch selbst gesagt, daß er froh wäre, wenn ich Arbeit für Sie fände.«

»Das hat er nur im Scherz gesagt, aber er will es nicht wirklich.«

»Was ist heute mit Ihnen, Dora?« sagte ich schließlich und rückte ihr dabei näher. Ich faßte sie um die Schulter und streichelte sie leicht. »Warum sind Sie so traurig?«

»Ich bin traurig, weil ich enttäuscht bin. Ich hielt Sie für einen wirklichen Freund von Harry, und statt dessen sehe ich, daß Sie es nicht sind.«

Plötzlich hoffte ich wieder auf meinen Erfolg. Denn nun hatte sie selbst das Thema erwähnt und unsere tatsächliche Situation angedeutet. Meine Besorgnisse waren also unbegründet. Ich hatte nur eine falsche Taktik gewählt, das war alles. Mein stummer, kurzer, hinter dem unangebracht hohen Geldbetrag getarnter Angriff war kränkend gewesen. Dora war nur ernst geworden, weil sie nicht zu schnell nachgeben wollte, nur, damit ich nicht zu schlecht von ihr dächte. Ein bißchen mehr

Umstände sollte ich mir machen und ein wenig Gefühl zeigen. Ich ging sogleich darauf ein.

»Reden Sie keine Dummheiten, Dora! Was hat meine Freundschaft mit Harry damit zu tun? Haben Sie am letzten Sonntag nichts bemerkt? Und ich war überzeugt davon! Wissen Sie nicht, daß ich, seit ich Sie gesehen habe, nur noch an Sie denke?...« Und so weiter. Ich versuchte mit Anstrengung allzu falsch klingende Phrasen zu vermeiden. Etwas war schließlich wahr daran: Dora gefiel mir wirklich und ich hatte viele Nächte lang an sie gedacht. Nun versuchte ich, ihr meine plötzliche Leidenschaft zu erklären, ohne dabei Liebe zu heucheln.

Es genügte nicht.

Nach und nach steigerte ich die Tonart; ich verstieg mich zu immer zärtlicheren und gefühlvolleren Ausdrücken, ich preßte sie an mich und, als mir schließlich die Worte ausgingen und mein Begehren immer heftiger wurde, versuchte ich sie zu küssen.

Sie machte sich los und sprang auf.

»Nein«, sagte sie, »nein. Ich habe Ihnen doch gesagt, daß ich nicht will. Man sieht, daß Sie noch niemals unter solchen Dingen zu leiden hatten. Ich hatte einen Verlobten, wir wollten heiraten. Er verließ mich und ging mit meiner besten Freundin durch. Ich glaubte sterben zu müssen. Und ich schwor mir, daß niemand in der Welt meinetwegen das durchmachen sollte, was ich durchgemacht habe. Und erst recht nicht jemand wie Harry, den ich liebe.«

»Aber Harry wird es niemals erfahren«, wandte ich schüchtern ein.

»Darauf kommt es nicht an. Ich selbst will nicht. Ich würde nur die ganze Zeit denken, daß ich etwas tue, was Harry kränkt, was ihm wehtut.«

Sie sprach diese letzten Worte sehr schlicht und sah mir gerade in die Augen.

Ich war wütend.

»Aber bei anderen«, fragte ich sie roh, »bei x-beliebigen

Männern, haben Sie keine Skrupel? Nur bei mir, weil ich Harrys Freund bin?«

»Was ich tue, geht Sie nichts an. Ich liebe Harry und ich brauche keinen anderen.«

Unwillkürlich legte ich die Hand auf den Packen Geld, der noch immer dort auf dem Tisch lag, wo ich ihn hingetan hatte. Gern hätte ich ihn wieder an mich genommen, oder wenigstens einen Teil der Summe. Aber sofort wurde mir die Schäbigkeit einer solchen Geste klar. Ich hatte mich geirrt und dafür mußte ich büßen. Wer dabei gewann, war Harry. Das war nur gerecht. Um so besser. Ich zog die Hand zurück, ließ das Geld, wo es war, und stand auf.

»Sagen Sie Harry, er möchte mich diese Nacht noch anrufen. Ich komme erst spät nach Hause; aber ich bin auf, um zu packen. Er soll mich zu jeder Zeit anrufen, bis er mich erreicht.«

Ich verabschiedete mich sanft und herzlich, küßte ihr lange die Hand, und ebenso sanft ließ sie es geschehen.

»Gute Reise!« wünschte sie mir und begleitete mich über die Terrasse bis an die Treppe. »Schreiben Sie uns eine Karte aus Paris! Ich bin nie dort gewesen, wie gern würde ich es kennenlernen!«

Harry rief mich nachts um drei Uhr an. Ich war mit Packen fertig und im Begriff, mich hinzulegen. Er dankte mir gerührt für das Darlehen; und indem er genau die Gesamtsumme dieses Geldes und der beiden ihm früher gegebenen Beträge nannte, sagte er, daß er den ganzen Betrag als einen Vorschuß auf den Verkauf des Drehbuchs ansehe.

»Ich danke dir«, fügte er hinzu, »nicht nur für das Geld, das mir sehr gelegen kommt, sondern vor allem auch, weil ich dadurch ernsthaft gezwungen bin, das Buch wirklich zu schreiben. Falls du es nicht unterbringen solltest, brauchst du trotzdem nicht besorgt zu sein. Ich habe reiche Verwandte in Amerika, das weißt du ja; eines Tages, früher oder später, kann ich dir alles zurückgeben.«

»Eines Tages, und zwar sehr bald, wirst du zu deiner eigentlichen Tätigkeit zurückkehren«, sagte ich ihm.

»Ich glaube nicht. Mir ist das alles leid geworden. Ich habe dir meine Geschichte noch nicht erzählt, wir haben noch gar nicht richtig miteinander gesprochen. Seit einem Jahr führe ich jetzt dieses Leben. Du weißt nicht ...«

Er bat mich um die Adresse meines Hotels in Paris und versprach, mir seinen Filmentwurf zu schicken, sobald er ihn niedergeschrieben habe. Vielleicht könnte ich ihn in Paris auch leichter vermitteln.

Wir verabschiedeten uns sehr herzlich, und ich mußte wieder an Dorothea denken. Als ich sie verließ (ich stahl mich hastig wie ein Dieb die Treppen hinunter und eilte durch die Via Margutta und Via del Babbuino, immer in der Sorge, Harry zu begegnen), hatte ich mir gesagt, daß sie vielleicht doch ehrlich und aufrichtig war und Harry wirklich liebte. Jetzt war ich dessen nicht mehr so sicher. Es konnte Berechnung gewesen sein. Oder auch beides, Berechnung und Aufrichtigkeit. Mit einem Wort, ich war ratlos und noch immer verärgert.

Aber als ich wenige Stunden später im Zug nach Paris vom Bahnhof Termini abfuhr, dachte ich nicht mehr daran.

Fünf

Mein Aufenthalt in Paris zog sich unvorhergesehen in die Länge. Der Film, den ich dort eigentlich nur szenisch hatte vorbereiten sollen, um ihn dann in Italien abzudrehen, kam ins Atelier nach Joinville. Als ich Dorothea gegenüber zu schwindeln glaubte, hatte ich die Wahrheit gesagt.

Gegen Ende des zweiten Monats erhielt ich von Harry folgendes Telegramm:

Morgen Sonntag 9 Uhr Gare de Lyon Zug Rom bitte beim Schaffner Schlafwagen vier persönlich Manuskript Filmbuch abholen stop herzlich Harry.

Warum schickte er es nicht mit der Post?

Der Schlafwagenschaffner übergab mir ein dickes Bündel, säuberlich verpackt und verschnürt, und dazu einen Brief.

»Signor Perkins«, erklärte er mir, »läßt Ihnen sagen, daß Sie sich bitte an mich wenden wollen, wenn Sie Mitteilungen für ihn haben. Morgen abend um acht fahre ich wieder nach Rom. Sie könnten mich im Hotel Moderne erreichen, Rue Parrot Nummer 3. Mein Name ist Borruso. Ich kenne Signor Perkins seit vielen Jahren. Wir sind gute Freunde. Sie können sich auf mich verlassen. Übrigens wird er Ihnen alles im Brief erklärt haben.«

Ich sah ihn überrascht an, ohne den Grund zu all dieser Vorsorge und Umständlichkeit zu verstehen. Er war ein untersetzter Mann mit kastanienbraunem Haar, nach Aussehen und Tonfall Kalabreser oder Sizilianer; er war nicht rasiert, seine Wangen waren schlaff und blaß wie bei allen Leuten, die schlecht oder wenig schlafen, etwa Croupiers oder Zeitungsdrucker.

»Wann haben Sie Signor Perkins gesehen?« fragte ich ihn.

»Gestern früh in Rom bei der Abfahrt des Zuges. Es ging ihm nicht gut.«

»Ist er krank?«

»Ich glaube, ja. Leberleidend. Aber das ist gar nicht sein eigentliches Leiden. Sehen Sie, ich weiß, Sie sind der beste Freund, den Signor Perkins in Europa hat …« Der Schaffner zögerte, nahm seine braune Mütze ab und fuhr sich mit dem Taschentuch über die verschwitzte Stirn. »Darf ich Sie zu einem Kaffee einladen? Wenn Sie nur zwei Minuten warten, hole ich eben meine Sachen.«

Er stieg wieder in den Wagen, und ich öffnete inzwischen Harrys Brief. Er war englisch geschrieben. Ich las:

Lieber Mario,
wundere dich bitte nicht über die Länge des Manuskripts und entschuldige, daß ich dich eigens auf den Bahnhof bemüht habe. Ich dachte, am Sonntag könntest du am ehesten kommen, ohne daß es dich zu sehr stört.
Beim Lesen wirst du verstehen, weshalb ich auch nicht die geringste Gefahr laufen wollte, daß das Manuskript verloren ginge. Außerdem ist es das Original, das einzige Exemplar, der Schnelligkeit wegen direkt in die Maschine geschrieben und ohne Durchschläge.
Die Erzählung ist noch nicht zu Ende, wie du sehen wirst. Die Fortsetzung bekommst du bei deiner Rückkehr in Rom.
Ich habe all diese vielen Seiten in weniger als drei Wochen niedergeschrieben. Es ging mir außerordentlich leicht von der Hand, nachdem ich erst einmal darauf verzichtet hatte, ein regelrechtes Drehbuch zu entwerfen, und mich entschloß, einfach mein wirkliches Leben in diesen letzten Jahren zu schildern.
Anfangs hatte ich Figuren erfinden wollen, und dabei an eine Filmhandlung gedacht, die irgendwie meine Erlebnisse und Probleme widerspiegelte. Aber ich kam einfach nicht voran damit. Es gelang mir nicht, das, was mir begegnet war und was mir noch immer zu schaffen macht, mit der geplanten Handlung in Übereinstimmung zu bringen. Ich bin noch zu sehr von meinem Erlebnis bedrückt und vermag nichts zu erfinden, nicht einmal dieses Erlebnis mit allem, was ich mir dabei selbst vorzuwerfen habe, künstlerisch zu stilisieren. Ich kann nur eine Beichte ablegen. Das ist alles.

Alles in meiner Erzählung – auch die Namen, die Daten und die Schauplätze – ist also wahr. Sieh zu, was sich damit anfangen läßt, und ob du daraus einen Film machen kannst. Wenn du glaubst, es ginge nicht, ist es auch recht. Ich mußte das alles erzählen, nicht nur einem Freund, sondern auch mir selbst, – all diese Dinge, an die ich seit einem Jahr ununterbrochen denke, und die wie ein Gewicht auf mir lasten, wie ein Stein auf dem Herzen, der mich erdrückt. Erzählen ist da die einzige Erleichterung. Ich danke dir, daß du mir diese Möglichkeit gegeben hast.

Herzlich *Dein Harry.*

P.S. Auf dem Bahnhof. Der Schlafwagenschaffner Borruso dem ich das Manuskript mitgebe, hat mein volles Vertrauen. Ich kenne ihn seit 1938. Wenn du mir antworten willst, bitte ich dich, das über ihn zu tun. Nichts zur Post geben. Es ist Doras wegen, verstehst du? Wenn ich an der Maschine saß, glaubte sie natürlich, ich arbeitete, und war nicht neugierig. Außerdem liest sie Englisch nicht gut. Aber Briefe macht sie auf. H.

Borruso kam mit seiner Umhängetasche, einem Köfferchen und einem großen Packen aus dem Wagen. Er bestand darauf, mich zum Kaffee einzuladen. Wir gingen zum Büfett. Er erzählte mir von Harry mit freundschaftlichem, fast väterlichem Wohlwollen, das mir übrigens vollkommen uneigennützig schien. Signor Perkins, sagte er, sei völlig erschöpft – ein Nervenkollaps nach all seinem Unglück... Borruso glaubte, daß ich über alles unterrichtet sei, und ich konnte ihm nicht sagen, daß ich noch gar nichts wußte. Schließlich kam er nach manchem Zögern auf einen Punkt zu sprechen, der ihn überhaupt zu der Unterhaltung mit mir bewogen haben mochte. Er hatte Harry mehrmals Geld geliehen, zusammen war es über eine halbe Million Lire. Niemand sonst wisse das bisher. Ich sei der erste. Er halte Harry für einen Ehrenmann, wisse, welche Stellung er in Amerika habe, daß er aus reicher Familie sei, und so weiter.

Er bezweifelte auch nicht Harrys guten Willen. Aber er, Borruso, habe in Rom Familie, eine Frau und vier Kinder; und wenn er auch leidlich verdiene, sei eine halbe Million immerhin eine halbe Million.

Ich erwiderte, daß ich alles tun wolle um Harry zu helfen und daß ich sicher sei, er werde sich wieder fangen.

»Sie müssen ihn überreden, nach Amerika zurückzugehen«, schloß der Schaffner. »Was tut er denn in Rom? Sehen Sie, ich spreche scheinbar gegen mein eigenes Interesse. Ein Gläubiger, der so weit fort fährt... Aber ich wiederhole Ihnen, ich kenne Signor Perkins. Sobald er die Mittel dazu hätte, würde er mir mein Geld zurückgeben. Aber das kann er nur, wenn er wieder in Amerika ist. Sie sehen, wie sehr ich ihm vertraue. Ich spreche nicht nur in meinem, sondern auch in seinem Interesse. Meinen Sie nicht?«

Als ich wieder in meinem Hotel war, las ich sofort das Manuskript. Ich gebe es in Übersetzung, und zwar in vollem Umfang, hier wieder. Nur ein paar Ungenauigkeiten habe ich korrigiert, die ihm in der Eile der Niederschrift unterlaufen waren.

Harrys Manuskript

Jeden Tag denke ich an Jane, jede Stunde, man kann sagen, jede Minute. Aber wenn ich erzählen will, was ihr geschah, und mir und uns beiden, vom Tage unserer ersten Begegnung an bis zum Ende, dann fühle ich mich nicht imstande, das immer der Reihe nach zu tun, wie ich es vielleicht der Übersicht und Klarheit wegen tun sollte. Denn ein einziger Augenblick, ein ganz kurzer, winziger Augenblick, steht mir immer vor Augen, deutlicher als alle anderen: Er beherrscht meine Erinnerung, sinnlos und bedrückend.

Es war nur ein sekundenlanger Blick, in unserem Zimmer im Grand Hotel, am Tag nach unserer Ankunft in Rom, das letzte Mal. Während sie ins Telefon sprach, hatten ihre Augen bei der stummen Antwort auf meine geflüsterte, aber keineswegs argwöhnische Frage »Wer ist das?« einen so düsteren, gedrückten Ausdruck, wie ich ihn noch nie an ihr gesehen hatte. Über seine Bedeutung habe ich mich damals gründlich getäuscht.

Ich kannte Jane seit fünf Jahren. Seit vier Jahren war sie meine Frau, dann die Mutter meiner beiden Kinder. Ich hielt sie für eine vollendete Ehefrau und Mutter, in demselben Maße, wie ich ein unvollkommener Ehemann und Vater war.

Es war mir gelungen, oder jedenfalls schien es mir so, ihr stets meine Schuld, meine häufigen, kleinen Treulosigkeiten zu verheimlichen, wie auch die Leidenschaft, der ich jedesmal aufs neue erlag, sooft ich wieder nach Italien kam: mein Verhältnis mit Dorothea.

Ich hatte Dorothea, so unglaublich es klingt, eben durch Jane kennengelernt, und zwar wenige Tage nach meiner ersten Begegnung mit Jane.

Es war im Sommer 1944. Rom war am 4. Juni befreit worden.

Ich sah Jane zum erstenmal auf einer Party bei einem mir befreundeten Colonel in einer beschlagnahmten römischen Villa. Sofort empfand ich für Jane eine ungewöhnliche Zärtlichkeit, beinahe Mitleid. Sie schien mir – so klein, zerbrechlich, nervös, intelligent und sensibel, wie sie war – sehr schutzbedürftig. Das Gefühl, das mich von Anfang an zu ihr trieb, war leidenschaftslos, schwermütig-zärtlich, aufrichtig und unbeirrbar. Es erinnerte mich an meine Liebe zu meiner Mutter und hatte den bitteren Beigeschmack von Pflicht. Es war nicht das süße Drängen der Liebe, noch der berauschende Drang der Lust.

Seit jenem Abend traf ich sie Tag für Tag. Ich suchte ihre Gesellschaft mit der selbstverständlichen Pünktlichkeit, mit der man einer Pflicht obliegt.

Es freute mich, mit ihr zusammenzusein, ihr von meiner Kindheit, meiner Familie, aus meinem Leben zu erzählen, ihr

Eindrücke und Gedanken mitzuteilen und mit ihr in Konzerte zu gehen. Ich konnte mit ihr sogar über meine Arbeit als Kunsthistoriker sprechen und mit ihr zusammen Ausstellungen und Galerien besuchen, denn sie war gebildet und hatte über Malerei ein freies, natürliches Urteil. Keinen Augenblick jedoch empfand ich in jenen ersten Tagen das Bedürfnis, sie in meine Arme zu schließen. Bis ich eines Abends, als wir mit einer Droschke in den Anlagen der Villa Borghese spazieren fuhren und längere Zeit schwiegen, als hätte die weiche, milde Sommerluft uns überwältigt, bekümmert und fast ärgerlich, über die Unzulänglichkeit meiner Gefühle für sie nachzusinnen begann. Es war also noch keine Liebe! Noch war sie nicht die einzig begehrte Frau! Aber vielleicht trieb mich dieselbe törichte Ungeduld, das Schicksal zu zwingen, die schon mehrere meiner Freunde Hals über Kopf in die Ehe getrieben hatte. Ich wehrte mich also genau wie sie gegen meine bessere Einsicht. Und indem ich meiner seltsamen, tugendhaften Zuneigung zu Jane folgte, sagte ich mir, *daß es meine Pflicht sei, sie zu begehren.* Ich blickte sie verstohlen an, ohne den Kopf zu wenden. Ich sah sie, während der Wagen in gleichmäßigem Rütteln dahinfuhr, neben mir sitzen, zurückgelehnt, klein, mager und nervös, ein Abbild der Schwäche und Glücklosigkeit. Wieder begriff ich, daß sie mir nicht gefiel; aber im gleichen unseligen Augenblick und zum erstenmal begriff ich auch, daß sie mir, wenn auch vielleicht nur für kurze Augenblicke, doch gefallen konnte, und zwar gerade, weil sie meinem eigentlichen Wunschbild ganz entgegengesetzt war. Es war wie eine Möglichkeit, die mir mit einem Mal aufging, eine gefährliche und abwegige Möglichkeit. Mir haben immer nur große, hochgewachsene, starke und üppige Frauen gefallen. Jetzt blickte ich auf den an Janes zierlichem Körper ganz leicht sich abzeichnenden Bauch mit seiner sanften Rundung, die nur eben eine Andeutung war. Und ich sagte mir, daß es hier vielleicht doch eine Möglichkeit des Genusses gäbe, nämlich das zu genießen, was mir sonst nicht gefiel, und gerade, weil es mir nicht gefiel. Der Würfel war gefallen.

Jane war aufgeschnellt wie eine Feder. Plötzlich begehrte ich diesen Leib. Mit rücksichtsloser Leidenschaft wandte ich mich ihr zu, faßte sie um die Hüfte, riß sie an mich und küßte sie. Fast wie ein Beißen war es, das ihr wehtun sollte. Arme Jane!

Aber sie wollte sich nicht hingeben. Weder in dieser Nacht noch in allen folgenden dieses römischen Sommers. Auch nicht im nächsten Jahr, als wir uns in Paris wiedertrafen und schließlich nicht einmal im Herbst, als wir uns in New York verlobten. Sie weigerte sich bis zur Hochzeit. Wir heirateten im Dezember 1945 in Philadelphia. Sie war katholisch und streng gläubig.

Es war vielleicht zwei oder drei Tage nach jener nächtlichen Spazierfahrt, daß ich mittags um ein Uhr Jane in einer kleinen Trattoria traf. Sie aß mit einer sehr auffallenden Italienerin zu Mittag, die in dieser kleinen, fast ausschließlich von Männern besuchten Trattoria der Mittelpunkt der Aufmerksamkeit war.

Ich hatte sofort den Eindruck, daß sie eine Prostituierte war, oder, wie die Italiener damals in Nachahmung unserer falschen Aussprache (oder in Anlehnung ans Spanische) sagten, eine »Segnorina«. Aber während die »Segnorinas« im allgemeinen klein, abgehärmt und zerfahren waren, mit einem verhungerten, wie eingeschüchterten Gesichtsausdruck, zeichnete sich diese gerade durch ein sehr selbstsicheres und, fast möchte ich sagen, feierliches Benehmen aus. Dorothea betrachtete instinktiv reihum alle Männer, lächelte und nickte ihnen alle Augenblicke zu. Jede Nuance ihres Ausdrucks, ernst oder ironisch, ließ ans Bett denken. Bald leidenschaftlich und bald spöttisch, schien sie immer nur auf die Liebe anzuspielen. In der hohen Stirn, in der klaren Zeichnung des Profils, im Blitzen der Augen und dem schöngeschwungenen Mund war etwas Klassisches, Entschiedenes, etwas Sieghaftes. Wie ein Versprechen und ein Geheimnis, das sie mit einem einzigen Blick zwischen sich und den Männern herzustellen wußte.

Natürlich war ich erstaunt, Jane in dieser Trattoria zu treffen, und dazu in solcher Gesellschaft. Wir sahen uns sonst tagsüber nie. Ich holte sie gegen sieben Uhr im Hotel ab, wir aßen im Restaurant, gingen zusammen spazieren oder tanzen oder auf eine Party, bis gegen Mitternacht. Jane arbeitete als Krankenpflegerin in einem Lazarett. Am selben Abend erzählte sie mir, daß ein Soldat Dorothea wegen einer übrigens harmlosen Behandlung zu ihr ins Lazarett gebracht habe. Und daß Dorothea aus Dankbarkeit sie zum Essen eingeladen habe. Sie sollte einmal ein echt italienisches Essen kennenlernen. Dorothea sei so bescheiden gewesen und habe ihre Einladung so spontan hervorgebracht, daß Jane es nicht über sich gebracht hätte, sie abzulehnen. Wie dem auch war, als ich Jane über Dorothea sprechen hörte, war ich ganz aufgewühlt; mich interessierte dabei durchaus nicht die Frage nach der Glaubwürdigkeit ihres Berichts, sondern nur Dorothea, und ich überlegte, wie ich sie wiedertreffen könnte. Ich begehrte Dorothea vom ersten Augenblick an, da ich sie in dem von fröhlichem Stimmengewirr erfüllten Dämmer der kleinen Trattoria sah. Ein einziger breiter Sonnenstrahl drang durch die geöffnete Tür herein, streifte Gedeck und Gläser ihres Tisches und fiel auf ihre Füße, deren rotlackierte Nägel die Lacksandalen freigaben. Sie erschien mir sehr verführerisch in ihrem tiefausgeschnittenen seidenen, hellgeblümten Kleid, mit ihren nackten Armen, braun und sonnenverbrannt, wie sie war, mit ihren funkelnden Augen, blendenden Zähnen und glitzernden Armreifen. Ihre klassisch anmutende Schönheit schien gleichsam eine Aura heiterer Sinnlichkeit auszustrahlen. Mein Begehren war überschwenglich. Ich war hingerissen und zugleich schüchternverzagt, wie es einem geschieht, wenn man der erträumten Frau begegnet.

Ich setzte mich und aß mit ihnen. Ich zwang mich, Jane meine Verwirrung nicht merken zu lassen. Jane, die mir gegenüber und neben Dorothea saß, steigerte nur noch den Zauber, der von Dorothea ausging. Vielleicht war das der fast beispielhafte Gegensatz himmlischer und irdischer Liebe? Die Schwierigkeit dann, Dorothea meine Verliebtheit zu zeigen, geschweige denn, an Ort und Stelle eine Verabredung mit ihr zu treffen!

Vielleicht niemals, auch später nicht, erschien Dorothea mir so begehrenswert wie dieses allererste Mal, als ich noch nichts von ihr wußte und nur fürchtete, sie nicht wiederzusehen.

Aber ich traf sie auf die einfachste Weise der Welt wieder, indem ich am nächsten Tage um dieselbe Stunde wieder in die kleine Trattoria ging.

Sechs

Von jenem Abend an bis zum heutigen, an dem ich dies schreibe, sechs Jahre danach, ist Dorothea die einzige Frau gewesen, die mir wirklich etwas bedeutet hat.

Aber ich habe mich immer dessen geschämt. Nicht einen Augenblick lang habe ich mir Illusionen über sie gemacht. Vom ersten Moment an hatte ich begriffen, daß sie eine »Segnorina« war, und das ist sie immer für mich geblieben, auch als ich mich entschied, mit ihr zusammenzuleben.

Zuerst hatte ich es jahrelang vermieden, mich in ihrer Begleitung sehen zu lassen. Nicht nur aus Sorge, Jane könnte es erfahren, sondern weil ich mir über ihre eindeutige Art im klaren war und mich selbst vor Unbekannten schämte, mit ihr zusammen gesehen zu werden. Das ist auch heute noch so. Mit dem Unterschied, daß ich nun soweit gekommen bin, mein eigenes Schamgefühl in einer Art Selbstquälerei beinahe zu genießen.

Wohl aus dem gleichen Grunde schaltete ich in all diesen Jahren immer wieder Pausen in unserem Zusammensein ein. Nur einmal waren wir für eine längere Zeit hindurch zusammen: als Dorothea mich im Frühjahr 1947 auf einer Reise durch Mittel- und Oberitalien begleitete, während Jane mit dem Jungen in Capri war.

Ich verließ Dorothea, sobald ich glaubte, ohne sie leben zu können, und kehrte zu ihr zurück, wenn sich das Gegenteil herausstellte. Gewöhnlich genügten schon vierzehn Tage, höchstens ein Monat der Abwesenheit, um mein Begehren wieder zu wecken. Und wenn ich mich dann in New York oder Paris befand und es mir unmöglich war, sofort nach Rom zu reisen, steigerte sich meine Sehnsucht nach Dorothea mit jedem Tag bis zum Augenblick unseres Wiedersehens und einer neuen Vereinigung. Trotzdem blieb auch auf dem Höhepunkt meiner

Besessenheit mein Urteil ungetrübt. Zwar erschien mir Dorothea dann über alle Maßen anbetungswürdig, fast wie eine Gottheit, doch wußte ich gleichzeitig, daß sie eine ganz einfache, ungebildete und geldgierige Frau war. Ihre Göttlichkeit, kurz gesagt, war keine echte Eigenschaft, sondern nur wie der Widerschein meines sehnsüchtigen Verlangens nach ihr.

Aus dieser Einschätzung Dorotheas heraus vermied ich es auch noch bis vor kurzem, mit ihr über Jane zu sprechen. In jenem fernen ersten Sommer verschwieg ich ihr die wahre Bedeutung, die Jane für mich hatte, und tat so, als handele es sich um eine flüchtige Bekanntschaft. Ich erzählte ihr also nichts davon, daß ich häufig mit Jane zusammenkam, und hielt sogar meine Heirat vor ihr geheim. Ich wollte um nichts in der Welt Dorothea eine Waffe liefern, mit der sie mich – zumal in Augenblicken, da ich ganz von ihr abhängig war – mühelos hätte erpressen können. Peinlichst schied ich mein Leben mit Jane von meinem Leben mit Dorothea, bemüht, daß die Sphäre der einen auch nicht die geringste Berührung mit dem Leben der anderen erfahre. So oft ich Jane verließ, um Dorothea zu treffen, legte ich mir für Jane ein stichhaltiges Alibi zurecht. Und jedesmal, wenn ich Dorothea verließ, um zu Jane zurückzukehren, war ich besorgt, Dorothea nichts von meinem ehelichen Dasein zu verraten. Dorothea wußte nie, wo ich in Rom wirklich wohnte. Aus Paris, aus London oder New York gab ich ihr immer nur meine Büroanschrift an.

Wenn ich heute, nachdem alles zu Ende ist, an all meine ausgeklügelten Vorsichtsmaßnahmen zurückdenke, verstehe ich, daß sie nicht nur in meiner Sorge, Jane könnte von Dorothea und Dorothea von Jane etwas erfahren, ihren Ursprung hatten, sondern in einem tieferen und dunkleren Gefühl. Es war wohl dies, daß ich für beide Liebe empfand und mir die Möglichkeit nicht nehmen lassen wollte, mit der einen wie mit der anderen zwei ganz gegensätzliche Arten der Liebe zu erleben. So spielte ich bei Jane eine bestimmte Rolle und bei Dorothea eine andere, aber beide so überzeugend, daß ich beinahe selbst an ihre Echtheit glaubte. Im Grunde drückte sich in jeder dieser Rollen immer nur der eine Teil meines Wesens aus. Bei Dorothea war ich der vergnügungssüchtige Junggeselle, Trinker, Spieler, vagabundierende Künstler, verantwortungslos und flatterhaft. Bei Jane ganz das Gegenteil: überzeugter Ehemann und zärtlicher Vater, pflichtgetreu und arbeitswütig, korrekt und ganz meiner Wissenschaft lebend.

Jedoch maß ich anfangs meinem immer wiederkehrenden Verlangen nach Dorothea wenig oder keine Bedeutung bei. Sie war eine schöne Frau, die mir alle vierzehn Tage gefiel, und nichts weiter. Die ersten Male lud ich sie, entweder vorher oder nachher, zum Essen ein, verbrachte auch einige Stunden in Gesprächen mit ihr oder ging mit ihr spazieren. Aber sehr bald bemerkte ich, daß das überflüssige Förmlichkeiten waren: eine Qual für die Sinne, wenn ich mich ihnen vorher, eine Qual für den Geist, wenn ich mich ihnen hinterher unterwarf. Ich empfand, wie Goethe sagt, die Lust der Lüge und glaubte, mich dieser Lust nach Belieben und ungestraft überlassen zu dürfen: ohne die Gefahr, heißt das, daß die Lust nach und nach zu einem Laster werde. Mein Leben lag klar vor mir. Ich liebte Jane, eine Frau, die meiner Liebe würdig war; ich hatte sie zu meiner Lebensgefährtin, zur Mutter meiner Kinder gemacht. Dorothea dagegen war eine höchst angenehme, aber, wie ich glaubte, oberflächliche Ablenkung, auf die ich jederzeit hätte verzichten können, wenn ich nur wollte. Hier glaubte ich, ohne Furcht und Reue nachgeben zu dürfen. So gewöhnt man sich als junger Mensch etwa das Rauchen oder Trinken an und ist fest überzeugt, es jederzeit wieder aufgeben zu können. Aber wenn dann der Tag kommt, an dem man es gern wollte, stellt man fest, daß es zu spät ist.

Am 15. Oktober 1944 wurde Janes Lazarett nach Frankreich verlegt. Es war unsere erste Trennung, seit wir uns begegnet waren. Die Fahrzeugkolonne verließ abends Rom in Richtung Neapel; am Morgen mußte Jane sich dort nach Marseille einschiffen.

Ich ging, um mich von Jane zu verabschieden, kurz vor ihrer Abfahrt in die Villa an der Via Cassia, in der das Lazarett lag.

Im Durcheinander eines solchen Aufbruchs, das selbst bei der vollendeten Organisation unseres Sanitätswesens unausbleiblich ist, konnte Jane sich nicht viel um mich kümmern. Sie lief hin und her, von einem Wagen zum andern, mit Koffern und mit Medikamenten. So oft sie an mir vorüberkam, blickte sie mich mit sanftem Lächeln an. Sie hatte Tränen in den Augen.

Ich hockte in meinem Jeep und verfolgte, ebenfalls wie durch einen Schleier vor meinen Augen, die Bewegungen dieser zierlichen Gestalt in ihrer eleganten blauen Uniform. Aber mein Abschiedsschmerz war seltsamerweise mit Ungeduld vermischt – wie ein kräftiger, berauschender Cocktail, dessen zwei Ingredienzien sich gegenseitig steigern: der eine Bestandteil war der Schmerz der Trennung von Jane, der andere die Ungeduld, bald, so schnell wie möglich bei Dorothea zu sein und mit ihr endlich eine ganze Nacht zu verbringen. Bis dahin hatte ich das niemals gewagt, da ich es von Anfang an Jane freigestellt hatte, mich zu jeder nächtlichen Stunde im Hotel anzurufen, wohin ich, wie sie wußte, keine Frauen mitnehmen konnte. Eine Kontrolle, die Jane, um die Wahrheit zu sagen, niemals ausgeübt hatte. Daß sie aber jetzt ganz unvorhergesehen überhaupt unmöglich wurde, erfüllte mich mit einem merkwürdigen Gefühl von Freiheit. Dabei war es gerade der Schmerz über Janes Abreise, ohne daß ich wußte, wann ich sie wiedersehen würde, der meiner Gewißheit, noch an diesem Abend Dorothea in den Armen zu halten, einen neuen Reiz gab, während andrerseits diese Gewißheit, dieses Bewußtsein der unvermeidlichen Sünde, mir den Abschied von der Frau noch schwerer machte, in der ich bereits die künftige Gefährtin meines Lebens verehrte.

In der Erregung kletterte ich aus dem Jeep und begann, zwischen den Baracken, Zelten, Krankenwagen und anderen startbereiten Fahrzeugen hin und her zu wandern.

Nach einiger Zeit hielt ich plötzlich inne; es schien mir, als hätte ich Jane durch das Fenster einer Baracke gesehen. Sie war es wirklich. Sie telefonierte. Ich sah sie im Profil, sie hätte mich also bemerken können. Doch ich stand draußen in der Dunkelheit, sie aber in der Baracke, die von einer Petroleumlampe schwach erhellt war. Und dann schien sie so völlig in Anspruch genommen, so versunken in ihr Telefongespräch! Vielleicht war es die leidenschaftliche Lebendigkeit ihres Ausdrucks (es war ihr gewöhnlicher Ausdruck, der nur jetzt, während sie telefonierte, noch deutlicher wurde), oder war es, weil ich sie durch das vergilbte Zellophan des kleinen Fensters in dem schwankenden Licht sah und weil sie sich auf die Zehenspitzen stellen mußte, um an den für sie etwas hoch angebrachten Wandapparat heranzureichen: fest steht jedenfalls, daß sie mir noch kleiner, noch schutzloser, noch liebebedürftiger als sonst erschien und daß dieser Anblick mich mit Zärtlichkeit und Rührung erfüllte.

Welch anbetungswürdige Frau war meine Jane!

Wie schwach war also mein Geist und wie stark dagegen mein Fleisch!

Aber Fleisch und Geist waren Worte, die ich in jenen Augenblicken des Gefühlsüberschwangs fand, als ich eine Zigarette nach der andern rauchte, Jane durch das Fenster sah und zugleich an Dorothea dachte, an die Straße, an die Treppe, die ich hinauflaufen würde, an die Klingel, die ich stürmisch drücken würde, an die erste Umarmung im halbdunklen Gang, sobald die Tür ins Schloß gefallen war, an ihren großen Körper dicht an meinem – und mir all dies mit hämmernder Ungeduld vorstellte und im voraus genoß. Nur Worte! Die Wahrheit, weiß ich jetzt (jetzt, da dieser Augenblick in unerreichbare Ferne gerückt ist), die Wahrheit ist eine andere. Sie hat weder mit Geist noch mit Fleisch zu tun, sondern damit, daß die Liebe zu ihrer Erfüllung auch den Haß und das Leid braucht.

Schließlich kam Jane zu mir heraus. Sie lächelte und strich sich unter der koketten Mütze eine Locke zurecht. Mit wem sie telefoniert hatte? Mit einem Geistlichen, ihrem Beichtvater, um sich zu verabschieden. Und schon drückte ich sie an mich, in der Umarmung des Abschieds; und ich empfand einen seltsamen Mangel, wenn ich unwillkürlich ihren schmächtigen, nervösen Leib, der kindlich wie der eines Schulmädchens schien, mit Dorotheas großem, kräftigen, weichen Körper mit seinem herben, überwältigenden Parfüm verglich. – Aber noch war es nicht der Abschied. Sie lachte glücklich, weil für den Augenblick ihre Arbeit beendet war. Der Oberst hatte ihr erlaubt, einige Kilometer weit auf der Strecke nach Neapel in meinem Jeep zu fahren.

Wir fuhren durch Rom, mit Vorsprung vor der Kolonne. Wir sahen zusammen, vielleicht zum letzten Mal, die Stadt, in der wir uns kennengelernt hatten, in der wir einen ganzen Liebessommer verbracht hatten, die engen, langen, gewundenen Straßen, die mächtigen Palazzi aus dem siebzehnten Jahrhundert, die düster und massig gegen einen nachtschwarzen Himmel standen. Aber nichts fesselt in Rom so wie der Anblick der beinahe orientalisch, nur schwermütiger und ernster wirkenden Menschen auf den Straßen: eine gestaltlose Menge, zugleich träge und aggressiv, wie der Klang ihrer Sprache, ihres Dialekts, doch noch immer irgendwie umspielt vom Hauch verlorener Größe.

Im Licht der Läden und Reklamen, der Azetylenlampen an den Tischen vor den volkstümlichen Gaststätten, drängten sich Verkäufer, Schwarzhändler, Bettler und Schlepper, Kuppler, Huren, Straßenjungen und Ausrufer. Es war eine ganze Welt, die Jane an diesem Abend, neben mir in dem nur langsam vorwärtskommenden Jeep, wiedersah und hinter sich ließ. Die warme, lebensvolle Welt Dorotheas, dachte ich. Und wenn ich mir auch sagen mußte, daß ich diese Welt wiederfinden, ja, sehr bald kopfüber und besinnungslos in sie hineintauchen würde, so war doch auch mir, als ließe ich sie hinter mir und nähme Abschied, zusammen mit Jane, und beinahe, als sähe ich alles zum erstenmal, wie es einem in den Augenblicken vor einer Trennung ergeht.

Wir hielten oben in den Albaner Bergen, im vollen Nachtwind, an einer Biegung der Straße, kurz hinter Ariccia. Kein Baum stand in der Nähe. Der kahle Boden zu unseren Füßen fiel nach allen Seiten ins Unendliche. Nur ein kleines Stück weit, dort unten in der Richtung, aus der wir gekommen waren, ahnte man den Lichtschein von Rom. Über uns ein dunkler blauer Himmel, und das Gleißen der Sterne. Der frische Wind, der uns ins Gesicht schlug, trug den Geruch des nahen Meeres.

Ich umarmte Jane, preßte sie an mich, küßte sie lange und voll Freude. Und plötzlich vergaß ich Dorothea (zum erstenmal seit einigen Stunden) und begehrte Jane, wie ich sie bis dahin noch nie begehrt hatte. Auch Jane hätte es in dieser Nacht, glaube ich, gewollt; oder jedenfalls war sie noch nie so nahe daran gewesen, es zu wollen. Ich hatte ihr nur eben die Bluse aufgeknöpft. Meine Hände spürten zum erstenmal ihren mageren, zarten Körper, die Bewegung der Rippen unter der hauchdünnen Haut, das starre Nylon des Büstenhalters, als wir plötzlich das Dröhnen der Fahrzeugkolonne vernahmen, die über die Bailey Bridge bei Ariccia holperte. Ohne Mund von Mund zu lassen, drehten wir uns um und sahen die Scheinwerfer der ersten Wagen uns bereits zu nahe, als daß für mehr Zeit geblieben wäre, als eine rasche Umarmung, in der unser ganzer Abschiedsschmerz lag.

Farewell, Jane! Schnell, farewell, Geliebte! Sie stieg in einen Wagen, in dem ihre Kameradinnen saßen, und entschwand im Rattern, im Dröhnen, im wirbelnden Staub der endlos langen Kolonne. Ich stand dort, im Gras, neben meinem Jeep, reglos, ohne Gedanken und wie ohne Empfindung, und ließ die Wagen an mir vorüberrollen.

Als die letzten Dodges schon fern waren und ihre roten Lichter im Dunkel der Straße nach Süden nicht mehr zu erkennen waren, und ich nicht wußte, wann ich Jane wiedersehen sollte, kletterte ich in meinen Jeep und fuhr, mit den Gedanken immer bei Jane, die Straße wieder hinunter nach Rom.

Erst nach mehreren Kilometern, bei den ersten Häusern Roms, glaube ich, entsann ich mich Dorotheas. Und das erste Gefühl war kein Begehren, o nein!, sondern ein Staunen darüber, daß ich sie vergessen hatte und im Augenblick keinerlei Begierde mehr nach ihr empfand. Frei war ich jetzt, wirklich frei. Es hing von mir ab, ob ich sie sogleich sehen würde. Ich hatte mich telefonisch bei ihr angemeldet. Sie erwartete mich.

Nun, ich ging nicht zu ihr, in dieser Nacht. Ich war auch ohne dies glücklich. Glücklich in meiner Liebe und in meinem Schmerz um Jane. Meine Nerven fieberten angespannt, in köstlicher Qual, die jede Empfindung gewaltig steigerte, wie durch ein Fluidum mit der Fahrzeugkolonne verbunden, die langsam durch die Nacht auf Neapel zu, nach Süden kroch.

In ironischer Selbsteinsicht gestehe ich mir heute, daß ich Jane in jener Nacht eben deshalb so sehr liebte, weil sie sich von mir entfernte. Es war ein Liebesglück, das mich für jenen Augenblick zu nichts verpflichtete, nicht einmal dazu, die geliebte Frau zu besitzen, da sie mir in eben diesem Augenblick entzogen wurde. Ich glaubte, glücklich zu sein, weil ich die mir zugedachte Frau gefunden hatte. In Wahrheit aber war ich glücklich, weil ein starkes Gefühl (mein Gefühl für Jane) mich von dem Drang befreit hatte, Dorothea zu sehen. In diesem Gefühl fand ich Genügen. Ich war glücklich, weil ich allein war.

Ich ging nicht zu Dorothea. Ich rief sie nicht einmal an, um ihr Bescheid zu sagen. Mein Jeep fuhr durch die Via Gregoriana, bis unter deine Fenster, mein teurer Filmdreher: und ich sah in deinen Fenstern Licht. Ich hielt an und rief zu dir hinauf, laut und hallend. Oben bei dir waren Giacomo N. und ein Ungar, dessen Namen ich nicht mehr weiß; er arbeitete damals mit mir zusammen im P.W.B. Ihr spieltet Schach. Erinnerst du dich noch?

Eine Schachpartie. Ich war nicht müde, ich litt und war gleichzeitig glücklich, denn ich war ja überzeugt zu lieben. Eine Partie Schach, und die Gesellschaft intelligenter Leute und Literaten: das war es, was ich brauchte.

Ich stieg zu dir hinauf. Du hattest Whisky. Es fand sich ein zweites Schachbrett. Ich blieb, erinnerst du dich?, bis zum Morgengrauen. Als wir es leid waren zu spielen, und auch weil der Ungar uns zu eindeutig überlegen war, sprach Giacomo N. mit seiner warmen Stimme einige Gedichte von Heine. Sie waren schön, gewiß, und er trug sie gut vor. Aber wie sollte ich ihre Schönheit von meinem Glück unterscheiden, während ich diese Verse hörte? Wie den Wert der Freundschaften würdigen, die wir Amerikaner damals mit so vielen sympathischen Europäern schlossen, in der Begeisterung des siegreich zu Ende gehenden Krieges?

Ich ging zu Bett, erschöpft und voll frohen, vertrauenden Mutes. Es war, als schlösse ich mich mit einem kostbaren Besitz ein. Dieser Besitz war Jane, die Gewißheit der Liebe Janes und meiner Liebe zu Jane.

Während ich einschlief, hörte ich die Stimme deines Freundes nachklingen, die mich in den Schlaf zu wiegen schien:

Ach, die Augen sind es wieder,
Die mich einst so lieblich grüßten…

Sieben

Wie lange dauerte die Verzauberung?

O ja, Jane war in der Ferne sehr viel stärker als in der Nähe. Gleichwohl erlebte ich im Licht des Tages, im schändlichen Licht des Tages die Enttäuschung, mich etwas weniger verliebt zu fühlen als in der letzten Nacht.

Ein breiter Streifen Sonne, der durch die halbgeschlossenen Fensterläden drang, lichtete das Halbdunkel im Zimmer. Von draußen kam Straßenlärm, untermischt mit dem fernen Klang von Glocken und den Ausrufen der Straßenhändler. Bottijaro! Bottijarooo! hörte ich deutlich eine fröhliche Stimme, die allmählich schwächer wurde, bis sie ganz im Lärm unterging. Es hatte wie der Titel eines Theaterstücks geklungen, das mir bestimmt gefallen würde. Ein schöner, warmer, heiterer Oktobertag in Rom hatte sich mir damit angekündigt. Ich betrachtete den goldenen Streifen, lauschte dem Durcheinander von Geräuschen und wußte, daß verborgen hinter alledem – Sonne, Wärme und Lärm des Lebens – das Bild Dorotheas stand. Auf dem Nachttisch sah ich ein Blatt Papier, auf das ich vor dem Einschlafen ein Telegramm an Jane geschrieben hatte. Ich las es noch einmal und war traurig darüber, daß ich nicht wagte, es abzusenden. Ich hatte geschrieben:

Liebste Jane, willst du mich heiraten? Antworte sofort. Trauung nach Kriegsende. Ich umarme dich.

Ich schickte es jedoch, mit dem gleichen Wortlaut, einige Monate später ab. Und auch da geschah es im ersten Schmerz und im ersten Aufschwung nach einer Trennung. Aber damals war ich nicht mehr in Rom. Ich hatte Jane am Morgen zuvor in Saint Pierre d'Albigny bei Aiguebelle in Savoyen verlassen, war den ganzen Tag gefahren und gegen Mitternacht in Nizza angekommen. Das P.W.B. – so nannte sich meine Dienststelle – war dort, zusammen mit verschiedenen anderen Militärbehörden, in einem der großen Hotels untergebracht, und daher funktionierte dort auch die Post geradezu mustergültig. Was ich aber vor allem sagen will: ich war in Nizza, nicht in Rom, nicht in der Nähe Dorotheas.

Während ich mich von Jane immer weiter entfernte, durch die Berge Savoyens und der Dauphiné fuhr, hatte ich immerzu an Jane denken müssen, all die Stunden der langen Fahrt hindurch, mit einer Heftigkeit, die sich mit der wachsenden Entfernung ständig steigerte. So war ich denn, kaum in Nizza angekommen, durch die Hotelhalle gestürmt bis zur Rezeption, wo ein großes Schild zum Post Office wies, und hatte das Telegramm aufgegeben.

Es war also ein Telegramm, für das ich einige Monate gebraucht hatte. Das war alles. Und was hatte ich inzwischen getan? Hatte ich meinen Entschluß überlegt und über Bedeutung und Folgen einer Heirat nachgedacht?

Ich muß gestehen, daß ich es sogar nach Möglichkeit vermieden hatte, daran zu denken. Es war mir damit ergangen wie etwa mit dem bevorstehenden Tod eines uns lieben Menschen, der alt und krank ist. Wir wissen, das Ende ist unausweichlich, und doch möchten wir das Unsere dazu tun, es möglichst noch hinauszuschieben. Am besten scheint es uns, gar nicht daran zu denken; denn unsere Gedanken, so fürchten wir, könnten das Unglück nur beschleunigen. Also ist es besser, sich blind zu stellen und das Schicksal zu vergessen.

Und das hatte ich in den ersten drei Monaten getan. Wenn ich auch jeden Tag an Jane dachte und ihr täglich schrieb, tat ich doch so, als wüßte ich nicht, daß ich sie schließlich heiraten würde und daß jeder meiner Briefe, jedes Wort in diesen Briefen ein weiterer Schritt auf diesen schicksalhaften Abschluß hin war. Aber auch dieser geheime Vorbehalt, dieser Selbstbetrug, war vergeblich. Ich fühlte, daß jeglicher Zweifel, jedes Nachdenken und Grübeln meinen rein instinktiven und vernunftmäßig nicht weiter begründeten Willen zur Heirat nur beeinträchtigen konnte.

Ich habe mich später oft gefragt und frage mich heute noch, was der tiefere Grund dieser Verblendung war. Und ich sah, wie so manche meiner Freunde, Amerikaner und Europäer, auf genau die gleiche Weise zur Ehe kamen: durch dieselbe blinde Versessenheit, durch dieselbe unsinnige Selbstverurteilung. Ist es, am Ende unserer Jugend, die Angst vor dem wirklichen Leben und seinen Aufgaben? Ist es ein Drang, unsere Willenskraft der härtesten Probe auszusetzen, auch auf die Gefahr hin, zu unterliegen? Ist es Überdruß an Freiheit und schweifender Ungebundenheit? Ekel und Abscheu vor dem ewigen Einerlei des Liebesaktes, der uns nichts mehr verheißt und nichts Neues mehr gibt, sondern sich mechanisch, automatisch, jedesmal gleich zu wiederholen scheint und uns nur unerbittlich auf den Weg des Lasters führt?

Ich glaube, daß es etwas Besseres oder Schlimmeres ist; auf jeden Fall etwas Stärkeres.

Der Mensch, glaube ich, hat ein Bedürfnis, unglücklich zu sein, das mindestens ebenso stark ist wie sein Sehnen nach Glück.

Ich sehe die gequälten Gesichter wieder vor mir, höre die abgebrochenen Sätze, die Stoßseufzer meiner Freunde wieder, die ich vor einigen Monaten frei und fröhlich verlassen hatte und die mir, als ich sie dann wiedersah, wie eingepfercht in ihrer selbstgewählten Enge vorkamen.

Ich weiß sehr wohl, daß die Umstände und Begebenheiten meines Lebens, wie du nach und nach sehen wirst, merkwürdig und ungewöhnlich scheinen können. Deswegen betone ich, zum mindesten bei dieser Heiratsgeschichte, die Ähnlichkeit meines Lebens mit dem vieler Männer meines Alters und Standes in Europa und in Amerika. Jedenfalls kann man sagen, daß die Eheschließung ein öffentlicher Vorgang ist und daß somit auch die jeweiligen Beweggründe zu einer Heirat die Umwelt interessieren. Es ist mir nie schwer gefallen oder unnatürlich vorgekommen, meine Freunde darüber zu befragen und dadurch die Hintergründe zu ihrer seltsamen inneren Wandlung zu erkennen. Übrigens möchte ich sie nicht seltsam nennen, da sie offenbar so vielen gemeinsam ist. Ich schließe daraus, daß auch die anderen, mir unbekannt gebliebenen Umstände ihres Lebens, die man sich gern glatt und normal vorstellt, wahrscheinlich genau so wie die meines eigenen Lebens schwierig und kompliziert genug sind.

In diesen drei Monaten also bereitete ich mich, fast wider Willen, auf den Entschluß vor, Jane zu heiraten, und kam doch gleichzeitig, in regelmäßigen Abständen, mit Dorothea zusammen.

Immer wieder aber fühlte ich Ernüchterung und Enttäuschung, sobald nur meine Begierde gestillt war. Rasch fand ich den Ausweg, die Befriedigung meiner Sinne künstlich hinauszuzögern, um auch die Ernüchterung hinauszuschieben. Ich glaubte sogar, dem eine moralische Absicht, einen edlen Zweck unterschieben zu können. Ich sagte mir, daß ich die Befriedigung nur hinauszögerte und manchmal auch verschob, um Dorothea nicht zu demütigen. Doch im Grunde sah und wußte ich genau, daß alles das Dorothea vollkommen gleichgültig war. Sie hatte ihre eigene Rechnung aufgestellt. Wenn ich mich eines Abends darauf beschränkte, sie zum Essen in eine Trattoria auszuführen und nur in der Dunkelheit eines Kinos einige flüchtige Zärtlichkeiten auszutauschen, wenn ich ihr dann einige tausend Lire gab und nicht mit in ihr Zimmer hinaufging, hätte sie zwar an einem weiteren, gewöhnlich dem folgenden Abend, neuerlich ihren Verdienst gehabt; aber ich würde sie dann auch mehrere Tage lang nicht anrufen und sehen wollen, wie sonst, wenn die Dinge ihren natürlichen und sozusagen geregelten Verlauf genommen hätten. Nein, nicht sie, sondern ich selbst war jedesmal gedemütigt und sogar überrascht, wenn Dorothea, kaum war mein physisches Verlangen gestillt, von einem Augenblick zum anderen jede Bedeutung für mich verlor. Es war ein so seltsames Phänomen, daß es mir beinahe nicht möglich schien und ich jedesmal in einem lächerlichen Starrsinn hoffte, diesmal träte es nicht ein. Wie soll ich das erklären?

Solange Jane in Rom war, hatte ich nie die ganze Nacht mit Dorothea verbracht. Das ist die Erklärung, sagte ich mir: die Sorge, sobald wie möglich ins Hotel zurückzukehren, wo Jane mich anrufen konnte, hinderte mich, nach der Vereinigung in Ruhe bei Dorothea zu bleiben, um vielleicht auch seelisch mit ihr Verbindung zu bekommen. Denn schließlich: mochte ihre Seele auch verkümmert, unentwickelt, roh und taub sein – aber eine Seele mußte sie doch haben.

Und doch, als die erste Nacht herankam (es war, glaube ich, die Nacht nach Janes Abreise aus Rom), folgte die Enttäuschung. Eine Enttäuschung, die – wenn ich genau sein will – mich nur aus einem Grunde überraschte: weil sie mich eben nicht überraschte. Das ist keine Wortspielerei, ich will es erklären.

Den ganzen Tag über, seit ich beim Erwachen die Sonne durch die halbgeschlossenen Fensterläden erblickte und den wirren Straßenlärm Roms vernahm, am Nachmittag, als ich Dorothea anrief, und am Abend, als ich mit ihr in eine kleine Trattoria in Trastevere essen ging, hatte ich diesen einen Gedanken gehabt. Die ganze Zeit über, nun während der langsamen Heimfahrt in einer Droschke, dann als ich das Haustor öffnete und sie im dunklen Gang um die weiche Hüfte faßte, als wir die Wohnung betraten und schließlich ihr Zimmer, in dem der warme Hauch ihres herben und gewöhnlichen Parfüms hing, während wir uns entkleideten, ich mich aufs Bett warf und endlich ihre Haut an der meinen spürte, ja, bis zum letzten Moment, hatte ich mir eingebildet, daß diese schmerzende und grenzenlose Lust nie mehr enden könnte. Ich hatte geglaubt, daß sie anhalten, vielleicht sich wandeln werde, über die Pausen und den Abstieg nach jedem Gipfelpunkt der Lust fort, die ganze Nacht und den ganzen folgenden Tag, und – weshalb nicht? – das Leben lang. Bis zu dieser Stunde, so sagte ich mir damals voll Überzeugung, bis zu dieser Liebesnacht, die jetzt beginnt, die schon begonnen hat, habe ich noch nie die Probe machen können. Jedesmal bisher war ich, sobald ich bei Dorothea meine Befriedigung gefunden hatte, von dem Gedanken an Jane überfallen worden. Und zwar von der ganz bestimmten Idee, so schnell wie möglich ins Hotel zurückzumüssen, weil Jane mich anrufen könnte. Und in dieser Sorge, mit dieser Vorstellung, sprang ich eilends aus dem Bett, zog mich an, zahlte, verabschiedete mich und lief ins Hotel. So hatte ich bis dahin nicht erfahren können, ob mich auch die Seele Dorotheas anzog, ob ich auch für sie zärtlicher Empfindungen fähig war. Ob die rein körperliche Leidenschaft, die ich ihr entgegenbrachte, sich zu natürlicher Menschlichkeit und Freundschaft ausweiten, kurz gesagt, ob ich mit ihr auch sprechen konnte. Denn bisher war es nie ein Sprechen gewesen, sondern von meiner Seite ein demütig-werbender, verliebter Monolog, selbst wenn ich ihr nur eine Zigarette oder ein Glas Wasser anbot. Aber auch ihre Worte schienen mir wie ein Monolog, Sprüche eines Götzenbildes, die mir wie ein verzauberndes Lied klangen, auch wenn sie mich nur um ein Glas Wasser oder eine Zigarette bat. Der bloße Druck ihres Beines oder ihrer Fußspitze unter dem Tisch gab diesem doppelten Monolog eine elektrische Spannung.

Aber auch die Worte hinterher waren kein Gespräch. Da waren es halbe Sätze, zweckgebunden und möglichst kurz: wie wenn ich die Existenz des Götzenbildes selbst hätte auslöschen wollen.

»Diesmal gebe ich dir nur fünftausend Lire, weil ich mein Gehalt noch nicht bekommen habe«, oder »Morgen können wir uns nicht sehen, ich muß nach Neapel fahren«, oder »Du brauchst nicht aufzustehen, es macht nichts, ich wasche mich im Hotel«, und dergleichen. Das Götzenbild seinerseits war intelligent: es lag, eine Zigarette rauchend, regungslos, auf dem Bett, ohne ein einziges Wort zu sagen; und selbst wenn es sehr heiß war, deckte Dorothea sich sofort bis ans Kinn hinauf zu, als errate sie meinen plötzlichen Wunsch, sie verschwinden zu sehen.

Aber in dieser Nacht sollte es anders sein. Diese Nacht, phantasierte, hoffte, glaubte ich, werde die Lust kein Ende haben. Meine Phantasie ersann alle Möglichkeiten der Liebe.

Im stillen wiederholte ich mir, während ich schweigend neben Dorothea beim Essen saß, all die irren Sätze, die ich ihr im Dunkel des Zimmers sagen wollte, stellte ich mir nie ermüdende Wollust vor. Ich war so erregt, daß ich fast keine Speise anrührte. Und die wenigen Bissen mußte sie mir, weil ich es so wollte, auch noch in den Mund stecken, einige Stückchen Brot oder Fleisch, die ich sie bat, vorher anzubeißen, einen Schluck Wasser aus ihrem Glas, an der Stelle getrunken, die vorher ihre Lippen berührt hatten. Dorothea tat alles gelehrig, mit leichtem, fast geheimnisvollem Lächeln; jedesmal blickte sie, mit ihrem leichten starren Lächeln, aus ihren großen grünen Augen erst um sich, ob niemand herschaute; dann steckte sie mir blitzschnell den Bissen in den Mund.

Als wir, nackt und umschlungen, auf dem Bett lagen, spürte ich auch dieses Mal ein gewaltiges Staunen, und zugleich fast Angst vor dem Glück, das ich empfand und das, über all meine träumende Begierde hinaus, stärker und vollständiger war als je in meiner Phantasie. Mich an ihre Haut anschmiegen, ihren Körper umfassen, mich an ihrer Wärme wärmen, dann plötzlich und für ungemessene Zeit regungslos und umschlungen verharren, als wäre uns wirklich gelungen, unsere Glieder zu vermischen und das Bewußtsein unserer körperlichen Individualität aufzuheben, dann uns von neuem zu lösen und anders ineinander zu verschlingen, um noch einmal und neu die Lust unserer Vereinigung zu fühlen, dies ganze überwältigende und geheimnisvolle Spiel wiederholte sich auch dieses Mal.

Dunkel spürte ich, daß ich etwas Verbotenes tat; etwas, wozu ich viele Jahre lang niemals den Mut gehabt hatte. Und nun war ich von meinem Mut überrascht, zugleich entsetzt und glücklich.

Dieses Mal glaubte ich, daß mein Glück kein Ende haben würde. Für das ganze Leben, sagte ich mir, fürs ganze Leben bis zum Tod. Fast wünschte ich, Dorothea würde sprechen und jetzt die unsinnigsten, verstiegensten Forderungen an mich stellen: nach einer märchenhaft hohen Geldsumme, die ich nicht hätte geben können, die ich aber irgendwie für sie aufgetrieben hätte; oder sogar, sie zu heiraten: ich würde meine Verlobung mit Jane lösen, an Jane lag mir in diesem Augenblick nichts mehr, Jane existierte nicht mehr. Alles hätte ich ihr gegeben, alles hätte ich in diesem Augenblick für sie getan. Ich dachte aber nicht einen Augenblick lang daran, ihr von mir aus diese Summe Geld oder die Heirat anzubieten: denn mein Opfer, so groß es sein mochte, hätte mich nur dann wirklich befriedigt, wenn es unabwendbar gewesen wäre, gefordert, auferlegt von ihr, dargeboten von mir. Eine echte Gottheit war unerbittlich in ihrer Forderung.

Aber wie immer sagte Dorothea auch in dieser Nacht nichts, oder doch nur jene Worte, die ich sie gelehrt oder ihr eingegeben hatte.

Und in dem Augenblick, als der wundersame Wahn erlosch, obgleich ich in krampfhaft angespannter Aufmerksamkeit den verborgenen Mechanismus zu entdecken suchte, der ihn nicht enden ließ – in dem gleichen Augenblick war alles wieder so, wie es noch jedes Mal gewesen war.

Keine Überraschung also, außer der, daß es keine Überraschung gab. Es war auch diesmal nur eine Täuschung, ein Trick, eine banale Erregung gewesen. Jane war fern, auf der Reise, sie schwamm auf hoher See. Niemand würde mich im Hotel anrufen. Ich war frei, völlig frei. Aber ich war, mit einem Schlage, wie immer, traurig und niedergeschlagen, wütend auf mich selbst; und ich haßte Dorothea, ihren großen, weichen, braunen und heißen Leib unter mir. Sie stieß mich ab, durch dieselben Eigenschaften, die ich noch bis vor einem Augenblick angebetet hatte. Sogar ihr Parfüm, das mich noch eben berauscht hatte, widerte mich jetzt an bis zum Ekel.

In dieser Nacht entdeckte ich, daß der Gedanke an Jane und an die Möglichkeit ihres Anrufs bisher nur ein geheimer, mir selbst nicht bewußter Vorwand gewesen war, und daß etwas in mir, unmittelbar nach jener äußersten Befriedigung, sich unerbittlich entzog, mit rasender Geschwindigkeit entfloh, zu fernen

Erinnerungen hin, zu den Weideflächen bei Denver in Colorado, zum Pikes Peak, wo ich als Junge gewesen war, als mein Vater beim Bergwerk angestellt war; zu einer Nacht, mitten auf dem Atlantik, als ich ausgestreckt auf der Bespannung einer Schiffsluke lag, schweigend nach den Sternen schaute, rauchte, und der friedlichen Stimme eines Freundes zuhörte. Ich begriff, daß zwei gegensätzliche Leidenschaften mich zu zerreißen drohten und litt unter der quälenden Sehnsucht, beide Passionen für immer in eine einzige zu verschmelzen.

So stark war dieser Drang, daß ich mich in jener Nacht (und in vielen anderen später) nicht geschlagen gab. Eingedenk der Erregung des ganzen Tages und des Abends in der Trattoria, zwang ich mich, neben Dorothea liegen zu bleiben, und sprach zu ihr, zum erstenmal und vorsätzlich, falsche Worte von Freundschaft und menschlicher Nähe. Ich sagte, und war mir meiner Lüge voll bewußt, daß in mir ein neues, süßes und zärtliches Gefühl entstehe, daß ich begänne sie zu lieben. Ich litt bitter unter dieser Lüge, und doch sprach ich sie aus, in der Hoffnung, daß im Laufe der Zeit aus einem vorgetäuschten Gefühl ein echtes werde. Aber während ich log, wuchs in mir der Abscheu vor meiner Verstellung und der Widerwille gegen ihre körperliche Nähe. Bis ich plötzlich erschöpft schwieg und einschlief.

Nach kurzer Zeit erwachte ich. Sofort spürte ich die Verwandlung. Unerwartet war wieder alles wie vor meiner Ernüchterung. Das körperliche Begehren, wenn auch noch schwach, überkam mich wieder. Es stand mir in diesem Augenblick frei, zu gehen oder zu bleiben. Um zu gehen, hätte es keinerlei Anstrengung bedurft. Der Wunsch nach Dorothea und der andere nach einem Bad in meinem Hotel hielten einander noch die Waage. Aber ich wollte es versuchen. Bleiben, wiederholen. In der unsinnigen Hoffnung, das Wunder, das beim ersten Mal nicht eingetreten war, könnte bei der Wiederholung geschehen.

Ich blieb die ganze Nacht. Ich sah den Morgen grauen, sah

die Sonne durch die Spalten des Rouleaus, auch hier, und hörte auch hier den anwachsenden Lärm der Stadt und die lauten Rufe der Straßenhändler. Aber die Sonne, die Geräusche, die Stimmen lösten keinen Zauber mehr in mir aus, nur noch die Sehnsucht nach dem, was sie am Morgen zuvor gewesen waren, als sie noch die Hoffnung auf Liebe umschlossen hatten. Jetzt waren sie nur die Begleitmusik zu Enttäuschung, Bitterkeit und dem Eingeständnis seelischen Versagens. Die Sonne leuchtete, Rom wachte auf, das Leben ging seinen Gang; aber ich, auf diesem zerwühlten Bett, neben mir den kräftigen, großartigen Körper eines klassisch schönen Modells, den ich so zärtlich umfangen und geliebt hatte und den ich noch immer bewunderte, wenn ich ihn auch nicht mehr begehrte, ich, den Blick starr auf den Sonnenstreifen im Halbdunkel des Zimmers gerichtet, blieb, wer ich war: ein Schiffbrüchiger, den die Wogen einmal ans Gestade der Sklaverei, das andere Mal ans Ufer der Freiheit warfen, die mich beide im Wechsel unwiderstehlich lockten und mit unerträglichem Ekel erfüllten. Beides, Sklaverei und Freiheit meiner Sinne würde ich, trotz aller fortdauernden Hoffnung und allem leidenschaftlichen und leidenden Bemühen, niemals miteinander vereinen können.

Sehr häufig genügte der Gedanke an Dorothea, um mich zu Jane zurückzubringen; und der Gedanke an Jane, mich zu Dorothea zu führen. Ich erinnere mich zum Beispiel des Weihnachtsabends in jenem selben Jahr in Rom.

Dorothea und ihre Hauswirtin hatten mich eingeladen, mit ihnen die Mitternachtsmesse in Sankt Peter zu besuchen und danach bei ihnen, in der Via Boncompagni, ein bescheidenes Mahl einzunehmen. Trotz ihrer wiederholten Aufforderung lehnte ich ab. Messe und Katholizismus riefen mir Jane in Erinnerung. Ich wollte lieber allein bleiben und an sie denken. Ich sagte, daß ich Protestant sei, dankte und lehnte ab.

Die Weihnachtsnacht kam heran. Kurz vor Mitternacht fuhr ich ins Hotel zurück, nachdem ich Dale McAdoo nach Hause gebracht hatte, einen Freund und Mitarbeiter, an den du dich vielleicht erinnerst. Dale wohnte außerhalb von Sant'Agnese, an der Via Nomentana. Ich war allein in meinem Jeep. An der Kreuzung der Nomentana mit dem Viale della Regina mußte ich bremsen, um ein Taxi vorbeizulassen, das, unerwartet von rechts kommend, in meiner Gegenrichtung weiterfahren wollte. In diesem Taxi konnte ich gerade noch ein Mädchen erkennen, das amerikanische Uniform trug, die gleiche wie Jane. Auch das Gesicht des Mädchens schien, bei dem flüchtigen Eindruck, an Jane zu erinnern. Wenn ich auch wußte, daß es sich in gar keinem Fall um Jane handeln konnte, die in Frankreich war und von der ich erst am heutigen Morgen einen Brief erhalten hatte, wurde ich doch so heftig gepackt, daß es mir unerträglich war, jetzt ins Hotel zurückzukehren. Ich war erschüttert, erregt, unfähig, mit mir allein zu sein. Ich fuhr einige Runden durch den feuchten, kalten, verödeten Park der Villa Borghese und hielt, ohne Erwartungen oder überhaupt ernsthafte Absichten, vor den wenigen Strichmädchen. Ich war nahe daran, McAdoo anzurufen und zu ihm zu fahren. Aber um diese Zeit, wußte ich, lag er schon im Bett, und zwar mit seiner Freundin. Peter Tompkins? Wo mochte Peter um diese Stunde sein? Er hatte es mir gesagt: auf einer Party bei italienischen Freunden, ich hatte vergessen wer. Und dann merkte ich, daß mir gar nichts an Peters oder Dales Gesellschaft lag, sondern nur an der Dorotheas, deren Bild durch eine unwiderstehliche Kontrastwirkung bei dem vermeintlichen Anblick Janes in mir erweckt worden war.

Ich fuhr also nach Sankt Peter.

Die riesige Kirche war erfüllt von Menschen, von Feuchtigkeit, Füßescharren, Stimmengesumm und verwehten Harmonien der Orgeln und Chöre. Es war eine buntgewürfelte Menschenmenge. Es gab Gleichgültige und Gelangweilte, Neugierige, Heuchler und wahrhaft Andächtige. Doch alle schienen wenigstens darin religiös, daß sie einander duldeten, mochten die Gründe ihrer Anwesenheit so verschieden sein wie ihr Gebaren.

Sehr schwierig, ja unwahrscheinlich, inmitten dieser Menschenmenge Dorothea und ihre Freundin aufzuspüren. Ich begann, durch den weiten Kirchenraum zu wandern, vom Portal zur Apsis und zurück, erst auf der linken und dann auf der rechten Seite. Am Altar der Konfession, wo das Meßopfer vollzogen wurde, flackerten die Trauben elektrischer Lichter vermischt mit den Flammen der Fackeln und Kerzen. Die Menge der Gläubigen wie der Ungläubigen befand sich im Halbdunkel. Ich kehrte wieder um und durchforschte bis gegen die Mitte des Schiffs die Gruppen der Stehenden, die sich hier und da zwischen die Reihen der Knienden drängten.

Ich hatte Glück und fand Dorothea ziemlich bald.

Als sie mich erkannte, gab sie mir ein sicherlich aufrichtiges Zeichen der Freude. Sie hatte nicht erwartet, mich hier zu treffen. Sie begriff, daß ich ihretwegen gekommen war, und war glücklich darüber.

Sie kniete neben ihrer Hauswirtin. Alle beide trugen ein weißes, vierfach gefaltetes Kopftuch. Der alten Kupplerin von Hauswirtin, mit ihrem runzeligen, zurechtgemachten Gesicht, stand das schlichte Kopftuch schlecht an. Es paßte einfach nicht zu ihr. Aber Dorothea stand es prachtvoll. Das reine, weiße Dreieck, das ihr in die Stirn fiel, stimmte gut zu ihrem Antlitz mit den klassischen Zügen, zu ihrem vollen, geradeaus gerichteten Blick. Es genügte, um wie durch Zauber die »Segnorina« der Befreiungszeit in eine junge Bauernfrau aus vergangenen Zeiten, in eine Gestalt aus der Welt Corots zu verwandeln.

Ich ging mit ihnen heim und nahm die Einladung zum Essen an. Mir schmeckte besonders eine Art Torte, »Scarcella« genannt, die Dorothea selbst gebacken hatte. Nun, am Ende brauchte ich es nicht zu bereuen, der Vorstellung gefolgt zu sein, die gerade eine unerwartete Ähnlichkeit mit Jane mir paradoxerweise eingegeben hatte. Jedenfalls brauchte ich es nicht mehr zu bereuen als die anderen Male.

Am ersten Feiertag erwachte ich mittags um ein Uhr, überrascht, mich in Dorotheas Bett zu befinden.

Acht

Der Krieg war beendet. Gegen Mitte Juli traf ich mich mit Jane in Paris, und nach einigen Wochen eines beinahe echten Glücks inmitten der hochgesteigerten Lebensfreude, die uns umgab (endlos ausgedehnte Aperitifs mit einer Unmenge von Freunden, an den Tischchen der Champs-Elysées; Nächte, durchwandert von einem Cabaret zum andern, zwischen Tanz und sehr viel Champagner; Weekends in kleinen Hotels an der Marne oder im Wald von Fontainebleau), rüsteten wir uns endlich zur Rückkehr in die Staaten.

Unser Programm lag fest. Ich würde Jane meinen Eltern vorstellen; sie mich den ihrigen. Sobald wie möglich wollten wir heiraten.

Ihre Familie war katholisch. Jane war in Philadelphia bei den Ursulinerinnen erzogen worden und war auch später immer ihren religiösen Pflichten nachgekommen.

Trotzdem konnte Janes religiöse Erziehung nicht der Grund dafür sein, daß sie sich nun in Paris nicht anders als früher in Rom oder in Savoyen, während meines Besuches im letzten Kriegswinter, standhaft weigerte, sich mir hinzugeben. Es konnte nicht ihre Erziehung sein, weil ja nach den Vorschriften der katholischen Kirche schon Berührungen, Umarmungen, Küsse und Liebkosungen, denen wir uns jeden Abend mit einer herben, köstlichen Wollust überließen, eine Sünde waren, die kaum leichter wog, als wenn wir vor der Trauung einander angehört hätten.

Jane war zu klug, um das nicht zu wissen. Übrigens berührte ich im Gespräch mit ihr niemals dieses Thema. Wenn ich es auch nur von ferne streifte, wurde sie schamhaft und empfindlich. Ihr Schweigen schien dann voll innerer Vorbehalte. Als sie die Klosterschule verlassen hatte, war sie in ein College eingetreten. Dort hatte sie, wie so viele amerikanische

Mädchen, mit einem Schulkameraden, einem Jungen ihres Alters, das entscheidende Erlebnis gehabt. Sie hatte es jedoch bitter bereut; und nun lag ihr daran, den Unterschied zwischen unserer Liebe und dem Leichtsinn jenes ersten Abenteuers hervorzuheben.

Meinerseits nahm ich gern diese Erklärung an. Ich drang nicht tiefer in sie und versuchte auch nicht, sie zu dem zu überreden, was doch das Natürliche gewesen wäre. Vielleicht glaubte ich, wenn ich auf diese letzte und endgültige Probe verzichtete, mir künstlich Lust zur Ehe zu machen, deren Perspektive mich insgeheim gar nicht lockte; ich gedachte, dem Ehesakrament wenigstens die Anziehungskraft dieses Erlebnisses vorzubehalten. Da ich fest entschlossen war, ungeachtet meiner wahren Neigungen, ja im Widerspruch zu ihnen, zu heiraten, fürchtete ich, ohne die Lockung dieses Erlebnisses schwankend zu werden und noch vor dem schicksalhaften Tag meine Meinung zu ändern.

Jeden Abend, wenn ich mich vor ihrem Hotel oder vor ihrer Zimmertür von ihr verabschiedete und wir Hand in Hand uns lange in die Augen schauten, zwischen Tränen und Lächeln, flüsterte eine leise Stimme mir die bittere Wahrheit zu: Wenn ich Jane wirklich begehrte, würde ich nicht warten. Die Leichtigkeit, mit der ich auf die Erfüllung meiner Liebe verzichtete, bewies, daß meine Liebe ihrem Wesen nach nicht echt und vollständig war.

Aber »echt und vollständig« wollte ich meine Liebe. Und mit allen Mitteln und Argumenten suchte ich mich von ihrer Echtheit zu überzeugen.

Als ich zum Beispiel nach jener ersten Nacht, die ich mit Dorothea verbracht hatte, ins Hotel zurückkehrte, begann ich, über die lange Qual und die verzweifelte Enttäuschung jener Stunden nachzusinnen, und zog daraus die Folgerung, daß ich Jane und nur Jane liebte. Dorothea – das war eine sprunghafte, wenn auch regelmäßig wiederkehrende Laune, eine nebensächliche, wenn auch sehr starke, körperliche Lust, ein Laster wie bei anderen Menschen Spiel, Alkohol und Opium, das zwar, wenn man das Maß verliert, der physischen Gesundheit abträglich sein kann, aber jedenfalls nicht die Richtung beeinflußt, die wir unserem Leben geben wollen. Und ich wollte meinem Leben diese Richtung geben: Jane als meine Frau und meine Gefährtin, Jane als Mutter meiner Kinder. Meine Liebe zu Dorothea ist ein Laster, sagte ich mir resigniert, nichts weiter. Es besteht keine Gefahr, daß dieses Laster mich aus der Bahn werfen könnte. Mit jeder Liebesstunde erlosch der Zauber unweigerlich, alles rückte wieder ins kühle Licht der Vernunft, und Jane war wie die Quelle dieses Lichts. Im übrigen konnte ich feststellen, daß im Laufe der Zeit die Abstände, in denen ich der Illusion einer mein ganzes Wesen erfüllenden Liebe zu Dorothea erlag, immer seltener wurden und kürzer währten. Immer länger dauerte es, bis ich von neuem dem Liebeszauber Dorotheas erlag, und er währte nur die kurze Zeit bis zur nächsten Umarmung. Das ist rein physisch bedingt, sagte ich mir. Nichts weiter. Und ich begann von da an, Dorothea immer geringere Bedeutung beizumessen. Auch wenn dann der erzwungene Verzicht auf sie – wegen meiner langen Reisen nach Amerika oder Frankreich – mir sehr zu schaffen machte und es mir überhaupt trotz aller Anstrengungen nie ganz gelang, mich von dieser periodisch wiederkehrenden Besessenheit freizumachen.

Solange ich in Rom oder Paris war, hatte ich es mit Freudenhäusern und Mädchen von der Straße versucht. Es waren Ablenkungsmittel, die nicht lange halfen, wenn sie nicht geradezu eine gegenteilige Wirkung hatten. Wenige Stunden später lebte die Sehnsucht nach Dorothea wieder auf, und dann unwiderstehlich. Als hätte ich mich, durch den Vergleich mit einer namenlosen Hure, nur um so besser auf sie vorbereitet. So geschah mir einmal folgendes. Es war während meines Pariser Aufenthaltes mit Jane im Sommer 45. Nachdem ich spät abends Jane ins Hotel begleitet hatte, mußte ich an Dorothea denken, die natürlich in Rom und mir damit in dieser Nacht unerreichbar war. In der eitlen Hoffnung, mich zu beruhigen, hatte ich eine einsame Spaziergängerin auf dem Boulevard angesprochen und ließ mich von ihr mitnehmen, – »emmener«, wie sie das nennen. Als ich eine Viertelstunde später das schmutzige kleine Absteigequartier verließ, sprang ich in ein Taxi, fuhr nach Bourget hinaus, fand dort auch eine Militärmaschine, und ehe es Mittag war, befand ich mich im Zwischengeschoß in der Via Boncompagni, im Bett mit Dorothea.

Dem kurzen Vergnügen, das dies arme Mädchen mir gegeben hatte, war eine tiefe Ernüchterung gefolgt; und der Ernüchterung eine starke, übermächtige, verrückte Sehnsucht. Von Bourget aus hatte ich Jane angerufen, sie aus dem Schlaf geweckt und ihr gesagt, daß ich unerwartet dienstlich sofort nach Rom fliegen müsse. Meine Stimme zitterte. Zum Glück war Jane noch halb im Schlaf. Es war eine Lüge, zu der ich, wenn mich das Mädchen nicht so erregt hätte, niemals imstande gewesen wäre.

Im Winter vorher hatte ich, wie ich dir schon erzählt habe, einen solchen Abstecher in entgegengesetzter Richtung gemacht. Von Rom aus, von Dorothea weg, um mich mit Jane zu treffen.

Sie befand sich in ihrem Feldlazarett in Saint Pierre d'Albigny, bei Aiguebelle, einem Ort nahe der Mündung der Arc in die Isère.

Ich hatte die Nacht vor meiner Abreise in Dorotheas Wohnung verbracht. Und wiederum meinte ich, als ich sie auf ihrem großen Bett in dem dunklen Zimmer umfing, daß ich nur höchst ungern in wenigen Stunden Rom verlassen würde; ja, ich war überzeugt, daß ich auf meine Reise ganz verzichten könnte. Ich fahre nicht, sagte ich mir, während ich die braune, glänzende Haut meines unbeweglichen, rätselhaften Idols streichelte, ich fahre nicht; was ist Jane im Vergleich zu der Lust, die ich in diesem Augenblick verspüre? Hier ist die Wahrheit, hier ist das Leben. Das Aufrichtigste – mir, aber auch Jane gegenüber – ist es, wenn ich nicht abreise, wenn ich Jane niemals wiedersehe.

Aber sehr rasch war alles wie gewöhnlich wieder vorbei. Und ich war glücklich, in der kühlen, feuchten Luft des Wintermorgens mit mir allein zu sein im Rattern des Jeeps auf dem Asphalt der Via Aurelia in rasender Fahrt nach Norden. Das Meer war schwarz, mit den weißen Ornamenten der schäumenden Wogenkämme; der Himmel stand grau und hoch über mir, tiefgrün war die Maremmenlandschaft. Meine Freiheit lag ganz in dieser hetzenden Fahrt zu einer anderen Knechtschaft.

Das Tal der Arc empfing mich mit seinem im Nebel verborgenen, vom Regen verhangenen Felsen.

Aus den Fenstern des kleinen »Hôtel de la Gare« sahen wir auf den Platz vor dem Bahnhof, der ruhig und verlassen im Regen lag. Wir aßen köstlich und mit Genuß; die Öfen verstrahlten ihre Wärme. Im Hintergrund spielten die Eisenbahner Belotte. Wir tranken einen edlen alten Wein und schauten einander lange in die Augen (Janes sanfte leuchtende Augen unter dem kurzen kastanienbraunen Haar), und unsere Knie unter dem Tisch berührten sich, als sei dieser zarte Kontakt unsere höchste, vollkommenste Lust.

Nichts konnte ferner von Rom, von der Sonne des Südens oder den Nächten mit Dorothea sein.

Um so näher glaubte ich, die Atmosphäre Amerikas, vor allem Neu-Englands, zu spüren. Gerade hier in Saint Pierre d'Albigny, in dieser abgeschirmten, verträumten kleinen Welt, die schon ein wenig von dem vorwegnahm, was wir uns unter unserem künftigen Heim in Princeton vorstellten, – gerade hier empfanden Jane und ich zum erstenmal den Vorgenuß eines friedfertigen bürgerlichen Lebens, frei von aller inneren und äußeren Unruhe.

Doch war dieser Traum vom himmlischen Glück nur noch törichter als mein Traum vom irdischen Glück mit Dorothea.

In Philadelphia lernte ich ihre Angehörigen kennen. Sie bewohnten in Chestnut Hill, einem schönen, luftigen, teuren Viertel, eine rote Backsteinvilla, die von einem wunderschönen und das ganze Jahr über wohlgepflegten Rasen und hohen seltenen Bäumen umgeben war. Der Vater, seine Brüder und Söhne, sie alle waren in der Textilindustrie tätig und standen irgendwie im Zusammenhang mit der berühmten Firma Dupont de Nemours.

Ich glaube kaum, einen besonders günstigen Eindruck auf sie gemacht zu haben, als Jane mich als ihren Verlobten vorstellte und dabei bemerkte, daß wir Weihnachten heiraten wollten. Nur Janes Mutter, eine Frau von sanftem Charakter und stets optimistisch, war freundlich zu mir. Der Vater, die Brüder und ein Onkel (es gab deren drei oder vier), der an dem betreffenden Tage zufällig anwesend war, nahmen mich mit kühler und fast ironischer Höflichkeit auf. Aber ihre Ironie sollte wohl, auf dem Umweg über mich, Jane treffen. Sie hielten sie für eine halsstarrige Närrin, der man nicht widersprechen durfte, falls man nicht das Gegenteil erreichen wollte. Jane hatte sich in den Kopf gesetzt, mich zu heiraten? Dann war wohl die beste Art, sie von ihrem Vorhaben abzubringen, daß man sie darin bestärkte. Widerspruch hätte sie nur dazu gebracht, den Heiratstermin vorzuverlegen. Sicherlich hatten sie recht. Nur vermochten sie diese geheime Absicht und Hoffnung nicht genügend zu verbergen. Formell stimmten sie Jane zu und streckten mir ihre großen fleischigen Hände entgegen; aber die Augen hinter ihren goldenen Gläsern, die schmalen Lippen lächelten uns die ganze Zeit über skeptisch an, als wollten sie sagen: »Macht nur zu, macht nur, Kinder, nur zu, kleine verrückte Jane, werdet glücklich, wenn ihr es fertigbringt; wir wissen nur zu gut und sehen schon ganz deutlich, daß es ein schlechtes Ende nehmen wird.«

Die Mutter dagegen war von der Art Janes, leidenschaftlich bis zur Starrköpfigkeit, aber mimosenhaft zart und empfindlich. Sie entstammte einer katholischen Familie aus Irland und hatte ihr Leben dem Kult zweier Gottheiten geweiht, der Musik und dem alten Europa. Aber während ein Steinway, auf dem sie täglich spielte, zur Erfüllung des ersten Kults ausreichte, wurden die Reisen nach Europa, die noch während ihrer Jugend und in der ersten Zeit ihrer Ehe ein jährlich vollzogener Ritus waren, später immer seltener und kürzer. Janes Vater, ein strenger und nüchterner Geschäftsmann, hatte diese Reisen nie sehr gern gesehen. Er betete seine Frau an, aber durchaus nicht das, was sie anbetete. Er hatte weder für die Musik noch für Europa Verständnis und Sympathie. Die Musik fand er, als harmlosen Zeitvertreib für Frauen, noch verzeihlich, aber der Begeisterung für Europa hatte er sich niemals anschließen können.

»Farewell, darling ...«, sagte er regelmäßig zu seiner Frau, wenn er sie nach New York an die Pier begleitete. »Auf Wiedersehen in drei Monaten, und viel Vergnügen! Du weißt, wie leid es mir tut, daß die Geschäfte es mir nicht erlauben, dich zu begleiten. Leid tut es mir deinetwegen, weil ich nicht bei dir sein kann. Nicht, daß mich persönlich diese Reise reizen könnte! Ich verstehe deine Manie nicht, jedes Jahr wieder nach England, Frankreich oder Italien zu fahren, wo es doch hier bei uns in Amerika, und ohne die Vereinigten Staaten zu verlassen, so wunderbare Gegenden, romantische Orte, herrliche Städte gibt, fast könnte man sagen, ganze Völker, die unsere Brüder sind und die du nicht kennst. Es ist wirklich schade, daß du das nicht einsiehst. Wenn du in unserem Land reisen möchtest, könnte ich dich auch begleiten.«

Damals benützte man noch nicht das Flugzeug, und eine Reise nach Europa bedeutete alles in allem eine Abwesenheit von zwei bis drei Monaten.

Sobald Jane im entsprechenden Alter war, mußte der Vater seine Abschiedsrede an Frau und Tochter gemeinsam halten. Bis es der Mutter gelang, den Amerikanerstolz ihres Mannes in einer noch wichtigeren Frage zu überwinden, und sie Jane ins Pensionat nach Montreux geben konnte. Ob sie es um der Erziehung ihrer Tochter willen durchsetzte oder nur, um einen triftigeren Grund zu haben, jedes Jahr über den Atlantik zu fahren, bleibe dahingestellt. Freilich hatte auch Jane selbst mit aller Kraft gekämpft und gebettelt, um die Erlaubnis des Vaters zu erhalten. Und vielleicht hatte er schließlich einer solchen Ungeheuerlichkeit zugestimmt (»als ob es nicht hier bei uns hervorragende Colleges gäbe! Die besten der Welt! Aufs Smith College, nach Vassar, kommen die Mädchen bis aus Europa, um eine anständige Erziehung zu erhalten!«), weil ihm klar wurde, daß die Tochter genau wie die Mutter war. Folglich war es nutzlos, sie ändern zu wollen. Besser, man überließ sie ihrem Schicksal. Er hatte sich getröstet und sich um so mehr auf die Erziehung der beiden Jungen konzentriert, die ihm sehr ähnlich waren. Einige Jahre später holte er sie zu sich in den Betrieb.

Dann kam der Krieg, und während Jane in Europa bei der Armee Dienst tat, mußte die Mutter natürlich in Philadelphia bleiben. Nach Kriegsende hätte sie nun mit Begeisterung ihre alte Gewohnheit wieder aufgenommen. Aber der old man war inzwischen wirklich alt geworden und wollte seine Lebensgefährtin auch nicht für eine Woche mehr entbehren.

Obgleich ich nicht mehr und nicht weniger als Janes ganze Familie von vater- und mutterseits her reinblütiger Amerikaner bin, machte ich auf diese Familie den Eindruck eines Europäers. Einen guten Eindruck also auf die Mutter, einen schlechten auf den Vater, die Brüder und die verschiedenen Onkel. Die wenigen Wochen, die ich mit Jane in Philadelphia verbrachte, reichten nicht aus, diesen Eindruck zu ändern. Ich war wohl Amerikaner. Aber für diese schlichten Seelen war ich Europäer. Europäisch schien ihnen meine Vorurteilslosigkeit, meine Gewohnheit (für die ich meinen amerikanischen Eltern dankbar sein muß), die Vereinigten Staaten nicht für den Mittelpunkt der Welt zu halten, die hohe Bedeutung, die ich der Kunst und allem, was mit Kunst zu tun hat, beimaß, schließlich mein völliges Unvermögen, über etwas anderes zu sprechen als über Malerei, Musik und Literatur.

Ich glaube, daß sie in all ihrer Einfalt recht hatten. Ich war, ich bin Europäer, wenn ich auch einer Familie entstamme, die seit mehreren Generationen amerikanisch ist.

Mein Vater war der erste, der mich diese Wahrheiten lehrte. Mein Vater war Ingenieur und übte diesen Beruf sein Leben lang aus. Niemals hat er die Vereinigten Staaten verlassen. Aber er ist stets leidenschaftlich an Malerei interessiert gewesen, und bis ins Alter von 65 Jahren zog er jeden Samstagnachmittag, in jeder Jahreszeit und bei jedem Wetter, mit seinem Farbenkasten und seiner Palette hinaus aufs Land.

Wenn (als ich noch ein Kind war) die Stunde des Zubettgehens kam und ich dem Vater den Gutenachtkuß gab, fand ich ihn im Sessel sitzen, die Pfeife im Mund, wie er aus seiner Rauchwolke heraus das Grünblau auf einer Reproduktion Pissaros oder die verbrannten Farben Courbets betrachtete. Courbet paßte besser zu Geruch und Farbe von Pfeife und Tabak. Ich stand still neben ihm und wartete, bis er sich zu mir herabbeugte und mir den Kuß gab. Aber wenn er mich auch hatte kommen hören und wußte, daß ich da wartete, legte er mir nur in geistesabwesender Versunkenheit den Arm um die Schulter und sagte eine Zeitlang gar nichts. Er betrachtete (bis die Stimme der Mutter von drüben rief und den Bann brach) die französische Landschaft, die er wie ein Wunschfenster auf den Knien ausgebreitet hielt; und mit dem versunkenen Blick aus zusammengekniffenen Augen, durch die Rauchwolke hindurch, forderte er mich schweigend ebenfalls zum Schauen auf. Alles war still um uns. Ich hörte den ruhigen Atem meines Vaters, spürte die Wärme seines Körpers, roch den guten Duft des Tabaks; von draußen, aus dem Eßzimmer oder der Küche, klang das Hin und Her meiner Mutter mit Geschirr und Bestecken; und manchmal, aus der Tiefe des Schweigens und der Nacht, der klagende, körperlose Schrei eines Zuges, der unweit vorüberraste. Der Zug vermittelte mir die Vorstellung des Reisens. Ich hörte diesen Schrei in der Nacht wieder, im Dunkel, von meinem weichen, warmen Bett aus. Es war ein verzweifelter Schrei, er verflog, er verflog in der Nacht, wie ein Schrei der Angst und Beklemmung, aber Angst wovor? Vor etwas Unbekanntem.

Mein Vater hätte gerne aus mir einen Maler gemacht. Er begnügte sich damit, mich für Kunstgeschichte zu interessieren. Nach dem College schickte er mich auf die New York University, wo ich bei Offner studierte.

Professor Offner riet mir sofort, mich zu spezialisieren, und zwar riet er zur Sieneser Schule des Trecento. Mit sechsundzwanzig Jahren reiste ich nach Italien, wo ich fast ununterbrochen blieb, die meiste Zeit in Siena und Florenz und später, bis kurz vor Ausbruch des Krieges, in Rom.

Als ich nach Amerika zurückkehrte, hatte mein Vater die Bergwerks- und Fabrikarbeit für immer aufgegeben, da sie ihm zu anstrengend war. Eine Firma, die ihn und seine Ehrlichkeit schätzte, hatte ihm eine bescheidene Stellung in einem großen Chicagoer Büro gegeben.

Nach Chicago führte ich jetzt also Jane, um sie ihm und der Mutter vorzustellen. Und schließlich ließen wir uns trauen. Es war in Philadelphia, zwei Tage nach Weihnachten, am 27. Dezember 1945.

Jane war wie ihre Mutter katholisch, und so fand die Trauung nach katholischem Ritus statt.

Wir fuhren nach Niagara Falls, wir wollten absichtlich unsere Hochzeitsreise machen wie jeder Durchschnittsamerikaner. Beide hatten wir lange Jahre fern von Amerika gelebt, und nicht erst während des Krieges, Jane im Pensionat in der Schweiz, und ich wegen meiner Studien in Italien. Jetzt, anläßlich unserer Hochzeit, empfanden wir das Bedürfnis und fast so etwas wie die gesellschaftliche Verpflichtung, uns den banalsten amerikanischen Bräuchen anzuschließen. Ja, ich kann sagen, es war für uns beinahe ein Vergnügen, eine Mischung aus Langeweile, Scherz und Theaterspielen. Wir genossen es, mit unserer Darstellung des konventionellen Hochzeitsreisenden-Paares die ganze Naivität und Ignoranz unserer lieben Landsleute zu verspotten.

Aber es war ein Spiel von kurzer Dauer. Offner hatte einen Posten für mich bereit, einen Lehrauftrag an der Fakultät der Bildenden Künste in Princeton, N.J.

Die wöchentlichen Vorlesungen waren anfangs noch nicht

so zahlreich, daß sie meine dauernde Anwesenheit in Princeton erfordert hätten. Und da Princeton nicht sehr weit von New York entfernt ist, hätten wir sehr wohl auch künftig in New York wohnen können, wo ich, in Erwartung des Vorlesungsbeginns an der Universität, ein kleines »Flat« im »Village« gemietet hatte.

Jane wollte in New York bleiben; aber ich, aus vermeintlicher oder gespielter Eifersucht, ließ es nicht zu. Wir begannen somit, und sehr feierlich, unser Berufs- und Familienleben in dem geschlossenen, erlesenen, eifersüchtig wachsamen und stupiden Professorenmilieu dieser kleinen, aber wichtigen Universitätsstadt.

Neun

Es ließ sich von Anbeginn leicht und ungezwungen an. Es genügte, die Komödie unserer Hochzeitsreise weiterzuspielen, wenn auch selbstverständlich nicht mehr im süßlich-sentimentalen Stil. Denn unsere Bekannten in Princeton, die wir nun spottlustig parodierten, waren keine »gewöhnlichen« Menschen, obschon auf ihre Art nicht minder idiotisch als die Hochzeitsreisenden.

In Niagara Falls waren wir kleine Angestellte gewesen. In Princeton suchten wir, von der Kleidung angefangen, genau so aufzutreten, wie meine Kollegen und ihre Frauen glaubten, daß der Professor Harry Perkins und Mrs. Perkins auftreten müßten. Leider war diesmal einiges echt an unserer Rolle: wir waren wirklich der Professor Harry Perkins und Mrs. Perkins, ich hielt wirklich Vorlesungen, hatte Schüler, besuchte den Faculty Club, und so weiter. Und von diesem echten, wirklichen Teil unseres Spiels aus ließen wir uns nach und nach selbst anstecken.

Im übrigen, wenn ich's recht bedenke: wer kann sagen, ob die Komödie von Niagara Falls nicht bereits den verborgenen Keim und so etwas wie den ersten unbewußten Versuch eines ernst gemeinten, normalen – und für mich verfehlten – Lebens enthielt? Wer kann sagen, ob ich nicht schon damals, und schon in Saint Pierre d'Albigny und vielleicht bereits in Rom, im Augenblick meiner ersten Begegnung mit Jane, den Wunsch nach einem Leben wie das der anderen, die Sehnsucht nach bürgerlichem Frieden, den Drang nach geordneten Familienverhältnissen, fester Arbeit und Nachkommenschaft hatte? Ein Wunsch, der aus Schwäche und Feigheit kam und der Verzicht auf das Abenteuer und das mir gemäße starke, instinktive Leben bedeutete, das meinem tiefsten Wesen entsprach?

Es gibt geradezu eine List der niedrigen Leidenschaften. Noch bevor sie uns wirklich anfallen, suchen sie uns vor allem in Sicherheit zu wiegen. Um sich besser in uns einschleichen zu können, tarnen sie sich völlig unauffällig. Da unsere Vernunft sich gegen sie wehrt, fassen sie uns bei unserer Eitelkeit. Denn wir sind stets so eitel und so sicher, diesen Passionen widerstehen zu können, daß wir gern unser Spiel mit ihnen treiben. Wir geben zunächst nur vor, ihnen verfallen zu sein und stellen sie gleichsam parodistisch dar, in der ganzen Selbstsicherheit unserer Tugend. Aber dadurch beschäftigen wir uns mit ihnen, versuchen sie, probieren sie aus, genießen ihre Süße, und langsam und unmerklich gewöhnen wir uns an sie, bis wir ihre Knechte geworden sind.

Und es kommt der Tag, an dem auch unsere Vernunft plötzlich überwältigt ist. Die Passionen, die Leidenschaft, alles, was wir früher als Niedrigkeit und Lüge verdammt haben, erscheint uns nun mit einem Male als hohe Tugend und Wahrheit. Dies ist der richtige Weg, das ist die Erleuchtung, sagen wir uns. Auch wir sind wie alle anderen, wie alle anständigen Leute, normal, frei von Zweifeln, endlich zur Ruhe gekommen! Es war dabei ganz einfach. Ein wenig Bescheidung genügte. Wir halten uns für bescheiden, und von Stund an ist es aus mit uns.

Bescheidenheit und Demut sind Tugenden, die man nicht zu haben glaubt, wenn man sie wirklich hat!

Wir hielten uns auch an dem Tag für schlicht und bescheiden, an dem der Arzt Jane sagte, sie sei guter Hoffnung. Natürlich waren wir auf diese Nachricht nicht unvorbereitet, wir hatten sie erwartet. Aber erst jetzt, bei der Rückkehr aus New York, wohin ich Jane zum Arzt begleitet hatte, jetzt, als wir mit dem Wagen durch den langen »Tube«, den Tunnel unter dem Hudson, fuhren, wähnten wir, ein gewöhnliches Ehepaar zu sein, dem in einigen Monaten sein erstes Kind geboren würde.

Wir waren bewegt, gerührt, ja, glücklich. Aber ich empfand zugleich etwas wie ein unbestimmtes Gefühl von Resignation. Ich erfaßte intuitiv, wie ich mich zwangsläufig einem Schicksal fügte, das wahrscheinlich nicht das meine war. Es war die mitleidlose Verkündung einer Niederlage, deren Art und Folgen mir noch dunkel waren. Ich erinnere mich wie in einem Angsttraum an die gewölbten Tunnelwände, mit den weißen, glänzenden und schmutzigen Fliesen, Meile um Meile; und an den dröhnenden Lärm, die rasende Geschwindigkeit, mit der andere Fahrzeuge uns überholten und entgegenkamen. Jane hatte eine Hand unter meinen Arm geschoben, während ich fuhr. Ich drückte, zwischen Ellbogen und Rippen, von Zeit zu Zeit diese kleine, zierliche, nervöse Hand; drückte sie, um Jane näher, irgendwie mit ihr verbunden zu sein, ihr etwas zu sagen. Aber was? Daß ich sie liebte? Nicht einmal. Nur, daß ich hier war, an ihrer Seite. Und daß ich an sie dachte und wollte, daß sie es wüßte.

Schließlich brach ich das lastende Schweigen, sobald wir den Tunnel verlassen hatten und nach Hoboken hinauffuhren und im Dunkel der Nacht die fernen Lichter der Schiffe auf dem Fluß sehen konnten. Ich öffnete das Fenster und zündete mir eine Zigarette an.

»Was meinst du, Jane, müssen wir es heute abend den Tutts sagen?«

Michael Tutt war ein junger Archäologie-Dozent und lebte mit seiner Frau in einer kleinen Villa ganz in unserer Nähe. Seit vier Monaten trafen wir uns jeden Dienstag-, Donnerstag- und Samstagabend, abwechselnd bei uns und bei ihnen, und spielten Bridge, von acht Uhr bis Mitternacht.

Unter den Verbindungen, die wir nach unserer Ankunft in Princeton aufgenommen hatten, war die zu den Tutts uns zum bevorzugten Anlaß für unser Komödiespielen geworden. Sie waren besonders geeignete Objekte.

Alle beide waren sympathisch, freundlich und völlig bedeutungslos.

Er war ein hochgewachsener, hagerer junger Mann, blond, mit rosigem Teint; sein Leben schien er dem Gedeihen seines buschigen Schnurrbarts, seiner Pfeifensammlung und dem Schnitt seiner Tweed-Jacketts geweiht zu haben. Diese drei

Beschäftigungen reichten aus, seinen einzigen Ehrgeiz zu befriedigen: als Engländer zu gelten, obwohl er Amerikaner und darauf sogar stolz war. Seine Frau war, wie zum Ausgleich, nicht einmal eitel. Sie war vollkommen stumpfsinnig. Bridge war ihrer beider Lebensinhalt. Kinder hatten sie nicht.

Es waren geruhsame Abende, die wir mit den Tutts im Frühling jenes Jahres verbrachten. Viele Stunden saßen wir mit ihnen um den grünen Tisch. Das Bedauern über meine so verschwendete Zeit, meine liegenbleibenden Studien und Arbeiten war gleichsam das milde Salz an dieser faden Speise. Verbannt waren alle Erinnerungen, Wünsche, Erwartungen, Hoffnungen, Selbstvorwürfe, Befürchtungen und Ängste. Nur die Erregung des Spiels, das Bündnis mit dem Partner gegen die beiden Gegenspieler, belebte ein wenig die Monotonie dieser Abende. Die Whiskyflasche und die hohen Gläser, das grüne Tuch, die bunten Spielkarten, Michaels Tweed-Jacke, das graue Kostüm mit weißen und schwarzen Punkten von Mrs. Tutt, ihre Ohrringe mit kleinen Brillanten, ihr blondes Haar mit den sorgfältig glattgerollten Locken, und Janes magere Hände, ihre schmalen Handgelenke, eines mit dem Uhrband, das andere mit dem mit Saphiren besetzten Armreifen aus Platin, den ich ihr zur Hochzeit geschenkt hatte, mit einem Wort: die Gegenstände allein waren hier noch wirklich. Nichts außer ihnen war überhaupt noch existent. Nichts bewegte uns mehr. Endlich waren auch wir abgestumpft, endlich auch wir glücklich.

Aber was ging zwischen Jane und mir vor sich?

Nun, in mir war ein blinder, starrer, verzweifelter Wille, sie zu lieben.

Wie ich dir schon erzählt habe, hatte ich mit Jane vor der Hochzeit noch nicht zusammen geschlafen. Erst in Niagara Falls. Wäre es eher geschehen, wer weiß, ob ich sie überhaupt geheiratet hätte.

War es eine Enttäuschung? Das Wort ist zu einfach. Niemals hatte ich gehofft, oder überhaupt für möglich gehalten, daß ich mich bei ihr in eine Art Anbetung verlieren könnte, wie es mir mit Dorothea erging. Da meine Zuneigung zu Jane intellektuell und sentimental bedingt war, wurde der körperliche Liebesakt mit ihr zu einer mechanischen Funktion, von Gefühl und Verstand überlagert, und das bedeutete: zu einem zwiespältig empfundenen Erlebnis. Durch eine Illusion konnte mir anfangs dieser Akt sogar noch erregender erscheinen als mit Dorothea. Ich konnte in der ersten Zeit mich noch selbst belügen und beinahe glauben, daß ich Jane mehr begehrte als Dorothea.

In Wahrheit verhielt es sich leider ganz anders. Diese Trennung des rein sinnlichen Begehrens von der Verstandes- und Gefühlssphäre, unter der ich so gelitten hatte, immer wenn ich mit Dorothea glücklich gewesen war, und über die ich nur hinweggekommen war, wenn ich sie eine Zeitlang nicht gesehen hatte und sie von neuem begehrte, – diese Trennung der beiden Erlebnissphären war nun im Falle Janes unüberbrückbar.

Aber Jane empfand gewiß bei mir dasselbe, was ich bei Dorothea empfunden hatte. Diese Vorstellung schmeichelte meiner Eitelkeit; und so erreichte ich wenigstens jedesmal den erforderlichen Grad von Erregung.

Wenn ich bei Dorothea war, ging ich vollkommen in der Bewunderung für sie, in der Anbetung ihres Leibes, auf. Nie dachte ich dabei an mich, an meinen Körper; oder wenn, dann nur für kurze Augenblicke und mit einem Gefühl der Unwürdigkeit oder Verworfenheit.

Jane dagegen näherte ich mich nicht mit dem Gedanken an sie, sondern nur an mich. Ihren rosigen, mageren, nervösen Leib mit der trockenen, warmen Haut begehrte ich nicht. Er existierte kaum für mich, höchstens als ein Schatten des meinen, ein abstraktes Wunschgebilde, das nur für die wenigen erforderlichen Augenblicke Fleisch geworden war. Ich glitt zu ihr in der Wärme des Bettes und dachte ausschließlich an mich, an mich als Gegenstand von Janes Begehren, bisweilen sogar an mich als eine ferne Erscheinungsform Dorotheas. Und der Gedanke – letzte Komplikation –, der Gedanke, daß Jane ohne es zu wissen nichts anderes begehrte als eine Ausstrahlung Dorotheas, berauschte mich für einen Augenblick.

Wütend, fast raubtierhaft und schmerzend war diese Lust, ein Stöhnen meines Körpers über diesem nichtgeliebten Körper, über dieser, ach!, nicht göttlichen Kreatur. Und in jedem Augenblick, bei jedem Seufzer der Hingabe, war mein Gehirn stets klar und frei.

Ich dachte an sie, an Jane: wie klug sie war, wie gut, wie sehr sie mir half und wie sie mich liebte.

Diese Gedanken, während unsere Körper sich wie selbsttätig vereinigten, bewegten mich fast jedesmal bis zu Tränen. Ich machte Licht, versuchte Jane in die Augen zu sehen, um wenigstens in ihnen Liebe zu lesen. Und während ich sie anschaute, bildete ich mir ein, daß auch ich sie liebte, daß auch ich in diesem Augenblick die liebende Hingabe, die Verschmelzung der Sinne und Empfindungen erlebte. Und ich sagte mir selbst: »Jetzt empfinde ich wirklich Lust an Janes Körper; aber Jane ist darüber hinaus ein Mensch, den ich achte, zu dem ich voll zärtlicher Zuneigung bin: also liebe ich Jane an Leib und Seele.«

Ich Armer! Ich begriff nicht, daß Liebe nur und gerade in der Unmöglichkeit eines solchen Gedankengangs besteht, in der völligen Unfähigkeit, zwischen Seele und Körper zu unterscheiden.

Ich machte Licht und betrachtete ihre Augen. Graublau zwischen halbgeschlossenen Lidern schauten sie mich an. Leidend, wie vergehend vor leidenschaftlicher Wollust, schienen sie zu sprechen: »Du bist Gott, ich bin nichts, mach mit mir, was du willst, töte mich, wenn du willst!«

Es war genau das, was ich gedacht hatte, wenn ich im Orgasmus Dorothea anschaute. Meine Augen mußten also in jenen Momenten mit Dorothea den gleichen Ausdruck haben wie jetzt die Augen Janes.

Ja, und Dorotheas Augen? Ich hatte sie immer und jedesmal mit einer vielleicht noch größeren Spannung, mit noch mehr Hingerissensein und Selbstaufgabe gesucht. Dorotheas Augen, rund, grün, wie mit goldenen Flecken gesprenkelt, zeigten keinerlei Ausdruck. Zum mindesten keinen, den ich zu enträtseln vermochte. Sie schienen mir geheimnisvoll, ernst und in unbestimmter Weise voller Groll. Wenn ich sie dann aber fragte, entdeckte ich, daß sie keinerlei Geheimnis verbarg und auch keinen Grund zu Ernst und Strenge und Abweisung hatte. Dorotheas Augen waren vielleicht gerade so, wie ich sie mir wünschte, geheimnisvoll, streng und zürnend, wie ich sie liebte. In jedem Fall, ich liebte sie und verlor mich träumend in ihnen. Mir war, als könnte ich, ohne zu ermüden, endlos lange in sie hineinschauen. Und ich tat es wirklich.

Jetzt hatten meine Augen für Jane vielleicht den gleichen Ausdruck wie die Augen Dorotheas...

Langsam löste ich mich aus ihrer Umarmung, so spät wie möglich. Ich fühlte, daß ich sie und mich zugleich belogen hatte, und glaubte, das durch die Verlängerung der Liebesumarmung wiedergutmachen zu können. Mir war nicht klar, daß ich damit nur fortfuhr zu lügen und alles noch schlimmer machte.

Der Arm, den ich unter Janes Rücken geschoben hatte, schmerzte mich jetzt. Aber ich nahm ihn erst weg, wenn er wie taub geworden war.

Wozu diese Anstrengungen? Zur Liebe wie zum Mut kann man sich nicht zwingen. Doch war ich überzeugt, daß Jane mich liebte und glücklich gewesen war. Ich fühlte mich schuldig vor ihr und wollte ihr um jeden Preis meine Gleichgültigkeit verbergen. Ich wußte nicht mehr, daß man sich, wenn die Lust echt war, ohne Hemmungen beträgt; man dreht sich auf die andere Seite und schläft in Seelenruhe ein.

Etwas hatte mir bei Jane gefehlt: das natürliche Begehren, und das natürliche Glück der befriedigten Sinne. Ich wollte es mir nicht eingestehen. Ich glaubte, es erzwingen zu können.

Dann lag ich, im zerwühlten Bett, zwar mit dem Körper neben Jane, aber weit entfernt von ihr mit den Gedanken, gierig nach Schlaf, dem einzig wirklichen Glück, das mir noch blieb und lange, lange sich mir verwehrte.

Wieder hörte ich, im tiefen leeren Schweigen der Nacht den unheimlichen Ruf der Züge. Es erinnerte mich an die Nächte meiner Kindheit und an jenes ahnende Vorgefühl, das damals wie heute mir das Herz bedrückte. Wie weit lag die Kindheit zurück! Auch die Jugend und die ersten Jahre bewußten Lebens waren vorüber. In einigen Monaten würde ich Vater meines ersten Sohnes. War das also: das Leben? Sollte ich niemals den echten Frieden kennenlernen, die Freude in ihren gerechten Grenzen, auf die ich doch ein Anrecht haben mußte, wenn Gott mir eine Vorstellung davon und den Wunsch danach eingegeben hatte? Ja, undeutlich fühlte ich, daß es so war: niemals. Von ferne würde ich dieses Licht sehen und vielleicht einen Vorgeschmack dieses Glücks erfahren. Aber ich würde es niemals besitzen. Ein bleierner Himmel schien mir meine Zukunft zu verschließen, eine erstickende Luft darüber zu lasten. Der Zug dort draußen, schon fern jetzt, heulte noch immer. Ich würde niemals glücklich sein.

Aber ich vermochte nicht, mich mit diesem Schicksal abzufinden. Ich sagte mir, es sei nur meine eigene Schuld, und suchte die Fehler bei mir. Hätte ich den Mut gehabt, Dorothea zu heiraten statt Jane, würde alles gut ausgegangen sein. Es war keine Verdammnis, sagte ich mir. Nur ein Fehler. Nicht wieder gutzumachen zwar, aber ein Fehler, nichts weiter. In diesem Gedanken fand ich meinen einzigen Trost.

Die Bitternis, die ich nachts vor Jane und fast auch vor mir selbst verbarg, erwachte tags aufs neue, ohne daß ich es bemerkte oder hindern konnte. Die kleinsten Begebenheiten waren Anlaß dazu. Ein geschlossenes oder offenes Fenster, ein Stück Papier auf dem Boden, ein zu heißes oder zu kaltes Essen, eine Verspätung Janes, wenn sie sich für den Besuch bei Tutts umzog: alles machte mich in einem Grade ungeduldig, der in keinem Verhältnis zum Anlaß stand. Aber ich wußte nicht, daß diese Gereiztheit mit der nächtlichen Enttäuschung zusammenhing, und erkannte nicht einmal, daß – wohl durch meine Schuld – auch Jane gereizt und ärgerlich war. Ich machte mir die Erklärung leicht: das Eheleben, das für mich eben erst begonnen hatte, ist nun einmal so.

Am schlimmsten war es bei Tisch. An manchen Tagen konnte ich es schon nicht mehr ertragen, sie essen zu sehen. Ich hielt den Blick gesenkt oder sah nach der anderen Seite. Wenn sie rohen Sellerie kaute, einen Apfel aß, in die frische Brotkruste biß, war das Geräusch eine Pein für mich. Und ich dachte an Dorothea, die doch bei Tisch nicht viel Umstände machte und an Sitten und Manieren Jane unendlich weit unterlegen war. Wenn Dorothea ihre wohlgewürzten Spaghetti aß, war ihr Mund mir niemals unangenehm gewesen, im Gegenteil, ich hatte es gern, ihr zuzuschauen: es lag etwas Frisches, Gesundes, Tierhaftes darin.

Eines Tages kam Jane mit einem neuen Kleid nach Hause. Weit, aus Seide, zweiteilig, war es eines von denen, die wir Amerikaner »maternity dress«, Umstandskleid, nennen, da sie eigens so geschnitten sind, daß sie die Schwangerschaft verbergen.

Das Kleid gefiel mir weder gut noch schlecht. Ich betrachtete es gleichgültig, ohne etwas zu sagen. Was mich jedoch völlig unangebracht irritierte, war, daß Jane mich am folgenden Abend beim Umziehen für Tutts ganz natürlich fragte:

»Was meinst du, Darling, ist es nicht besser, daß ich das Umstandskleid anziehe?«

Ich wiederhole, sie sagte »maternity dress« völlig natürlich, ohne allen Nachdruck, ohne es in Anführungszeichen zu sprechen, also so, wie wenn nunmehr auch sie alle konventionellen Gepflogenheiten unserer Umwelt angenommen hätte, wie wenn auch sie jetzt irgend eine gewöhnliche Amerikanerin geworden wäre.

Kurz gesagt, mich irritierte der Tonfall, in dem sie sprach. Aber ich sagte es ihr nicht. Statt dessen spottete ich über das Kleid, verglich es mit den Kleidern gewisser Damen mittleren Alters, die in Philadelphia down-town gehen, zum Bridgespielen in eines der großen Hotels...

Krebsrot vor Wut beschimpfte sie mich, zerrte das Kleid aus dem Schrank, riß es in Fetzen und brach schließlich in verzweifeltes Schluchzen aus. Wir gingen nicht zu den Tutts, ich telefonierte, daß ich Kopfschmerzen hätte. Noch mitten in der Nacht weinte Jane und beschimpfte mich weiter. Dann machten wir Frieden, und es war etwas weniger schlimm als andere Male. Ich sagte mir, daß Jane mich sehr lieben mußte, wenn mein Spott sie so sehr traf.

Die Geburt eines Kindes beseitigt entgegen aller Erwartung nicht die Schwierigkeiten zwischen Eheleuten, die sich nicht vertragen, aber sich gern vertragen möchten. Im Gegenteil, sie verhüllt nur, vertieft und kompliziert die Gegensätze.

Wie auch immer, die letzten Monate der Schwangerschaft und die ersten Monate nach der Geburt verflossen, vielleicht wegen der Neuartigkeit des Geschehens, unter scheinbarer Besserung unserer Beziehungen. Noch ehe es geboren war, beschlossen wir, das Kind, falls es ein Junge würde, Duccio, wenn ein Mädchen, Donatella zu nennen. Beide wollten wir mit dieser Namensgebung unsere Liebe für Italien ausdrücken.

Duccio wurde am 2. November 1946 geboren. Die Weihnachtsferien verbrachten wir bei Janes Familie in Philadelphia. Dann kehrten wir nach Princeton zurück. Und als bereits, im April, unser Streiten, unsere Gereiztheit, unsere gegenseitigen Vorwürfe aufs neue begonnen hatten, rief mich Offner von New York aus an.

»Harry, willst du nach Italien gehen?«

»Wann?«

»Sofort.«

»Aber ich bin jetzt verheiratet, ich habe einen Jungen von fünf Monaten.«

»Nimm sie mit.«

»Aber mein Unterricht, hier in Princeton?«

»Bring ich alles in Ordnung.«

Offner hatte mich nach Princeton gebracht, Offner gab mir jetzt einen neuen Beweis seines Vertrauens. Man hatte sich an ihn gewandt; aber er hatte weder Lust noch Zeit. Es galt, im Auftrage unserer Regierung, die ganze Halbinsel zu durchstreifen, und Ort für Ort alle Kunstdenkmäler, Bilder und Skulpturen zu überprüfen und den genauen Umfang der Kriegsschäden an Italiens Kunstbesitz festzustellen.

Am nächsten Tag war ich in New York, im Büro Offners. Klein, ledern, mit halb blondem und halb weißem Haar, gestutztem Bart, die kurze Pfeife zwischen den Zähnen, mit sprühenden Augen, elegant, nervös und liebenswürdig, saß er an seinem mit Papieren und fotografischen Reproduktionen überhäuften Schreibtisch. Er erschien mir wie der Sendbote eines gütigen Schicksals, ein moderner Zauberer, der mit einer einzigen Bewegung seiner zarten, fleischlosen, rosig schimmernden Hand und mit einem Lächeln seiner dünnen Lippen meinem Leben die Richtung gab, die er wollte.

»Weißt du, was die Unesco ist? Eine Unterorganisation der UNO. Sie sitzt in Paris, Avenue Kléber. Wenn du in Italien deine Aufgabe anständig löst, und ich bin sicher, daß du das tust, habe ich einen Posten für dich bei der Unesco. Du willst doch wohl nicht in New Jersey sterben?«

»O nein«, antwortete ich begeistert.

In seinem schlechten und bezaubernden Englisch mit jüdischem, österreichischem oder elsässischem Akzent, aus einem Land jedenfalls, wo deutsche Gaumenlaute und das französische R gesprochen werden, überhäufte mich der kleine alte Zauberer nun mit persönlichen Aufträgen. Wegen der Frage der Kriegsschäden mußte ich erst noch nach Washington, wo ich in einem Büro des State Department alle Einzelheiten erfahren sollte. Aber für ihn privat sollte ich eine Reihe von Auskünften einholen: wohin im Verlauf des Krieges bestimmte Bilder aus Privatsammlungen geraten waren; in welchem Zustand sich gewisse Fresken befänden; die genauen Maße von anderen Gemälden feststellen, Maße, die ihm noch für einen Katalog fehlten, den er herausgeben wollte, und die ihm zwar von italienischen Kollegen bereits mitgeteilt worden waren, ihm aber nicht ganz zuverlässig schienen; Reproduktionen schließlich, die ich an Ort und Stelle von Spezialisten der Farbphotographie und unter bestimmten Voraussetzungen anfertigen lassen sollte.

Mit wachsendem Eifer machte ich mir Notizen; ich wollte alle seine Aufträge höchst gewissenhaft erledigen. Trotzdem, während er die verschiedenen über ganz Italien verstreuten Orte aufzählte, die ich besuchen mußte, dachte ich bereits an Dorothea. Jane konnte, wenn sie und der Kleine schon mitkamen, mich unmöglich überallhin auf dieser Pilgerfahrt kreuz und quer durch Italien begleiten. Sie würde in Rom oder in Florenz bleiben müssen, und ich konnte dann vielleicht Dorothea mitnehmen. Ich hatte ihr nie geschrieben. Oft war ich drauf und dran gewesen, es zu tun, hatte es aber immer wieder gelassen, da ich mich scheute, ihr etwas in die Hand zu geben, womit sie mich eines Tages hätte erpressen können. Über ein Jahr war vergangen. Würde ich sie wiederfinden? Wohnte sie noch in der Via Boncompagni? Ich dachte an unsere bevorstehende Begegnung nach so langer Zeit, in der ich die Hoffnung auf ein Wiedersehen schon aufgegeben hatte. Offners Stimme klang mir wie sanfte Musik, ich sah sein lächelndes Gesicht, verstand aber nichts mehr. Mit meinen Gedanken war ich fern, ich sah die Sonne Roms, den Frühling, die grünen Bäume der Via Boncompagni, das Vorübergleiten der Filobusse, die Geschäfte, die Bar unten im Haus mit ihren Metalltischchen auf den Bürgersteigen, die schwarze, niedrige Haustür, die schmutzigen Treppen, Dorotheas Wohnung im Zwischengeschoß und glaubte schon, ihr aufdringliches Parfüm zu spüren... Offner bemerkte sogleich, daß ich ihm nicht mehr zuhörte. Er werde mir eine Aufstellung mit allen genauen Angaben machen. Ich sollte sie mir vor meiner Abreise in einer Woche bei ihm abholen.

Am Abend war ich wieder in Princeton. Jane war glücklich. Es war zu schön, um wahr zu sein – sie hatte dem Anruf gestern nicht voll vertrauen können. Aber nun gab es keinen Zweifel mehr. Es ging wieder nach Italien!

Ich sagte ihr sofort, daß ich in Offners privatem Auftrag wie in dem der Regierung viel kreuz und quer zu fahren hätte.

»Du bleibst mit dem Kind in Florenz oder in Rom, wenn du willst, abwechselnd in beiden Städten, vielleicht für eine Weile auch in Siena, und ich komme so oft wie möglich zu dir, mindestens einmal in der Woche.«

»Ich denke nicht im Traum daran«, sagte Jane mit entschiedener Stimme und starrem Blick, als handele es sich um eine längst beschlossene Sache: »Weder Rom noch Florenz noch Siena, oder wohin sonst. Ich gehe mit Duccio nach Capri.«

Zehn

Eigentlich war Capri für ein Kind von einem halben Jahr nicht gerade der richtige Ort, vor allem nicht in dieser Jahreszeit. Daran hatte ich gleich gedacht, als Jane davon sprach. Aber sie war offensichtlich so fest entschlossen, daß ich nicht gleich einen Streit vom Zaun brechen wollte. Wir waren glücklich. Weshalb unsere Freude trüben? Jane war niemals in Capri gewesen, und sie wollte es unbedingt kennenlernen. Schließlich ließ ich sie ein paar Monate allein; dafür sollte sie wenigstens selbst ihren Aufenthaltsort bestimmen dürfen. Im übrigen kannte auch ich allmählich ihre Starrköpfigkeit und wußte, daß jeder Widerspruch bei ihr nur das Gegenteil bewirkte. So schwieg ich zunächst. Aber kaum in Rom angekommen, telefonierte ich, ohne daß Jane es merkte, mit der Ärztin Dr. Jeans und bat sie, das Kind zu untersuchen und mir ihre Meinung über den Capri-Plan zu sagen.

Die Ärztin bestätigte meine Ansicht. Das Kind nach Capri zu bringen, komme überhaupt nicht in Frage. Die viel zu radioaktive Atmosphäre sei nichts für den Kleinen. In dieser Jahreszeit kam noch der dauernde Scirocco, der berühmte ›South wind‹, dazu. Man atmete mit der Luft den Wüstensand Afrikas ein. Ich solle mir keine Sorge machen, morgen nach der Untersuchung würde sie meiner Frau diese Idee ausreden.

Ein zweites Telefongespräch führte ich hinter dem Rücken von Jane, gleich nach der Ankunft in Rom. Wir hatten erst vor wenigen Minuten unsere beiden Zimmer im Grand Hotel bezogen, Duccio weinte, und Jane bemühte sich, ihm die Flasche zu geben. Unter dem Vorwand, nach den Koffern zu sehen, die nicht mit vom Flugplatz gekommen waren, ging ich hinunter.

Die Nummer wußte ich auswendig. Ich schloß die Kabine. Mein Herz klopfte heftig. Würde ich sie erreichen? Würde sie mich noch wiedersehen wollen?

Durch die Fenster der Telefonkabine blickte ich in die stille Hotelhalle, in der nur ein paar amerikanische oder englische Gäste saßen. Aber vielleicht würde ich schon in wenigen Augenblicken Dorotheas Stimme hören. Die Halle, der Salon, den ich hinter den großen Scheiben undeutlich sah, die Teppiche, die Leuchter, die Blumen, ein Chasseur, der vorübereilte, ein anderer draußen vor mir, an einem Tischchen, alles erschien mir feierlich und bedeutsam, wie in Erwartung eines Wunders. Alles war voll von Dorothea oder meiner Gier nach Dorothea. Doch obgleich ich so begierig, so erwartungsvoll war, fand ich noch Muße zu der Überlegung, daß im Zustand heftiger Gemütserregung sich unsere Spannung den Dingen um uns mitzuteilen scheint, ja, eine eigene Gestalt gewinnt, so daß wir meinen, sie an den Dingen ablesen zu können. Bergson analysiert dieses psychologische Phänomen. Aber im Grunde erklärt er es nicht. Vielleicht daß, wie der Gedanke nur Sprache ist, auch die Leidenschaft nur Raum ist, nur Zeit, Tastsinn, Materie?

Es war nicht ihre Stimme. Es war die Hauswirtin, die alte Frau, halb Kupplerin, halb sogenannte Krankenschwester, bei der Dorothea ein Zimmer mit Küchenbenutzung hatte. Praktisch waren die beiden Frauen enge Freundinnen und führten ein gemeinsames Leben. Sie erkannte mich sofort. Dorothea war im Augenblick nicht zu Hause; aber sie war da, war in Rom, wohnte immer noch dort, Gott sei Dank.

»Das war nicht schön von Ihnen, nie zu schreiben, Herr Major. Wir wußten nicht einmal, ob Sie noch lebten. Dorothea ist sehr böse auf Sie. Sie ist beleidigt. Wir haben jeden Tag an Sie gedacht, Herr Major. Dorothea glaubte, Sie niemals wiederzusehen. Aber ich hab ihr immer gesagt: ›Du wirst sehen, der Herr Major kommt wieder. Wenn du es am wenigsten erwartest, ist er plötzlich da!‹ Wir haben einen schlimmen Winter hinter uns, Herr Major. Erst vorgestern waren Dorothea und ich zusammen bei der Madonna del Divino Amore und haben gebetet, daß Sie wiederkommen. Die Madonna hat uns erhört, Herr Major!«

Mir war von Anfang an die Kehle wie zugeschnürt. Jetzt war ich lächerlicherweise nahe daran zu weinen.

»Wann kommt Dorothea nach Hause?«

»Wenn ich das wüßte! Die Ärmste! Sie arbeitet jetzt als Hausschneiderin und ist immer unterwegs. Das Leben ist ja so teuer geworden. Das werden Sie auch schon gemerkt haben, nicht wahr? Alles ist teurer geworden. Man weiß kaum mehr, wie man's schaffen soll.«

»Wann kann ich sie wohl sicher erreichen?«

»Was soll ich Ihnen sagen, Herr Major... Versuchen Sie es doch morgen gegen Mittag, vorher schläft sie noch, die Arme!«

Ich hatte begriffen. Natürlich! Sie arbeitete als Schneiderin bis vier Uhr früh.

»Wollen Sie, daß sie Sie anrufen soll? Wenn Sie mir Ihre Nummer sagen...«

»Nein, danke schön; ich bin nur auf der Durchreise in Rom. Ich weiß noch nicht, wie lange ich mich aufhalte. Vielleicht fahre ich heute abend schon wieder. Ich reise gleich wieder ab.«

»Sie reisen ab, ohne sie auch nur zu sehen?« Und ohne weiteres ging sie zum Angriff über: »Aber entschuldigen Sie, Herr Major, dann weiß ich gar nicht, weshalb Sie erst telefoniert haben!«

»Ich reise ab, komme aber zurück. Ich komme ganz bestimmt zurück. Sagen Sie das Dorothea. Ich bleibe einige Zeit in Europa. Und es kann auch sein, daß ich noch nicht gleich wieder abfahre. Vielleicht kann ich also morgen mittag anrufen, ich hoffe es.«

Morgen mittag aber sollten wir mit dem Jungen zur Ärztin kommen.

Es war eine amerikanische Kinderärztin, die sich gleich nach dem Krieg in Rom niedergelassen hatte, in der begründeten Hoffnung, daß unsere rasch anwachsende Kolonie ihr eine gute Praxis verbürge. Gemeinsame Freunde hatten uns vor unserer Abreise in New York von ihr erzählt.

Duccio war die Reise nicht gut bekommen. Er war sehr erkältet und wies alle Nahrung ab. Frau Jeans fand nichts Ernsthaftes; als aber Jane von Capri sprach, verbot sie ihr ganz einfach, mit dem Jungen dorthin zu reisen, wenigstens im Augenblick.

Jane nahm keine Vernunft an. Mit einer Hartnäckigkeit, die mich erstaunte und die ich mir in keiner Weise erklären konnte, nahm sie nach unserer Rückkehr ins Hotel als erstes den Portier beiseite, den braven Guglielmo, den wir schon von früher her kannten, drückte ihm ein reichliches Trinkgeld in die Hand und fragte ihn nach dem besten Kinderarzt Roms, »dem Guglielmo unter den Kinderärzten«, erläuterte Jane. Der brave Portier hängte sich ans Telefon, blieb eine Viertelstunde daran, und erreichte es schließlich, eine Konsultation noch für den Nachmittag zu vereinbaren.

Der »Guglielmo der Kinderärzte« sagte Jane genau das, was sie hören wollte. Er lächelte überlegen über das strikte Verbot seiner Kollegin Jeans. Capri sei zwar für das Kind nicht ausgesprochen ideal. Aber man dürfe auch nicht übertreiben, bei Gott nein! Es sei keineswegs unvermeidlich, daß das Kind dort krank werde. Es bestehe kein stichhaltiges Bedenken, und er wolle es gern verantworten, wenn sie mit dem Kind nach Capri ginge. Er gab gewisse Verhaltensmaßregeln, empfahl, auf dies und jenes acht zu geben, nannte einen Arzt in Anacapri, den Doktor Cuomo, der, wie es schien, gerade von Säuglingen viel verstand, und wünschte Jane gute Reise und gute Erholung. Jane dankte und erklärte, sie werde schon morgen früh abreisen. Nie hatte ich sie so begeistert gesehen. Im übrigen war sie seit unserer Ankunft in Rom überhaupt verändert. Sie hatte rote Wangen und leuchtende Augen; es war, als habe sie Fieber.

Leider litt auch ich am Fieber. Noch hatte ich nicht mit Dorothea telefonieren können, und vielleicht machte ich mir deshalb keine besonderen Gedanken über Janes Aussehen und Verhalten. Am Nachmittag ging ich allein aus, um ein Auto zu kaufen, das für meine Fahrten durch Italien unbedingt erforderlich war und mit dem wir am nächsten Tag nach Neapel fahren wollten. Dabei hätte ich also Gelegenheit gehabt zu telefonieren. Aber ich wollte nicht Gefahr laufen, Dorothea wieder zu verfehlen und nur die Hauswirtin mißtrauisch zu machen. Jetzt, da ich beruhigt war und Dorothea in Rom wußte, war es besser, mein vorsichtiges Schweigen aufrechtzuerhalten. So würden die beiden Frauen, in der Meinung, ich sei bereits abgereist, mich nicht im Hotel anrufen. Es wäre nicht weiter schwer gewesen, mich zu finden. Ein paar Anrufe in den großen Hotels hätten genügt.

Ich weiß nicht einmal, wovor ich eigentlich Angst hatte. Dorothea hatte sich immer äußerst diskret benommen. Nie hatte sie mir die geringste Unannehmlichkeit bereitet. Selbst wenn sie mich einmal um Geld bat (selten genug, da ich es ihr immer von selbst anbot), tat sie es mit äußerster Zurückhaltung und vermied alles, was irgendwie nach Erpressung aussah.

Aber wenn ich mir ihre bloße Erscheinung vorstellte, genügte das, mich einzuschüchtern. Ich sah sie groß und kräftig vor mir, auffallend gekleidet, in schwarzem, tief ausgeschnittenem Kostüm, oder in weißem rotgeblümtem Kleid, mit glatt zurückgekämmtem leuchtendem Haar, dem breiten, goldenen Reifen am Oberarm, Mund und Augenbrauen geschminkt, Lackschuhe an den Füßen, herausfordernd in Gang und Blick; und ich zitterte bei dem Gedanken, daß sie von meiner Verheiratung und der Anwesenheit meiner Frau in Rom erfahren könnte. Ich fürchtete schließlich die Hauswirtin, die im Gegensatz zu Dorothea zweifellos ein vulgärer und gefährlicher Typ war.

Wir fuhren morgens noch vor neun Uhr nach Neapel ab, da wir rechtzeitig zum Nachmittagsschiff eintreffen mußten. Und so rief ich auch an diesem zweiten Tag Dorothea nicht an. Von Capri aus anzurufen kam erst recht nicht in Frage. Abgesehen davon, daß ich damit Dorothea meine Adresse gegeben hätte, würde dann Jane sofort alles auch ohne Dorotheas Dazutun erfahren haben. In Capri leben einige hundert Müßiggänger aller Art und jeder Nationalität. So verschieden sie auch nach Veranlagung und Herkunft sind, einen Zug haben sie alle gemeinsam: eine sei es physische, sei es moralische Unzulänglichkeit. Bedauernswerte und am vollen Leben selbst nicht mehr teilhabende Wesen, kümmern sie sich um so lieber um die Angelegenheiten anderer, auch wenn diese anderen nicht weniger abgelebt sind als sie selbst. Ihre Geschäftigkeit täuscht Leben nur vor, falls man nicht die bloße Befriedigung von Neugier und Klatschsucht als ausreichenden Lebensinhalt ansieht. Andererseits schüren auch die Einheimischen, die Capresen sowohl wie die seit Generationen in Capri ansässigen Neapolitaner das Feuer. Unermüdlich schleppen sie die Dornenzweige der mehr oder minder üblen Nachrede herbei, blasen in die glimmende Aschenglut des Neides, äugen, blinzeln, weisen mit Fingern, grinsen. Und sie tun das zum Teil aus wirtschaftlichen Rücksichten, denn sie leben von der Beherbergung der Fremden, aber zum andern Teil auch aus Veranlagung: sie sind selbst bereits entartet, Schwätzer, Spionierer, Zwischenträger, Lügner, Verleumder, Schaumschläger, hysterische Wirrköpfe, Schleicher und Wortverdreher, kurz, innerlich verdorben und verfallen, unglückliche Naturen, wie viele entwurzelte Südländer.

Der Umschlagplatz des Geschwätzes und Klatsches ist die kleine Piazza mit ihren zu jeder Tagesstunde überfüllten Cafés. Und zu den wichtigsten Informationsquellen gehörten damals das Postamt und das Telegrafenamt. Zu den Einheimischen, die das Vertrauen der Leiter dieser beiden Dienststellen genossen, gehörte in allererster Linie ein gewisser Don Raffaele, ein ehemaliger Polizeibeamter, ein dienstbeflissener, aber auch serviler Mann, ebenso lebenserfahren wie charakterlich unzuverlässig. An eben diesen Mann hatte uns unser Freund Guglielmo gewiesen.

Über Don Raffaele also und das Telefonamt würde Jane es sicherlich umgehend erfahren haben, wenn ich Dora angerufen hätte. Ich wollte nicht wegen einer Unvorsichtigkeit, die mir eine kurze und doch nur unvollständige Freude eingetragen hätte, ganze Wochen des Glücks einer gemeinsamen Reise durch Italien aufs Spiel setzen, die ich, nach der langen Fastenzeit in Amerika, ersehnte wie ein Verdurstender das Wasser und ein Verhungernder das Brot. Ich beschloß, Geduld zu haben.

Don Raffaele, von Guglielmo unterrichtet, hatte uns an der Marina Grande lächelnd erwartet. Er war ein schöner, stattlicher Mann zwischen fünfzig und sechzig, bartlos, sauber, mit langem weißem, sorgfältig gepflegtem Haar und einem gewissen englischen Flair – von den blauen Augen bis zu den Flanellhosen –, das aber sofort fragwürdig wurde, wenn er sein ebenso hemmungsloses wie stümperhaftes Englisch sprach oder auch nur sein listiges Lächeln aufsetzte.

Don Raffaele war eine wertvolle, aber uns völlig mit Beschlag belegende Bekanntschaft. Wir hatten uns an ihn gewandt. Ausgezeichnet. Er gab uns sofort sehr deutlich zu verstehen, daß wir uns in Capri an keinen andern wenden dürften, um was immer es sich auch handeln mochte. Er würde uns helfen, leiten und beschützen. Wir sollten uns ganz in seine Hände geben. Er führte uns zu Villen, die zu vermieten waren, und beriet uns, ja, zwang uns beinahe bei unserer endgültigen Wahl. Er schickte uns Zimmermädchen, Köchin und Gärtner, alle drei Capresen, die in dieser Villa, fast zwanzig Minuten entfernt von der Piazza, für einen einigermaßen reibungslosen Haushalt unumgänglich waren. Die erste Nacht schliefen wir im »Quisisana«. Am Nachmittag des folgenden Tages hatten wir schon den Mietvertrag unterzeichnet und waren in die Villa eingezogen.

»Villa Rubini« stand an den beiden Pfeilern des Portals geschrieben: Villa auf dem einen und Rubini auf dem anderen. Ich erfuhr nie, ob Rubini der Name des ursprünglichen Besitzers oder eine poetische Benennung war, die sich auf die Geranien, Bougainvilleas und sonstigen ›rubin‹-roten Blumen an Mauern und Fassaden bezog.

Don Raffaele wußte uns das Geld auf alle Weise aus der Tasche zu ziehen. Miete, Personal, Wasser fürs Bad, Wasser für das Sprengen des Gartens, elektrisches Licht, Gasflaschen, die tägliche Versorgung mit frischen Fischen, alle diese und zahllose andere kleine Dinge wurden durch seine gütige und jede Konkurrenz ausschaltende Hilfe und Vermittlung erledigt und waren der Anlaß zu ebensovielen kleinen Abgaben, die wir ihm entrichten mußten, ohne es bemerken zu dürfen.

Wie auch immer, ich muß anerkennen, daß durch sein Verdienst unser Haushalt nach einigen Tagen in Gang gebracht war. Aber ich konnte mich noch nicht entschließen, Jane zu verlassen und mich auf meine Reise durchs Land zu begeben, wie ich es jetzt eigentlich hätte tun müssen. Endlich einmal fiel hier die Pflicht mit einem Vergnügen zusammen, das ich mir heimlich gönnen wollte, und so fand ich vielleicht aus schlechtem Gewissen immer neue Bedenken und Vorwände, um die Abreise hinauszuschieben. Übrigens waren es nicht ganz grundlose Bedenken. Jane war wirklich nervös, reizbar, sehr schmal geworden, und immer in jenem fiebrigen Zustand, den ich in Rom schon an ihr bemerkt hatte. Sie stritt wegen jeder Kleinigkeit. Sie hatte keine Geduld mit Duccio. Wenn der Junge nachts weinte, konnte sie das nicht mehr in Ruhe hinnehmen. Es mußte eine Nurse herbei. Don Raffaele krönte sein Werk: im Augenblick trieb er in Neapel ein Schweizer Kindermädchen auf, das in Säuglingspflege erfahren war. Und so konnte denn endlich Jane sich etwas Ruhe gönnen und ich meine Reise durch Italien beginnen.

Ich fuhr mit dem Frühschiff um fünf Uhr. Als ich aufstand, war es noch dunkel. Jane umarmte mich, verschlafen und kummervoll... Aber nein, so geht es nicht. Ich entsinne mich wohl dieses weit zurückliegenden frühen Morgens, vor drei Jahren. Aber hier verwirrt sich mein Bericht, und es besteht Gefahr, daß er nicht mehr ganz der Wahrheit entspricht.

Ich wollte eben meinen Abschied von Jane erzählen, nicht so, wie ich ihn damals erlebte, als ich sie mit Duccio in Capri zurückließ und mit meinen Gedanken schon bei Dorothea war, sondern so, wie er mir heute erscheinen will.

Gewiß, Jane umarmte mich, sie war verschlafen und weinte. Aber, kann ich sagen, daß mir damals irgend etwas Besonderes bei dieser Umarmung aufgefallen wäre? Kann ich sagen, daß ich beim Verlassen unseres kleinen gewölbten Schlafzimmers, beim Abschied von Duccio, der nebenan bei dem Kindermädchen schlief, und auf meinem Gang durch die morgenblaue, kühle Luft, den Weg hinauf zur Piazza, daß ich damals überhaupt über Janes Verhalten nachgedacht hätte?

Ich war bewegt von Trauer und Selbstvorwürfen. Ich fühlte mich schuldig und litt unter meiner Zwiespältigkeit. Jane war für mich die verkörperte Anklage geworden, das herzzerreißende Bild einer Liebe, die ich gewiß erwiderte - nur, daß es eine andere, wenn auch ebenso echte Liebe war wie die, die mich aus Janes flehentlicher Umarmung gerissen hatte und mich über die Insel hetzte, damit ich nur ja nicht das Schiff versäumte.

Die Umklammerung ihrer mageren, nervösen Arme - während ich, über sie gebeugt, ihren natürlichen zarten Geruch spürte, der noch immer der eines heranwachsenden Mädchens war - hatte in mir die Vorstellung eines härenen Büßerstricks erweckt, der mich noch später, in der Erinnerung, an meine Schuld gemahnen sollte.

Der Weg stieg an, über Steintreppen, gewunden und schmal zwischen ununterbrochenen Grundstück- und Gartenmauern. Opuntien, Agaven, Oliven, Steineichen und Lentiscussträucher sprossen zwischen den Mauern hervor. Ich hörte den Widerhall meines schnellen Schrittes und hörte, wie mein Herz schlug. Mich so von Jane und Duccio zu entfernen, zum erstenmal von Duccio, seit er auf der Welt war, war wie ein körperlicher Schmerz, ein lastendes Gewicht auf dem Herzen. Ich wünschte beinahe, daß irgendein Ereignis mich zur Umkehr zwänge. Sei es auch nur, um sie noch einmal wiederzusehen, die beiden schutzlosen Wesen, für die ich Sorge und Verantwortung übernommen hatte, und die ich mit gleicher Zärtlichkeit beide umschloß; sie wiedersehen, noch einen Tag mit ihnen zusammensein, und dann abreisen. Ich hätte gerne das Schiff versäumt. Das Schiff versäumt? Was phantasierte ich da? War ich verrückt? Um nichts in aller Welt hätte ich das Wiedersehen mit Dorothea auch nur um einen Tag noch aufgeschoben. Seit einer Woche war ich entschlossen, auf keinen Fall länger als bis heute zu warten. Das Schiff versäumen? Nur das nicht! Ich schaute auf die Uhr und begann, den ansteigenden Weg hinaufzurennen. Und während ich jetzt lief und mich von Jane immer mehr entfernte, empfand ich beschämt, daß mein Schmerz nachzulassen begann; sehr bald schon würde ich ihn überhaupt nicht mehr spüren.

Beim ersten Haus an der Punta Tragara blieb ich einen Augenblick stehen, mit geschlossenen Augen, um zu Atem zu kommen. Ich schrak zusammen, als ich dicht neben mir eine Stimme hörte:

»Früh aufstehen heute, Herr Major? Wenig schlafen?«

Es war Salvatò, mein Gärtner, in Wahrheit ein Spion von Don Raffaele. Er stand vor einer offenen Tür, in Hemdsärmeln, den Rasierapparat in der Hand. Ihn so ruhig dastehen zu sehen, irritierte mich in diesem Augenblick. Ich nahm es für ein schlechtes Zeichen. Und er hatte wieder einmal die Zeitwörter seines Satzes im Infinitiv gebraucht, um mir zu helfen, Italienisch zu verstehen, das ich besser sprach und verstand als er. Was den »Herrn Major« betrifft, so redeten mich nach einigen Tagen in Capri alle so an. Guglielmo hatte mich so betitelt, als er mit Don Raffaele telefonierte.

Ich erklärte nur kurz, daß ich das Schiff nach Neapel noch erreichen wollte, und eilte schon weiter.

»Das Schiff... Sie brauchen nicht zu laufen, Herr Major... es ist noch eine halbe Stunde Zeit!« rief er mir nach.

Schuft von einem Spitzel, dachte ich und lief noch schneller, das sagst du nur, damit ich nicht mehr rechtzeitig komme!

Tatsächlich, als ich auf die Piazza kam, war die Funicolare, die Drahtseilbahn hinunter zur Marina Grande, eben abgefahren.

Der Schalterbeamte und einige Müßiggänger versicherten mir um die Wette, daß ich ruhig warten könne, auch mit dem nächsten Wagen käme ich noch gut zurecht, das Schiff werde nicht eher fahren. Ich sah es dort unten im Hafen, wie ein Spielzeug, das jeden Augenblick losschnellen konnte. Das Hafenwasser, glatt und schwarzblau, die kühle Luft, die Berge, das Meer, die Häuser, die Leute auf der Terrasse: alles ringsum war regungslos, ohne Leben, ohne Verlaß, feindselig. Ich wollte noch vor Mittag in Rom bei Dora sein, bevor sie aufstand und das Haus verließ. Ich durfte das Schiff nicht versäumen. Ich durfte keine Minute stillstehen. Am Rand der Piazzetta stand ein alter Fremdenomnibus, er wartete auf Reisende, die die Drahtseilbahn versäumen. Besitzer und Fahrer war ein schmutziger, dicker Mann, der mir schon früher durch seine aufreizende, malerische Erscheinung, die an einen freigelassenen Sklaven aus dem späten Römerreich denken ließ, aufgefallen war. Don Raffaele, gewöhnlich recht nachsichtig und geduldig mit den Inselbewohnern, hatte ihn ungewöhnlicher Habgier und Unehrlichkeit bezichtigt und mir abgeraten, je seine Dienste in Anspruch zu nehmen. Ohne auch nur einen Augenblick zu zögern, stieg ich ungeachtet aller Warnung in den Wagen und sagte dem Dicken, er solle mich sofort hinunter an die Marina fahren.

Der Mann setzte sich neben mich ans Steuer. Rasselnd glitt das Fahrzeug die abschüssige Straße hinab. Der Dicke nahm die Kurven mit großer Geschwindigkeit und stieß mich dabei jedesmal mit dem Ellbogen in die Rippen.

»Sie müssen schon entschuldigen, Herr Major.«

»Bitte.«

»Nach Neapel?«

»Ja, nach Neapel, dann nach Rom ... und dann muß ich kreuz und quer durch ganz Italien fahren.« Ich weiß nicht, warum, vielleicht aus Sympathie zu dem Mann, der mich in rasender Geschwindigkeit auf mein Ziel zusteuerte, vielleicht aus Haß gegen Don Raffaele, der ihn nicht leiden konnte, überließ ich mich einer Vertraulichkeit, die mir im allgemeinen, und vor allem mit Italienern der unteren Klassen, fremd war.

Der Dicke war natürlich sehr angetan davon und erlaubte sich nun einige weitere Fragen.

»Werden Sie lange wegbleiben, Herr Major?«

»Ich weiß nicht, einen Monat, vielleicht auch zwei...«

»Und die Signora?«

»Bitte?«

»Ihre Signora, bleibt sie in Capri?«

»Ja.«

»Da hat sie recht. Die Luft und Sonne von Capri werden ihr guttun. Die Ärmste, sie sieht gar nicht mehr gut aus...«

»Wieso, nicht mehr?« lachte ich belustigt. »Sie haben sie doch nie zuvor gesehen! Wie wollen Sie wissen, daß sie früher besser aussah?«

»Und ob ich sie früher gesehen habe! Ganz genau erinnere ich mich an sie! Es mag drei Jahre her sein, 1944 denke ich, nicht wahr?«

Ich lebte in der Überzeugung, daß Jane, wie sie mir selbst gesagt hatte, zum erstenmal in Capri war. Deshalb verstand ich nicht gleich. Ich schwieg einen Augenblick, dachte nach, dann tat ich, als besänne ich mich:

»Ah, ja, 1944. Während des Krieges?«

»Wie denn anders? Capri war Rest Camp der Amerikaner. Die Signora kam in Uniform, bellissima. Sie ist zwei- oder dreimal hier gewesen. Eine Woche, vierzehn Tage. Niemand hat sie jetzt wiedererkannt. Aber ich habe sie zu oft gefahren. Sobald ich sie sah... da schau her, das ist doch... Ich hab sie sofort wiedererkannt. Ich täusche mich selten. Mein Personengedächtnis ist besonders gut.«

Im ersten Brief, den ich an Jane schrieb, fragte ich sie, warum sie mir nicht die Wahrheit gesagt habe. Sie hatte geglaubt, so schrieb sie mir zurück, ich würde eher für den Wunsch Verständnis haben, das berühmte Capri kennenzulernen, als für ihren wirklichen Wunsch, nämlich an einen ihr schon bekannten und von ihr geliebten Ort zurückzukehren. Ihre Sehnsucht nach Capri sei so groß gewesen, daß sie mich belogen habe. Sie flehte mich an, ihr zu verzeihen, obwohl ich ihr in meinem Brief kaum ernstliche Vorwürfe gemacht hatte.

An der Marina Grande, am Beginn der Hafenmole, wo der Omnibus hielt, stand, elegant in seiner honigfarbenen Jacke und seinen Flanellhosen, Don Raffaele. Als er mich aus dem Wagen steigen sah und, noch schlimmer, sah, wie ich mich herzlich von dem Dicken verabschiedete, blickte er mich von ferne unwillig, fast böse an. Sein gewohntes Lächeln erschien erst wieder, als ich zwei Schritte vor ihm war:

»Sie verreisen, Herr Major?« Er nahm mir den Koffer aus der Hand und begleitete mich ans Schiff, das draußen an der Mole lag.

Ich fürchtete schon, er werde mit nach Neapel kommen. Dann hätte ich seine Gesellschaft ertragen und mich während der ganzen Überfahrt mit ihm unterhalten müssen. Ich wollte aber gern allein bleiben, um ungestört meinen Kummer um Jane auszukosten, der freilich immer mehr nachließ, und meine Freude auf das Wiedersehen mit Dorothea, die immer stärker wurde. So glaubte ich mich am besten auf die Wollust vorzubereiten, sie tiefer und voller zu empfinden.

Ich fürchtete auch die ungewöhnliche Verschlagenheit und Neugier dieses teuflischen Menschen. Wenn er die Überfahrt mit mir zusammen machte, gelang es ihm sicherlich, meinen Gemütszustand und damit, wenigstens teilweise, die Wahrheit zu erraten.

Als ich mit ihm auf das Schiff zuging, lief ich wie auf Nägeln. Ich hätte ihn gern ohne weiteres gefragt, ob er mitkäme nach Neapel oder nicht. Aber ich bezwang mich. Vielleicht hätte schon die bloße Frage seinen Argwohn geweckt und ihn dazu bewogen mitzufahren, selbst wenn er ursprünglich gar nicht daran gedacht hatte.

Aber glücklicherweise blieb er an Land. Und wie er auf der Mole, zusammen mit dem Inspektor der Zollpolizei, langsam davonging, verlor seine Gestalt schnell alle bedrohliche Bedeutung, war bald nichts weiter als ein kleiner heller Fleck, ein Pünktchen auf der Insel, die sich riesig und schwarz mit ihren Felswänden gegen den Himmel erhob.

Der Himmel zeigte eine undeutliche Färbung. Man begriff nicht, ob er eigentlich klar und heiter war oder mit einem Wolkengespinst bedeckt. Die Sonne war verhangen oder noch nicht heraufgekommen. Das schiefergraue Meer kräuselte sich nur ganz leicht, als der Dampfer den Hafen verlassen hatte.

Ich schaute zurück, auf die schwarze, kalte Insel. Sie barg, an einer Stelle ihrer zerklüfteten, abschüssigen Flanken auch Jane, die schlafende Jane.

Von meiner Anhänglichkeit an Jane und Duccio, ja, von einem ganzen Lebens- und Gefühlsbereich, machte ich mich nun für einige Zeit frei: ich ließ sie dort drüben, wie eingeschlossen, wie begraben auf dieser Insel, zurück.

Ich überlegte, was ich wohl empfinden würde, wenn ich jetzt nicht Jane, sondern Dorothea verlassen hätte. Oder wenn (weshalb zögere ich? weshalb nicht auch diesen Gedanken niederschreiben, der mir an jenem Morgen durch den Kopf ging?), wenn Jane gestorben wäre und ich danach Dorothea geheiratet hätte. Dorothea als meine Frau, als Mutter eines Sohnes von mir, Dorothea, die ich in Capri zurücklasse, da ich aus beruflichen Gründen verreisen muß. Aber diese sanfte, zärtliche Stimmung, in der ganz unglaubhaften, nie erfahrenen Verbindung mit meiner Leidenschaft, ließ mich schon bei der bloßen phantastischen Vorstellung irgendwie leer und enttäuscht zurück. Dann zeigte sich plötzlich die Sonne, und in der Sonne lag Neapel, gelb und rot, schon greifbar nahe, an der sanft geschwungenen Küste.

Ich ging sofort zur Garage des »Excelsior« , wo ich meinen Wagen abgestellt hatte, und machte mich auf die Fahrt nach Rom.

Ich weiß nichts mehr von dieser Fahrt, aber ich glaube, daß ich sehr schnell gefahren bin, und erinnere mich nur, daß, je mehr ich auf das Gaspedal trat, der Wagen um so langsamer voranzukommen schien. Abwechselnd blickte ich auf die Uhr und auf die Ziffer auf dem Kilometerstein, immerzu. Die ganze Zeit über litt ich körperlich vor Ungeduld, bis der nächste Kilometerstein auftauchte; und ich genoß in den mir immer länger erscheinenden Abständen nur diesen kurzen Augenblick, in dem ich ihn endlich entdeckt hatte und er schon vorüber war.

Wie würde ich Dorothea antreffen, bei welcher Beschäftigung, in welcher Gebärde? Ich dachte nicht, ich phantasierte irres Zeug. Immer wieder, wie in einem fiebrigen Halbschlaf, tauchten dieselben Bilder vor mir auf. Laut redete ich vor mich hin. Ich flüsterte, ich brüllte. Sinnlose Worte, irre Sätze, die ich ihr sagen wollte, – aber erst recht solche, die ich ihr nicht sagen würde, weil mir der Mut dazu fehlte, aber auf die es eigentlich ankam.

Ich spürte ein heftiges Bedürfnis zu rauchen; und doch zündete ich auf der ganzen Fahrt nicht eine Zigarette an, vielleicht um auch nicht eine Sekunde langsamer fahren zu müssen (wegen einiger Sekunden konnte ich sie verfehlen; sie konnte gerade fortgegangen sein; und wenn ich sie diesen Morgen nicht traf, glaubte ich, den Verstand zu verlieren), aber vielleicht auch gerade, um meine sündhafte Qual nicht zu lindern und nichts als meine wollüstige Besessenheit zu fühlen.

Ich stoppte den Wagen unter dem Fenster ihres Zimmers. Die Rouleaus waren geschlossen. Die Uhr zeigte fünf Minuten vor zwölf. Vielleicht schlief sie noch, wie gewöhnlich. Ich lief durchs Haustor, die schmutzigen Treppen hinauf, genau so, wie ich es mir oft in qualvollen Nächten in Princeton vorgestellt hatte, damals ohne jede Hoffnung, daß diese Vorstellung je Wirklichkeit werden könnte. Ich drückte die Klingel. An der Tür erschien die Hauswirtin.

»Ach, Sie sind es!« schrie sie beinahe.

»Ist Dorothea da?«

»Ja«, sagte sie, »sie schläft noch.«

»Nicht wecken, bitte nicht«, bat ich, meine Stimme dämpfend. »Wecken Sie sie noch nicht. Ich will warten, bis sie ruft.«

Jetzt, da ich hier war und Dorothea dort, zwei Schritte von mir entfernt, hinter jener altvertrauten Tür, die ich nun mit eigenen Augen am Ende des Ganges sah, wollte ich bis zum letzten die grenzenlose Süße der Erwartung auskosten, von der ich wußte, daß sie nicht enttäuscht werden konnte.

»Gut, gut«, lachte die Frau. »Sie können ihr selbst den Kaffee hineinbringen. Er ist gleich soweit. In einigen Minuten ist es zwölf. Wenn sie die Mittagssirene hört, erwacht sie regelmäßig. Wissen Sie, Herr Major, daß wir Sie schon nicht mehr erwarteten?«

Ich folgte ihr in die Küche. Als der Kaffee fertig war, nahm ich das Tablett. Auf Zehenspitzen schlich ich an die Tür, drückte die Klinke nieder und trat ein.

Das Zimmer lag im Dämmerlicht, die Luft war warm, fast stickig, und voll vom Duft ihres Parfüms.

Dora schlief; der große braune nackte Oberkörper war bis über die Brust hinab aufgedeckt. Sie lag auf der rechten, mir zugewandten Seite, einen Arm unter dem Kopfkissen, den anderen auf der Brust. Am Handgelenk leuchtete der gewohnte Goldschmuck.

Ich stand unbeweglich, das Tablett in der Hand, und betrachtete sie. Die Fenster waren geschlossen. Der Straßenlärm drang nur gedämpft herein.

Da heulten die Sirenen, und Dorothea begann sich zu regen. Sie schlug die Augen auf, gähnte, sah mich stehen, rieb sich die Augen und sagte lachend:

»Bist du da, alter Schuft? Du hast dir aber lange Zeit gelassen!«

Ich trat näher.

»Dora...«, sagte ich leise.

Das Tablett mit der Tasse klirrte leicht in meiner Hand.

»Du zitterst wohl?« lachte sie. »Und wenn ich dir jetzt sage, daß es mir nicht mehr paßt, mit dir zu schlafen?«

Ich war wohl bleich geworden; und vielleicht glaubte sie, daß ich ohnmächtig werden wollte, denn sie beeilte sich hinzuzusetzen:

»Aber geh, du Dummer, was denkst du denn?« und mit einer breiten heftigen Bewegung warf sie die Decke zurück und zeigte sich mir nackt, bereit, wie immer.

Noch hatte ich mich nicht gerührt, als sie wie in Abwehr die Hand ausstreckte:

»Einen Augenblick. Man sieht doch, daß du Amerikaner bist, mein Junge! Erst den Kaffee. Wenn man ihn nicht heiß trinkt, taugt er nichts.«

Elf

Ich nahm Dora auf meine Reise mit. Obgleich ich das von dem Augenblick an, in dem mir Offner die Italienreise anbot, vorgehabt hatte, war es mir im Grunde genommen immer unmöglich erschienen. Vor allem hatte ich an meinem Mut dazu gezweifelt. Zudem wußte ich aus Erfahrung, daß ich, wenn meine Begierde erst einmal gestillt war, Dorothea in den nächsten Tagen nur ungern um mich haben würde. Und da ich Rom am Tag nach meiner Rückkehr aus Capri verlassen und in die Toskana aufbrechen mußte, wo meine Tätigkeit beginnen sollte, hätte ich bis zum letzten Augenblick geschworen, daß ich schließlich doch allein fahren würde.

Und nun nahm ich Dora doch mit. Ich hatte mich plötzlich dazu entschlossen, vielleicht weil ich wütend über mich selbst war, weil ich mich nach fast zwei Jahren der Trennung abermals enttäuscht fühlte. Es war dieselbe Starrköpfigkeit, die mich früher dazu gebracht hatte, meine Nächte mit ihr in der Hoffnung auf eine ewige Wollust auszudehnen. Es war ein letzter Versuch, eine Wette, die ich mit mir selbst einging, aus der Erwägung, daß ich nie wieder eine so günstige Gelegenheit haben würde (eine beruflich legitimierte Reise; Jane durch das Kind festgehalten), um durch ein mehrwöchiges Zusammenleben mit Dora festzustellen, ob mir wirklich die Natur eheliches Glück versagt hatte.

Ich wollte es sogar in Kauf nehmen, daß ich vielleicht am Ende der Reise unter dem Verzicht auf eine Bindung leiden mußte, die inzwischen zu einer angenehmen Gewohnheit geworden war. Gut, ich würde dann zu dem stilleren Leben mit Jane zurückkehren, aber ich würde wissen, daß es sich dabei nicht um eine Verdammnis des Schicksals, um einen erzwungenen und folglich verdienstlosen Verzicht handelte, sondern um eine freie, fast heroische Wahl.

Kurz gesagt, ich wollte das Leben mit Dora erproben, wollte wissen, ob ich sie auch menschlich liebgewinnen könnte, und sie auch mich; und vor allem, ob dieses liebevolle Aneinandergewöhnen nicht die ursprüngliche Leidenschaft unserer Beziehung abtöten würde.

Überflüssig, dir die Einzelheiten zu schildern. Ich berichte dir lieber gleich das Ergebnis dieses Versuchs, das, was mir und Dora bei unserem Zusammenleben geschah oder mir zu geschehen schien.

Dora gab sich mir zwar auch weiterhin genau so, wie sie es immer getan hatte, mit jenem geheimnisvollen und fast grausamen Unbeteiligtsein, das mir gerade am meisten an ihr gefiel. Sie faßte Zuneigung zu mir, sie begann, sich um meine Gesundheit zu bekümmern und mir in den täglichen Kleinigkeiten zu helfen: Taschentücher zu bügeln, Koffer zu packen, das Bad vorzubereiten, in der Trattoria sachkundig das Menü zusammenzustellen, mir bei meinen Gängen durch Museen und Kirchen die Mappe mit den Reproduktionen oder ein Buch oder den Fotoapparat zu halten, am frühen Morgen, wenn ich noch unlustig war, auf die Straße zu gehen und die Zeitungen zu kaufen, sogar an manchen Abenden, wenn ich müde war und wir im Hotel blieben, mir die Pfeife zu stopfen. Das waren alles Dinge, die Jane niemals getan hatte.

Und ich fühlte nun bei jeder dieser Aufmerksamkeiten Unbehagen, Trotz und Widerwillen in mir aufkommen, eine merkwürdige Unduldsamkeit, beinahe etwas wie Scham darüber, zu glücklich zu sein. Dieser Gemütszustand änderte sich nur des Nachts, wenn ich das Licht löschte. Aber tagsüber, während Dora mir hilfsbereit, rücksichts- und liebevoll zur Seite war – ich weiß nicht, wie ich dir das sagen soll: mir war, als seien ihre Rücksichten und Aufmerksamkeiten unsichtbare Fesseln, die mich zum Sklaven machten. Wohl bestimmte ich und tat, was ich wollte; aber ich war, und das war weit schlimmer, ein Sklave der Fügsamkeit Dorotheas. Ich war nicht mehr frei, mit einem Wort: nachts oder tags mußte ich mit ihr in der einen oder anderen Weise rechnen, da sie nicht nur schön, sondern jetzt auch noch gut war. Das wurde mir sehr bald zu einer unerträglichen Tortur, schlimmer vielleicht als Janes Verhalten, das mir zwar wenig Freude gab, aber mich wenigstens in meiner Betrübnis, die ich ihr nicht gestehen konnte, allein ließ.

Was hatte ich Dorothea vorzuwerfen? Nichts. Sie hatte meine Einladung erstaunt, demütig und begeistert angenommen. Sie war nicht eingebildet. Sie sah sich als eine »Segnorina« und als nichts anderes. Und wenn ich sie, trotz meines Unbehagens, einen Monat lang bei mir behielt, auf all meinen Fahrten von der Toskana in die Emilia, durch die Lombardei und durch Venetien, dann geschah das nur, weil ich sicher war, des Nachts in ihrer tiefen Demut das zu finden, was ich suchte.

Aber was bedeutete diese Scheu, mich glücklich zu fühlen? Weshalb empfand ich den großen Frieden, den ich zum erstenmal erlebte, wie eine Schuld? Dachte ich etwa an Jane, an Duccio, an das heilige Versprechen, das ich vor dem katholischen Geistlichen abgelegt hatte? Ganz und gar nicht. Jane und Duccio waren und blieben, außer den wenigen Minuten, in denen ich Jane alle zwei oder drei Tage schrieb oder telegrafierte, wie ausgeschieden aus meiner Gedankenwelt, sie existierten nicht mehr. Nein, ich glaubte nicht zu sündigen, und ich hatte kein schlechtes Gewissen. Im Gegenteil, ich glaubte, auf dem rechten, mir gemäßen Wege zu sein, und gerade das verursachte in mir ein unangenehmes, fast unerträgliches Gefühl, als wenn mir die Luft fehlte.

In der nächtlichen Ruhe eines kleinen Hotels in irgendeiner Provinzstadt, nach einem harten Arbeitstag in der Junihitze (oft mit dem Wagen auf nichtasphaltierten Nebenstraßen eine Anhöhe hinauf, um eine halbverfallene kleine Kirche oder ein verstaubtes kleines Museum zu besichtigen, an Hand eines dürftigen Katalogs, den ich sofort überprüfte und berichtigte); und dann, wenn es endlich Abend geworden war, wenn ich gebadet hatte, oft nur in kaltem Wasser, und nach einem ausgezeichneten Essen und einem geruhsamen Spaziergang im

Dämmerlicht einer Allee oder auf alten Festungsbastionen; nach einem Cognac am wackeligen Tischchen eines kleinen Cafés, Hand in Hand wie ein Liebespaar, während zwischen dem Grün und den Lampions dünne Orchestermusik wimmerte - und mich das alte, schlichte, schöne Italien wieder bezaubert hatte -, ja, dann machte mich Dorothea in dem nächtlichen Schweigen des kleinen Hotels vollkommen glücklich. Und doch sagte ich mir: Ist das alles? Gibt es nichts anderes? Wirklich nichts anderes? Mir fehlte die Sehnsucht, zu der ich geboren und an die ich gewöhnt war. Ich kam mir leer und unbedeutend vor. Ich erschrak vor meiner Winzigkeit. Ich sah mich ganz auf mich selbst reduziert: als einen Punkt. Eine Null.

Nach und nach begann ich, dieses Absinken in die Banalität auch am Tage zu spüren, wenn ich mich bei irgendeiner instinktiven Zärtlichkeit für Dora überraschte, wenn ich sie in der Öffentlichkeit streichelte, ihr zulächelte, damit sie zurücklächle, ihr die Hand drückte oder sie um die Hüfte faßte. Fügsam, wie sie war, ging sie stets darauf ein, und das erzürnte mich, ohne daß ich ihr es sagen konnte.

Einmal, beim Frühstück, bestand sie darauf, ich solle außer dem, was ich bereits bestellt hatte, zwei Eidotter mit Pfeffer und Zitrone nehmen: Uovo all'ostrica, Austern-Eier, wie man in Italien sagt. Sie bestand darauf und sah mir dabei, mit beziehungsvollem Lächeln, in die Augen. Ihre Anspielung, ihr Blick und Lächeln, alles zusammen freute und erzürnte mich. Erzürnte mich, eben weil ich fühlte, daß es mich gefreut hatte. Also so, wie sie mir Befriedigung gab, konnte auch ich ihr erotischen Genuß geben? Es war das erste Mal, daß sie mir das zeigte. Und auch dies enttäuschte mich. Sie war nicht mehr das Idol. Sie war eine normale Frau.

Schließlich machte ich ein Ende. Ich hatte ihr nie von Janes Existenz erzählt, noch überhaupt, daß ich mich verheiratet hatte. Sooft ich nach Capri schreiben, telegrafieren oder gelegentlich auch telefonieren mußte, tat ich es mit äußerster Vorsicht, damit sie nichts davon erfuhr. Im Hotel nahmen wir, wenn wir auch zusammen schliefen, stets zwei getrennte und nicht nebeneinander liegende Zimmer. Muß ich sagen, daß diese panische Furcht, von Dorothea erpreßt zu werden, vollkommen unvernünftig und vielleicht nur ein unbewußter Umweg war, um mein Begehren wachzuhalten?

Von Venetien aus hatte ich vor, in die Marken zu fahren; aber ich war gezwungen, einen Abstecher nach Rom dazwischenzuschieben, wo mich ein hoher Unescobeamter, Mr. H.L.G., den du ja kennst, erwartete. Es war inzwischen beschlossen worden, daß ich im Herbst zur Unesco nach Paris gehen sollte. Mr. H.L.G. war auf der Durchreise in Rom und wollte mich sehen. Damals kam ich, wie du dich vielleicht entsinnen wirst, mit H.L.G. zu dir nach Cinecittà zum Essen. Er wollte die Atelieranlagen besichtigen.

Ich mußte zwei Tage in Rom bleiben. Ich ging ins Grand Hotel, Dorothea nach Hause. Meine Zeit war durch H.L.G. sehr in Anspruch genommen, ich konnte mich also in diesen zwei Tagen nicht mit Dorothea treffen. Es war aber abgemacht, daß wir am Morgen des dritten Tages zusammen nach Ancona fahren würden.

Am Spätnachmittag des zweiten Tages begleitete ich H.L.G., der nach Paris zurückfliegen wollte, auf den Flugplatz Ciampino. Die Maschine startete mit Verspätung, und ich befand mich, als es dunkel wurde, allein auf dem weiten flachen Gelände zwischen den Castelli und Rom. Es war Anfang Juli. Wer die Luft, die Stunde, den Ort, die Jahreszeit erlebt hat, wird mich verstehen. Am tiefen, weitgespannten, wolkenlosen Himmel blinkten die ersten Sterne, während in der Ferne die Häuser Frascatis noch hell in der Sonne lagen. Es war eine Weichheit in der Luft, eine sehnsuchtsvolle Stimmung, die mir das Alleinsein zur Qual machte. Selbst die schweren silbrigen Flugzeuge, die über den Platz rollten, oder ein anderes, das gerade schweigend zum Gleitflug ansetzte, schienen an der Verzauberung teilzuhaben. Ich rief dich an, wollte dich bitten, mit mir in irgendeine Trattoria der Castelli zum Essen zu kommen, im

Freien. Du warst nicht zu Hause, du arbeitetest noch, wer weiß, wann du heimkommen würdest. Ich ging in die Bar und trank ein paar Whiskies. Ich wußte nicht, was tun. Ich hatte keine Lust, bloß des Essens wegen nach Rom zurückzufahren und mutterseelenallein in dem beklemmenden Restaurant des Grand Hotel zu sitzen, allenfalls dort Landsleute zu treffen, an deren Gesellschaft mir an diesem Abend nichts lag. Ich zögerte, und schließlich, als die Dunkelheit zunahm, rief ich Dorothea an. Ob sie nicht mit mir hier draußen essen wolle? Danach könnten wir, statt morgen in aller Frühe aufzubrechen, wie wir verabredet hatten, gleich nachts fahren, was wegen der Kühle auch viel angenehmer sei. Wir würden in Ancona bis in den Nachmittag hinein schlafen, dann im Meer baden. Es gab doch gewiß einen Strand bei Ancona?

Dorothea erklärte, daß sie wohl gern gekommen wäre, aber da sie nicht mit mir hatte rechnen können, habe sie sich schon verabredet. Sie wollte mit ihrem Schwager, den sie in Familienangelegenheiten sprechen müsse, in einer Trattoria essen. Ich wurde böse, es war das erste, vielleicht das einzige Mal, daß ich sie anfuhr. Ich entlud damit wohl die einen ganzen Monat hindurch angestaute Mißstimmung. Dora war sehr niedergeschlagen. Sie sagte mir, daß sie die Verabredung mit ihrem Schwager gern verschieben würde. Aber es sei jetzt zu spät, ihm Bescheid zu sagen, er habe kein Telefon und wohne sehr weit. Er erwarte sie in der Trattoria. Sicher war er schon unterwegs, sie selbst sei gerade im Begriff gewesen zu gehen.

»Wenn du nichts dagegen hast, mit uns zu kommen ...«, sagte sie schließlich zögernd, »dann essen wir zusammen, er ist ein guter Kerl und treuer Familienvater. Er arbeitet beim Film, Feuerspezialist... weißt du, jedesmal, wenn im Film ein Brand oder Feuerwerk vorkommt, wird er geholt.«

Dora hatte noch nie erwähnt, daß sie eine Schwester hatte.

»Ich hab es dir nie gesagt, weil meine Schwester schon lange tot ist. Er hat wieder geheiratet. Es sind Kinder da, vier, augenblicklich sind sie an der See, in Ladispoli. Also kommst du? Wenn du Lust hast, komm doch bitte. Wir sind in der Osteria della Pesa, in Trastevere, Via Garibaldi.«

»Ich hol dich ab«, sagte ich. Ich war wütend, weil ich nicht die Kraft hatte, den Abend allein zu verbringen, aber auch keine Lust, diesen Schwager kennenzulernen.

Aber sie wollte nicht abgeholt werden. Sie hätte bereits ein Taxi bestellt. Es sei schon spät. Mit einer plötzlichen Entschiedenheit, die mich überraschte und mir gefiel, wiederholte sie noch einmal Namen und Straße der Trattoria und hängte ein.

Im Unterschied zu Jane, in die ich restloses Vertrauen hatte, war mir alles, was Dorothea betraf, verdächtig. Während ich in die Stadt zurückfuhr, dachte ich nach und kam zu dem Schluß, daß dieser Schwager durchaus nicht ihr Schwager sei und daß sie deshalb um jeden Preis ihn noch vor mir sehen wollte, um ihn rechtzeitig ins Bild zu setzen. Jetzt war ich natürlich daran interessiert, diesen angeblichen Schwager kennenzulernen. Ich wollte Dorothea auf die Schliche kommen. Den Mann stellte ich mir als ein düsteres Individuum vor, eine Art Zuhälter. Und ich weiß nicht genau, ob ich mehr fürchtete oder hoffte, daß er diesem Bild entspräche.

Er war ein dicker, blasser, kahlköpfiger Mann, mit einer großen Nase und hellblauen, wäßrigen, sanften und verschmitzten Augen. Ein sehr sympathischer Mensch. Etwas Kupplerisches war an ihm, er konnte gut ein alter Zuhälter sein. Bei ihm und Dorothea, die ich in der vollbesetzten Trattoria sofort an einem Tisch des länglichen Hofes entdeckt hatte, den die hohen roten Mauern armseliger uralter Häuser umgaben, saß noch ein junger Mann. Er war schön, schlank, hatte gelocktes Haar, einen ungewöhnlich sanften, lebhaften Blick. Er trug kein Jackett, sondern ein Seidentrikot, das einen wohlmodellierten Oberkörper durchscheinen ließ; am Handgelenk blinkten ein goldener Armreif und eine Uhr mit Goldband; an einem Finger ein massivgoldener Ring; am Hals eine schmale Medaillonkette.

Dorothea erkannte mich von weitem. Mit einem kurzen Blick zu ihren Begleitern schien sie zu sagen: »Dort, das ist er.«

Die beiden sprangen auf. Der Ältere, der angebliche oder wirkliche Schwager, kam mir einige Schritte zwischen den Tischen hindurch entgegen und drückte mir, so gut er mit Gesten, Lächeln und Verneigungen konnte, seine völlige Ergebenheit aus.

Er war mir ohne weiteres sympathisch. Während er mit Hingebung aß, Speisen und Wein mit größter Zuvorkommenheit herumreichte und alles kennerisch lobte oder kritisierte, dabei spaßige Geschichten von seiner Filmarbeit oder kleine Witze zum besten gab, lächelte er mit seinem glatten Gesicht, glücklich über das gemeinsame Mahl und über den Abend mit uns. Man las auf diesem Gesicht die Bescheidenheit und Gutartigkeit eines alten Sünders. Der junge Mann dagegen war sehr viel zurückhaltender. Er sprach fast gar nichts, aß mäßig und mit gewählten Manieren, als wolle er mir gegenüber nicht abstechen. Er sei ein Freund ihres Schwagers, erklärte Dorothea sofort, ebenfalls beim Film beschäftigt, aber als Schauspieler. Er spiele kleinere Rollen. Ich begriff, daß ich in seinen Augen alle nur möglichen Vorzüge verkörperte: ich war ein vornehmer Herr, Intellektueller und zudem noch Amerikaner. Aus Berechnung, aber wahrscheinlich mehr noch aus Eitelkeit wollte er auf mich einen guten Eindruck machen. Deshalb redete und aß er so wenig. Er stellte aber bei jeder Gelegenheit die Hand mit Armband, Uhr und Ring zur Schau. Sowie Dora, ich oder der Schwager nach einer Zigarette griffen, zog er eilends sein goldenes Feuerzeug aus der Tasche und ließ es prahlerisch in seiner schönen Hand vor unseren Augen auf- und zuschnappen. Oder er hielt, wenn er selbst rauchte, die Zigarette mit regloser, abgewinkelter Hand in einer Weise, als ob alle, auch die Gäste an den anderen Tischen, ihn bewundern sollten. Es war gewiß eine schöne Hand, soweit eine Männerhand schön sein kann; doch rechtfertigte nichts ihre dauernde, ununterbrochene Zurschaustellung.

Dann begann der Schwager, wenn wir ihn so nennen wollen, mit einem Blinzeln zu Dora und mir hin, den jungen Mann zu foppen.

»Figlio bello«, sagte er beispielsweise, »du weißt doch, daß du von Wein wirklich einen Dr... verstehst; Verzeihung, Herr Major, ich sehe, Sie verstehen sehr gut Italienisch, wir müssen aufpassen, was wir sagen.«

Ich lachte amüsiert: im Stimmenlärm und Gelächter der Gäste, dem Klappern und Klirren des Geschirrs zog einer mit der Ziehharmonika von Tisch zu Tisch und trug die Stornelli, altüberlieferte, volkstümliche Reime vor. In dieser Sommernacht, in dieser Gesellschaft voll warmer, wenn man so will, vulgärer Menschlichkeit, fühlte ich mich wohl, fühlte mich endlich frei und ledig der letzten Vorurteile, die ich noch wie Eierschalen des alten New England an mir trug, fühlte mich in diese heidnische Welt getaucht, wo alles Leben zwangsläufig in Sünde und Vergebung verstrickt war. Das war etwas anderes als die Abende bei den Tutts!

»Vom Wein«, fuhr der Schwager fort und lächelte den anderen an, der den Scherz mit möglichst viel Anstand zu parieren suchte. »... vom Wein verstehst du nichts. Haben Sie gesehen, Herr Major, was er tut? Er tut Eis in den Wein! Der Film hat ihn verdorben, und das Poussieren mit Ausländerinnen und all das Whisky-, Gin- und Martinitrinken – hallo, give me a drink ... sagt man nicht so, Herr Major? Hoffentlich hast du dir nur den Gaumen verdorben.«

Ich hörte mit einem Ohr zu und überlegte dabei, in welcher Beziehung Dorothea zu den beiden stehen mochte, und auch, wie diese beiden zueinander standen. Vielleicht wegen des Zweideutigen, das alle beide an sich hatten, und in Anbetracht des Altersunterschieds (der Schwager war gegen fünfzig, der junge Mann etwa fünfundzwanzig), hatte ich zuerst geglaubt, sie seien vielleicht mehr als nur Freunde. Aber als der Alte begann, den anderen herzlich und gutmütig, ohne die geringste Spitze, zu verspotten, sah ich, daß meine Vermutung falsch war. Einer von ihnen, vielleicht auch beide mußten etwas mit Dorothea haben. Ich verspürte, das gestehe ich gern, weil es wahr ist, keinerlei Eifersucht.

Während ich auf Jane eifersüchtig war (eifersüchtig wohl eben, weil ich sie nicht oder nicht genügend liebte und wußte, daß ich ihr nicht alles geben konnte, was sie vielleicht begehrte), bin ich, wenigstens zu jener Zeit, auf Dorothea niemals eifersüchtig gewesen. Daß Dorothea mit anderen Männern schlief, gehörte zu ihrer Natur, ja, zu ihrem Zauber. Ich hatte ihr ja nie etwas anderes gegeben als Geld. Sie, das vergötterte Idol, durfte kein anderes Opfer von mir annehmen: hätte sie es getan, wäre es gleichsam gegen die Spielregeln gewesen. So gab ich mich auch keinen Träumen hin, irgendein Recht auf sie zu haben; ich wünschte nicht einmal, daß sie mir treu wäre; ich glaubte, daß es mich gleichgültig lassen oder meine Lust nur anstacheln müßte, wenn ich irgendwelche Liebhaber bei ihr entdeckte. Später freilich verwickelte meine Eitelkeit das Spiel; und alles wurde anders. Damals jedoch war es noch, wie ich es eben schilderte, und ich schäme mich dessen nicht; noch schäme ich mich etwa, das schriftlich festzuhalten. Im übrigen ist, wenn man es genau bedenkt, nichts ungerechter und alberner als die Lächerlichkeit, der, vor allem in Frankreich und Italien, betrogene Ehemänner und Liebhaber verfallen. Wer eine verheiratete oder mit einem anderen liierte Frau liebt, gilt nicht als lächerlich; nun, er begehrt »eines andern Weib«, nicht mehr und nicht weniger als der Gatte oder Liebhaber, der die eigene Frau oder Geliebte betrügt.

Der Schwager redete und redete. Der Junge rauchte, um seine Hand vorzuführen. Dorothea sah mich von Zeit zu Zeit flüchtig an, mit merkwürdig vorsichtigen und forschenden Blicken. Sie wollte, ohne daß ich es merkte, erraten, was ich dachte. Und ich dachte, daß ich sie diese Nacht noch verlassen wollte.

Warum? Aus Eifersucht?

Im Gegenteil. Diese beiden kennenzulernen, und der Argwohn, daß sie ihre Liebhaber wären, hatte meine Leidenschaft gestachelt, nicht gedämpft. Aber gerade, weil meine Bindung so nur noch stärker wurde, schien mir, daß ich sie für einige

Zeit ohne Schaden unterbrechen könnte. Hätte ich unsere Beziehung vor diesem Abend unterbrochen, so wäre die Trennung mit dem Tiefpunkt eines in einem Monat gemeinsamen Lebens allmählich erkalteten Gefühls zusammengefallen, und ich hätte fürchten müssen, für immer den Gefallen an ihr zu verlieren. Statt dessen wollte ich sie gerade jetzt verlassen, solange ich die Gewißheit hatte, sie auch in Zukunft und in der Trennung weiter zu begehren, bis ich zu ihr zurückkommen würde.

Dorothea betrachtete mich forschend. Sie war intelligent und erriet etwas von dem, was in mir vorging. Zum Beispiel verstand sie sehr wohl, daß ich begriffen hatte, die beiden wären ihre Liebhaber, und daß dieser Umstand mich nicht kränkte. Gleichzeitig, dessen bin ich gewiß, las sie mir meinen plötzlichen, geheimen Entschluß, sie zu verlassen, am Gesicht ab. Aber bis ins letzte vermochte sie mir nicht zu folgen; sie kam nicht darauf (und wie hätte sie es auch gekonnt?), den schwierigen Gedankengang zu erraten, der mich dazu bewog, sie zu verlassen. Sie wußte die sich widersprechenden Empfindungen, die mich bewegten, nicht in Einklang zu bringen, während ich, auf meine Weise, das durchaus vermochte. Sie glaubte, daß ich zwar gern die Gelegenheit genützt hätte, ihre Liebhaber kennenzulernen, mich nun aber doch abgestoßen fühlte. Sie bedachte meine Eitelkeit und alle Vorurteile, die ich meiner Erziehung dankte. Es reute sie, mich mit den beiden zusammengebracht zu haben.

Was wäre geschehen, wenn sie alles begriffen hätte? Wenn sie, sich endlich ihrer Macht über mich bewußt, die große melodramatische Geste gewagt hätte, die kränkende Unbefangenheit der treulosen Geliebten, das grausame Adieu wie einst in französischen Romanen oder jetzt in deutschen Filmen? Wenn sie aufgestanden und am Arm des jungen Mannes davongegangen wäre, mit der schlichten Erklärung: »Wir sehen uns morgen, Harry, wie verabredet«, oder auch: »Schau, morgen früh reisen wir doch nicht mehr. Hol mich am Nachmittag um sechs

Uhr ab. Es ist zwecklos, mich vorher anzurufen. Also, auf morgen!«, wie hätte ich darauf reagiert?

Ich glaube kaum, daß ich zurückgeschlagen hätte. Solche Worte, und Schlimmeres, waren gerade das, was ich mir im Grunde wünschte. Nein, ich hätte mich nicht aufgelehnt. Ich hätte sie vielleicht für den ganzen Rest meines Lebens geliebt, bis zu meiner Verdammnis.

Aber sie war nicht dieser Typ; sie war kein »Vamp«.

Sie war, alles in allem, ein braves Mädchen, um ihre Zukunft besorgt und darum, wie sie Tag für Tag das Nötige zusammenbrächte.

Dann kam der Aufbruch. Ich erbot mich, sie ins Zentrum zu fahren. Und ich setzte sie alle drei absichtlich vor Dorotheas Haustür ab und sagte, daß ich im Hotel erwartet würde. Ich wollte Dorothea zeigen, daß ich nicht eifersüchtig war.

Aber Dorothea schöpfte Verdacht. Sie nahm mich beiseite. Die beiden, sofort ganz Verständnis und Rücksicht, entfernten sich einige Schritte.

»Du hattest doch gesagt, daß du jetzt fahren wolltest, um die Fahrt nicht in der Hitze zu machen«, flüsterte sie. »Willst du noch? Meine Koffer sind gepackt.«

»Nein, danke dir, Dorothea«, sagte ich zögernd. »Jetzt habe ich allen Ernstes eine Besprechung mit diesem Herrn, du weißt schon –.«

»Aber ich denke, der ist schon abgereist?«

»Es ist auch ein anderer, den ich erst später getroffen habe. Möglicherweise kann ich auch morgen früh noch nicht fahren.«

»Und wie willst du mich dann benachrichtigen?«

»Ich rufe dich an. Ich ruf dich morgen früh an. Jedenfalls nicht vor zehn. Schlaf unbesorgt.«

Und ich küßte ihr die Hand mit betonter Korrektheit, wie es gut erzogene Italiener bei Damen zu tun pflegen: ich wollte ihr zu verstehen geben, wenn sie es verstehen konnte, daß sie die Herrin sei.

»Tu, was du willst«, setzte ich kaum vernehmbar hinzu, zitternd und in der Hoffnung, daß sie verstehen möchte.

Sie verstand nicht. Im Gegenteil, sie verstand das Falsche. Blickte verloren einen Augenblick zu den beiden hin; dann, statt zu gehen, kam sie noch dichter an mich heran, drängte sich fest an mich, umhüllte mich mit ihrem kräftigen Parfüm.

»Was hast du?« fragte sie ganz leise. »Stört es dich, daß ich dich mit meinem Schwager zusammengebracht habe?«

»Bei Gott, nein!«

»Mit dem andern also?«

»Du träumst ja. Sie sind so sympathisch, alle beide. Für mich war es ein sehr schöner Abend.«

Ich machte mich frei, ging auf die beiden zu und verabschiedete mich aufs freundlichste.

Ich ging sofort zu Bett. Aber ich konnte nicht einschlafen. Nach einer Stunde stand ich wieder auf. Ich zog mich an, packte die Koffer, ging hinunter, übergab dem Portier ein Telegramm zur Erledigung morgen früh. Das Telegramm sagte Dora, daß ich unerwartet noch in der Nacht nach Paris fliegen mußte. Wir würden uns bei meiner Rückkehr sehen, in etwa einem Monat. Und ich dankte ihr.

Tatsächlich fuhr ich in der Nacht ab. Aber im Wagen, nach Ancona, und an meine Arbeit.

Zwölf

In Foligno, vor dem Apenninübergang, tankte ich. Während des Aufenthalts an der Tankstelle warf ich einen Blick auf die Karte. Ich hatte die Wahl zwischen zwei verschiedenen Straßen. Die eine, rechts, führte über Tolentino und Macerata. Die andere, links ab, über Nocera, Fabriano und Jesi. Die erste war etwas kürzer, dafür aber eine ziemlich schmale Nebenstraße. Die zweite war breiter und… führte über Jesi. Der Name dieser kleinen Stadt erweckte in mir eine Erinnerung, an den Krieg, an einen kalten Winter, an eine Frau, und, weiter zurück, an dieselbe Frau, als sie noch ein Mädchen war, und ich vierundzwanzig Jahre, in Rom, auf meiner ersten Italienreise, kurz nachdem ich vom College gekommen war.

Natürlich wählte ich die Straße über Jesi. Ich wollte noch einmal durch diese Stadt kommen, durch die breite, gerade Hauptstraße mit ihren grau-gelben Palazzi, bis zu dem kleinen Platz mit der Kirche, und ich wollte, nur eben so, im Vorbeifahren, ein ganz bestimmtes Haus wiedersehen, ein bestimmtes Haustor, ein paar Fenster im zweiten Stock. Es war eine Erinnerung, ein Traum, der weit zurücklag, eine Sehnsucht, die nie erfüllt worden war.

Sie hieß Checchina. Als ich Ende 1938 zum erstenmal nach Rom kam, gab es natürlich die Fulbrights noch nicht. Mein Stipendium genügte gerade, um ein halbwegs anständiges Leben führen zu können. Aber ich war vierundzwanzig Jahre alt – und glücklich, in Italien zu sein!

Ich mietete mir ein Zimmer in einer Pension am Corso d'Italia, bei einer Familie Cottich, aus Triest. Das Zimmermädchen stammte aus den Marken, aus Fontanelli bei Jesi. Es war eben diese Checchina. Einundzwanzig Jahre. Groß, dunkel, schlank, vollendete Figur, von freundlichem Wesen und feinen, fast ein wenig gezierten Umgangsformen. In Italien erkennt man Dienstmädchen auf der Straße sofort. Checchina wirkte, wenn sie ausging, wie eine gutbürgerliche Signorina, eine Angestellte etwa.

Sie gefiel mir sofort außerordentlich. Aber ich war damals noch gänzlich unerfahren auf diesem Gebiet. Amerikaner, besonders die aus intellektuellen Kreisen und erst recht, wenn sie aus New England stammen, sind darin anders als die Italiener. Heute hat sich das vielleicht ein wenig geändert. Damals aber, vor dem Zweiten Weltkrieg, gingen viele von uns in die Ehe, ohne vorher die entscheidende Erfahrung gemacht zu haben. Im College ging man zwar mit den Kameradinnen, man hatte ein »girl-friend«. Das hieß: man ging abends aus, ins Kino, oder wenn man Geld hatte, auch ins Theater, und danach – wenn das Mädchen ein Zimmer außerhalb der Universität hatte (wir Jungen wohnten alle im College, weil es billiger war) – trank man viele Martinis, um sich Mut zu machen, und man hatte eine Petting Party oder höchstens eine Necking Party: das heißt man kam bis zu Liebkosungen aller Art, aber fast nie bis zur letzten Konsequenz. Also machte ich Checchina umständlich den Hof, gab ihr Trinkgelder, soweit es meine Börse erlaubte, und trieb nach einiger Zeit meine Kühnheit soweit, ihr kleine Geschenke zu machen. Aber zum Lohn erlaubte ich mir nur harmlose Liebkosungen, wenn sie morgens den Kaffee ins Zimmer brachte. Ich glaubte, so viel Zeit vor mir zu haben, daß ich jedes kühnere Unternehmen immer wieder auf den nächsten Tag verschob. Die Unterhaltung mit ihr aber war mir ein großes Vergnügen. Sie sprach ein schönes, reines Italienisch, ohne die Plumpheit der Toskaner, ohne die provozierende Schlappheit der Römer. Einer eurer Schriftsteller, dessen Name mir im Augenblick nicht einfällt, hat ein Buch über die italienische Sprache geschrieben, das den Titel trägt »L'idioma gentile«, die liebenswürdige Sprache etwa, könnte man übersetzen, wenn man auf all die Schattierungen des Begriffs »gentile« verzichtet. In Checchinas Mund, diesem prachtvollen Mund mit Lippen, die kein Rouge nötig hatten, mit kleinen schneeweißen Zähnen, war dies Italienisch wirklich »gentile«.

Inzwischen kam der Krieg heran. Das Konsulat benachrichtigte alle Amerikaner, die sich in Rom aufhielten, und riet uns, bereit zu sein, zum mindesten damit zu rechnen, daß wir jeden Augenblick zur Abreise gezwungen sein könnten. Viele fuhren aus Angst sofort ab. Andere, die Italien liebten wie ich, wollten nicht an die drohende Gefahr glauben (oder nahmen zu einem »wishful thinking« ihre Zuflucht) und blieben.

Nun, du wirst denken, daß ich in Anbetracht eines möglichen Aufbruchs mit Checchina zum letzten hätte kommen müssen. Und trotzdem geschah das nicht. Die Kriegsgefahr hatte auf mich eher die gegenteilige Wirkung. Es erschien mir häßlich und wie von böser Vorbedeutung, wollte ich gerade jetzt meine Chance bei dem Mädchen ausnützen. Es ging weiter wie bisher; ich war sogar noch zurückhaltender. Sie erzählte mir von ihrer Familie, von ihrem Haus in Fontanelli. Sie waren Bauern, die Schwestern arbeiteten in Jesi, in einer Keramikfabrik. Wir wurden wirkliche Freunde. Wir waren auf eine eigenartig zarte, rücksichtsvolle Weise sehr vertraut miteinander. Und doch vermochte ich nie eine gewisse Verlegenheit oder Scheu ganz abzustreifen, wollte es vielleicht nicht einmal.

Eines Abends kam ich gegen elf Uhr nach Hause. Alles schlief bereits. Ich ging wie gewöhnlich auf Zehenspitzen, um keinen Lärm zu machen. Ein langer Flur führte bis zu meinem Zimmer. Ich machte nicht einmal Licht, denn der Flur wurde durch eine Glastür, die ins Bad führte, erhellt. An dieser Glastür befanden sich helle Wachstuchgardinen, die das Licht durchfallen ließen, durch die man aber nicht ins Bad blicken konnte. An diesem Abend nun fehlten sie. Es gab gerade ein großes Reinemachen in der Pension; vielleicht waren die Gardinen in die Wäsche gekommen. Instinktiv blieb ich vor dem Fenster stehen und schaute hindurch. Es war die Zeit, da Checchina, nach beendetem mühsamem Tagwerk, ihr Bad nahm. Und ich konnte sie sehr gut durch das grünliche Mattglas sehen. Fast regungslos saß sie in der Wanne. Ich sah den schwarzen Fleck der Haare, das kleine Oval des Gesichts, ohne jedoch die Züge unterscheiden zu können, sah den schlanken Leib im Wasser und den anderen, kleineren schwarzen Fleck.

Ich stand und schaute, hielt den Atem an und blickte mich von Zeit zu Zeit verstohlen um, ob nicht einer der Pensionäre aus seinem Zimmer kam. Ich blieb, bis Checchina aufstand und sich zu waschen begann. Da machte ich mir das Geräusch des Wassers zunutze, um mich unbemerkt in mein Zimmer zu schleichen.

Aber das Bild blieb mir vor Augen, und ich zog mich nicht aus.

Ich streifte die Schuhe ab und stellte mich lauschend an die Tür. Ich erwartete, Checchina herauskommen zu hören, wollte ihr nachlaufen, sie vor ihrem Zimmer einholen, ehe sie sich einschloß (denn sicher schloß sie die Tür ab). Ich konnte unmöglich wagen zu klopfen, denn ihre Kammer lag unmittelbar neben dem Schlafzimmer des Ehepaars Cottich.

Unglücklicherweise hörte ich gerade in dem Augenblick, als Checchina aus dem Bad kam, die Haustür gehen: es war ein gewisser Shokri, Attaché an der ägyptischen Botschaft, der gerade nach Hause kam. Er war mir nie besonders sympathisch gewesen, dieser Shokri; bei Tisch ließ ich mich immer wieder auf politische Debatten mit ihm ein, und dann bereute ich es, so widerwärtig war es mir, mich mit ihm zu unterhalten. Er war Profaschist und antienglisch; er behauptete, große Hochachtung vor Amerika zu haben, und wollte durchaus zwischen uns und den Engländern einen Unterschied machen; und das nahm mich nur noch mehr gegen ihn ein.

Damals, in jener Nacht, hätte ich ihn umbringen mögen! Nicht nur, daß ich seinetwegen auf Checchina verzichten mußte; nach einigen Minuten hörte ich auch noch, während ich gerade resigniert zu Bett gehen wollte, an meine Tür klopfen. Ich sprang auf, einen Augenblick lang in der unsinnigen Hoffnung, es möchte Checchina sein. Statt dessen war es der Ägypter. Ich öffnete die Tür einen Spalt weit und sah sein unsympathisches Gesicht, mit seinen wulstigen, zu einem honigsüßen und unflätigen Lächeln geöffneten Lippen. Durch den Türspalt teilte er mir die schlimme Neuigkeit mit: Hatte ich nicht den Rundfunk gehört? Hitler war in Polen einmarschiert, morgen würde Chamberlain den Krieg erklären.

Ich ging einige Tage später in Neapel an Bord, und ehe ich abreiste, machte ich Checchina ein größeres Geschenk, das sie nur widerstrebend annahm. Im letzten Augenblick rief ich sie in mein Zimmer und bat sie, mir beim Kofferpacken zu helfen, und endlich gab ich ihr einen Kuß, aber nur einen. Checchina weinte. Ich spürte mit dem reinen Geschmack ihres Mundes zugleich den bitteren ihrer Tränen. Ich preßte ihren schlanken, kräftigen und schmiegsamen Körper an mich; ihre Taille war so schmal, daß ich sie fast mit den Händen umspannen konnte. Sie küßte mich mit geschlossenen Augen, als sauge sie einen berauschenden Trank ein. Dann bog sie sich mit einer Heftigkeit zurück, die ich nie in ihr vermutet hätte, preßte ihren Leib gegen mich und gab mir so zu verstehen, daß ich sie nehmen sollte.

Aber natürlich war sie, als wir uns nach einigen Augenblicken aus der Umarmung lösten, dankbar, daß ich mich nicht hatte hinreißen lassen. Sie hatte die Augen voller Tränen, lächelte und bat mich um Entschuldigung.

Du magst vielleicht über mich lachen. Doch meine ich, an anderen Stellen dieses Berichts zynisch genug gewesen zu sein, so daß du mir jetzt ein wenig Gefühl, wenn du willst, auch Sentimentalität, zugestehen und an meine Aufrichtigkeit glauben darfst. Vor allem solltest du an Checchinas Reinheit glauben. Wie sie einen Augenblicks zuvor sich mir furchtlos angeboten hatte, so dankte sie mir jetzt, daß ich sie geachtet und geschont hatte.

Als ich während des Krieges wieder nach Italien kam, unmittelbar nach der Befreiung Roms, forschte ich nach Checchina. Die Cottichs waren nach Triest zurückgegangen, die Pension war in anderen Händen und hieß jetzt Pension Shelley. Niemand wußte etwas von dem Mädchen.

Im Sommer 44 wurden die Marken befreit; ich dachte manchmal an Checchina, zumal wenn ich in den Armeeberichten die Ortsnamen Jesi und Fontanelli las, wohin, wie ich vermutete, Checchina bei Kriegsausbruch zurückgekehrt war. Aber ich hatte viel Arbeit und konnte Rom nicht verlassen; zudem hatte ich damals schon Jane und Dorothea kennengelernt.

Die Erinnerung an Checchina lag weit zurück, ein Jugendidyll, fast ein Stück Literatur. Ich dachte an sie zurück wie an eine Gestalt aus einer romantischen Novelle. Nur manchmal erinnerte ich mich ihres nackten Leibes, wie ich ihn damals im Bad, hinter dem gespensterhaft durchscheinenden grünlichen Glas gesehen hatte, erinnerte ich mich an die aufwallende Leidenschaft jenes Abschiedskusses; und dann sehnte ich mich wieder nach ihr.

Im November oder Dezember des gleichen Jahres, jedenfalls vor meiner Reise nach Frankreich zu Jane, wurde ich vom P.W.B., meiner Dienststelle, beauftragt, drei italienische Kriegsberichterstatter an die Front zu begleiten.

Wir besichtigten zuerst die sogenannte Gotenlinie, die Front der Fünften Armee; dann fuhren wir zurück bis Foligno und weiter über den Apennin an die adriatische Küste hinüber, wo die Achte Armee operierte, zum größten Teil englische Truppen unter dem Befehl des Generals Leese.

Es war ein reiner Zufall, daß wir in Jesi übernachteten. Die Hotels waren alle beschlagnahmt und überfüllt. Zwei der Journalisten kamen in den Baracken einer italienischen Dienststelle unter. Es gab italienische Verbände, die auf unserer Seite kämpften, und zwar waren sie fast ausschließlich dem Troß zugeteilt worden. Der dritte Journalist und ich erhielten zwei Zimmer in einem Privathaus zugewiesen, in einer Wohnung im zweiten Stock, an der Hauptstraße, die die Stadt in ganzer Länge durchzieht. An der Tür befand sich ein kleines Schild mit einem Namen, der mir jetzt entfallen ist, den ich aber in jener Nacht, als ich an der Tankstelle hielt und den Namen Jesi auf der Karte las, noch genau im Gedächtnis hatte. Es war ein harmloser, schlichter, nichtssagender italienischer Name, mit der Endung auf ini, elli oder etti. Ich würde wer weiß was darum geben, wenn er mir wieder einfiele. Mir ist, als könnte ich dann diese ärmliche, saubere, nach äußerster Sparsamkeit und bürgerlichem Anstand riechende Unterkunft besser beschreiben, die sich hinter der Tür mit diesem Namen verbarg. Kleine sechseckige, rotleuchtende Fliesen als Fußboden. Enge Räume, im Stil des späten neunzehnten Jahrhunderts eingerichtet, mit Sesseln und Stühlen, die einen weißen Schonbezug trugen. Kleine Kamine, mit Vasen voll künstlicher Blumen unter Glasstürzen. Eiserne Bettstellen, hochbeinig, mit vielen schweren Decken und weißen handgearbeiteten oder gehäkelten Überdecken. Das elektrische Licht war noch nicht wieder in Gang. Signor…, der Wohnungsinhaber mit einem Wort, dessen Namen ich vergessen habe, ein großer, kräftiger, etwas gebückt gehender alter Herr mit rotem glattem Gesicht, gab jedem von uns eine Kerze, die sorgfältig in den metallenen, blauemaillierten Halter geklemmt war. Wir bezahlten gleich, da wir am nächsten Morgen zeitig aufbrechen mußten. Möbel, Hausrat, kurzum jeder Gegenstand in dieser Wohnung zeugte von peinlicher Sauberkeit und Ordnung. Nur, es herrschte eine Grabeskälte. Der Hausherr, der in Mantel und wollenem Schal umherging, sagte uns, daß er die Wohnung nicht mehr heize, weil die Feuerung zu kostspielig geworden sei.

Wir gingen essen, und kamen dann zurück, um uns gleich schlafen zu legen. Dieses Milieu, mit all der Ordnung und Kälte, hatte es mir angetan. Die Wahrheit war, daß ich bereits im ersten Augenblick, als ich das Haus betrat, an Checchina gedacht hatte. Und dann, im Bett zwischen den grobleinenen Laken, betrachtete ich den kleinen Raum, im ruhigen Schein der Kerze auf dem Nachttisch, und sagte mir, daß Checchina sich höchst wahrscheinlich ganz in meiner Nähe befand. Fontanelli liegt nur wenige Kilometer von Jesi entfernt, und wäre ich diesen

Abend hinübergefahren, sie dort zu suchen, – wer weiß, sie läge jetzt vielleicht hier, in diesem Bett, mit mir zusammen. Ich atmete tief, und bei der großen Kälte sah ich das Wölkchen meines Atems aufsteigen und im Halbdunkel sich auflösen. Ich stellte mir Checchinas Körper vor (sie mußte jetzt siebenundzwanzig Jahre alt sein; ich war dreißig; sechs Jahre waren vergangen), stellte mir vor, sie läge hier zwischen den groben Leintüchern, mir zur Seite.

Vor Tagesanbruch stand ich auf und fuhr sogleich nach Fontanelli. Ich wollte Checchina wiedersehen oder wenigstens erfahren, was aus ihr geworden war. Natürlich sagte ich dem Journalisten nichts davon. Ich erklärte ihm, daß ich zum Town Major oder zum Car Pool müsse, ich weiß es nicht mehr genau, und verabredete mich mit ihm um punkt acht Uhr vor den Baracken der italienischen Dienststelle.

Eine Viertelstunde später war ich mit meinem Jeep bereits in Fontanelli. Nun fiel mir auch Checchinas Familienname ein, und ich habe ihn bis heute nicht mehr vergessen. Aber ich will ihn nicht niederschreiben; es ist derselbe Name, den auch ein großer italienischer Philosoph führt. Das Schlimme war nur, daß, wie auch bei uns in manchen kleinen Orten des Middle West, wo es keine rechte Zuwanderung mehr gibt, auch hier in Fontanelli fast alle Familien den gleichen Namen führten.

Bis ich schließlich unter dem Vorwand, Zigaretten zu kaufen, die Verkaufsstelle für Salz und Tabak betrat. Dort erfuhr ich ganz beiläufig und gesprächsweise schon nach wenigen Minuten alles Wichtige über Checchina. Sie wohnte hier und erfreute sich bester Gesundheit, ja, sie erwartete gerade jetzt ein Kind. Sie hatte sich vor einem Jahr verheiratet, als noch die Deutschen hier waren. Mit einem tüchtigen jungen Mann, wie man mir sagte. Er fuhr mit seinem Lastwagen Transporte für die Alliierten. Ich schwankte, ob ich sie aufsuchen sollte oder nicht. Auch fürchtete ich, daß ihr in ihrem Zustand die plötzliche Aufregung schaden könnte. So entschloß ich mich, auf den Besuch zu verzichten. Ich bat die Frau, viele Grüße auszurichten, »von dem amerikanischen Studenten vom Corso d'Italia«.

Aber als ich gerade langsam auf der schlammigen, von tiefen Wagenspuren durchfurchten Straße, kurz vor dem Ort wendete, um auf den Fahrweg nach Jesi einzubiegen, hörte ich, wie jemand mit lauter, freudig erregter Stimme hinter mir herrief. Es war Checchina; ein rotes Tuch um den Kopf, lief sie auf mich zu. Ich sprang aus dem Jeep, die Beine wankten mir.

Gewiß, man sah, daß sie ein Kind erwartete. Aber welche Freude, sie wiederzusehen! Ihr Blick und ihr Lächeln waren wie früher. Nur in einer Beziehung hatte sie sich verändert: Lebhaft und intelligent war sie immer gewesen, aber diese Ungezwungenheit und der freie Anstand ihrer Gebärde waren mir neu.

»Wie geht's Ihnen, Signorino Harry? Wie schön von Ihnen, daß Sie gekommen sind! Wenn Sie wüßten, wie oft ich zu meiner Mutter gesagt habe, als die Alliierten vorrückten: wenn doch der Signorino Harry in unsere Gegend käme! Ich habe auf der Straße nach Jesi gestanden und auf jeden Wagen geachtet. Ja, das kann ich beschwören! Als erstes habe ich dabei gelernt, die Amerikaner von den Engländern und Polen zu unterscheiden. Amerikaner sieht man nur wenig bei uns. Und jetzt werden Sie mich auslachen ... Ich habe sie mir alle angesehen, und fast bei jedem dachte ich zuerst, es wären Sie!«

»Es ist das erste Mal, daß ich an diesem Frontabschnitt bin. Sonst wäre ich schon gekommen und hätte Sie besucht«, und ganz unbefangen fügte ich hinzu – wobei ich Sie zu ihr sagte und darauf bedacht war, mein Wort frei von jedem sentimentalen Unterton zu halten, da ich ihren neuen Stand respektierte: »Ich habe nichts vergessen, glauben Sie mir. So oft habe ich an Sie gedacht.«

»Wissen Sie, daß Sie sich gar nicht verändert haben, Signorino? Nur etwas kräftiger geworden. Aber vielleicht macht das die Uniform.«

Sie gab sich ganz ungezwungen, sprach rasch und freudig

ihr schönes, klares Italienisch, das bei aller ungekünstelten Schlichtheit fast einen Ton gesellschaftlicher Routine hatte. Vielleicht überwand sie so ihre Schüchternheit, verbarg ihre Erregung und Überraschung. Vielleicht war auch eine Spur Eitelkeit dabei, denn unter den Türen der nächststehenden Häuser waren einige Frauen erschienen und schauten zu uns herüber; Checchina freute sich, in Gesellschaft eines amerikanischen Offiziers gesehen zu werden, eines Mannes, von dem sie ihnen vielleicht erzählt hatte.

»Kommen Sie, Signorino Harry«, sagte sie schließlich und zog mich am Arm, »kommen Sie auf eine Tasse Kaffee mit zu mir nach Hause, ich stelle Ihnen meinen Mann vor. Er schläft noch, weil er diese Nacht mit seinem Wagen erst spät heimgekommen ist. Aber er wird gleich aufstehen. Oder mögen Sie jetzt keinen Kaffee? Lieber ein Glas Schnaps? Wir brauen ihn selbst, er ist gut!«

Ich sah auf die Uhr und erklärte Checchina, daß ich in Jesi erwartet würde und schon verspätet sei. Ich dankte ihr bewegten Herzens. Aber es ginge wirklich nicht. Ich versprach ihr, bei der ersten sich bietenden Gelegenheit wiederzukommen.

Sie war sehr enttäuscht und schien wirklich traurig, daß ich sogleich wieder weiterfahren mußte.

»Wenn ich es gewußt hätte«, sagte ich, als ich wieder in meinen Jeep kletterte, »hätte ich Ihnen etwas mitgebracht. Etwas für das Kind…«

Im Jeep hatte ich Konservenbüchsen, die üblichen Militärbüchsen mit Marmelade, Pork and Beans oder Spam. Einen Augenblick zögerte ich. Aber ich hatte nicht den Eindruck, daß es ihr schlecht ging. Und überdies meinte ich, daß solch ein Geschenk, wie es üblicherweise unsere Soldaten ihren italienischen Mädchen machen, hier nicht ganz taktvoll gewesen wäre.

Ich wünschte ihr alles Gute und fuhr ab. An der Straßenbiegung sah ich zurück. Sie stand noch dort, wo wir uns verabschiedet hatten, und winkte mir mit ihrem roten Kopftuch nach.

Natürlich kam ich nicht wieder. Ich hatte mich gut gehalten.

Der Krieg, so merkwürdig es klingt, verfeinert unser Empfinden. Das Grauen, das uns umgibt, erzeugt wohltätige Reaktionen; es verhindert die Verwirrung der Gefühle und rückt alles im menschlichen Herzen an den ihm gebührenden Platz. Das Lächeln einer jungen Frau hat seinen Wert in sich; es ist das Lächeln einer jungen Frau. Aber vielleicht war ich damals nur jünger. Die Leidenschaft zu Dorothea und die Ehe mit Jane hatten mich noch nicht verdorben.

Ich kam nicht wieder. Manchmal dachte ich an Checchina. Ich erinnerte mich an sie, nachts, ehe ich mich niederlegte, und ich sagte mir, daß ich morgen daran denken müsse, in ein paar Geschäfte zu gehen, Kinderkleidung und Spielzeug zu kaufen, ein schönes Paket daraus zu machen und es ihr zu schicken. Aber dann war ich zu träge oder vergaß es, so wie man immer träge ist und es immer vergißt, wenn man nur freundlich sein sollte.

Und jetzt, in dieser Sommernacht, befand ich mich wieder auf der Straße nach Jesi. Und bald, kurz vor der Einfahrt in die Stadt, würde ich rechts das Schild der Straßenabzweigung nach Fontanelli sehen.

Ich sah es, fuhr etwas langsamer, blickte auf die Uhr, es war halb vier, und fuhr weiter. Wieder waren drei Jahre vergangen. Lebte Checchina immer noch hier?

Bei der Einfahrt in die Stadt dachte ich an sie, ich sah sie vor mir, nicht wie ich sie an jenem Morgen, Frau und fast Mutter, gesehen hatte, sondern Jahre früher, in Rom, als ich sie in meinen Armen hielt. Ich spürte aufs neue, mit einer nervösen Genauigkeit, die mir fast den Atem nahm vor plötzlichem Begehren, den Druck ihres Leibes. In diesem Augenblick erreichte ich gerade das Haus, in dem ich jene ferne Kriegsnacht in Erinnerung an Checchina verbracht hatte, und fast ohne es zu wollen, hielt ich vor der Haustür.

Es war noch nicht ganz vier Uhr. Das blaue Licht des Morgengrauens lag auf der langen verlassenen Straße. Der Krieg war lange vorbei. Der Asphalt war wieder sauber und glatt.

Und gerade jetzt verlöschten alle Straßenlampen, und die Reihe der alten Palazzi und Häuser schien in diesem geisterhaften Licht unberührt, wie eine Bühnendekoration bei leerem Theater, beim gedämpften Schimmer des Tages, der durch eine Glasscheibe hereindringt.

Ich stieg aus dem Wagen. Seitlich vom Haustor, in einen der Steinpfeiler eingelassen, befanden sich die Namensschilder der Hausbewohner. Sofort fand ich den Namen wieder, den ich inzwischen vergessen habe. Aber ich läutete nicht. Ich setzte mich wieder in meinen Wagen. War ich wahnsinnig? Weshalb hatte ich, einen Augenblick lang, ernstlich daran gedacht zu läuten? Um diese unmögliche Stunde? Und ich fand, in der Tiefe meines Herzens, ohne nachzusinnen, einfach so wie man, ohne hinzusehen, in einer alten Truhe wühlt: Dorothea. Ich fand meine Unzufriedenheit mit dem vorangegangenen Abend, ja mit diesem ganzen Monat gemeinsamen Lebens mit Dorothea. Ich wurde mir meiner Enttäuschung bewußt, daß Dorothea ganz anders war, als ich sie mir in meinen Wunschträumen vorgestellt hatte, und ich haßte mich. Ich begehrte eine andere Frau, heute, jetzt. Ich wollte Checchina. Ich wußte, daß zu jedem Zeitpunkt meines Lebens, wenn ich nur ernsthaft wollte, Checchina mein sein konnte. Aber ich wußte auch, daß es geradezu ein Verbrechen gewesen wäre, sie zu überreden, in ein Hotel, in eines dieser kleinen Hotels von Jesi, zu kommen. Ich war zwar egoistisch und verdorben, ein Sünder; aber ich war auch feige, also kein Verbrecher.

Der Tag, der eben begann, war ein Sonntag. Es wurde jetzt hell. Ein schnell weiß werdendes Licht enthüllte immer klarer die klassische Perspektive. Ein Streifen Sonnenschein fiel jetzt auf die Kirche im Hintergrund und auf die höher gelegenen Häuser. Kein Mensch war auf der Straße. Ich schlief, mehr oder minder bequem, einige Zeit in meinem Wagen, und wartete.

Glockengeläut weckte mich auf. Jetzt waren ein paar Leute auf der Straße zu sehen, die vielleicht in die Frühmesse gingen. Ich fuhr ein paarmal die Hauptstraße auf und ab, hin und zurück, auf der Suche nach einer Bar. Sie waren alle noch geschlossen. So fuhr ich zum Bahnhof und trank dort einen Kaffee. Dann fuhr ich auf die Hauptstraße zurück, hielt wieder vor dem kleinen Haustor und blickte zu den Fenstern im zweiten Stock hinauf. Sie waren noch geschlossen.

Endlich, gegen halb acht, klingelte ich. Die Tür schnappte auf. Ich stieg zwischen den engen Wänden die steile Treppe empor. Auf dem Treppenabsatz des zweiten Stocks stand der Wohnungsinhaber, älter geworden, noch gebeugter als früher, im wollenen Schlafrock. Ich versuchte, mich ihm in Erinnerung zu rufen. Vergeblich, er konnte sich nicht entsinnen. Im Kriege hatte er so viele Soldaten beherbergt, Engländer und Amerikaner, und ich war einer unter diesen vielen. Er erklärte mir, daß er jetzt nicht mehr vermiete. Seine Frau sei gestorben. Er lebe allein, sei pensioniert – er war Urkundsbeamter am dortigen Gericht gewesen. Ich erfand eine kleine Geschichte, die ihm vermutlich recht ungereimt klang: Ich wolle mich nur einen einzigen Tag in Jesi aufhalten und vor Mitternacht noch nach Ancona weiterfahren. Ich käme todmüde aus Rom, da ich die ganze Nacht gefahren sei, und müsse mich jetzt unbedingt ausruhen. Ich erzählte ihm auch, daß ich seit dem Morgengrauen unten vor dem Hause in meinem Wagen gewartet hätte, um nicht zu stören. Daß ich nicht ins Hotel gehen wollte, weil ich eine Zuneigung zu diesem Haus, zu diesem Zimmer gefaßt hätte (ich zeigte es ihm, von der Treppe aus, durch die offene Tür), in dem ich im November 1944 eine Nacht geschlafen hätte.

Er betrachtete mich entsetzt.

»Nein, nein, ich bin nicht verrückt«, sagte ich und versuchte, so freundlich wie möglich zu lächeln. »Ich bin nur sentimental, romantisch, wenn Sie so wollen. Ich bin Künstler«, fügte ich schließlich hinzu, »Maler. Sie müssen Nachsicht mit mir haben.«

»Es tut mir leid, Herr«, antwortete er und drängte mich fast gewaltsam dem Ausgang zu, »aber ich kann nicht. Heute ist

Sonntag. Ich muß alles selbst besorgen. Selbst die Putzfrau kommt heute nicht. Und das Zimmer ist so nicht bewohnbar. Es fehlt an Bettwäsche, an Decken, an allem.«

Ich sagte, daß mir das nichts ausmachte, ich könnte sehr gut einfach auf der Matratze schlafen. Dabei zog ich mein Geld aus der Tasche, es waren einige Noten zu zehntausend Lire.

»Ich zahle Ihnen zehntausend Lire«, sagte ich. Ich hätte ihm auch zwanzigtausend Lire angeboten, aber ich fürchtete, daß eine so hohe Summe ihn stutzig machen könnte und daß er dann erst recht auf seiner Ablehnung beharrt hätte.

Der arme alte Mann, dessen monatliche Pension vielleicht nur wenig mehr betrug als das, was ich ihm für einen einzigen Tag anbot, starrte wie gebannt auf den großen Geldschein, den ich ihm hinhielt, und rührte sich nicht, unentschlossen, mit weit aufgerissenen Augen und halb geöffnetem Mund.

»Hier ist mein Paß«, sagte ich, einer plötzlichen Eingebung folgend, »sehen Sie sich bitte meine Fotografie an. Überzeugen Sie sich. Ich bin amerikanischer Staatsbürger. Sie können den Paß ruhig behalten, bis ich heute abend weiterfahre.«

Ich drückte ihm den Paß und zugleich die zehntausend Lire in die Hand.

»Aber hier steht nicht: Maler«, wandte er ein, »hier steht College Teacher. Das bedeutet Lehrer, soviel ich weiß.«

»Ja sicher, ich bin Maler, unterrichte aber Kunstgeschichte an einer Universität in Amerika.«

»Also gut«, sagte er nur. Leicht zitternd faltete er den Geldschein zusammen und steckte ihn in die Tasche, ging mir voraus zum Zimmer und öffnete. »Wenn Sie sich einen Augenblick gedulden, bringe ich Ihnen Bettücher und Bezüge.«

Ich beteuerte, das sei nicht nötig; aber er bestand darauf, ging schlurfend davon und kam gleich wieder zurück. Er wollte selbst das Bett richten; ich lehnte dankend ab.

Als ich allein war, ging ich zum Fenster und öffnete es weit, denn im Zimmer roch es muffig wie in allen Räumen, die lange Zeit nicht benutzt worden sind. Ich ließ die Läden angelehnt und blickte hinunter auf die Straße, die sich jetzt zu beleben begann. Dann warf ich mich aufs Bett. Um welche Zeit frühestens konnte ich mich wohl in Fontanelli sehen lassen?

Ich fuhr gegen elf Uhr hinaus. Zuvor durchstreifte ich lang und breit ganz Jesi, um irgendwo ein offenes Geschäft zu finden. Ich wollte für Checchinas Kind ein paar Geschenke mitbringen, Spielzeug oder Kleidungsstücke. Diesesmal konnte ich nicht gut mit leeren Händen kommen. Doch waren nur die Bäcker und Konditoreien offen. So kaufte ich eine Schachtel Konfekt und eine Torte.

Als ich Fontanelli erreichte, kamen die Dörfler gerade aus der Messe. Ich hatte den Wagen außerhalb des Ortes gelassen, um nicht zu sehr aufzufallen. Aber ich merkte, wie jeder mich als Fremden erkannte und mir erstaunt nachblickte. Ich verstand, daß ich es verkehrt angestellt hatte. Gleich würde man auch meinen Wagen entdecken, und meine Vorsicht mußte sie nur mißtrauisch machen. Deshalb kehrte ich um, wollte das Auto holen und es nur unbekümmert mitten auf dem Kirchplatz parken. Aber ich hatte den Dorfausgang noch nicht erreicht, als eine Frau mich einholte und leise fragte:

»Sie suchen Checchina, nicht wahr?«

»Stimmt«, sagte ich verblüfft. »Aber woher wissen Sie das?«

»Sind Sie nicht einmal während des Krieges hier gewesen? Sie waren damals Soldat, Amerikaner, mit einem Jeep, nicht wahr?«

»Das ist richtig. Aber Sie...«

»Nichts, ich habe Sie nur wiedererkannt. Ich bin eine Freundin von Checchina. Sie hat oft von Ihnen gesprochen. Auch nach dem Krieg, in der letzten Zeit noch.«

»Wie geht es denn Checchina?«

»Es geht ihr sehr gut. Sie hat schon ein zweites Kind bekommen, auch wieder einen Jungen. Es geht ihnen allen sehr gut. Kommen Sie, ich führe Sie zu Checchinas Haus. Sie wird sich freuen, Sie wiederzusehen.«

Wir gingen von der Hauptstraße ab, durch eine Seitengasse, dann einen schmalen Weg, zwischen Gemüse- und Weingärten und neuen, weißen, einstöckigen Häusern mit roten Dächern und grünen Läden, halb kleine Villen, halb Pächterhäuser.

»Hier ist es«, sagte die Frau, die schnell und schweigsam vor mir hergegangen war; und sie deutete auf ein etwas größeres und vornehmeres Haus, das, im Unterschied zu den anderen, von einem eisernen Zaun umgeben war und einen kleinen Vorgarten hatte. »Warten Sie hier, Sie werden sehen, Checchina kommt gleich.«

»Aber vielleicht hat sie zu tun. Sagen Sie ihr bitte, daß ich nicht stören möchte. Hätte ich mich nur vorher anmelden können...«

»Machen Sie sich keine Sorgen. Sie hat natürlich die Kinder. Aber um die kümmere ich mich schon für ein paar Minuten...«, und sie lächelte mir anzüglich und gütig zugleich zu, ein großes rosiges Gesicht, mit zwei flinken, lebhaften, schwarzen, intelligenten Augen.

Einige Sekunden darauf erschien unter der Tür ihres Hauses Checchina: Sehr schlank, wohlfrisiert, von fast städtischer Eleganz, in einem schönen blauseidenen Kostüm mit einer großen weißen Blume im Knopfloch. Natürlich, es war ja Sonntag; vielleicht war sie gerade aus der Messe gekommen.

»Signor Harry!« Sie kam mir mit solchem Schwung entgegengelaufen, daß ich einen Augenblick dachte, sie wollte mich umarmen. »Mein Herz sagte es mir, daß ich Sie noch einmal wiedersehen würde! Danke, danke, daß Sie gekommen sind!«

»Aber ich verstehe gar nicht, wie deine Freundin mich hat wiedererkennen können...«, sagte ich, und duzte sie unwillkürlich, während ich noch das vorige Mal Sie gesagt hatte; und wie ohne es zu merken, strich ich ihr mit der freien Hand sanft über Ellbogen und Arm.

»Ich selbst habe Sie gesehen, Signor Harry!« gestand Checchina, errötend und mit gesenktem Blick. »Als ich aus der

Messe kam, sah ich Sie von weitem, mitten auf dem Platz, ich habe Sie gleich wiedererkannt. Es gab mir einen Ruck im Herzen. Aber ich konnte einfach nicht sprechen. Und mitten unter all diesen Leuten hätte ich nie gewagt, Sie zu begrüßen. Darum habe ich meine Freundin geschickt. Wissen Sie, das ist ein richtiges Dorf hier. Engherzige, kleinliche Leute, die sofort Schlechtes denken. Letztes Mal war Krieg, da sprach jeder mit den Amerikanern. Und dann sollte ich ja auch mein erstes Kind bekommen. Wissen Sie, daß ich jetzt noch eins habe? Es ist schon acht Monate alt. Wenn Sie es sehen könnten, es ist einfach entzückend, Signor Harry!«

Signor, Herr, sagte sie jetzt zu mir, nicht mehr junger Herr, Signorino.

»Wie schön, daß Sie gekommen sind ...« Aber plötzlich schwieg sie. Auch ich blieb stumm. Flüchtig dachte ich daran, ihr sagen zu sollen, daß auch ich jetzt verheiratet war und einen Sohn hatte. Doch fürchtete ich, den wahren Zweck meines Besuches damit zu verfehlen, der diesmal keineswegs sentimentaler Natur war; und so schwieg ich. Wir blickten uns in die Augen, einander gegenüberstehend, in der Julisonne, in der ländlichen, sonntäglichen Stille, die kaum unterbrochen wurde durch das friedliche Gackern der Hühner, durch das Weinen eines Kindes (in ihrem Hause? eines ihrer Kinder?), durch eine Glocke, die das Mittags-Angelus in einem anderen Dorf etwas zu früh läutete - alles Geräusche, die diese Stille gleichsam nur akzentuierten, ohne sie zu brechen.

»Checchina«, sagte ich und legte meine Hand auf den Rücken der ihren, und die Berührung war süß wie der süßeste Kuß, »Checchina, ich möchte gern etwas länger mit dir zusammensein...«

»Es tut mir so leid«, flüsterte sie, wiederum mit niedergeschlagenen Augen, als habe sie nicht die Kraft, meinem Blick länger standzuhalten, »es tut mir leid, daß ich Sie diesmal nicht bitten kann, hereinzukommen, Signor Harry. Aber mein Mann ist nicht da. Er ist heute früh mit dem Lastwagen nach Foggia gefahren. Ich bin allein mit meiner Mutter und den beiden Kleinen. Und wie ich Ihnen schon sagte, wir leben hier auf dem Dorf. Die Leute sprechen gleich schlecht über einen.«

Ihr Mann war nicht da? Wann kam er zurück? Aber dann konnte sie ja ein paar Stunden fortgehen? Nach Jesi? Kam sie nie nach Jesi? Doch, manchmal, und meistens sonntags. Am Sonntagabend. Sie brachte dann die Kinder zu Bett – die Großmutter war ja da, nach ihnen zu schauen – und ging nach Jesi ins Kino, mit ihrer Freundin oder ihrem Mann, wenn er da war.

Also, es war möglich. Fast zitternd vor verliebter Erregung betrachtete ich Checchina. Die Mutterschaft hatte ihr Becken breiter werden lassen, so daß ihre schmal gebliebene Taille nun doppelt schmal erschien. Ihre Brüste waren nicht groß, aber sie hoben sich deutlich ab, fest und hoch. Mund und Blick drückten in diesem Augenblick alles Glück einer Sehnsucht aus, die ihre Erfüllung erwartet.

Ich gab ihr die Adresse meines Hauses und erklärte ihr alles genau. Ich wollte oben warten und, hinter den Fensterläden verborgen, die Straße beobachten. Sie sollte punkt acht vor dem Haustor auf und ab gehen. Sobald ich sie sähe, wollte ich ihr öffnen, ohne daß sie erst läutete. Mein Hausherr sollte nichts von ihrem Besuch merken, da er uns am Ende Schwierigkeiten gemacht hätte. Ich gab ihr nun die Geschenke für die Kinder, enthielt mich mit Mühe, sie wenigstens einen Augenblick lang um die Hüfte zu fassen, und lief davon, ehe uns jemand zusammen sehen konnte.

Ich ging in eine Trattoria essen und schlief dann den ganzen Nachmittag hindurch, in meinem kleinen, heißen und dunklen Zimmer, nackt auf einem Bettuch, das ich über die Matratze gebreitet hatte. Ich war meiner Sache jetzt sicher. Checchina würde um acht Uhr kommen. In wenigen Stunden, nach all den Jahren, würde sie mein sein. Und ich glaubte, noch nie so glücklich gewesen zu sein wie in diesem kleinen Zimmer. Ich begriff, daß mein eigensinniger Entschluß, gerade hier mit Checchina zusammenzusein, keine törichte Laune war. Dieses Zimmer, im

Stil des ausgehenden neunzehnten Jahrhunderts, in all seiner Strenge und Bescheidenheit, schien mir der passendste Schauplatz und Hintergrund für diese Verführung einer jungen Mutter; es lag eine Verheißung von Wollust darin. An jedem anderen Ort hätte mir das Opfer von Checchinas Tugend weniger bedeutet.

Die beiden ernst auf mich herabblickenden Portraits, Mann und Frau, in riesigen verschnörkelten und vergoldeten Rahmen, die eisernen Bettstellen mit den Messingbeschlägen, der Nußbaumspiegel, der Marmorwaschtisch mit dem großen Steingutbecken und -wasserkrug, die Karaffe mit den Gläsern auf dem Kaminsims, der staubige Glassturz, unter dem man kaum noch die künstlichen Blumen erkennen konnte, die bestickten und durchbrochenen Filz- und Plüschdecken, die weißen Tuchüberzüge über den Sesseln, das Weihwasserbecken, in dem sich seit Jahrzehnten kein Wasser mehr befand, und der Betstuhl, auf dem seit der Jahrhundertwende vielleicht niemand mehr gekniet hatte, alles in diesem Raum, der nach Moder und Staub roch, schrie geradezu nach der Profanierung durch unsere Liebe.

Ich erwachte lange vor acht Uhr. Schon voller Unruhe und seliger Erwartung, glücklich, endlich festzustellen, daß ich nicht mehr um Dorothea litt; wie verjüngt durch den Gedanken an Checchina, als hätte ich eine Wunderkur durchgemacht.

Ich hatte keine Ruhe. Ausgehen wollte ich nicht, um möglichst unbemerkt zu bleiben. Aber mir fehlte auch die Kraft, in Geduld zu warten. Ich war aufgeregt wie ein Jüngling vor seinem ersten Abenteuer. Ich lief im Zimmer hin und her. Streckte mich auf dem Bett aus, sprang sogleich wieder auf, zog sorgfältig Decken und Tücher zurecht, nur um mich wenige Minuten später wieder daraufzuwerfen.

Um halb acht begann ich, durch die Fensterläden nach ihr auszuspähen. Die Sonne war noch nicht untergegangen; doch lag die Straße schon völlig im Schatten, belebt von Menschen, die in ihrem Sonntagsstaat fröhlich plaudernd zwischen den beleuchteten Schaufenstern flanierten: der sonntägliche Corso der kleinen Stadt.

Plötzlich entdeckte ich sie, sie trug ein dunkles Kostüm, Handschuhe und Täschchen. Sie stand vor einer Auslage, fast gegenüber meinem Haustor, wandte sich einen Augenblick um und spähte zögernd in meine Richtung. Ich lief hinab und öffnete das Tor, kaum einen Spalt breit, so daß man mich von der Straße aus nicht sehen konnte. Nach einigen Sekunden drückte eine Hand, mit weißen durchbrochenen Handschuhen, das Tor auf. Checchina trat ein, und ich hielt sie in meinen Armen.

Schweigend, auf Zehenspitzen, stiegen wir die Treppe hinauf. Ich fürchtete, der Alte könnte herauskommen. Das wäre gefährlich, zumindest aber recht peinlich gewesen. Aber er war wohl ausgegangen. Unbehelligt erreichten wir das Zimmer. Ich schloß ab. Ich nahm Checchina in die Arme, warf sie aufs Bett, küßte sie und riß ihr wütend die Kleider vom Leib.

»Wie lange«, flüsterte ich ihr zu, »wie lange habe ich auf diesen Moment gewartet, Jahre lang, Checchina! Checchina mia! Mia, mia, mia!«

Sie lächelte, mit geschlossenen Augen, und einem Ausdruck höchsten Glücks. Und ich betrachtete sie, betrachtete sie, als wollte ich sie mit den Augen verschlingen. Ihr Lächeln, dieses gleichmäßige starre Lächeln, hatte bei allem Glück etwas Ironisches, etwas Überlegenes an sich: die festgeschlossenen, klar umrissenen, in den Winkeln angehobenen Lippen wirkten wie die gewisser archaischer, griechischer oder ägyptischer Statuen.

Wie kurz war der Rausch!

Nach einigen Minuten, vielleicht nur Sekunden, hielt ich eine schwitzende, keuchende, nach einer billigen Eau de Cologne duftende Frau in den Armen, mit gerötetem, unbefriedigtem Gesicht. Und ich betrachtete wieder das Zimmer, dem ich zuvor in meinen erotischen Phantasien eine ganz bestimmte Bedeutung beigemessen und das ich dann völlig vergessen hatte, als ich mit Checchina wieder heraufgekommen war. Nun war es nichts weiter als ein beliebiges Zimmer, angefüllt mit armseligem, verstaubtem Hausrat.

»Checchina«, sagte ich nach langem Schweigen, »weißt du, daß ich jetzt auch verheiratet bin?«

Sie erschrak und sah mich an, als hätte ich ihr heimtückisch plötzlich einen großen Schmerz zugefügt.

»Ja, Checchina. Seit anderthalb Jahren. Und ich habe einen Jungen, acht Monate ist er alt.«

Sie schwieg zunächst und streichelte mich nur leicht. Dann fragte sie:

»Ist sie Amerikanerin?«

Meine Antwort schien sie etwas zu trösten.

»Sie haben recht daran getan«, sagte sie, zum Sie zurückkehrend. »Oft habe ich mir überlegt, ob Sie sich inzwischen verheiratet hätten... Sind Sie glücklich?«

»Nein, Checchina.«

»Aber Ihre Frau liebt Sie doch gewiß?«

»O ja, das schon!« sagte ich eifrig und überzeugt. »Und im Grunde liebe auch ich sie; aber auf eine andere Art.«

»Ich verstehe«, sagte sie seufzend. »Ich liebe im Grunde genommen meinen Mann auch. Vielleicht in der gleichen Weise, wie Sie Ihre Frau lieben. Es ist eine herzliche Zuneigung, eine Art mütterlicher Liebe.«

»Genau so, Checchina.«

Und dann begann die lange Agonie dieses Abenteuers, auf das ich nicht hatte verzichten wollen. Ich hatte der armen Checchina nichts mehr zu sagen, ich glaubte nichts mehr für sie zu empfinden. In wenigen Minuten, vielleicht in wenigen Sekunden hatte ich eine Sehnsucht vertan und verspielt, die neun Jahre angehalten hatte und mir vielleicht deshalb unerschöpflich erschienen war. Dunkelheit erfüllte nach und nach den Raum. Checchina ging noch nicht fort. Sie konnte es nicht, weil sie fürchtete, beim Verlassen des Hauses erkannt zu werden, vielleicht sogar unversehens jemanden aus Fontanelli zu treffen. (Am Sonntagabend kamen so viele nach Jesi.) Sie wollte abwarten, bis der Corso beendet und die Hauptstraße wieder so gut wie menschenleer war. Hinter dem angelehnten Haustor wollte sie dann auf den günstigsten Augenblick warten, um unbemerkt herauszukommen. Dann wollte sie in das Kino gehen, in dem die Freundin auf sie wartete, die ich am Morgen kennengelernt hatte, und mit ihr zusammen wieder nach Hause fahren.

Ich hatte Hunger und wäre gern sofort ausgegangen. Natürlich konnte ich ihr das nicht sagen und es sie auch nicht merken lassen. Ich kleidete mich an, ging im Zimmer auf und ab, rauchte, sprach von diesem und jenem, und hatte Mühe, meine Enttäuschung, Langeweile, meinen Hunger und auch meine Müdigkeit zu verbergen. Checchina lag halb angezogen auf dem Bett, den Kopf aufgestützt, und sah mich an. Vielleicht erriet sie meine Gedanken. Dann bat sie mich um eine Zigarette. Sonst rauche sie fast nie, sagte sie, und wirklich wußte sie nicht recht, was sie mit der Zigarette anfangen sollte und lachte über ihre Ungeschicklichkeit. Und inzwischen vergingen die Minuten, langsam und immer langsamer.

Ich sprach, und das Thema erstarb mir auf den Lippen, ich suchte nach einem anderen und fand nicht gleich etwas. Dorothea drängte sich unwiderstehlich in meine Gedanken. Ich wünschte, bei ihr zu sein. Ich verglich die jetzige Enttäuschung mit der, die ich jedesmal bei Dorothea empfand. Aber das war eine andere, leichter zu ertragende Qual.

Bei Dorothea litt ich allein. Dorothea nach einer Liebesstunde zu sehen, wie sie sich unbeschwert, gleichgültig, fast immer und sofort dem Schlaf überließ, enthob mich wenigstens jeder Verantwortlichkeit, wenn schon nicht mir, so doch wenigstens ihr gegenüber.

Jetzt hingegen empfand ich Abscheu vor mir selbst. Ich betrachtete Checchina, die noch sanft und erwartungsvoll vom Bett her durchs Zimmer mich anschaute, und empfand meine ganze Leichtfertigkeit, meine Selbstsucht, mein jämmerliches Betragen.

Kurz vor zehn Uhr endlich machte sie sich zum Gehen fertig. Ehe sie sich die Kostümjacke anzog, umarmte sie mich noch einmal und küßte mich, kräftig und lange. Sie trug ein gesticktes Unterkleid, aus leuchtender roter Seide, und war wohl sehr stolz darauf. Vielleicht wollte sie, daß ich sie so in Erinnerung behalten solle, als die etwas leichtsinnige, beinahe großstädtisch ungehemmte Geliebte zweier Stunden.

Dann griff sie nach ihrer Handtasche und entnahm ihr etwas in Seidenpapier Gewickeltes: eine goldene Kette mit kleinem Medaillon, ein Bild der Muttergottes von Lourdes.

»Das hab ich Ihnen zur Erinnerung an mich mitgebracht, Signor Harry«, sagte sie. »Die Madonna ist geweiht. Ich weiß, daß Sie nicht katholisch sind. Aber es wird Ihnen trotzdem Glück bringen. Sie brauchen es nicht um den Hals zu tragen. Heben Sie es auf, wo Sie wollen, in der Brieftasche, im Schreibtisch. Es genügt, wenn Sie mir versprechen, es zu behalten.«

Ich versprach es, gerührt. Im dunklen Zimmer, beim Licht, das von der Straße her durch die Spalten der Fensterläden fiel, sah ich, daß Checchina die Augen voller Tränen hatte.

»Oder«, sagte sie schließlich, und unterdrückte tapfer ihr Weinen, »wenn Sie es gar nicht mehr behalten wollen, dann geben Sie es nur Ihrer Frau. Versprechen Sie mir auch das?«

»Ich verspreche es«, sagte ich.

Durch die halboffenen Läden sah ich sie aus der Haustür treten, schnell davongehen, ohne sich umzublicken, ohne heraufzuschauen, sah sie für immer aus meinem Leben entschwinden.

Ich ging essen, dann brach ich sofort auf, nach Ancona, wo ich kurz vor Mitternacht ankam.

Im Hotel lag seit dem Abend vorher ein Telegramm für mich. Es war von Jane. Sie bat mich, sie abzuholen. Sie müsse Capri so schnell wie möglich verlassen, da es Duccio nicht allzu gut gehe. Nichts Ernstes, versicherte sie, aber der Arzt habe zu einem Luftwechsel geraten.

Dreizehn

In Paris mieteten wir eine kleine möblierte Wohnung in Auteuil. Jeden Morgen fuhr ich mit dem Wagen zur Unesco, in die Avenue Kléber; ich aß mittags in der Cafeteria im Keller, oder in irgendeinem kleinen Restaurant in der Nähe, und fuhr gegen sechs Uhr nachmittags wieder nach Auteuil hinaus. Mit einem Wort: ich führte das Leben eines Angestellten. Mein Gehalt war hoch, die Arbeit war gering, und ich langweilte mich ohne Ende. Ich leitete eine Sektion, hatte ein Büro im fünften Stock, mehrere Räume, etwa zwanzig Untergebene und Sekretärinnen. Vom Fenster meines Arbeitszimmers aus blickte ich über die rauchigen, silbrigen Dächer von Paris; ich sah, wie Sonne mit Nebel, Regen und Wind wechselte, und ich blickte auf die schnurgeraden Avenuen hinab, die sich, je nach der Jahreszeit schwarz oder grün, zwischen den grauen Häusern dahinzogen, bis zur fernen goldenen Kuppel des Invalidendoms. Paris war doch schön! Was lag nur in dieser Luft, in diesem stets wechselnden Himmel und seinem silbrigen Licht, das die Erinnerungen zu verschleiern und die drängenden Wünsche zu zügeln schien, das die größten Gegensätze ausglich und die Phantasie zu selbstgenügsamem Spiel anregte?

Stets verleitete mich Rom zur Sünde, Amerika zur Enthaltsamkeit, Paris aber zu beidem.

Duccio hatte glücklicherweise nichts Ernsthaftes gehabt. Er war nur geschwächt und anfällig, da ihm das Klima Capris nicht bekommen war. Auch Jane fand ich erschöpft und nervös, als ich direkt von Ancona aus zu ihr gereist war. Sie sah nun ein, wie falsch es gewesen war, auf Capri zu bestehen, bereute es und wollte sofort abreisen. Sie war sogar bereit, wenn ich wollte, auch unmittelbar nach Amerika zurückzukehren. Ich schickte sie in die Schweiz, nach Sierre im Wallis, in ein Gebirgsklima, das um diese Jahreszeit gerade das Richtige für

Duccio war. Ich selbst nahm meine Arbeit wieder auf und erledigte sehr schnell die Marken, die Abruzzen und ganz Süditalien. Ende August schloß ich die Reise in Palermo ab, verkaufte den Wagen und flog nach Rom, wo ich aber nur eine Nacht blieb. Ich verbrachte sie mit Dorothea, die ich inzwischen nicht mehr gesehen hatte. Am nächsten Tag fuhr ich über Mailand nach Sierre. In den ersten Septembertagen waren wir bereits in Paris eingerichtet.

Jane war melancholisch, aber ruhig. Das Gebirge hatte auch ihr gut getan. Jeden Tag fand ich sie beim Nachhausekommen mit Duccio beschäftigt. Sie hatte dem Kindermädchen gekündigt und besorgte jetzt alles, auch die Küche, allein. Wir hatten nur für die grobe Arbeit eine Frau, die auch auf das Kind aufpaßte, wenn wir abends ausgingen oder wenn Jane morgens in die Kirche ging. Übrigens war das eine neue Gewohnheit im Leben Janes. Sie war zwar immer religiös gewesen, aber sie hatte die religiösen Pflichten nicht so strenggenommen, daß sie, wie jetzt, allmorgendlich die Messe besuchte. Als ich sie deswegen fragte, antwortete sie nur, daß sie in Capri, wo sie solange allein war und außer dem Personal niemanden sah, ganz natürlich die alte Gewohnheit ihrer Kindheits- und Jugendjahre wieder aufgenommen habe: zu meditieren, zu beten und die Sakramente zu empfangen.

Vielleicht habe ihr aber auch Duccios Krankheit Angst gemacht, gab sie zu. Sie erwähnte im besonderen eine Einzelheit, einen schrecklichen Nachmittag, kurz bevor sie mir nach Ancona telegrafierte. Duccio hatte eine Kolik gehabt, er war plötzlich blau und rot im Gesicht geworden, und es sah aus, als müsse er sterben. Es war gerade ein Feiertag, San Costanzo, der in Capri sehr festlich begangen wird. Deswegen hatte sie auch den beiden Hausmädchen freigegeben. Das Kindermädchen hatte sich vor zwei Tagen einen Fuß verstaucht und konnte nicht gehen. Auch in den Nachbarvillen war kein Mensch, weil alle auf die Piazza gegangen waren, um die Prozession zu sehen. Böllerschüsse durchdröhnten die Luft, man hörte das andauernde, wie besessene Glockenläuten, und das Blasorchester, das Kirchenhymnen spielte. So hatte sie selbst, die Kehle wie zugeschnürt vor Angst, in den Ort laufen müssen, um den Arzt zu holen. Die Apotheke war geschlossen, der Doktor war nicht zu Hause; auch er war auf dem Fest. Aber wie sollte man ihn inmitten dieser Menschenmenge, dem Lärm und dem Durcheinander finden? Sie fragte überall, ob man ihn nicht gesehen habe, manche bejahten und schickten sie in eine bestimmte Richtung. Sie stürzte davon und zwängte sich durch die Menge. Als sie aber den bezeichneten Platz erreichte, war der Doktor schon nicht mehr dort. Inzwischen verging die Zeit, und Duccio war in höchster Lebensgefahr. Endlich, als es schon fast Nacht geworden war, traf sie Don Raffaele. Er behauptete, erst vor wenigen Minuten gesehen zu haben, wie der Doktor in den Autobus nach Anacapri gestiegen sei. Da nahm Jane einen Wagen (den Wagen meines dicken Freundes) und versuchte, den Arzt einzuholen. Aber auf halber Höhe der steilen Straße ging es plötzlich nicht weiter. Wie es häufig geschah, war der alte Wagen gerade an der steilsten Stelle, unter der großen Felswand von Anacapri, steckengeblieben, dort, wo sich in einer Felsnische über der Straße eine kleine weiße Statue der Madonna von Lourdes befindet. Während der Dicke sich am Motor zu schaffen machte, hatte Jane instinktiv zur Heiligen Jungfrau gebetet und ihr gelobt, wenn Duccio inzwischen nichts geschehen sei, alle religiösen Pflichten wieder treulich aufzunehmen, die sie seit längerer Zeit vernachlässigt hatte.

Sie traf den Arzt auf der Piazzetta von Anacapri, fuhr sofort mit ihm nach Capri zurück und erreichte atemlos die Villa. Das Kindermädchen stand vor der Tür und lachte. Es war nichts weiter geschehen. Kurz nachdem Jane weggegangen war, um den Doktor zu holen, war alles schon vorüber gewesen. Duccio hatte seine Flasche getrunken und war dann ruhig eingeschlafen. Das Fräulein hatte, weil Jane so lange fortblieb, schließlich einen Jungen, den Sohn eines Fischers, mit der guten Nachricht losgeschickt. Bei dem Durcheinander aber hatte er Jane augenscheinlich nicht finden können.

Sie hatte sich nun die Frage vorgelegt: »Ist es meine Pflicht, das Gelübde zu erfüllen, auch wenn in dem Augenblick, als ich es ablegte, Duccio bereits außer Gefahr war?«

Aber als sie überlegte, daß Zeit und Raum nur für uns, aber nicht für Gott existierten, und nicht für die Heiligen im Paradies, von denen die Heilige Jungfrau Gott am nächsten steht, begriff sie, daß auch dies ein Wunder ist: die gleichsam vorweggenommene Erhörung eines Gebetes, das nicht nur Stunden, sondern Jahre, selbst Jahrhunderte nach der Erhörung gesprochen wurde. Es genügt, daß der Betende im Augenblick des Gebetes nicht weiß, daß das erflehte Wunder schon eingetreten ist.

Nachdem so der Zweifel gelöst war, fiel ihr die ganze angstvolle Verzweiflung jener Stunden wieder ein. »Wenn man liebt«, erklärte sie mir, »wenn man liebt und plötzlich den Tod des geliebten Menschen fürchtet oder auch nur für möglich hält, was bleibt uns dann? Was kann man dann tun? Können wir den Lauf des Schicksals ändern? Dann empfinden wir unsere absolute Nichtigkeit. Und die Liebe zwingt uns zu hoffen, zu glauben, zu beten: Gott, Gott! Gib, daß mein Kind nicht stirbt!«

Bei diesen Worten hatte Jane Tränen in den Augen. Da sie jetzt wieder, und sei es auch nur als Hypothese, als ein Beispiel, das sich im Gespräch ergab, an den möglichen Tod unseres Duccio dachte, war sie völlig erschüttert. Sie bebte vor innerer Bewegung und, dessen bin ich sicher, betete insgeheim abermals.

Ich verstand sie, und wenn ich auch selbst nicht betete, so war ich doch bewegt wie sie. Aber währenddessen war ich in einer seltsamen Überlegung befangen. Wie kommt es denn, sagte ich mir, daß die Vorstellung von Duccios Tod, und ebenso vom Tod meines Vaters oder auch Janes, mich sofort mit beklemmender Angst erfüllte? Während ich mit vollkommener

Gleichgültigkeit an einen möglichen Tod Dorotheas denken konnte?

Mit einer ganz andersgearteten Liebe liebte ich doch sicherlich auch Dorothea. Ich liebte und begehrte sie vor jedem anderen Wesen in der Welt, und ich war ihr im tiefsten Innern dankbar für die glücklichsten Stunden meines Lebens. Aus welchem ungeheuerlichen Versagen meines Herzens also würde mich die Nachricht von einem Unglück, das ihr zugestoßen sei, wie ich genau wußte, nicht im geringsten aus dem Gleichgewicht bringen? Ich, der ich manchmal bis zur Verzweiflung gelitten hatte, wenn irgendein Umstand mich eine Verabredung mit ihr um wenige Stunden oder einen Tag aufzuschieben zwang, würde ohne Schmerz, ohne Bedauern, ohne Wehmut sogar, auf ihr Leben verzichten! Ja, noch mehr, sie nicht mehr am Leben zu wissen, mir sagen zu können, daß weder eine Reise noch ein Skandal noch aller Reichtum der Welt mir Dorothea wieder zurückgeben könnte, hätte irgendwie meinem Gemüt Frieden gegeben. Endlich würde ich sie nicht mehr begehren, nicht mehr lieben. Nicht der Gedanke an ihren Tod, schloß ich daraus, höchstens der an ihr Leben konnte mich beten lehren. Aber warum nur? Ist es möglich, daß ich derart selbstsüchtig bin?

Ich habe mir diese Frage sehr oft gestellt und habe nie eine Antwort darauf gefunden. Je mehr ich darüber nachdenke, um so mehr verwirren sich meine Gedanken, bis ich überzeugt bin, gar nichts von mir selbst zu verstehen.

Nachdem Jane ihre Frömmigkeit wiedergefunden hatte, begann sie mir zu verstehen zu geben, daß sie auch meine Bekehrung zum Katholizismus wünschte. Sie gab mir die Romane der modernsten und vorurteilslosesten katholischen Schriftsteller zu lesen, wie Graham Greene und Mauriac; sie fragte nach meinen Eindrücken und meinen Zweifeln; sie versuchte mich mit tausend Überlegungen und Listen.

Nun war ich durch meinen langen Aufenthalt in Italien und meine kunstgeschichtlichen Studien, die mich mit den religiösen Riten und Vorstellungen, ja, der ganzen Lebensform der Italiener tief vertraut gemacht hatten, schon fast Katholik geworden, aber ich sah weder die Notwendigkeit einer offiziellen Bekehrungszeremonie ein, noch hatte ich ein echtes Verhältnis zu Einrichtungen wie Buße und Eucharistie, an deren geheimnisvolle Bedeutung ich jedenfalls niemals glauben würde. Außerdem war mir die mondäne und snobistische Seite der Angelegenheit unbehaglich. In diesen letzten Jahren ist für uns Amerikaner und die Angelsachsen im allgemeinen der Katholizismus allzu sehr Mode geworden. Schließlich hatte ich noch die blasse Erinnerung an die Religion meiner Kindheit bewahrt: an manchen Sonntagmorgen in Denver, bei Schnee und Kälte, und an die Choräle in der Presbyterianerkirche, die mein Vater und meine Mutter regelmäßig besuchten, so daß mir meine Konversion nicht nur überflüssig, sondern auch wie ein Verrat an dem nüchternen, schlichten Glauben meiner Kindheit erschienen wäre.

Janes wiederholte Versuche in dieser Richtung wehrte ich leise ab, vor allem verschloß ich mich religiösen Erörterungen, die sie fast täglich anzuschneiden versuchte, da sie ahnte, oder von einem Jesuitenpater, ihrem eifrigen Ratgeber in Paris, gelernt hatte, daß die Tür des Glaubens auch mit dem Schlüssel der Neugier geöffnet wird.

Doch nichts vermochte mich in diesem träumerisch verbrachten Herbst neugierig zu machen. Ich weiß nicht warum, vielleicht war es Trägheit, die Tatenlosigkeit, zu der mich mein neues Amt zwang, dieses regelmäßige, monotone Leben mit den langen Vormittagen und den durchsonnten Nachmittagen in der Einsamkeit und dem Komfort meines Arbeitszimmers in der Unesco. Ich hatte mich wieder ans Pfeifenrauchen gewöhnt. Frühmorgens begann ich. Das Zimmer war ein Eckraum und hatte ein breites Fenster nach Osten sowie einen halbkreisförmigen Erker nach Süden und Westen, so daß ich an schönen Tagen ständig Sonne hatte. In der Sonne erfüllte der Pfeifenrauch das Zimmer mit einer Wolke, die mich einhüllte und von der ganzen übrigen Welt abschnitt. Ich saß in einem tiefen, bequemen Sessel, vor dem mächtigen, massiven Schreibtisch, der wie eine Barriere wirkte. Wenn mich einmal einer meiner Angestellten sprechen wollte, sah ich ihn nur hinter Rauchwolken verschleiert und wie in weite Ferne gerückt. Auf dem Schreibtisch lagen einige Papiere, einige Berichte, ein paar fotografische Reproduktionen, ein Buch. Ich tat so, als läse oder schriebe ich. In Wirklichkeit tat ich gar nichts. Wenn in der ersten Morgenstunde die spärliche Korrespondenz erledigt war, überließ ich mich einer neuen Gewohnheit, die ich nach wenigen Tagen gradweise, aber sehr schnell angenommen hatte: einem Phantasieren und Gedankenspinnen ohne Ende, einer holden Besessenheit, deren Ziel und Mittelpunkt ein einziges Bild war: Dorothea. Ich entsinne mich nicht, jemals sonst Dora so gesehen, erforscht, studiert, gestreichelt und geliebt zu haben wie in dieser Zeit. Und ich war glücklich und beinahe zufrieden, nur zu träumen, ohne jeden Gedanken an die Realität, die hinter meinen Träumen stand.

Wie ist es möglich, daß die Vorstellung einer Lust stärker ist als die Lust selbst?

Wer erlebt hat, was ich erlebt habe, weiß, daß das nicht nur möglich, sondern logisch und normal ist.

In der Wirklichkeit gibt es keinen Idealzustand, und so kennt auch die stärkste geschlechtliche Lust beiläufige und unerfreuliche Einzelheiten. Da gibt es Störungen durch irgendwelche Sinneseindrücke des Auges und des Ohrs, die sich mit dieser Lust nicht verschmelzen, auch wenn sie von ihr überrannt werden, und die später erst die klärende Erinnerung aussondert.

In meinen Sessel versunken, hinter meinem Schreibtisch, nahm ich eine Fotografie Dorotheas aus der Schublade, die einzige, die ich von ihr besaß, und betrachtete sie lange. Die Aufnahme war am Meer gemacht worden, an einem Strand in der Nähe Roms, in Ostia oder Fregene. Dorothea war von schräg rückwärts im Badeanzug aufgenommen, den Blick mit einem etwas spöttischen Ausdruck auf den Beschauer gerichtet.

Ich hatte diese Aufnahme so lange und so intensiv betrachtet, daß ich ihr jetzt schon einen eigenen Wert beilegte: wie wenn sie bereits wichtiger als die dargestellte Gottheit selbst (die fern und unerreichbar war), wie wenn sie zu einem Fetisch geworden sei, der meine Anbetung verdiente und sie auch in irgendeiner Weise zu belohnen vermöchte.

Der Fetisch ermüdete mich. Bald bedeutete er mir nichts mehr. Ich verschloß die Fotografie für die beiden nächsten Wochen in der Schublade und fand es sehr viel wirksamer, mir Dorothea aus der Erinnerung mit Hilfe meiner Phantasie vorzustellen. Ich sah sie in Kleidern und Kostümen, wie sie auch die gewagteste Mode nie hätte kreieren können; beladen mit Juwelen, wie sie kein Maharadscha je seiner Lieblingsodaliske geschenkt hatte; oder: zwar mit Juwelen, aber nackt.

Das alles sah ich wie leibhaftig vor mir:

Die pechschwarzen, glänzenden, von Natur lockigen Haare, am Ansatz leicht gekräuselt. Die hohe, breite, gebieterische, kaum gewölbte Stirn. Die großen, grünen Augen mit ihren goldenen Lichtern, im Schatten der Ränder, wo die Haut schon ein wenig welk schien: Spur und Verheißung köstlicher Lust. Die vollen Wangen, den sinnlichen Mund mit den kräftigen, schneeweißen Zähnen. Die Schultern und Arme einer Statue; der Rücken eine glatte, braune Fläche, an der ich mich nicht sattsehen konnte, so wie eine besonnte Meeresfläche magisch den Blick anzieht. Und ich sah den schweren, festen Busen; die gewaltigen Hüften und Oberschenkel; den samtenen Bauch; und darunter…

… Une riche toison qui, vraiment, est la sœur
De cette énorme chevelure,
Souple et frisée, et qui t'égale en épaisseur,
Nuit sans étoiles, nuit obscure;

und die runden Knie, rund und glatt wie in der Strömung geschliffene Kiesel; die geraden und wohlgeformten Beine, die schlanken Fesseln, die kräftigen Füße.

Die Hände dagegen fanden ihre Entsprechung nur in den Fesseln: merkwürdig klein, nicht mager, aber zart; und wenn ich sie drückte, schienen sie sich zusammenzuziehen und ganz in meinen Händen zu verschwinden.

Aus ästhetisierender Neugier (die freilich die natürliche Konsequenz meines Berufes war) suchte ich ständig nach Vorbildern in der Kunstgeschichte, denen Dorothea glich.

Ich durchblätterte Bände, Monographien, Fotosammlungen und endete stets, unter den Antiken, bei der spätrömischen Verfallsmalerei; unter den Modernen bei gewissen Manieristen des Cinquecento, Andrea del Sarto oder noch häufiger Sebastiano del Piombo.

Der brave Gelehrte, der mein Nachfolger bei der Unesco wurde, wird niemals begreifen, weshalb unsere spärliche Bibliothek und unsere Fotosammlung, die sonst keinerlei speziellen Charakter haben, ausgerechnet alles über Sebastiano del Piombo und eine äußerst vollständige Reihe von Reproduktionen seiner Werke enthält.

Von dem »weiblichen Bildnis« im Museum in Berlin entdeckte ich eine große Reproduktion; ich ließ sie in einem alten Rahmen in meinem Büro aufhängen, meinem Schreibtisch gerade gegenüber. Aber die hingebungsvolle Betrachtung Dorotheas gab mir allein noch keine Befriedigung. Sie sollte mich nur anreizen zu Träumen von künftigen Begegnungen mit ihr, die alle verschieden ausliefen, immer anders und immer verwickelter wurden, immer seltsamer, bei aller inneren Wahrscheinlichkeit. Kommende Begegnungen, kommende Umarmungen, kommende Tage mit ihr; und bisweilen ein ganzes zukünftiges Leben, das ich mir mit ihr zusammen vorstellte.

Ich dachte zum Beispiel daran, sie ohne Wissen Janes nach Paris kommen zu lassen. Sie in einem kleinen Hotel unterzubringen. Wenn meine Dienststunden vorbei waren, verließ ich das Büro, hatte aber keine Lust, sofort nach Hause zu fahren und meine Tagträume, die mich bereits einige Stunden beschäftigt hatten, schon zu unterbrechen. Obwohl ich genau wußte, daß ich niemals den Mut haben würde, Dora nach Paris kommen zu lassen, machte ich mich auf die Suche nach einem geeigneten Quartier für sie.

Rive gauche: Während es Abend wurde, fuhr ich mit dem Wagen kreuz und quer und hing dabei meinen Träumen nach. Ich hielt vor einem Bistro, trat ein, nahm einen Aperitif und schaute dabei prüfend auf Schild und Fassade eines armseligen »Hôtel meublé« auf der anderen Straßenseite, in dem ich vielleicht Dorothea unterbringen könnte... Wie oft trieb ich dieses Spiel soweit, daß ich das »Hôtel meublé« betrat, ein paar Zimmer ansah, nach dem Preis fragte und für einen der nächsten Tage vormerken ließ: ich würde es noch telefonisch bestätigen. Der Name? Mademoiselle Corradi, antwortete ich; es war Dorotheas Familienname! Und wenn ich den widerlichen Alten auf die Zimmertafel Mlle Corradi schreiben sah, verspürte ich eine innerliche Freude, als erlebte ich den Beginn einer wunderbaren »Materialisation« mit.

All diese Spiele und Träume schenkten mir Frieden, beinahe Glück. Und vielleicht las Jane in meinem Gesicht diesen Traum, zu dem sie keinen Zugang hatte, und litt darunter. Aber sie konnte mir nichts vorwerfen, es sei denn, daß gelegentlich ein an sich bedeutungsloser Zwischenfall unsere gegenseitige Fremdheit deutlich werden ließ. Dann stritten wir, plötzlich erbittert, hart und erbarmungslos, wie ein ganz altes Ehepaar. Anlaß oder Vorwand war vielleicht die Wahl eines Kleides, das sie anziehen sollte, oder eines Spielzeugs für Duccio oder nur ein Programm für den Abend, und dergleichen mehr.

Es war an einem dieser tristen Abende, als wir im Wagen zu einer Boîte in Saint Germain des Prés unterwegs waren. Wir bogen gerade auf den Boulevard Raspail ein, als Jane plötzlich, aus einem Schweigen heraus, bitter lächelnd und wie in ehrlicher Erschütterung, einen unvergeßlichen Satz aussprach: »Merkst du gar nicht, mein Lieber, daß wir beide uns nur noch einander den Tod wünschen?«

Ich widersprach leidenschaftlich, mit allen Argumenten, die

mir nur einfielen. Aber leider hatte sie recht, nur allzu recht! Gerade damals, während unserer ganzen schweigsamen Fahrt von Auteuil, hatte ich mir nur immer ein glückliches Leben mit Dorothea vorgestellt, wenn Jane einmal nicht mehr wäre!

Jane kam immer wieder hartnäckig auf das religiöse Problem zurück. Sie hat es nie aufgegeben, mich zu bekehren. Und vielleicht hätte ich schließlich nachgegeben oder wenigstens eingewilligt, den berühmten Père de Lalande kennenzulernen, wenn nicht meine tägliche Gewohnheit zu träumen mich vor solch weiterer und schwererer Unwahrhaftigkeit bewahrt hätte.

Des Nachts versöhnten wir uns fast immer wieder. Aber sogar die Umarmung, die uns scheinbar besänftigte, war jetzt, zumindest was mich betraf, innerlich unwahr geworden. Dorothea beherrschte den ganzen Tag über meine Gedanken; ich hatte in meinen Träumen meine Sinne daran gewöhnt, nur immer sie zu begehren. Drückte ich Jane in der Dunkelheit an mich, dann wähnte ich trotz der ganz anderen realen Empfindung immer irgendwie Dorothea zu umarmen. Nur so vermochte ich noch zu lieben. Und vor der Reue und dem Ekel, die auf die kurze und unvollkommene Täuschung folgten, fand ich nur Zuflucht in der Einsamkeit des Schlafs.

Ahnte Jane etwas? Fühlte sie, wie fern ich ihr war? Damals glaubte ich, nein. Es war so bequem für mich.

Von einem gewissen Zeitpunkt an begann ich, an Dorothea Briefe zu schreiben. Ich schickte sie selbstverständlich nicht ab, denn ich fürchtete mich stets vor Erpressung. Ich schrieb einfach an sie, dann las ich das Geschriebene nochmals durch, mit der Vorstellung, ich würde es abschicken, schloß den Umschlag und klebte die Marke darauf.

Ich ging aus, bis zum nächsten Postamt, und stand lange unschlüssig vor dem Briefkasten. Dann kehrte ich zur Unesco zurück, legte den Brief zu den anderen in eine Schublade meines Schreibtischs und verschloß sie. Wenn ich einmal nach Rom führe, würde ich sie alle zusammen Dorothea geben, damit sie sie in meiner Gegenwart lesen könnte. So würde sie wenigstens erfahren, wie sehr und wie heftig ich an sie gedacht hatte. Danach würde ich selbstverständlich die Briefe wiederverlangen und vernichten.

Was ich ihr schrieb? All das, was ich in der Einsamkeit und Ferne zusammenphantasiert hatte. Es war der Lobgesang an ihre Schönheit, das Geständnis meiner Liebe, meiner verrücktesten Wünsche und unsinnigsten Pläne. Ich sagte ihr, daß ich Jane und Duccio verlassen und mein Leben nur noch ihr widmen, ihr wie ein Sklave dienen wollte. Zu Füßen ihres Bettes schlafen, wie ein Hund. Mit Freuden jede Demütigung, Bedrückung oder Grausamkeit von ihr ertragen. In Anbetung ihrer Göttlichkeit leben. Neben ihr, bis zum Tod, als ein Nichts. »Nimm mir alles«, sagte ich ihr, »nur nicht die Möglichkeit, dich und mich zu sehen. Laß mich meinen Jammer, mein Elend lieben, denn mein Elend ist nur die Wirkung deines Glanzes.« In einem Brief, entsinne ich mich, schrieb ich ihr von einem anderen Traum, dem ich oft nachhing, so unsinnig er sein mochte: ihr nicht nur mich selbst, sondern auch Jane und Duccio, als das Liebste, was ich besaß, zu unterwerfen. Jane sollte ihre Zofe sein und Duccio deren Kind, das sie, Dorothea, aus Gnade und Barmherzigkeit bei sich aufgenommen hatte.

Ich dachte und schrieb solche und andere Verrücktheiten, die ich gar nicht wiedergeben kann und niemals versucht hätte, in die Wirklichkeit umzusetzen. Darum glaubte ich auch fest, Jane und Duccio damit keine wirkliche Kränkung zuzufügen. Es waren ja nur Fiktionen, Worte, Symbole, unschädliche Phantasien! Und die Briefe rituelle Litaneien, Formeln, die für meine persönliche Befriedigung erforderlich waren, nichts weiter. Nur, daß ich sie niederschreiben mußte, sie geschrieben vor mir sehen, ein fades und damals doch so zauberwirkendes Abrakadabra. Wie armselig, wie unverständlich, wie lächerlich würde mir das alles vorkommen, wenn ich es heute wieder lesen müßte. Zum Glück bin ich ziemlich sicher, daß ich die Briefe vernichtet habe. Wenn nicht, dann habe ich sie so gut versteckt, daß ich mich selbst nicht mehr erinnere, wo.

Eine andere Gewohnheit, die ich damals annahm, war die, an keinem Juweliergeschäft vorüberzugehen, ohne an Dora zu denken. Oft stand ich lange vor dem Schaufenster und suchte Perlen, Diamanten, Goldschmuck, Armreifen, Ringe, Halsketten und Ohrgehänge aus, die ich ihr gern geschenkt hätte. Manchmal war Jane dabei und betrachtete mit mir zusammen die Auslagen. Ich schwieg und schaute, und Jane, schweigend wie ich, dachte vielleicht, daß ich diese Kostbarkeiten betrachtete, um etwas für sie auszusuchen...

Einer meiner Freunde, den du nicht kennst, ein Norditaliener, Comba mit Namen, aus Piemont, glaube ich, und Katholik, obwohl er ganz gut Protestant sein könnte, bemerkte eines Tages, als wir zusammen durch die Rue du Faubourg Saint Honoré gingen, daß ich allzu gern vor den Juwelierläden stehenblieb. Als wir in der Rue de la Paix zu Cartier gelangten, sah ich mich gezwungen, ihm den Grund meines ungewöhnlichen Interesses zu erklären. Ich sagte ihm, daß ich an eine Frau dächte, in die ich verliebt sei.

»Du täuschst dich, mein Lieber«, erwiderte damals Comba. »Du glaubst, an sie zu denken. In Wirklichkeit bist du psychisch impotent und denkst nur an eine neue Methode, dich aufzustacheln. Ich weiß nicht, wer die Frau ist, von der du sprichst, und will es nicht wissen. Aber wenn du sie wirklich und ehrlich liebtest, würdest du nicht den Wunsch haben, ihr etwas Kostbares zu schenken. Es würde eine Blume, eine kleine Erinnerungsgabe genügen. Ja, das Geschenk würde größeren Liebeswert haben, je geringer sein tatsächlicher Wert wäre. Die alten Römer, oder richtiger: die Römer der Verfallszeit, waren wie du: sie behängten den Priapus mit Girlanden, und manchmal den Teil ihres Körpers, für den Priapus das göttliche Symbol war.«

Es ist viel Zeit vergangen seit jenem Tage, und viel ist geschehen. Und doch bin ich noch heute nicht imstande zu entscheiden, ob Comba recht hatte oder nicht.

Wie dem auch sei, nach einigen Monaten dieses Lebens

genügten mir die endlosen Meditationen in der Stille meines Arbeitszimmers vor der Fotografie oder dem Bild, das ich mir von Dorothea heraufbeschwor, nicht mehr. Auch die Briefe, die ich nicht abschickte, und die also unbeantwortet bleiben mußten, die Schmucksachen, die ich für sie wünschte, ohne sie je zu kaufen, alle diese Phantastereien und Verrücktheiten genügten mir nicht mehr.

Ich beschloß, Dorothea anzurufen, ihre Stimme zu hören, sei es auch nur für wenige Minuten. Da ich mich aber vor den Damen meines Büros genierte, durch die ich mir die Verbindung hätte geben lassen müssen und die dann mitgehört hätten, was ich mit Dorothea sprach, wartete ich bis gegen ein Uhr, als alle zum Essen gingen, und verlangte direkt von der Vermittlung dringend die römische Nummer.

Die Minuten vergingen, und die Verbindung kam nicht. Ich saß wie auf Nadeln, weil ich fürchtete, Dorothea nicht mehr zu Hause zu erreichen. Um diese Stunde pflegte sie ja auszugehen, ein paar Schritte durch die Via Veneto zu machen und mit einer Freundin einen Aperitif zu nehmen.

Aber alles ging gut. Ich hörte nach so langen Monaten der Trennung ihre Stimme wieder, ihre etwas heisere, tiefe, warme, ruhige, sanfte und entschiedene Stimme.

»Wann entschließt du dich einmal, mich wieder zu besuchen?«

Der römische Akzent, der mich bei jedem anderen störte, erfüllte mich bei ihr mit Freude, so als streichelte ich ihre nackte Hüfte, ihre heiße, braune, glatte und etwas fette Haut.

»Io ti penso sempre«, fuhr die Stimme meiner Gottheit fort, »ich denke immer an dich. Weshalb schreibst du mir nicht einmal einen netten Brief?«

»Ich habe sehr viel zu tun, Dora, ich habe wenig Zeit.«

»Und wenn ich dich darum bitte? Ich will einen Brief von dir, Arry.«

Ich will. Sie hatte gesagt: ich will. Als ich dieses »will« hörte, spürte ich einen Druck am Herzen, einen Überfall von Wollust.

Ich will. Es war das erste Mal, daß sie von mir etwas forderte. Aber ganz plötzlich fragte ich mich: warum? Und ebenso plötzlich antwortete ich mir selbst: sie hat kein Geld, es geht ihr schlecht, sie will einen Brief von mir, um mich zu erpressen.

»Nein«, sagte ich also entschieden. »Ich habe keine Zeit, dir zu schreiben. Ich rufe dich wieder an.«

»Wann?« fragte sie, mit größerer Bestimmtheit.

»Übermorgen«, versprach ich. »Ciao, Dora bella, auch ich habe immer an dich gedacht, jeden Tag, jede Stunde.«

»Du bist ein gran pallonaro!« sagte sie, was im römischen Dialekt soviel wie Schwindler, Aufschneider bedeutet.

»Ich schwöre es dir, mia bella, jeden Tag, jede Stunde.«

»Das ist nicht wahr, sonst hättest du mir ja geschrieben.«

»Ich habe dir auch geschrieben.«

»Abscheulicher Lügner! Nicht einmal eine Postkarte habe ich von dir bekommen!«

»Ich habe dir so viele Briefe geschrieben, nur habe ich sie nicht abgeschickt. Sie sind hier, in meinem Schreibtisch. Wenn wir uns treffen, bringe ich sie dir mit, du wirst sehen.«

»Pazzo! Verrückter Kerl!« antwortete sie sanft und liebevoll. Und da in diesem Augenblick die Zentrale aufmerksam machte, daß die erste Gesprächszeit ablaufe: »Also, dann erwarte ich deinen Anruf übermorgen um diese Zeit. Ciao, Arry. Danke für den Anruf. Ciao.«

Ich hängte ein, und sofort wurde mir klar, daß diese drei Minuten Ferngespräch für mich mehr bedeuteten als monatelanges Phantasieren. Jäh erkannte ich meinen langen, geduldig ertragenen Irrtum, die Gefahr, in der ich mich befunden hatte, in den Wahnsinn abzugleiten.

Wieder hörte ich ihre Stimme, hörte ihr »ich will«, »Schwindler«, »Lügner«, »Verrückter«, lauter lebendige, wirkliche Worte, von einem anderen Menschen wirklich gesprochen, nicht von mir erfunden. Übrigens war ich in all diesen Monaten nicht einmal fähig gewesen, sie zu erfinden. Ich fühlte mich von einer breiten Welle lebendigen Lebens überflutet, von heilsamer Wirklichkeit angerührt. Ich war plötzlich meines Lasters so überdrüssig, daß ich überhaupt nicht mehr an Dorothea denken wollte: mit neuen Augen sah ich die Wände meines Arbeitszimmers, die Gesichter meiner Untergebenen, die jetzt vom Lunch zurückkamen; ich verbrachte den Nachmittag damit, wirklich zu arbeiten, und um fünf Uhr fuhr ich direkt nach Hause.

Übermorgen, dachte ich unterwegs, wollte ich Dorothea wieder anrufen und dann versuchen, einen Abstecher nach Rom zu machen. Das alles mußte ein Ende haben. Wollte ich etwa Jane verlassen und mit Dorothea neu anfangen? Auch im Traum dachte ich nicht daran. Ich wollte lediglich im Kontakt mit der Wirklichkeit mein seit langem eingebüßtes Gleichgewicht wiedergewinnen. Meine Arbeit bei der Unesco war ein fauler Schwindel; es gab eine Menge wichtiger Arbeit, die ich vernachlässigte, indem ich mich auf das unbedingt Notwendige beschränkte, um meine Vorgesetzten über meine Tätigkeit zu täuschen. Meine persönlichen Studien hatte ich vollständig aufgegeben. Eine Monographie über die römischen Maler und Mosaikkünstler des dreizehnten Jahrhunderts, für die ich während des Sommers in Italien Material gesammelt hatte, war bereits im ersten Kapitel steckengeblieben. Schließlich war es auch unverzeihlich, wie ich mich Jane gegenüber verhielt. Diese üble Gewohnheit, von Dorothea zu träumen und diese Träume täglich bis zum Orgasmus zu treiben, hatte mich immer mehr mit Ekel vor meiner eigenen Unzulänglichkeit und vor der Unwirklichkeit meiner Existenz erfüllt. Ohne es zu wollen, ließ ich das an dem Menschen aus, der mir am nächsten war, an Jane; ohne es zu wissen, warf ich ihr in jeder Minute vor, daß sie nicht Dorothea war. In Jane hatte ich die letzte Ursache zu all meiner Verbitterung sehen wollen, und an Jane hatte ich mich deshalb gerächt.

Und das war nicht recht. Ich mußte also auch um der Liebe willen, die ich für Jane empfand, nach Rom fahren, oder eine andere Frau aus Fleisch und Blut finden, die Dorothea ersetzen konnte. Ich mußte, um die arme Jane nicht länger zu quälen, sie mehr oder minder häufig physisch betrügen, und nicht, wie bisher, ständig in Gedanken.

Mit diesen neuen Vorsätzen im Herzen kam ich nach Hause, und wie es fast stets im Leben geschieht, wenn wir eine Entscheidung treffen, die nicht nur uns selbst sondern auch einen anderen Menschen angeht – Jane teilte mir eine Neuigkeit mit, die meine Pläne über den Haufen warf, ja, sie überholt scheinen ließ.

Sie erwartete ihr zweites Kind. Bisher hatte sie mir jede Vermutung darüber verheimlicht, weil sie selbst, wie sie mir gestand, es unter den gegenwärtigen Umständen gar nicht wahrhaben wollte. Neben allen anderen Gründen auch deswegen, weil Duccio noch so klein war und immer wieder zu Besorgnissen Anlaß gab. So hatte sie also geschwiegen. Doch heute war sie beim Arzt gewesen, und es gab keinen Zweifel mehr: sie war im dritten Monat. Vor Weihnachten etwa gedachte Jane, mit Duccio nach Philadelphia zurückzukehren. Auch der Père de Lalande, ohne den Jane nichts mehr unternahm, hatte dazu geraten. Das Kind sollte Ende April oder im Mai geboren werden.

Eine Zeit der Trennung lag also vor mir. Ich würde einige Monate allein in Paris sein und konnte Dorothea sehen und sie bei mir haben, so oft ich wollte.

Aber unsere kühnsten und hoffnungslosesten Wünsche verlieren alle Dringlichkeit und allen Zauber, sobald ihre Verwirklichung wider alles Erwarten möglich wird.

Und als ich dann wirklich allein in Paris war und jeden Augenblick hätte nach Rom fahren oder auch Dorothea nach Paris holen können, verschob ich den Entschluß von einem Tag auf den andern. Statt dessen nahm ich eine neue Gewohnheit an: jeden Tag, gegen zwölf Uhr, telefonierte ich vom Büro aus mit Dorothea; und jede Nacht spazierte ich über die Champs-Elysées oder die Boulevards und ging dann mit irgendeinem Mädchen von der Straße, selten zweimal mit demselben, ins Bett. Ich wollte Dorothea nicht verlieren, besser gesagt: nicht meine Sehnsucht nach Dorothea. Gleichzeitig aber versuchte ich, mich von ihr zu befreien, sei es durch den dauernden Wechsel der Frauen, mit denen ich umging, sei es dadurch, daß ich unter ihnen eine suchte, die etwas besser als die andern zu mir paßte und wenigstens eine Zeitlang meiner Besessenheit eine andere Richtung geben konnte. So lernte ich Yvonne kennen, Vonie genannt, eine Südfranzösin aus Montauban, klein, dick, leidenschaftlich und sympathisch, doch äußerst geldgierig und geizig, wie im übrigen leider fast alle Französinnen.

Ich lernte Simone kennen, aus Marseille, mit strahlendem Lachen, in durchbrochenen guêpiers und schwarzen Strümpfen, so daß sie aussah, wie aus einer Lithographie des Fin de siècle geschnitten.

Und Mamai, und Lisa, und Danielle, und Monique. Hinter einer jeden stieg ich, zitternd vor Erregung, die knarrende Holztreppe empor; einer jeden öffnete ich mit fiebernden Händen den Reißverschluß ihres ärmlichen Kleides: in der Hoffnung, daß es diesmal die Richtige sei, daß das Wunder geschehe, daß ich die Göttin fände, die mich Dorothea vergessen machte.

Zu welchem Zweck, frage ich mich heute. Hätte ich sie auch gefunden, welchen Zweck hätte es gehabt, Dorothea mit einer Frau zu vertauschen, die ihr ähnlich war? Mit einer Frau, zu der ich ebenso wenig Vertrauen hätte haben können wie zu ihr? Mit einer Frau, die ebenso wenig wie sie mir Lebensgefährtin hätte sein können? Aber vielleicht suchte ich, in sinnloser Hoffnung, gerade dies: unter Frauen von der Art Dorotheas eine, die gleichzeitig auch Jane ähnlich wäre.

Jeden Mittag telefonierte ich mit Dorothea. Nach den ersten Malen wußte ich nicht mehr, was ich ihr sagen sollte. Dennoch beharrte ich auf dem täglichen Telefonat. Es war schon zu einem Ritus, einem Aberglauben geworden. Ich konnte nicht mehr darauf verzichten, ihre Stimme zu hören.

Ich fragte sie, wie in Rom das Wetter war, und versprach ihr, an sie zu denken und ihr Geld zu schicken.

Ende Februar fuhr ich nach Rom, aus dienstlichen Gründen, und hielt mich dort eine Woche auf. Ich wohnte im Grand Hotel, schlief aber in der Via Boncompagni, bei Dorothea.

Am 9. Mai wurde in Philadelphia Donatella geboren. Anfang Juli traf mich Jane, die die Kinder bei ihrer Mutter und einem guten Kindermädchen gelassen hatte, in Paris. Sie wollte sich etwa vierzehn Tage bei mir aufhalten und mich dann nach Rom begleiten, wohin ich fuhr, um einen Orden in Empfang zu nehmen, den der Präsident der Italienischen Republik mir in Anerkennung dessen verlieh, was ich für die Wiederherstellung der im Krieg beschädigten Kunstwerke getan hatte.

Und diese Reise wurde Anlaß, wenn nicht die Ursache allen folgenden Unheils.

Vierzehn

Als die Blitzlichter der Fotografen aufflammten, die nach der Landung auf dem Flugplatz Ciampino über uns herfielen, trat ich unwillkürlich beiseite, um die hinter uns kommende »Persönlichkeit« nicht zu verdecken. Aber es befand sich keinerlei Persönlichkeit hinter uns. Die Presseleute lachten und riefen:

»Sie wollen wir ja haben, Herr Major!«

»Und Ihre Frau Gemahlin!«

»Signora, wollen Sie bitte einen Moment stehenbleiben und lächeln!«

Jane, die vor mir ging, trat einen Schritt zurück; sie hängte sich in meinen Arm und lächelte verwirrt.

Ich wandte mich wieder um, aber aus einem anderen Grunde. Denn plötzlich war mir eingefallen – und erfüllte mich mit gelindem Schrecken: morgen veröffentlichen sie die Aufnahme in den römischen Zeitungen, Dorothea sieht sie und erfährt dadurch, daß ich verheiratet bin; und dann ist das Unheil geschehen!

Ich bestand darauf, mich nicht fotografieren zu lassen. Es gäbe keinerlei Grund dazu, sagte ich und hielt mir schützend meine Reisetasche vor das Gesicht; ich sei keine wichtige Persönlichkeit; ich hätte nur meine Pflicht getan; ich sei gerührt und natürlich der italienischen Presse dankbar, aber einen solchen Empfang hätte ich mir durchaus nicht vorgestellt.

Gewiß nicht; sonst hätte ich alles getan, ihm auszuweichen. Die Reporter versuchten lachend, mich trotzdem zu knipsen, und sicher war eine Aufnahme gemacht worden, eben jene, als ich auf der Treppe erschien und mein Gesicht noch nicht verdeckt hatte. Was war zu tun?

Ich ging auf einen der Pressefotografen zu und bat ihn, seine Aufnahme nicht in die Zeitung zu geben. Bemüht, daß Jane nichts merkte, nahm ich ihn mit bedeutungsvollem Druck unter den Arm und fragte ihn, wann und wo ich ihn treffen könne.

Zwei Stunden später, nachdem ich Jane ins Hotel gebracht hatte, befand ich mich in der »Publifoto«, einem kleinen Büro im Zwischengeschoß an der Piazza Barberini.

Der Reporter, mit Namen Gandolfi, war ein untersetzter, rundlicher Herr, mit schwarzem Schnurrbärtchen und lebhaften Augen. Mit andeutendem Lächeln setzte ich ihm auseinander, wie sehr mir daran lag, daß die Aufnahmen nicht erschienen: sentimentale Dinge, Frauen, die römischen Zeitungen würden überall gelesen, und ähnliches mehr; ich versuchte ihm beizubringen, daß zwar nicht in Rom, aber in einer anderen italienischen Stadt eine bestimmte Frau nichts von meiner Heirat oder doch wenigstens nichts von meinem Aufenthalt in Italien erfahren dürfe.

Dabei griff ich andeutungsweise nach der Brieftasche. Gandolfi stoppte lachend meine Bewegung, keineswegs beleidigt; er sagte, es brauche keiner Worte mehr, er werde die Negative vernichten und seine Kollegen, die mich fotografiert hätten, bitten, ein gleiches zu tun.

Ich ging; doch war ich nicht sehr überzeugt. Mir schien das zu einfach zu gehen. Andererseits, Gandolfi zu meiner größeren Beruhigung mit Gewalt etwas aufzudrängen, wäre mir beleidigend oder gar gefährlich erschienen. Beleidigend, wenn Gandolfi ein anständiger Mensch war; gefährlich, falls er es nicht war, und meine Furcht ihn dann zu einer Erpressung verleiten konnte. In diesem Zweifel befangen, sah ich ihn mir, bevor ich ging, noch einen Augenblick an: sein verschmitzt lachendes Gesicht ließ die eine wie die andere Möglichkeit zu.

Am nächsten Morgen durchblätterte ich besorgt die Zeitungen. Keine hatte die Fotos veröffentlicht. Erleichtert seufzte ich auf. Als ich aber kurz danach in die Halle hinabkam und an Guglielmo vorüber dem Ausgang zustrebte, sagte der mit einer Verneigung halblaut zu mir:

»Mein Kompliment, Signor Maggiore...«

Ich wandte mich um: Guglielmo lächelte freundlich, von seinem Schaltertisch zu mir herabgebeugt.

»Kompliment wofür?«

»Nun, weil Sie, und auch die gnädige Frau, so fotogen sind!«

Nur mühsam beherrschte ich mich.

»Ich habe keinerlei Fotografie von mir gesehen«, sagte ich und versuchte, gleichgültig, ja sogar etwas neugierig zu erscheinen, »wo ist sie erschienen?«

»Aber im ›Rome American‹, Herr Major! Haben Sie heute morgen die Zeitung nicht aufs Zimmer bekommen?« Er reichte sie mir herüber und deutete auf die Fotografie. Sie hatte zum Überfluß noch einen ziemlich auffallend gesetzten Text, mit meinem und Janes Namen, und darunter stand noch ein kurzer Artikel über diese verdammte Auszeichnung.

Ich hatte sehr sorgfältig alle italienischen Zeitungen durchgesehen, die ich eigens hatte holen lassen. Aber die amerikanische Zeitung Roms, die die Hoteldirektion ihren amerikanischen Kunden jeden Morgen mit dem Frühstück aufs Zimmer zu schicken pflegte, war mir entgangen.

Gandolfi hatte also Wort gehalten und die Veröffentlichung der Aufnahmen in der italienischen Presse verhindert, in der ganz natürlichen Annahme, daß ich an den »Rome American« selbst denken werde. Ich suchte mich sogleich zu beruhigen. Der »Rome American« wird fast ausschließlich von Amerikanern und Engländern gelesen. Dorothea wußte vielleicht nicht einmal, daß dieses Blatt überhaupt existierte.

Ich verbrachte den Vormittag im Unterrichtsministerium. Am nächsten Tag, so hieß es, sollte ich dem Präsidenten der Republik vorgestellt werden, der mir persönlich und in feierlicher Zeremonie die Auszeichnung überreichen werde. Um ein Uhr holte ich Jane im Hotel ab, und wir fuhren zur Piazza Navona zum Essen. Daran, Dorothea zu sehen, dachte ich diesmal überhaupt nicht. Die Sache mit der Fotografie hatte mir alle Lust dazu genommen.

Mit Jane war wieder alles so wie vor vier Jahren; auch damals war es Sommer in Rom gewesen. In der ganz natürlichen Erinnerung an das erste Knospen unserer Liebe, verbrachten wir einige heitere, glückliche Stunden, wie wir sie seit langer Zeit nicht mehr erlebt hatten. Die Hitze, der weite sonnenbeschienene Platz, der einladende Schatten in der Trattoria, die heitere und freie Ungezwungenheit der italienischen Lebensweise, das ausgezeichnete Essen, der gekühlte goldgelbe Wein und der »Ponentino«, die frische Brise vom Meer her, die auch an den heißesten Sommertagen sich stets gegen zwei Uhr nachmittags einstellt und die Stadt durchlüftet, all dies versöhnte uns vorübergehend mit unserem Schicksal. Wir nahmen das Leben hin und liebten es wieder. Es war gewiß ein ebenso heidnischer, wie, auf seine besondere Art, auch gottgefälliger Gemütszustand.

Zu dieser Entspannung trug auch das Bewußtsein bei, daß wir nur wenige Tage zusammensein konnten. Nach einer Trennung von mehreren Monaten wegen der Geburt Donatellas hatte ich Jane erst vor drei Tagen in Paris wieder in die Arme geschlossen, und jetzt, Ende der Woche, mußte sie schon wieder nach Amerika zurück, da Duccios Pflegerin dann auf einen Monat in Urlaub gehen sollte. Der Platz im Flugzeug war bereits gebucht. Jane reiste am Samstag. Gerade dieser Tage war die direkte Fluglinie zwischen Rom und New York wiederaufgenommen worden.

Vielleicht waren wir also nur deswegen miteinander glücklich, weil wir wußten, daß uns eine abermalige Trennung bevorstand. Aber was ist denn Heidentum anderes als die religiöse Vorstellung vom »Carpe diem«? Als das Bewußtsein, daß wir jeden Tag unseres Lebens in demütiger Frömmigkeit leben und genießen müssen, als sei es unser letzter?

Wir fuhren im Taxi ins Hotel zurück. Ein köstliches Wohlgefühl aus Wein, Hitze und Müdigkeit, erfüllte uns. Wir entkleideten uns, warfen uns aufs Bett und liebten uns in schlichter sorgloser Natürlichkeit, wie zwei große Kinder, oder wie man glaubt, daß sich zwei große Kinder lieben müßten, und vielleicht geschah uns dies damals zum ersten und einzigen Mal in unserem Leben.

Als wir erwachten, war die Sonne bereits untergegangen. Wir öffneten die Fenster, die wir vorher wegen der Hitze geschlossen hatten: Schwalben zogen mit ihrem langgezogenen, eindringlichen Sirren, dicht am Fenster vorbei, durch die blaue Luft, zu den Bäumen im Garten der Diokletiansthermen. Blickte man in Richtung der Piazza Esedra und des Bahnhofs, so sah man den Himmel ganz erfüllt von ihren pfeilschnellen schwarzen Punkten.

Jane stand neben mir und sagte kein Wort.

Wir sind dieses Friedens nicht würdig, dachte ich, und ohne es zu merken seufzte ich tief.

In diesem Augenblick läutete das Telefon. Jane ging an den Apparat und hob den Hörer ab. Es war jemand, der nicht englisch sprach. Jane schien, vielleicht wegen ihrer unzureichenden Kenntnis des Italienischen, nur mühsam oder zögernd zu antworten. Jedenfalls sprach sie auch sehr leise. Das Zimmer war groß, ich stand noch am Fenster, und der Verkehrslärm ließ mich nicht deutlich verstehen, was sie sagte. Ich hörte nur das Wort »Briefe«. Da ich glaubte, daß Jane mit ihrem Italienisch nicht zurechtkam, verließ ich meinen Platz am Fenster, um ihr zu helfen. Ich ging durchs Zimmer auf sie zu. Ich sah, wie bleich sie war. Mit einer instinktiven Handbewegung wehrte sie mich ab. In dieser Bewegung und ihrem Blick erkannte ich plötzlich eine Abwehr, eine Zurückweisung...

... Lieber Mario, ich kehre hier zum Anfang meiner Erzählung zurück.

Janes Blick, in diesem Moment, am Telefon, im Zimmer des Grand Hotel, als ich mich ihr näherte und ohne jeden Argwohn leise fragte: »Mit wem sprichst du denn?«, dieser Blick Janes wird mir immer vor Augen stehen: finster, trüb, traurig, ein Blick, den ich noch nie an ihr gesehen hatte und über dessen Bedeutung ich mich gleichwohl täuschte. Denn er verwirrte mich, streng und anklagend, wie er mir schien. Sofort war ich vollkommen überzeugt – so als hätte ich es mit eigenen Ohren gehört –, daß dort am Telefon jemand Jane meine Schuld enthüllte. Jemand? Vielleicht Dorothea, vielleicht ein von Dorothea mit der Erpressung beauftragter Freund: der berühmte Schwager, oder der junge Mann mit der goldgeschmückten Hand.

Zitternd nahm ich den Hörer aus Janes fliegenden Händen und sagte laut und kräftig:

»Pronto.«

Eine Männerstimme antwortete:

»Ah, sind Sie es, Herr Major?«

»Ja, mit wem spreche ich?«

»Ich sagte eben schon der Signora ...«

»Mit wem spreche ich, bitte!« wiederholte ich und nahm mich zusammen, um vor Jane meine Angst und meine Scham in die Ungeduld und Empörung umzufälschen, die ein unbescholtener Mensch bei einem anonymen Anruf empfinden mag.

»Also, so ist das«, sprach die Stimme halb scherzend, halb drohend weiter, ohne auf meine Frage einzugehen. »Man vergißt seine alten Freunde, wie?«

Es war eine italienische Stimme, mit dem südlichen Akzent eines einfachen Mannes aus Rom oder Neapel. Nach der törichten und verwirrenden Gewohnheit vieler Italiener aus den unteren Schichten bei der Unterhaltung mit Ausländern, gebrauchte auch dieser Mann die Zeitwörter im Infinitiv. Sie glauben, damit ihre Sprache leichter verständlich zu machen, während sie sie nur verunstalten und damit gerade die entgegengesetzte Wirkung erreichen. Ich sah zu Jane hinüber; sie war bis an das Fußende des Bettes zurückgewichen, blaß, mit diesem anklagenden Blick. Ihre finster starrenden Augen schienen zum erstenmal etwas Gräßliches zu schauen, etwas, an dessen Existenz sie bisher nicht geglaubt hatten.

»Wollen Sie mir endlich sagen, mit wem ich spreche?«

»Glauben Sie mir, Herr Major, das ist nicht schön von Ihnen. Ich habe das eben auch der Signora gesagt. Es ist nicht schön, nach Rom zu kommen und seine alten Freunde so zu vergessen ... Und doch sind wir sogar zusammen zu Tisch gewesen! Und haben gemeinsame intime Freunde, sehr intime, wirklich sehr intime Freunde ...«

Ich hängte ein. Jetzt war ich meiner Sache sicher: es handelte sich um jemanden von Dorotheas Leuten, der meine Fotografie im »Rome American« gesehen hatte. Ich hängte ein, und vielleicht würde es der Mann, jedenfalls im Augenblick, nicht wagen, gleich wieder anzurufen. Ich wandte mich zu Jane und versuchte zu lächeln:

»Irgendein Idiot, der sich einen Spaß macht, vielleicht ein Journalist ...«

Aber Jane war, ohne etwas zu sagen, ins Bad gegangen.

Ich konnte mir nichts Besseres wünschen. Ich hätte es nicht länger aushalten können, sie so, mit diesem Blick, vor mir zu sehen. Noch einige Sekunden, und ich hätte ihr alles gestanden. Ich griff nach einer Zigarette und begann, mich anzuziehen.

Als Jane aus dem Bad kam, und auch später, den ganzen Abend über, wich sie meinem Blick beflissen aus, so wie ich dem ihren. Über den Anruf sagte keiner von uns auch nur ein einziges Wort.

Scheu und Verlegenheit hatten sich unser bemächtigt. Abends bei Tisch waren wir ziemlich schweigsam, mehrmals brachen wir mitten im Satz ab. Nach dem Essen waren wir glücklicherweise bei Doolittles in ihrer Villa an der Via Appia Antica eingeladen. Es waren viele Leute da, es wurde getanzt, viel geredet, und man trank bis gegen zwei Uhr morgens. Auch W. K. war da, ein Filmschauspieler aus Hollywood, der für den Sommer nach Italien gekommen war, weil das gerade Mode war. Er brachte uns in seinem Wagen ins Hotel zurück. Und als wir allein waren, waren wir müde, wir hatten getrunken und machten jetzt die Party schlecht, Doolittles, W. K. und alle und alles, was wir gesehen hatten.

Am nächsten Tag ging ich morgens programmgemäß zum Präsidenten der Republik; Jane begleitete mich.

Für den Nachmittag hatte ich mir vorgenommen, Dorothea aufzusuchen und ihr ins Gewissen zu reden oder, falls es sich als notwendig erweisen sollte, ihr Schweigen zu erkaufen. Ich wechselte einen großen Travellers' Cheque ein, und legte mir zwei gleich große Bündel von Zehntausendlirescheinen zurecht, die ich je in eine Tasche steckte. So lief ich keine Gefahr, falls die Hälfte genügen sollte, gleich die ganze Summe auszugeben.

Mit Guglielmos Hilfe, der solche Aufträge im Nu erfaßte, ließ ich mich in Janes Gegenwart davon verständigen, daß ich wegen dringender Mitteilungen um sieben Uhr im Pressebüro der Botschaft erwartet würde.

Zehn Minuten vor sieben ging ich und sagte Jane, daß ich zum Essen zurück sei, aber wohl ziemlich spät, vielleicht erst nach neun Uhr.

Vom Grand Hotel bis zu Dorotheas Wohnung sind es nur wenige Schritte. Als ich aber die Via Veneto bis zur Ecke beim Hotel Excelsior hinaufgegangen war, hatte ich nicht den Mut, sogleich in die Via Boncompagni einzubiegen. Ich wollte meine Gedanken ordnen und mir genau überlegen, was ich Dorothea sagen und was ich ihr verschweigen sollte. So ging ich bis zur Porta Pinciana, überquerte den Corso d'Italia und spazierte im Park der Villa Borghese umher. Vor allem, überlegte ich, dürfe ich nicht sofort von der Fotografie und meiner Verheiratung sprechen. Wenn ich auch im Grunde meines Herzens überzeugt war, daß der Anruf auf sie zurückging, so hielt ich es doch für besser, erst abzuwarten, ob Dorothea von sich aus meinen Verdacht bestätigte, bevor ich sie ausdrücklich beschuldigte. Und dann – es war auch trotz aller Unwahrscheinlichkeit, daß der Anruf nicht von Dorothea ausging, meine Pflicht, auch diese geringe Möglichkeit nicht außer acht zu lassen; zunächst und vor allem wegen meiner grundsätzlichen Achtung vor Dorothea, der ich in all diesen Jahren niemals das geringste hatte vorwerfen können; zweitens aus Vorsicht in meinem eigenen Interesse. Wenn nämlich wirklich Dorothea nichts mit dem Anruf zu tun hatte, so bedeutete das, daß sie noch nichts von Janes Existenz wußte; und dann wäre ich selbst mit meinem schlechten Gewissen es gewesen, der sie ihr enthüllte.

Als ich die Villa Borghese verließ, dämmerte es. Unvermittelt, und zwar als ich gerade den Corso d'Italia wieder überquert hatte und in die Via Piemonte in Richtung Via Boncompagni einbog, erlebte ich eine plötzliche Sinnesänderung. Bis jetzt hatte ich mich in dieser Angelegenheit einer möglichen Erpressung ganz darauf eingestellt, kühl und vorsichtig zu bleiben, die Lebensklugheit eines erfahrenen europäischen Roués zu zeigen und mich nicht weltfremd wie ein junger amerikanischer Intellektueller zu benehmen. Und plötzlich begriff ich, bei den ersten Schritten in die Via Piemonte (deren Bürgersteig hier am Gitter eines Privatgartens entlangläuft), daß der Fall für mich ganz anders lag. An eben dieser Stelle war ich im September oder Oktober 1944, an einem Samstag gegen zwei Uhr nachmittags, schon einmal mit Dorothea gewesen. Ich entsann mich noch ihres leichten Kleides aus schwarzer Seide, das ihre Arme nackt ließ, – es war ein heißer Tag – und entsann mich selbst noch ihres Lackgürtels mit den großen Messingspangen. Jane erwartete mich damals, zusammen mit anderen Freunden, im Hotel; wir wollten gemeinsam essen und dann zum Weekend an den Bolsener See hinaus fahren. Ich mußte sie warten lassen, weil ich vorher noch Dorothea sehen und ihr erklären wollte, daß ich an diesem Abend und auch am Sonntag nicht kommen könnte. Ich war also in die Via Boncompagni geeilt und hatte sie getroffen, als sie gerade zu ihrem gewohnten Spaziergang auf der Via Veneto das Haus verließ. Ich hatte nicht den Mut gehabt, sie zu bitten, mit mir wieder hinaufzugehen, und so gingen wir nun nebeneinander auf der Straße. Natürlich war ich besorgt, daß einer meiner Kollegen, der Jane kannte, oder auch Jane selbst mich sehen könnten; deshalb faßte ich Dorothea unter ihren kühlen, kräftigen Arm und drängte sie in die Via Piemonte ab, wo die Gefahr einer Begegnung geringer war als in der Via Veneto. Ich erinnere mich noch, wie ich mich auf der Via Piemonte immerzu umblickte; jede amerikanische Uniform, die auftauchte, erschreckte mich; zugleich aber sollte Dorothea mein ängstliches Umherspähen nicht bemerken. Ich weiß auch noch, daß diese doppelte Angst, zusammen mit Dorotheas Nähe, mit der Berührung ihres nackten Arms und ihrer hohen, weichen Hüfte, mit ihrem ordinären Parfüm und mit meiner Begierde, die mich wieder gebieterisch überfiel – daß dieser ganze Komplex von Empfindungen durchaus nicht unangenehm war. Ich möchte sogar sagen, daß die Gefahr, plötzlich Jane gegenüberzustehen, die ja auf dem Weg zum Hotel auch hier vorbeikommen konnte, den Reiz meines Zusammenseins mit Dorothea entschieden erhöhte und daß ich deshalb unsere Unterhaltung, für die ich eigentlich nur wenige Augenblicke gebraucht hätte, auf über eine halbe Stunde hinausgezögert hatte. Ich entsann mich, wie die Via Piemonte sich, wegen der späten Mittagspause der Römer, nach und nach entvölkerte und daß ich hier an diesem Gitter im Schatten einiger Bäume stehenblieb und Dorothea wer weiß wie lange in ihre grünen, goldenen Augen schaute und ich ihr, da ich sie nicht, wie ich Lust hatte, hier sofort küssen und umarmen konnte, mit leiser Stimme, ohne alle Gebärden, und sie nur am Arm haltend, in allen Einzelheiten all die Wahnsinnsdinge beschrieb, die mir in den Sinn kamen und die ich mit ihr übermorgen, im Bett, zu versuchen gesonnen war. Und ich entsann mich, wie mir plötzlich beim Sprechen, infolge der Heftigkeit meiner Begierde, die ich allein mit Blick, Wort und einfacher Berührung der Hand ausdrücken mußte, der Atem und das Herz stockten. Dorotheas Gesicht und das besonnte Haus auf der anderen Straßenseite, hinter ihr, begannen zu flimmern und sich in einem leichten Nebel zu verschleiern. Ich schwieg, meine Lippen waren trocken, wirr stierte ich die verlassene Straße hinab ... Oh, warum konnte ich nicht mein Leben dieser Frau geben! Warum war sie eine Frau, die man mich gelehrt hatte als schlecht zu betrachten? Ich weiß nicht. Ich weiß nur, daß ich, wenn sie mir nicht als eine solche Frau erschienen wäre, auch nicht gewünscht hätte, ihr mein Leben zu schenken.

Als ich jetzt an diesem Gitter vorüberkam, fiel mir dieser weit zurückliegende Augenblick ein. Ich tastete in den Taschen nach den beiden Banknotenbündeln und begriff, daß ich zwar glaubte, klug und vorsichtig zu sein, in Wahrheit aber nur wahnsinnig war: ich fürchtete und wünschte zugleich, daß Dorothea hinter dem Anruf steckte und mich jetzt erpressen werde, und zwar mit der größtmöglichen Summe erpressen – um mehr, um sehr viel mehr als ich in beiden Taschen bei mir hatte!

Das also fürchtete und wünschte ich zugleich; und ich wünschte es, gerade weil ich es fürchtete. Ich sah auf die Uhr. Es war acht. Ich begann zu laufen. Vielleicht handelte es sich um Sekunden, daß ich sie noch in ihrer Wohnung antreffen konnte. Ich dachte daran, mich ihr zu Füßen zu werfen, sie um Verzeihung zu bitten, ihr zu sagen, daß ich ihren Unwillen begriff, weil ich sie noch nicht angerufen, ihr meine Reise nach Rom nicht angekündigt und niemals meine Verheiratung gebeichtet hätte. Ich erwog, ihr als unzulängliche und nur vorläufige Wiedergutmachung alles Geld anzubieten, das ich bei mir hatte.

In solcher Gemütsverfassung, die ich, wenn ich heute daran zurückdenke, als exaltiert und fast irrsinnig bezeichnen muß, rannte ich die Via Piemonte hinab. Ich sah wie in einem Wirbel zwei Katzen einander nachsetzen, zwei Knirpse miteinander spielen, ein alter Mann friedlich seine Pfeife raucht, an den Pfeiler des Haustors gelehnt: Einzelheiten, die banal und in jedem anderen Moment ohne besondere Bedeutung sind; doch damals wirkten sie auf mich wie das echte Abbild eines tierhaft glücklichen und freien Lebens und zogen mich unwiderstehlich weiter zu meinem Ziel.

Ich bog in die Via Boncompagni ein und stand endlich vor der Haustür, deren Schwelle ich niemals, auch in den heitersten Augenblicken nicht, ohne Zittern überschritten hatte. Im Hausflur mäßigte ich meinen Schritt, um die Portiersfrau nicht mißtrauisch zu machen, die mich vom Fenster ihrer Loge aus sehen konnte, und stieg dann die dunkle Treppe hinauf.

Vom ersten Treppenabsatz aus konnte man schon den Vorplatz im Zwischengeschoß und die Tür zu Dorotheas Wohnung sehen. Augenblicklich machte ich halt: ich hörte, wie eben diese Tür sich öffnete und sah Jane herauskommen. Sie blickte instinktiv in meine Richtung. Bei der Dunkelheit aber, hoffte ich, hatte sie mich nicht erkennen können; jedenfalls wandte sie sich wieder der noch offenen Tür zu und verabschiedete sich mit einem Händedruck. Ich aber lief die Treppe wieder hinunter, jedoch nicht auf die Haustür zu, da ich dazu einen Teil des offenen Hofes hätte überqueren müssen, wo man mich von der Treppe aus leicht erkennen konnte, sondern stieg die Kellertreppe hinunter bis zu einer Tür, die aber unglücklicherweise geschlossen war. So lehnte ich mich in der dunkelsten Ecke an die Wand und wartete. Ich hörte Jane mit ruhigem Schritt herabsteigen, sah dann ihre schlanken Beine, die ganze kleine aufrechte Figur. Am Treppenfuß blieb sie stehen, blickte um sich, als suchte sie etwas oder jemanden, und wandte sich schließlich, statt dem Ausgang zuzugehen, unschlüssig der Kellertreppe zu. Sie entdeckte mich im Halbdunkel, kam einige Stufen näher, und als sie sah, daß ich es wirklich war, sagte sie leise, mit beklommener, stockender Stimme:

»Harry, was machst du hier? Es ist unnötig, daß du zu der Frau hinaufgehst, ich werde dir alles selbst sagen ...«

Ich war betroffen, wie sanft und weich, trotz der Beklemmung, der Klang ihrer Stimme war.

Ich stieg die paar Stufen bis zu ihr hinauf, wagte aber nicht, sie anzusehen, und murmelte nur:

»Weißt du, Jane, ich...«

»Still, sprich nicht«, sagte sie und griff nach meinem Arm, seltsamerweise wie jemand, der Schutz und Halt sucht. »Sag nichts jetzt, ich bitte dich, Harry. Mir graut vor Szenen auf offener Straße. Laß uns ins Hotel gehen. Ich will dir alles erklären. Komm, laß uns gehen, bitte!«

Sie flehte mich an.

Aber warum?

Unterwegs wurde kein Wort gesprochen. Ich sah ihr an, wie stark ihre Gedanken sie beschäftigten. Ich versuchte, mir klarzumachen, was geschehen sei, und war ebenfalls froh, nicht sofort sprechen zu müssen. Fieberhaft bereitete ich meine Verteidigung vor. Also Jane war mir zweifellos nachgegangen, dachte ich; oder war von irgend jemandem unterrichtet worden; vielleicht von der gleichen Person, die am Tage vorher angerufen hatte, vielleicht von Dorothea selbst. Sie mochte Jane angerufen und ihr Namen und Adresse gegeben haben; und Jane war gekommen, hatte Dorothea gesehen und mit ihr gesprochen und wußte nun alles. Ihre Sanftmut beruhigte mich keineswegs, im Gegenteil, sie erschreckte mich. Was würde Jane fordern? Sie war überzeugte Katholikin, eine Scheidung gab es also für sie nicht; wiederholt hatte sie sich eindeutig in diesem Sinne geäußert. Würde sie also verlangen, daß ich in meinem Leben Dorothea nicht wiedersähe? Der strengste Richter hätte keine härtere Strafe für mich finden können. Ich würde versuchen, mich dem zu entziehen, selbstverständlich. Aber ob es mir möglich war? Ich kannte Jane, ihre Entschlossenheit, ihre Bestimmtheit, ihren Starrsinn. Ich legte mir sofort eine Verteidigung zurecht. Ich war ein paarmal mit dieser Frau zusammengewesen, einige Male, nicht mehr. Übrigens hatte sie selbst mir ja Dorothea vorgestellt. Erinnerte sie sich nicht mehr? Vor vielen Jahren, im Sommer 44, in einer Trattoria. Zufällig hatte ich sie wiedergetroffen. Natürlich würde ich nicht gerade beichten, daß ich nur in diese Trattoria wiedergekommen war, um Dorothea wiederzusehen. Rein zufällig hätte ich sie getroffen, eines Nachts, nachdem Jane nach Frankreich versetzt worden war und mich allein gelassen hatte, allein in der sinnlich sündhaften Atmosphäre Roms; und ich sei einige Male mit ihr zusammengewesen, zehn Minuten jedesmal, nicht länger: eine Schwäche des Fleisches, ein vorübergehender Anfall, Männer sind Männer, und wenn sich Amerikaner lange in Italien aufhalten, werden sie wie die Italiener, bei denen es, auch bei den anständigsten unter ihnen, wie Jane wissen mußte, kaum als schwere Sünde gilt, selbst wenn sie verheiratet sind, sich gelegentlich mit einem Mädchen von der Straße abzugeben ... Aber wenn Dorothea ihr von unserer gemeinsamen Reise durch Oberitalien im Frühjahr 1947 erzählt hatte? Ich würde das ableugnen, ganz entschieden abstreiten. Dorothea log, würde ich behaupten. Im übrigen, welche Beweise – ich durchstöberte fieberhaft mein Gedächtnis – welche Beweise hätte Dorothea für diese Reise erbringen können? Die Daten und Ortsnamen? Die konnte sie auch von mir erfahren haben, ich konnte ihr davon während eines Besuchs in Rom erzählt haben. Nein, Dorothea hatte keinerlei Beweise, daß ich öfter mit ihr zusammengewesen war, als ich zuzugeben für gut hielt.

Wir kamen im Hotel an. Als wir die Zimmertür hinter uns schlossen, bat Jane mich wieder flehentlich, kein Licht zu machen.

Die Fenster standen weit offen, nach dem Thermengarten hin. Es war jetzt fast Nacht. Von draußen drang der Lärm der Straße herein. Jane zog sich die Jacke ihres leichten Tailleurs aus und schloß das Fenster. Sie setzte sich; nicht neben mich und nicht mir gegenüber, sondern in eine Ecke der Couch.

Ich fühlte, daß der Augenblick gekommen war, zu beichten und Verzeihung zu erbitten. Ich nahm meine Kräfte zusammen.

»Jane ...«, sagte ich.

Aber sie unterbrach mich sofort:

»Sprich nicht, Harry, ich beschwöre dich! Du weißt nichts. Ich bitte dich, jetzt nicht zu sprechen und mir nichts zu sagen. Erst mußt du mich anhören. Denke nicht, daß ich mich nicht schuldig fühle. Oh, Gott allein weiß, wie ich geweint und wie ich gebetet habe! Gebetet, daß es nie zu diesem Augenblick kommen möge. Gebetet, daß du, deine Stellung, deine Karriere nie durch meinen unverzeihlichen Leichtsinn Schaden erleide. Leichtsinn? Schuld, Schuld, Schuld an dem, was ich getan habe, und Schuld, weil ich dir nie etwas davon gesagt habe. Aber Père de Lalande hatte gemeint, es sei besser so. Und sicherlich wäre es auch besser gewesen, besser, wenn du es nie erfahren hättest; wenn, was nun geschehen ist, nie geschehen wäre. Hoffen wir noch, daß nichts geschieht, was nicht wiedergutzumachen ist, daß diese Briefe... weißt du, ich wage nicht einmal, dich um Verzeihung zu bitten, ich wage es nicht... du bist so gut, du!«

Bei diesen Worten glitt sie zu Boden, fiel auf die Knie, hielt sich die Hände vors Gesicht und wurde von einem konvulsiven, verzweifelten Schluchzen geschüttelt.

Ich stand auf, kniete neben ihr nieder und streichelte ihr leicht über das kurze Haar des kleinen schmalen Kopfes.

»Nein, Jane, ich bin nicht gut«, flüsterte ich, gerührt von ihren Tränen und immer noch im völligen Dunkel darüber, was ihre so schwere Schuld sei, was meine Karriere damit zu tun hätte, von welchen Briefen sie mir erzählen wollte. »Auch ich habe meine Schuld, Jane. Auch du weißt nichts über mich. Was kannst du getan haben, mein armes, geliebtes ...?«

Ich war in diesem Augenblick so überrascht und so bewegt durch ihr Weinen, daß ich echte Scham über mich selbst empfand und es mich drängte, ihr zu beichten, als erster und ohne die vorhin geplante Abschwächung meiner Beziehungen zu Dorothea.

Aber Jane weinte zu heftig, als daß sie meine Worte hätte hören können; oder sie fühlte sich selbst so schuldig, daß sie sie nur meiner liebenden Bereitschaft zu verzeihen zugeschrieben hätte. Und sie brauchte, das erkannte ich sofort, noch mehr als meine Verzeihung die Erleichterung durch ein offenes Bekenntnis. Wie ein ungeheures Gewicht lastete es auf ihr und erdrückte sie. Ein Gewicht vielleicht gar nicht so sehr an Tatsachen wie an Gedanken, dunkler Angst, langer Einsamkeit, und nun wollte sie sich freimachen, nicht um sich einer Schuld zu entziehen, sondern um zu begreifen, hinzunehmen, wer weiß, um zu lieben. Sie wollte mit mir darüber sprechen, weil sie dunkel empfand, daß sie nur mit mir aufrichtig und bis in alle Einzelheiten darüber sprechen konnte, und das hieß, sich in Gedanken liebevoll mit einer Schuld beschäftigen, die sie vielleicht nie ganz, nie bis zur Vollendung begangen hatte. Dem Père de Lalande konnte sie gewiß nicht in dieser Weise beichten: indem sie nämlich, in einem gewissen Sinne, mit den Gedanken weitersündigte. Bei mir konnte sie es.

Sie ergriff meine Hand, als sie sich etwas beruhigt hatte, küßte sie und sagte:

»Ich danke dir, Harry, daß du so gut zu mir bist, wie ich es gar nicht verdiene. Als vorgestern der Anruf dieses Schuftes kam und ich deinen Blick sah und erkannte, daß du die Wahrheit erfaßt hattest oder wenigstens ahntest, und als ich dich heute abend im Haus dieser Frau unten an der Treppe sah und begriff, daß du mir nachgegangen warst, da dachte ich nicht, daß ich je den Mut hätte, mit dir darüber zu sprechen. Aber jetzt sehe ich, wie gut du bist, ein wirklicher Freund, ein guter, echter Freund ...«

Trotz meiner Neugier, meiner inneren Bewegung und Scham sagte ich:

»Jane, wenn du lieber ein andermal sprechen willst, wenn du ruhiger bist ...«

»Nein, Harry, jetzt. Hab nur ein wenig Geduld mit mir. Ich muß dir jetzt alles sagen. Nicht nur um meinetwillen. Auch deinetwegen. Morgen müssen wir handeln, müssen wir etwas unternehmen, um diese Briefe wiederzubekommen. Der Schuft, der sie hat, kann uns damit erpressen. Am Telefon hat er schon gedroht. Es kann für deine Laufbahn gefährlich werden. Und alles durch meine Schuld! Oh, Harry, ich bin schuld! Ob du mir verzeihen kannst, wenn du erst alles weißt?«

»Ja, Jane«, sagte ich ernst. »Auch ich trage Schuld. Was du getan haben magst, dir ist schon verziehen. Bitte, sprich ...«

Fünfzehn

Wer erlebt hat – und wer hat es nicht? –, was es heißt, die Untreue einer für treu gehaltenen, wenn auch nicht in Treue wiedergeliebten Frau zu entdecken, weiß, daß zu den je nach dem einzelnen Fall mehr oder minder schmerzhaften Qualen der Eifersucht eine andere Pein hinzukommt: die nämlich, sich über einen Menschen getäuscht zu haben, mit dem wir so lange Tag und Nacht zusammengelebt haben; das Staunen und die Demütigung, diesen Menschen plötzlich ganz anders sehen zu müssen, als wir ihn zuvor gesehen haben. Es ist, als vollziehe sich in den kurzen Augenblicken dieser Erkenntnis eine grausame Metamorphose vor unseren Augen. Selbst die uns eben noch so vertrauten Gesichtszüge, der Blick, die Gesten, der Körper selbst, das nervöse Spiel der Hände, die Art zu gehen und sich zu bewegen: alles wird plötzlich anders, neu, geheimnisvoll, unbekannt, nicht mehr zu uns gehörig. Sie hat Freuden genossen, denken wir, die uns ewig unbekannt bleiben werden; ihre Augen haben geleuchtet, aber mit welchem besonderen Ausdruck?, als sie einen anderen Mann betrachteten; ihre Hände haben gestreichelt und dabei in einer anderen Zärtlichkeit gebebt, als die, mit der sie uns selbst streichelten, da es doch ein anderer, fremder Körper war, der sie erregt hat. Und in dem gleichen quälenden Augenblick, in dem wir all dies empfinden, erwacht in uns, bewußt oder unbewußt, vielleicht von unserer Eitelkeit und unseren Vorurteilen erstickt oder aber frei und unwiderstehlich, eine ganz neue Begierde nach ihr. Wir wollen sofort die mysteriöse Gefährtin unseres Lebens in ihrer neuen Natur besitzen, die wir eben erst entdeckt haben, und die uns, vielleicht zu Unrecht, in diesem Augenblick als ihre einzig wahre erscheint. Wir wollen sie sogleich und bis auf den Grund kennenlernen; in einer verzweifelten Umarmung diese quälende Fremdheit besiegen.

Während Jane jetzt wieder in ihrer Sofaecke saß, vornüber gebeugt, ganz in sich gesammelt, während sie, ohne mich anzublicken, ihre Erzählung begann, empfand auch ich etwas Ähnliches. Ich betrachtete sie mit Staunen, mit Empörung, mit Pein, so, als sähe ich einen außenstehenden, mir feindlichen Menschen – mochte er noch so eng an mich gebunden sein –, einen Menschen, der zwar in diesem Augenblick meiner Zuneigung und meines Verständnisses bedurfte, der mich aber in der Vergangenheit insgeheim gehaßt haben mußte und mich ein wenig, soweit er sich nämlich von dieser Vergangenheit noch nicht gelöst hatte, auch jetzt noch haßte.

Aber ungeachtet aller Eitelkeit und Vorurteile, von denen auch ich nicht frei war, stand mir meine eigene Schuld zu nahe vor Augen, war die Angst, zum Geständnis meiner Untreue gezwungen zu werden, noch zu frisch, um mich nicht in meiner Reaktion zu hemmen, worin sie auch immer bestehen mochte: in Eifersucht und Schmerz, in großmütigem Verzeihen oder in neuer Begierde.

Ich war zehn Minuten neben ihr hergegangen, von der Via Boncompagni bis zum Grand Hotel, in dieser farbenprächtigen römischen Abenddämmerung, und hatte mich darauf eingestellt, meinen Betrug zu gestehen und abzuschwächen, eine glaubhafte Mischung von Wahrheit und Lüge zu brauen. Ich hatte vor wenigen Minuten dieses Zimmer mit stockendem Herzschlag, aus Scham vor mir selbst, betreten; ich hatte verstohlen und voller Angst Janes Gesichtsausdruck beobachtet, ohne dabei zu wagen, sie voll anzublicken. Sie war für mich die Mensch gewordene Tugend, die moralische Instanz, vor der ich mich zu verantworten hatte und die über mich den Urteilsspruch fällen würde. Und dann, als ich im Begriff war, mit äußerster Selbstüberwindung die Schilderung meiner Vergehen zu beginnen, hatte sie aufschluchzend sich zu dem gleichen Entschluß durchgerungen. Auch sie mußte sich eine Schuld vom Herzen reden, die nicht leichter wog als die meine. Wo ich an eine absolute unpersönliche Gerechtigkeit geglaubt hatte, die unnahbar über uns thront, uns aber auch vielleicht entsühnt, da hatte ich plötzlich nur einen Spiegel gefunden. Wenn ich Jane um dessentwillen haßte, was sie getan hatte und was sie mir nun erzählte, so mußte ich mich selbst nur noch mehr hassen, da ich noch nicht gebeichtet hatte. Indem ich ihr verzieh, verzieh ich mir.

Und wenn ich mich von der Versuchung überwältigen ließ, sie wegen ihrer Verwandlung, wegen ihrer Schuld, zu begehren, so meinte ich, daß auch sie mich in gleicher Weise begehren müßte, sobald sie von Dorothea erführe. Wir würden uns dann nicht um unserer selbst willen lieben, sondern gleichsam um unserer Untreue willen. Und hier verwirrte sich alles, hier wich ich zurück, als ahnte ich eine wirre, monströse, gemeine Verwicklung, die es am Ende doch nicht wirklich gab ...

... Aber was schreibe ich da? Ich lese die letzten Sätze noch einmal durch. Schöne Phrasen, schöne Worte: ich verwirre mich, weiche zurück, Verwicklung, Unwirklichkeit – sie erscheinen mir nur noch als Phrasen und leere Worte, als eine bewußte Heuchelei, die darauf abzielt, die bereitwillige Zustimmung nicht weniger heuchlerischer Leser zu finden, die nur ihre Ruhe wollen, und auch deine Zustimmung, mein lieber Mario. Eine Heuchelei, hinter der sich Eitelkeit, Vorurteil und Feigheit verbergen.

Warum? Kann die Liebe einer käuflichen Frau und eines Mannes, der solche Liebe annimmt, nicht dennoch echt sein? Was anderes ist denn sonst ihr ehrliches, bescheidenes Einverständnis miteinander? Was sonst ist das mutige Schauspiel, das sie der Welt mit ihrer Verworfenheit darbieten? Sich öffentlich zu seiner Erniedrigung bekennen, bedeutet, daß man eine sittliche Rangordnung anerkennt, daß man sich bewußt ist, gestürzt zu sein. Es bedarf nicht erst der Selbstanklage, um diesen Absturz zu sühnen: es genügen die Demütigungen im täglichen Leben, die Absonderung, zu der die anderen, die in der Mehrheit und stärker sind, sie verurteilen. Es genügt das Urteil der Gesellschaft.

Damit will ich nicht sagen, daß Jane und ich die Pflicht gehabt hätten, unser Leben zu ändern, zur Dirne, zum Zuhälter zu werden. Jeder von uns verwirklicht das Gute wie das Schlechte, das ihm gegeben ist.

Unsere Pflicht war es nur, uns nichts vorzumachen. Durch Geburt, Erziehung und Bildung waren Jane und ich zur Heuchelei gezwungen, das heißt: die anderen zu belügen. Unsere Pflicht beschränkte sich also darauf, daß wir – jeder für sich – vor uns selber ehrlich waren. Denn zwischen mir und ihr gab es schon zu vieles, worauf wir nicht verzichten konnten: wir hatten Kinder, und wir mußten gesellschaftliche Rücksichten nehmen.

Jeder für sich, hatten wir die Pflicht, zu erkennen, was unsere tiefsten und eigentlichen Neigungen waren und wieweit sie vielleicht einander entsprachen.

»Harry«, begann Jane ihre Beichte, »es war 1944, kurz nach der Befreiung Roms ... vielleicht war noch kein Monat vergangen, seit wir uns zum erstenmal auf der Party des Colonel Rehm getroffen hatten ... damals hast du diese Frau kennengelernt, die ich heute in der Via Boncompagni besucht habe. Ich habe sie dir damals vorgestellt. Sie ist, glaube ich, ein Straßenmädchen. Sicherlich ist sie dir gar nicht mehr gegenwärtig. Du kannst dich nicht mehr entsinnen ...«

Sie schilderte mir die Trattoria und verweilte bei Einzelheiten, um mir das Gedächtnis aufzufrischen. Ich wußte nicht, was ich sagen sollte. Konnte ich überhaupt etwas sagen? Konnte ich ihr in diesem Augenblick sagen, daß Dorothea seit dem Abend nach eben diesem Zusammentreffen in der Trattoria vier Jahre lang, bis zum heutigen Tage, meine Geliebte gewesen war? Ich litt Folterqualen. Und mein Gesichtsausdruck täuschte sie wahrscheinlich nur noch mehr. Denn sie bemühte sich, mir noch deutlicher die Trattoria, das Essen, die Umstände und Dorothea selbst zu beschreiben. Bis ich ihr, mit einer undeutlichen, schmerzlichen Handbewegung, die sie wohl als Ungeduld und Strenge auslegte, zu verstehen gab, daß ich mich sehr wohl entsänne und daß sie nur fortfahren solle. Und Jane fuhr fort:

»Diese Frau, sie heißt Dorothea, ist die einzige Person meiner Bekanntschaft, die ... den jungen Mann kennt, den ich geliebt habe. Ich habe ihm Briefe geschrieben, Harry, aus Capri, als wir vor zwei Jahren hier waren. Aber diese Briefe will er nie erhalten haben. Ich habe ihm geglaubt. Aber gestern abend, am Telefon ...«

»Wer war am Telefon«, unterbrach ich sie, »der junge Mann?«

»Nein, es war nicht seine Stimme.«

»Bist du sicher?«

»Ganz sicher. Es war eine Stimme, die ich nicht kenne. Er fing sofort von den Briefen an.«

»Bei mir nicht«, sagte ich. Ich erinnerte mich genau, daß der Mann mir gegenüber keine Briefe erwähnt hatte.

»Natürlich«, schluchzte Jane. »Natürlich hat er mit dir nicht davon gesprochen. Die Briefe sind eine Waffe zur Erpressung. Der einzige Beweis. Ich könnte ohne die Briefe dir gegenüber immer alles abstreiten. Darum kann er mich mit den Briefen erpressen. Aber selbst wenn ich dir alles gestehe, wie ich es jetzt tun will, kann er die Briefe auch gegen dich verwenden und mit einem Skandal drohen, wenn wir nicht zahlen.«

»Aber wer hat nun die Briefe? Der, der gestern anrief? Oder ist er nur ein Mittelsmann?«

»Ich weiß es nicht, ich weiß es nicht, Harry«, sagte sie unter Tränen. »Eben deswegen bin ich zu Dorothea gegangen. Dorothea ist überzeugt, daß der junge Mann nicht dahintersteckt. Dorothea, das spüre ich, ist eine brave Frau, eine Frau von Herz. Aber sie könnte sich ja täuschen.«

»Aber du«, wandte ich ein, »wenn du ihm Briefe geschrieben hast, wenn du ihn seit so langer Zeit kennst, mußt du doch ein Urteil über ihn haben? Hältst du ihn für fähig, jemanden zu erpressen?«

»Nein. Ich glaube nicht. Jedenfalls würde ich es nicht behaupten und hätte es niemals angenommen ... Aber wenn man schuldig ist, Harry, sieht man nicht mehr klar bei den anderen.

Und am wenigsten bei dem, mit dem man schuldig geworden ist. Vielleicht, wahrscheinlich, sicher, beschuldige ich ihn zu Unrecht. Aber ich beschuldige ihn gar nicht, Harry. Ich weiß nichts. Ich habe mich gegen dich vergangen, gegen Gott, gegen Duccio und Donatella. Ich habe Angst, daß etwas Schreckliches geschieht. Wir müssen bezahlen. Die Briefe zurückkaufen. Dorothea sagt, daß Aldo ehrlich ist, daß er die Briefe nie bekommen hat. Denn, wenn er sie bekommen hätte, würde er ihr davon erzählt haben. Sie kommen oft zusammen. In jedem Fall, meint Dorothea, ist es unmöglich, daß Aldo etwas mit dem Anruf zu tun hat.«

»Aber wo ist er? Weshalb sucht sie ihn nicht auf? Wäre das nicht am einfachsten?«

»Er ist nicht in Rom, sondern in Mailand, und schließlich ist das keine Sache, die man telefonisch oder schriftlich erledigen kann.«

»Aber was stand denn in den Briefen, Jane? Warum hast du solche Angst? Liebesbriefe, romantische Phrasen ... ich behaupte nicht, daß mir das Freude macht; aber ist es ein Grund, solche Angst zu haben?«

»Nein, nein, ich war wahnsinnig, als ich diese Briefe schrieb. Frage mich nicht. Ich werde es dir sagen. Ich werde dir alles sagen. Denke, daß ich exaltiert war, besessen, verrückt. Ich muß dir alles genau erzählen.«

»Aber wenn es stimmt, daß er nichts damit zu tun hat, daß er die Briefe nicht einmal bekommen hat, wer hat sie dann bekommen?«

»Ich habe einen bestimmten Verdacht.«

»Auf wen?«

»Gedulde dich etwas, Harry. Laß mich erst erzählen.«

»Aber du brauchst mir doch jetzt nur zu sagen, auf wen du Verdacht hast.«

Sie schwieg. Sie zog sich noch mehr in sich zurück, rollte sich gleichsam wie zu einem Knäuel zusammen. Es war, als koste sie dieser Name größere Überwindung als alles übrige.

Den Namen des Geliebten hatte sie ausgesprochen und mehrmals genannt, mir schien, fast mit Wollust. Aber den Namen des Menschen, den sie im Verdacht hatte, die Briefe zu besitzen und uns zu erpressen, diesen Namen konnte sie nicht nennen. Sie atmete tief, weinte verquält und schwieg.

»Ist es jemand, den ich kenne?« fragte ich, um ihr zu helfen.

Sie antwortete nicht. Ich wiederholte meine Frage und setzte hinzu:

»Sag es mir doch, Jane. Wenn wir etwas unternehmen müssen, muß ich doch den Namen wissen. Kenne ich den Menschen?«

Endlich sagte sie, schluchzend und mit hauchdünner Stimme: »Ja.«

»Und wer ist es?«

Nach einem Schweigen, in dem ich ihre ganze Qual spürte, die ich bei dieser Frage doch kaum begriff, gestand sie:

»Don Raffaele.«

So war es ihr schwerer gefallen, ihren Stolz zu überwinden, als ihre moralischen Bedenken. Den Namen des Zwischenträgers zu gestehen, schwerer als den Namen des Geliebten. Aber schließlich, was wußte ich von diesem Aldo? Ich durfte ihn nicht ohne weiteres verachten. Aber Don Raffaele, den kannte ich leider nur allzu gut. Ich sah sein glattes Gesicht wieder vor mir, seine pseudoangelsächsische Korrektheit, das Widerlich-Vulgäre in jeder seiner Bewegungen und in allem, was er tat, sein honigsüßes Lächeln, die verstohlen-anzüglichen Blicke. Und welche Rolle spielte ausgerechnet der infame Don Raffaele in Janes Leben? Ich war verblüfft und entsetzt. Beim Namen Don Raffaeles hatte ich einen Augenblick lang meine eigene Schuld vergessen, Dorothea, ihre Hauswirtin und ihre Freunde vergessen, die ich damals in der Trattoria kennengelernt hatte, und die sicher moralisch nicht weniger fragwürdig waren als der Kuppler aus Capri.

»Weshalb Don Raffaele?« fragte ich.

»Die Stimme am Telefon...«

Jane konnte mir nicht genau die Worte wiederholen, die sie in jenem kindischen Italienisch am Telefon gehört zu haben glaubte und die ihr solche Angst gemacht hatten. Aber kurz zusammengefaßt schienen sie zu bedeuten, daß ihre Briefe nie abgeschickt worden seien.

»Und ich«, schloß Jane, »hatte sie damals Don Raffaele zum Abschicken gegeben.«

»Das verstehe ich nicht«, sagte ich.

»Ich weiß, es ist eine verwickelte Geschichte, Harry. Es ist schwer für mich, dir das zu erklären. Im übrigen ist es eine alte, weit zurückliegende Geschichte. Für mich, heute, eine seit langem abgeschlossene Geschichte. Und ich hatte so sehr gehofft, daß sie auch in jeder Beziehung erledigt sei. Daß du niemals etwas davon erfahren würdest und niemals darunter zu leiden hättest. Und so wäre es auch gekommen, wenn es diese Briefe nicht gäbe. – Ich lernte Aldo in Neapel kennen, im Februar 1944...«

»Vor mir also?«

»Ja, ein halbes Jahr früher.«

»Warum hast du mir nie etwas davon gesagt?« fragte ich, instinktiv die Rolle des Richters übernehmend. Aber sie selbst wollte mich ja als ihren Richter betrachten, und ich bemerkte wohl, daß meine Fragen und meine scheinbare Strenge sie trösteten. Gerade das suchte sie bei mir. Es war der Sinn ihrer Beichte. Ich ahnte, daß sie ausführlich diese weit zurückliegende und vielleicht nie bis ins letzte begangene Schuld gestehen wollte, um sie in irgendeiner Form noch einmal zu erleben, und zwar in der einzigen Form, zu der sie jetzt noch den Mut hatte. Ich empfand ein großes Erbarmen mit ihr. Traurig sah ich sie an, und traurig klangen meine Worte. Vielleicht verwechselte sie meine Traurigkeit mit Strenge.

»Ich habe dir nie etwas gesagt, Harry... weil ich dich vom ersten Augenblick an, als ich dich sah und kennenlernte, so hoch über mich und alle anderen gestellt habe...«

»Jane, wie kannst du das sagen? Wenn du alles wüßtest..., ich habe gewiß viel mehr zu beichten als du.«

Sie lächelte. Ich sah, daß sie mir nicht glaubte. Sollte ich sie unterbrechen? Sollte ich jetzt sprechen? Alles gestehen, jetzt sofort? Sie für immer enttäuschen?

Ich schwöre, daß ich nicht meinetwegen schwieg; und nicht aus Feigheit, sondern um ihretwillen. Damals empfand ich mit einer Sicherheit, die ich, wie ich zugebe, heute nicht mehr habe, worin meine Pflicht bestand. Ich bedachte dabei, daß ich Jane ein größeres Opfer mit meinem Schweigen als mit meiner Beichte brachte. Meine Aufgabe war es, wenigstens vorläufig, weiter so zu tun, als stünde ich, wie sie sich ausdrückte, so hoch über ihr.

»Von dem Augenblick an, Harry, als ich dich kennenlernte, habe ich etwas in dir gesehen - ich weiß nicht, etwas, das mir mein Verhältnis mit Aldo vorwarf, was mich ermahnte, mich davon zu befreien. Ich glaube, ich habe dich gerade deswegen geliebt. Du solltest mich zu dir emporziehen, zu dir, deinen Bildern, deinen Studien, und mich an deinen Gedanken teilhaben lassen, in denen alles schön und rein ist...«

»Jane, Jane, meine liebe, süße, gute Jane...«, rief ich, zu Tränen erschüttert, die mir unwillkürlich, in dem Gedanken an meinen Unwert, in die Augen traten. Ich umarmte sie und preßte sie an mich, überwältigt von Zärtlichkeit. Was bedeutet dieses Martyrium, dachte ich, weshalb können wir nicht Engel sein, und weshalb sehnen wir uns danach? Nur der Tod, fühlte ich, wird diesem Martyrium ein Ende setzen.

Aber es ist ein Gesetz unseres Lebens, daß wir für alles zu bezahlen haben, daß jeder Erhabenheit eine Gemeinheit entspricht, daß mit der göttlichsten Liebesempfindung unerbittlich die animalische wechselt und daß die von unserer Sinnlichkeit losgelösten Regungen der Seele nach einem Ausgleich verlangen und rasch die Instinkte heraufrufen, von denen wir glaubten befreit zu sein.

»Ich lernte Aldo im Februar 1944 in Neapel kennen«, setzte Jane ihren Bericht fort, als unsere lange zärtliche Umarmung zu Ende war und sie wieder in der Sofaecke saß und ich am Fenster stand. »Ich arbeitete im großen Lazarett der ›Camaldoli‹, dem größten und modernsten Krankenhaus von Neapel, das für die Armee beschlagnahmt war. Die Kriegslage in Italien war ernst. Die Front stand am Garigliano, und wir hielten den Brückenkopf von Anzio und Nettuno. Täglich trafen Hunderte von Verwundeten ein. Wir hatten viel Arbeit. Der große Platz vor dem Krankenhaus...«

Ich sah bei ihren Worten Neapel während des Krieges wieder vor mir, erinnerte mich blitzartig an die eigenartige Atmosphäre von damals, mit ihrem lebensvollen und abenteuerlichen Durcheinander, eine Stadt mit einem Volk, das schon Gobineau als menschlichen Staub bezeichnet hat. Neapel, schon in normalen Zeiten die lebendigste Stadt der Welt, war jetzt wie aufgewühlt, aus den Fugen, in frenetischem Taumel. Ich sah auch den Platz vor dem Lazarett wieder vor mir. Wie eine Bühne. Ein Gewimmel von Menschen. Buden und Stände fliegender Händler. Karusselle und Schießbuden. Bettler. Müßiggänger und Flüchtlinge jeden Standes, jeden Alters. Schuhputzer. Friseure im Freien. Überall Kinder, wie die Fliegen. Zivilisten und Soldaten, amerikanische, englische, französische, indische, italienische, Schwarze, in einem wirren Durcheinander von Sprachen und Gestikulation. Handel mit Konserven, Zigaretten, Frauen für die Soldaten. Schwarzer Markt auf jedem Gebiet, für alle und von allen. Und unsere M.P., völlig ohnmächtig, auch nur einen Anfang von Ordnung herzustellen, überflutet von diesem Menschenmeer, beschränkte sich darauf, aufzupassen, daß unsere G.I.'s sich nicht allzu sehr betranken.

Ohne daß Jane davon etwas sagte, verstand ich auch ihren Gemütszustand, wenn sie nach der Arbeit auf diesen Platz hinauskam und für ein paar Stunden der Erholung und Abwechslung in die Stadt ging.

Nach langen Stunden schweren Dienstes, nach dem gräßlichen Anblick erbarmungswürdiger Leiden und des Todes, nach der Qual der Operationen, nach dem Heulen und Schreien der Verwundeten, nach dem ekelerregenden Geruch der Wundverbände nun plötzlich reine Luft, blauer Himmel, ein Klima, das im Februar schon den Frühling bringt, und über alledem die Sonne Neapels.

»Eines Morgens kam ich gegen elf Uhr heraus. Ich hatte frei bis sechs Uhr abends. Ich war mit Edith zusammen, an die du dich vielleicht noch erinnerst. Aber sie brauchte immer länger, sich fertig zu machen, als ich. Wovon manchmal das Schicksal eines ganzen Lebens abhängt! Wenn nicht Edith so langsam gewesen wäre, würde ich Aldo wohl nie begegnet sein. Ich hatte es eilig fortzukommen, ich wollte reine Luft atmen und sagte Edith daher, daß ich sie unten auf dem Platz erwartete, sie möchte sich beeilen.

Es war ein wundervoller Tag. Ich war in Rock und Jacke, ohne Mantel. Ich war so froh! Ich fühlte mich stark und glücklich, wollte mich etwas amüsieren und dachte an Capri. Vom Fenster meines Zimmers aus, im obersten Stock des Lazaretts, hatte ich Capri in der Ferne grau zwischen Meer und Himmel schweben sehen. Ich war noch niemals dort gewesen. Aber in einem Monat waren unsere beiden Urlaubswochen fällig, und dann wollten Edith und ich hinüberfahren. Im Gesuch mußte man angeben, in welches Rest Camp man wollte, und wir hatten natürlich Capri geschrieben. Was aber sollten wir heute tun? Wir wollten in die Stadt hinunter, in einem der Restaurants am Meer essen, Frutti di mare, dann ein Boot mieten und rudern. Ich ging vor dem Lazarett auf und ab in der Sonne und wartete auf Edith. Manchmal schloß ich fest die Augen und fühlte warm die Sonne auf meinem Gesicht.

Inmitten der Menschenmenge stand ein junger Mann, an der Hausecke lehnend, in der Sonne. Ich ging auf und ab, vom Mitteleingang bis zur Ecke vor und wieder zurück, und jedesmal, wenn ich zur Ecke kam, sah ich ihn dort stehen. Ich mußte ihn ansehen, und auch er schaute mich an.

Er war für einen Italiener sehr groß und sehr kräftig, wirkte aber seiner Größe wegen schlank. Das dunkle, kurz geschnittene Haar war gelockt. Es war ein regelmäßiges Gesicht von rundlicher, jünglingshafter Zeichnung, wie bei manchen antiken Statuen. Die hellen Augen schienen fast gelb. Die Lippen voll. Er gefiel mir sofort ungewöhnlich. Er war gut gekleidet, eher zu gut, so wie manche leichtsinnige Italiener sich kleiden, mit sorgfältiger, gesuchter, fast weiblicher Eleganz.

Ich entsinne mich sehr genau, wie ich beim dritten oder vierten Mal, als ich bei ihm vorbeikam, keinen Ärger mehr über Ediths Ausbleiben empfand. Im Gegenteil, ich sah nach der Uhr, in der Furcht, daß sie jeden Augenblick herauskommen würde. Aber sie kam immer noch nicht. Sooft ich mich jetzt dem jungen Mann näherte, konnten wir uns nicht mehr ansehen, ohne uns zuzulächeln, er ganz leicht, kaum wahrnehmbar vielleicht ich. Immer häufiger schaute ich auf die Uhr, wie um dem jungen Mann zu zeigen, daß ich auf jemanden wartete und daß mein und sein Lächeln auf nichts anderes anspielen sollten als auf die Verlegenheit meines Wartens.

Aber plötzlich empfand ich den Wunsch, mit ihm zu sprechen, sei es auch nur für einen kurzen Augenblick und über irgendein gleichgültiges Thema. Als ich auf ihn zuging, nahm ich langsam meine Zigaretten heraus und steckte mir eine zwischen die Lippen. Dann, als ich dicht vor ihm stand, drehte ich mich um und suchte, während ich ganz langsam wieder zurückging, in meiner Handtasche und in den Taschen meiner Jacke nach dem Feuerzeug, das ich natürlich nicht finden konnte. Sofort war er bei mir und noch vor ihm war es seine linke Hand. Eine große Hand, mit goldenem Ring, goldenem Armreif und einer Uhr an goldenem Armband. Er ließ sein Feuerzeug aufspringen und sagte irgend etwas auf englisch zu mir.«

Kein Zweifel also. Ich kannte ihn. Es war der junge Mann von jenem Abend in Trastevere. Da er ein Freund Dorotheas sein sollte, konnte es niemand anders sein. Ich erinnerte mich nicht mehr an sein Gesicht; aber wie hätte ich die Hand vergessen können?

»Er sprach Englisch mit stark italienischem Akzent, doch ziemlich geläufig. Worüber wir sprachen? Ich weiß es nicht mehr, über nichts, über den schönen Tag, über Neapel, über den Krieg, über Capri. Es waren nur wenige verlegene Worte, mit langen Pausen dazwischen. Es wurde mir ein wenig unbehaglich: wenn mich irgendein Vorgesetzter hier mit einem Italiener gesehen hätte, und noch dazu einem von so auffallendem und zweideutigem Äußeren! Gleichzeitig aber wurde ich nicht müde, ihm in die lachenden gelben Augen zu blicken, und ich wußte genau, daß ich nicht die Kraft hatte, mich loszureißen, solange Edith nicht kam.«

Du als Italiener wirst dich gewiß an die Zeit der Befreiung erinnern und somit auch an einen der sonderbarsten Aspekte unserer Besatzung: sonderbar für euch Italiener, für uns Amerikaner dagegen so normal, daß niemand sich darüber wunderte. Aber es wird dir sicherlich aufgefallen sein, daß zwar unsere amerikanischen Soldaten nicht die leisesten Bedenken hatten und nicht im geringsten zögerten, sich mit italienischen Mädchen einzulassen, mit Mädchen jeder Schattierung und zu jedem Zweck, von der wüstesten Hurerei mit den sogenannten »Segnorine« bis zur korrektesten sentimentalen Beziehung mit jungen Damen aus guter Familie; daß es dagegen bei den »Wacs« und allen anderen Frauen, die in unserem Heer als Krankenpflegerinnen, Angestellte, Stenotypistinnen, Sekretärinnen oder sonstwie Dienst taten, in gar keiner Weise denkbar war, daß sie auch nur korrekte Beziehungen zu Italienern hatten. Von anderen Beziehungen ganz zu schweigen!

Natürlich bestand keinerlei Gesetz oder Vorschrift, das einem amerikanischen Mädchen verbot, sich in Gesellschaft eines Italieners öffentlich sehen zu lassen. Es brauchte kein solches Gesetz, weil das Delikt nicht einmal ein Delikt war, sondern einfach etwas, das nicht vorkam, und von dem man sich überhaupt nicht vorstellen konnte, daß es möglich wäre.

In Neapel, in Rom und später in Mailand ging ich oft auf Parties der besten Familien, aristokratischer Familien, die häufig mit Engländern oder Amerikanern verschwägert waren. Man aß, man tanzte, man verbrachte den Abend genau so wie im steifsten und langweiligsten Salon von Mayfair oder der East Side. Es kamen viele alliierte Offiziere. Aber eine Frau, ein Mädchen, irgendeines von unseren Mädchen habe ich dort nie gesehen. Sie wurden gar nicht erst eingeladen. Dieses Problem stand nicht einmal zur Diskussion; es existierte nicht.

Es handelte sich also, kurz gesagt, nicht um eine Theorie. Wenn du irgendein Mädchen im amerikanischen Heer beschuldigt hättest, es ginge italienischen Männern aus dem Wege, weil es sie als Parias betrachte, hätte dir das Mädchen einfach ins Gesicht gelacht oder dich für verrückt erklärt. Es gibt wohl, vor und nach dem Krieg, einige Beispiele von Heiraten zwischen jungen Amerikanerinnen und jungen Italienern, zumal Italienern aus guter Familie. Aber kein einziges während des Kriegs. Dagegen sind seit dem Krieg Heiraten zwischen jungen Amerikanern und italienischen Mädchen außerordentlich häufig vorgekommen.

Es war also, das begriff ich sofort, der Reiz des Verbotenen, der Jane verführte. Auch darin erinnerte ihre Schuld mich an die meine: Wenn auch unsere Soldaten nichts riskierten, wenn sie sich öffentlich mit »Segnorinas« sehen ließen, so war das gleiche bei einem Offizier immerhin etwas gewagt, vor allem wenn es sich, wie im Falle Dorotheas, so eindeutig um eine »Segnorina« handelte. Ein Abenteuer mochte noch angehen, nicht aber ein regelrechtes Verhältnis.

»Endlich kam Edith und war höchst überrascht, mich mit einem Italiener zusammen zu sehen. Ich verabschiedete mich von ihm Ediths wegen kühler, als ich es sonst getan hätte. Ich gab ihm nicht einmal die Hand. Aber ich sah ihm dafür um so tiefer in die Augen. Beim Abschied stellte er sich mit einer förmlichen Verbeugung vor: ›Gentilini.‹

Ich hoffte, ihn nie wieder zu sehen.

Vielleicht war ich bei dieser Hoffnung nicht ehrlich. Vielleicht sind wir niemals ehrlich und aufrichtig, wenn wir einer Versuchung ausgesetzt sind und sie zu überwinden trachten. Oh, Harry, ich empfand sehr stark, daß dieser junge Italiener, schön und vulgär, mir gerade wegen der Eigenschaften gefiel, die ich am meisten im Leben verachtete. Aber zugleich empfand ich, daß die Heftigkeit der Versuchung eben mit dieser Verachtung zusammenhing. Was sollte ich tun?

Ich hoffte, ihn nie wieder zu sehen.

Am nächsten Tag jedoch legte ich mir, als ich mich zum Ausgehen umzog, fast unbewußt ein Alibi für Edith zurecht. Ich sagte ihr, daß wir uns in der Stadt trennen müßten, da ich zur Beichte in die Kirche gehen wolle. Es gab in Neapel eine Kirche der Maristen-Patres, die französischer Herkunft sind oder jedenfalls französisch sprechen. Edith ist nicht katholisch. Sie wollte mich allein lassen, und wir würden uns später im Restaurant wiedertreffen. Ich hatte ernstlich die Absicht, zu beichten. Der nächste Tag war der erste Freitag des Monats, und so wollte ich, wie ich es gewohnt war, kommunizieren. Kann ich aber ehrlich behaupten, daß ich nicht ganz insgeheim ein wenig mit der Möglichkeit rechnete, jenen jungen Mann wiederzutreffen?

Und so geschah es denn auch. Sobald wir auf den Platz hinauskamen, suchte ich in der gleißenden Sonne instinktiv im Durcheinander der Menschenmenge nach Aldos Gestalt. Ich entdeckte ihn sofort, obwohl er, listig, wie die Italiener in diesen Dingen sind, nicht in der Nähe des Haupteingangs auf Posten stand, wo Edith uns am Tag zuvor gesehen hatte, sondern weit ab, noch hinter der Hausecke, an der er zuerst gestanden hatte, bevor er mir nachgekommen war. Er erkannte mich gleichfalls sofort und gab das nicht etwa durch die Andeutung eines Grußes zu verstehen, sondern dadurch, daß er nur die Zigarette aus dem Mund nahm und, uns zugewandt, still stehen blieb. Trotzdem erkannte auch Edith ihn sogleich. Er war wirklich zu auffällig. Oder vielleicht gefiel er auch ihr. Sie machte mich auf ihn aufmerksam, in ihrer Stimme lag ein kleiner Stich Bosheit:

›Jane, sieh dort, wer da steht! Ist das nicht der hübsche Italiener, mit dem du gestern sprachst?‹

›That handsome Italian‹, genau so sagte sie. Und ich merkte, entsetzt über mich selbst, wie Ediths anzügliche Bemerkung mich zwar verletzte, gleichzeitig aber auch meinem Stolz schmeichelte. Unter all den Gefühlen, die mich bewegten, während wir durch die Menge schritten, um zur Stadt hinunterzukommen, war das stärkste doch mein Stolz, die Augen auf einen so schönen Mann geworfen zu haben, und die Freude, mein Drängen zu ihm zu empfinden. Dieses Drängen war so stark und so neu für mich, daß es mir allein, wenigstens im Augenblick, schon genügte, mich mit Freude zu erfüllen.

Ich hatte keine bestimmten Vorstellungen, keine Pläne in diesen Minuten. Ich hatte ihn wiedergesehen, einen Augenblick nur, von fern, zwischen anderen Menschen, in der Sonne. Das genügte mir. Wäre mir jetzt, unsichtbar für Edith, ein Mephistopheles zur Seite getreten und hätte mir ins Ohr geflüstert: Jane, willst du, daß der junge Mann dir nachkommt? dann hätte ich geantwortet: Nein. Warum? Ich bin glücklich, ihn gesehen zu haben, mehr will ich nicht.

Und Mephistopheles war an diesem Tag neben mir, und ob er da war! Nur war er zu durchtrieben, um sich offen zu zeigen. Er nahm die Gestalt eines fliegenden Händlers an, eines unter den vielen, die in jenen Monaten Neapel erfüllten und den Anschein erweckten, als seien sämtliche Bewohner der Stadt von morgens bis abends unterwegs, um irgend etwas zu verkaufen. Dieser hier war ein dürrer, kleiner, krummer, fast buckliger, schmutziger Mann, unrasiert und hohlwangig, mit Augen, die wie Diamanten funkelten. Er hielt, ich weiß nicht mehr was, Ansichtskarten oder Amulette, vielleicht auch beides, in seinen langen, welken, schmutzigen Händen. An einer Biegung der engen Straße – links stand ein Stapel Kisten, rechts der Tisch eines Ölbraters – verstellte er Edith und mir den Weg. Verwirrt und entsetzt über diese körperliche Nähe weigerten wir uns, irgend etwas zu kaufen. Da er nicht auswich, suchte ich nach einem anderen Durchgang, und als ich mich umwandte, sah ich Aldo, in einiger Entfernung, hoch auf einer Steintreppe, die wir gerade heruntergekommen waren, als wir in die Gasse einbogen. Die Gasse selbst lag im Schatten, aber die Treppe war wie überflutet vom Sonnenlicht; einen Augenblick sah ich Aldo unbeweglich inmitten der Menschen, die rechts und links von ihm die Treppe auf- und niederstiegen.

Er hatte mich erkannt. Diesmal machte er mir ein Zeichen mit der Hand, das aber im Gewoge der Menge niemand bemerken konnte, nicht einmal Edith, die übrigens damit beschäftigt war, Mephistopheles einen Groschen zu reichen, damit er uns weitergehen ließ.

Das Herz klopfte mir. Ich war sicher, daß Aldo mir weiter folgen würde. Doch hätte er mich, bei den vielen Menschen in diesem Gassenlabyrinth, auch aus den Augen verlieren können. Ich hoffte und fürchtete es zugleich. Wirklich, ich wußte nicht mehr, was ich mir wünschte. Mir war beklommen zumute. Ich wandte mich nicht mehr um, überließ es dem Zufall, dem Schicksal, der Vorsehung. In diesem Augenblick wußte ich nicht mehr, ob ich noch einen Glauben besaß.

Vor der Kirche verabschiedete ich mich hastig von Edith, die ich später in demselben Restaurant treffen wollte, in dem wir am Tag zuvor gegessen hatten. Ich wollte die Kirche betreten, bevor Aldo es bemerken konnte, falls er mir noch folgte. Ich wußte, wenn es ihm gelang, sich mir zu nähern, würde ich nicht die Kraft haben, einer Unterhaltung mit ihm auszuweichen. Das einzige, wozu ich noch Kraft hatte, war diese Flucht und das Gebet.

Nachdem Edith gegangen war, lief ich die Kirchentreppe hinauf und blickte, als ich den schweren Ledervorhang am Portal hob, noch einmal flüchtig zurück. Er war nicht da. Mit einem Seufzer der Erleichterung – und bitterer Enttäuschung trat ich ein.

Die Kirche war sehr dunkel. Ich ging zu einer Seitenkapelle, wo die ewige Lampe brannte. Niemand war dort. Um den Pater zu holen, damit er mir die Beichte abnehme, mußte ich in die Sakristei gehen. Aber vorher mußte ich beten. Ich kniete nieder und betete verzweifelt zu unserem Herrn, zum Heiligen Herzen Jesu... Der nächste Tag war Ihm geweiht, und Sein Bild – dieser Zufall rührte mich bis zu Tränen – befand sich gerade auf dem Altar, vor dem ich kniete. Die ewige Lampe war nicht elektrisch; es war eine wirkliche Flamme, die in einem Herzen von rotem Glas flackerte. Und mein Herz flackerte mit dieser Flamme, und das Gebet kam mir von selbst über die Lippen:

›Jesus, Du, der Du soviel gelitten hast am Ölberg, Du weißt auch, was ich durchmache, seit ich diesen Jungen gesehen habe. Und Du weißt, daß meine Angst nicht töricht ist. Wollte ich Edith erzählen, was ich empfinde, würde sie freilich lachen; sie wäre entrüstet und würde mich auslachen. Aber Du, o Herr und mein Gott, der Du Magdalena verziehen hast, Du entrüstest Dich nicht. Sag mir, o Herr, was ich tun soll, wenn ich den Jungen wiedersehe, wenn er mir noch einmal folgt und versucht, mich anzusprechen. Ich liebe ihn nicht, o Herr, ich weiß, daß es sich um eine schmähliche, niedrige, sinnliche Leidenschaft handelt, so wie seine Schönheit selbst, die heidnisch und teuflisch ist. Muß ich mich ihm weiterhin entziehen? Aber je mehr ich ihn fliehe, um so mehr begehre ich ihn. So wie ich ihn jetzt begehre, da ich es schon verzweifelt bereue, daß ich mich hierher geflüchtet habe, nur damit er mich nicht finden soll. Vielleicht steht er jetzt draußen auf dem kleinen Platz, blickt um sich und sucht mich vergeblich in den Straßen ringsum und ahnt nicht, daß ich hier in der Kirche bete. Habe ich recht getan oder nicht? Wenn ich gut daran tat, weshalb empfinde ich dann Reue? Weshalb kommt Dein Friede nicht über mich? Wenn ich schlecht daran tat, weshalb bin ich mir nicht ganz sicher, schlecht gehandelt zu haben? Warum habe ich Zweifel, die sich gegenseitig ausschließen? Jesus, mein Herr, Heiliges Herz Jesu, Dir vertraue ich mich an.‹

Ich hatte kaum dieses Gebet beendet, als ich spürte, daß ich nicht mehr allein in der Kapelle war. Ich kniete auf dem Betstuhl, preßte die Hände vor das Gesicht und erstickte mein Schluchzen, und meine Finger und Hände waren naß von Tränen. Nur kurz blickte ich auf. Nur soviel, wie genügte, um rechts neben mir, ganz dicht neben mir, Aldo zu erkennen. Ich erkannte ihn an der Hand mit dem Goldschmuck, der Hand, die gerade jetzt leicht, nur mit den Fingerspitzen, den Rand meines Betstuhls berührte. Er stand neben mir. Ich sah nur den Umriß seiner Gestalt, größer als ich geglaubt hatte, und diese Hand.

Meine Freude war so stark, daß ich lange regungslos blieb, das Gesicht in den Händen, als betete ich noch. Aber in Wahrheit konnte ich nicht einen einzigen Gedanken fassen. Ich kniete nur, reglos, mit geschlossenen Augen, glücklich und ohne Gedanken. Er war hier, neben mir, mit seinem Körper. Das genügte mir.«

Sechzehn

Glaubte Jane, an mich als ihren Richter zu appellieren?

Ohne es zu wissen, beichtete sie einem Mitschuldigen.

Wie oft hatte ich dieselbe Beklemmung gespürt! Nur einen Unterschied gab es dabei. Ich hatte nicht gebetet. Und was hatte ihr das Gebet genützt?

Statt ihre Qual zu lindern, hatte es sie nur raffinierter gemacht. Statt das Problem zu lösen, es kompliziert. Der Erfolg ihres Gebetes war also der üblichen Erwartung gerade entgegengesetzt.

Aber wer vermag zu sagen, ob diese gesteigerte Qual, diese Köstlichkeit des Schmerzes und der Lust nicht schon ein Erfolg ihres Gebetes waren? Ein so viel edlerer und echterer Gegensatz der Empfindungen als bei mir?

»Endlich blickte ich auf«, fuhr Jane in ihrer Erzählung fort, »und trocknete mir die Tränen. Ich sagte nichts, denn - ich dachte ja auch nichts. Ich hatte keine Pläne, Absichten oder Vorsätze, nicht einmal Wünsche. Und ich glaube, wenn auch Aldo weiter geschwiegen hätte, wäre ich wer weiß wie lange, dort in der Kirche neben ihm kniend, geblieben. Aber er sprach.

›Sie weinen‹, flüsterte er. ›Warum weinen Sie? Es tut mir so leid!‹

›Gehen Sie!‹ Seine Worte hatten genügt, den Zauber zu brechen. Ich bat: ›Gehen Sie! Gehen Sie sofort! Lassen Sie mich allein.‹

›Aber warum?‹ Und statt zu gehen, kniete er neben mir nieder, berührte meinen Arm mit dem seinen und streifte meine Wange mit der seinen. Ich blickte starr auf den Altar vor mir. Er aber sah mich an und sagte leise: ›Warum wollen Sie, daß ich gehe, jetzt, wo wir ruhig miteinander sprechen können?‹

›Wir sind in der Kirche! Schämen Sie sich nicht? Ich bin hergekommen, um zu beten!‹

›Schämen? Worüber denn? Wissen Sie nicht, daß ich Sie liebe?‹

›Reden Sie keine Dummheiten. Sie kennen mich ja nicht einmal.‹

›Muß man sich kennen, um sich zu lieben? Sie wissen sehr gut, daß das nicht stimmt. Ich liebe Sie. Ich liebe Sie, seitdem ich Sie zum erstenmal gesehen habe. Ich bin Student. Wollen Sie mich heiraten?‹

O Harry, du weißt, wie sicher sich diese Italiener ihrer Sache sind. Sie schauen einem in die Augen. Und wenn sie in den Augen der Frau eine Antwort sehen, ein Lächeln der Sympathie, so halten sie das für eine Erlaubnis, ja, für eine Aufforderung zu weiterem. Aber wir, die wir unsere persönlichen Gefühle nicht gar so wichtig nehmen und nicht glauben, ohne weiteres unseren instinktiven Regungen folgen zu dürfen, die wir nicht gewohnt sind, Aufrichtigkeit mit Unschuld zu verwechseln, wir sind dann völlig überrascht und wie ausgeliefert.

Bei diesem verrückten Heiratsantrag hätte ich nur lächeln sollen. Statt dessen war ich verwirrt. Natürlich war ich nicht dumm. Ich wußte, daß dieser junge Mann nur vom Heiraten sprach, um einen guten Eindruck auf mich zu machen und mich von der Ernsthaftigkeit seiner Leidenschaft zu überzeugen und damit von mir einen unmittelbareren Gunstbeweis zu erreichen. Und wenn ich – eine Annahme, die freilich genau so absurd ist, wie es sein Vorschlag war – zugestimmt hätte, ihn zu heiraten, würde er ja nichts verloren haben. Er hätte, wie sie in Italien sagen, ›fatto il colpo‹, ins Schwarze getroffen. Aber ich war so verwirrt, daß ich tatsächlich an die Eventualität einer Heirat dachte. Diesen vulgären, effeminierten Italiener heiraten? Es war, wie wenn ich dem Teufel meine Seele verschrieben hätte.

Ich spürte, wie groß die Versuchung für mich war, ja zu sagen, gewiß sehr zur Überraschung des jungen Mannes. Er kniete hier, lächelnd und ruhig, und ich hatte die Hölle in mir.

Außer mir vor Schrecken, sprang ich auf. Es blieb mir nur die Flucht.

›Auf Wiedersehen‹, sagte ich und eilte dem Ausgang zu.

In der Mitte der Kirche holte er mich ein, faßte mich am Arm und hielt mich fest. Ich wollte mich losmachen, aber zwei alte Frauen sahen uns zu; und so wagte ich es nicht. Überdies hatte der Griff, ja, die bloße Berührung seiner Hand die Macht, mir augenblicklich meinen Willen zu nehmen.

›Hierherum‹, sagte er freundlich und geleitete mich nicht zum Hauptportal, durch das ich eingetreten war und dem ich jetzt wieder zustrebte, sondern zu einem Seitenausgang. Und bevor er den Vorhang hob, der die Türloge abschloß, ging er auf das Weihwasserbecken an einer Säule zu, tauchte die Finger ein und bot mir das Weihwasser an.

Ich sah ihn erschrocken an und zögerte wie vor einem Kirchenfrevel, als sähe ich den Teufel in leibhaftiger Gestalt mir das Weihwasser reichen. Aber sein Ausdruck war dabei so schlicht, so zerknirscht, beinahe kindlich! Ich berührte seine angefeuchteten Fingerspitzen, wandte mich dem Altar zu, bekreuzigte mich und wollte gehen.

In der dunklen Türloge ließ er hinter uns die schwere Portiere zufallen, während ich die Tür zur Straße hin öffnen wollte. Aber sie war mit einer dicken Kette versperrt. Bevor ich noch versuchen konnte, sie auszuhaken, war er neben mir, nahm mich in seine Arme, preßte mich kräftig an sich und begann, mich zu küssen.

Ich war keine Frau mit Erfahrung. Meine Flirts konnte ich an den Fingern einer Hand abzählen.

Jedenfalls war das hier etwas völlig anderes als alles, was ich bisher erlebt hatte. Nie hatte ich gedacht, daß man so küssen könnte. Ganz plötzlich war mir klar, daß ich bis dahin ein kleines Mädchen gewesen war. Küssen, sagte ich mir, war also etwas Hartes, Stürmisches und Wildes. Mir schwindelte, ich glaubte, die Sinne zu verlieren. Die Welt um mich her, Edith, die Freundinnen, die Mutter, unser Haus, der Krieg, Ideen,

Ansichten und Liebhabereien, alles, womit ich bis dahin gelebt hatte, brach zusammen, wurde aus meinem Bewußtsein gelöscht, existierte nicht mehr. Es existierte nur die besondere Freude, die mir dieser Mund gab, mit endlosen, stets neuen Variationen, die in ihrer Präzision und Konsequenz gleichsam einen Gedanken entwickelten, der des Wortes nicht bedurfte und dessen Sinn sich im Empfinden erschöpfte. Die Tiere, glaube ich, müssen auf diese Weise denken.«

»Jane«, sagte ich, in bitterer Erinnerung an Dorotheas Küsse, »Jane, warum hast du nicht ihn statt mich geheiratet? Ich glaube, es wäre deine Pflicht gewesen.«

Sie hob den Blick zu mir auf, wohl zum erstenmal, seit sie sprach; und es war, als sähe sie mich von jener Ferne aus, wohin die Erinnerung sie geführt hatte.

»Meine Pflicht? Vielleicht...«, antwortete sie, und im Klang ihrer Stimme lag eine noch tiefere Bitterkeit als die meine, die Reue über eine für immer verlorene Gelegenheit, die Erinnerung an eine verhängnisvolle Feigheit. »Aber daß dies meine Pflicht war, fand ich damals nicht, eher das Gegenteil. Meine Pflicht... vielleicht hast du recht, Harry: nur ist dein Ausdruck falsch«, und sie schloß mit einem Lächeln, das noch verzweifelter war als ihre Traurigkeit bisher: »Du solltest sagen: meine Pflicht war der Ungehorsam gegenüber meiner Pflicht.«

»So ist es, Jane.«

»Aber wie konnte ich das damals wissen? Wenn ich Aldo nie gesehen hätte, und eine Freundin hätte mir begeistert seine Schönheit geschildert und im einzelnen beschrieben, ich hätte Widerwillen und Abscheu empfunden. Wirklich, wenn ich einen Augenblick darüber nachdachte, so schien er mir all das in sich zu vereinigen, was ich in meinem Leben, von Kindheit an, am meisten verabscheut hatte. Er war Italiener, und wenn ich auch Italien liebte, so habe ich doch niemals irgendwelche besondere Achtung und Sympathie für italienische Männer gehabt. Er war schön, und ich bin stets gegenüber der Schönheit junger Männer kühl geblieben. Seit dem College fühlte ich mich zu meinen intelligenten, nicht zu meinen schönen Kameraden hingezogen. Er war vulgär, und der leiseste Verdacht vulgären Wesens hatte bei mir immer ausgereicht, einem Mann jeden Zauber zu nehmen. Wenn man in diesem Zusammenhang vom ›coup de foudre‹, von Liebe auf den ersten Blick spricht, so meint man gewöhnlich, daß nur das Ergebnis einer langen Erwartung vorliegt, das eben dann eintritt, wenn plötzlich ein Mensch vor uns steht, der unserem Geschmack, unserer Bildung, unserer Erziehung entspricht, oder vielleicht unserem Vater oder sonst jemandem ähnlich ist, den wir in unserer Kindheit geliebt haben: eine Erscheinung, mit einem Wort, auf die wir vorbereitet waren.

Nichts trifft in meinem Fall weniger zu. Oder, wenn du willst, nichts ist wahrer, nur im umgekehrten Sinn. Aldo war genau das Gegenteil von alledem, was ich geliebt und erträumt hatte. Du weißt, Harry, ich habe immer Schmuck an den Händen gehaßt. Nicht etwa nur an Männerhänden; auch an meinen eigenen. Bevor du mir diesen Armreif hier schenktest, das weißt du ja, habe ich derlei nie getragen. Sogar die Armbanduhr war mir lästig. Oft trug ich sie in der Handtasche. Auch an den Trauring konnte ich mich anfangs nicht gewöhnen, erinnerst du dich noch? Diese Metallarmbänder für Uhren oder die schmalen Armbänder mit den Namensschildchen, wie sie im Krieg so Mode wurden und die alle unsere Soldaten, ohne Unterschied, zu tragen pflegten, haben mich immer abgestoßen - ich weiß nicht warum.

Nun gut, seine linke Hand... Wie soll ich dir das erklären? Es war Fetischismus, Besessenheit, Verrücktheit. Ich konnte sie niemals gleichgültig ansehen. Und als er aus meinem Leben verschwand, war es dies, woran ich mich am meisten von allem erinnerte, was mit ihm zusammenhing.

Ich wollte zu einem Psychoanalytiker gehen. Père de Lalande sagte mir, daß es zwecklos sei und die Sache nur schlimmer machen würde. Wenn es dem Dämon gelingt, uns so zu versuchen, im Fleisch, in den Nerven, gegen all unseren Sinn und Verstand, überwindet man ihn selbst mit dem Gebet nicht mehr. Man kann nur noch versuchen, an anderes zu denken und sich abzulenken. Père de Lalande riet mir, nicht zu beten. Denn beim Beten, sagte er mir, würde ich unwillkürlich nur noch mehr an die Versuchung denken.

Und das hatte ich, in äußerster Bedrängnis mit einem Mal hellsichtig, an jenem Tag von allein begriffen, als er mich in der Dunkelheit der Türloge küßte und an sich preßte, so daß ich fast erstickt wäre. Ich fühlte mich verloren. Der Dämon in leibhaftiger Gestalt hielt mich in seinen Armen und küßte mich, um mich in die Hölle zu schleppen. Ich mußte etwas tun, um zu entfliehen. Ich begriff, daß jede heftige Reaktion jetzt nur die entgegengesetzte Wirkung haben konnte und mich für immer an ihn binden würde. Ich versuchte es mit List und Sanftmut, nicht nur ihm, sondern auch mir selbst gegenüber. Wenn ich mich aus dieser Umarmung löse, dachte ich, und davonlaufe und ihm sage, daß ich ihn nie mehr sehen will, so weiß ich genau, daß ich am folgenden Tag so sehr unter meinem Entschluß leiden werde und daß die Versuchung so stark sein wird, daß ich sie nicht mehr überwinden kann. Ich würde ihn dann wieder unter der Menschenmenge auf dem großen Platz suchen und es so einrichten, daß ich auf jede Weise wieder mit ihm zusammenträfe. Ich nahm zur List meine Zuflucht.

›Höre‹, sagte ich, indem ich mich langsam und liebevoll aus seinen Armen löste, so daß er nicht versuchte, mich zurückzuhalten, ›hier in Neapel ist es sehr schwierig, sich zu treffen. Ich bin immer mit meiner Freundin zusammen, wie du gestern und heute gesehen hast. Und sie darf unter keinen Umständen etwas merken. Sie könnte es nicht verstehen. Übrigens habe ich auch sehr viel Arbeit im Lazarett. Aber in einem Monat etwa bekomme ich vierzehn Tage Urlaub...‹

›In einem Monat! In einem Monat wird der Krieg zu Ende sein!‹ sagte er leise und traurig. ›Und du wirst wieder nach Amerika gehen, wenn du mich nicht heiraten willst! Ich liebe dich, und ich bin bereit, dich zu heiraten. Aber ich sehe schon ein, daß du mich erst kennenlernen mußt, ehe du einwilligen kannst. Und wie kannst du mich kennenlernen, wenn wir nicht ein wenig zusammen sind? In einem Monat!‹

›Nein‹, sagte ich, ›der Krieg wird nicht so schnell zu Ende sein. Er wird noch wer weiß wie lange dauern. In einem Monat werde ich vierzehn Tage Urlaub haben, und ich will nach Capri gehen … Könntest du nicht nach Capri kommen? Dort ist alles freier, dort könnten wir uns vielleicht treffen …‹

Er lächelte glücklich. Ich fragte ihn nach dem Grund.

›Weil ich nicht in Neapel wohne‹, sagte er, ›ich bin in Capri beim O.S.S. als Dolmetscher, beim Colonel Livingston. Ich komme zwar fast täglich nach Neapel, aber ich wohne in Capri. Morgen soll ich meine Uniform bekommen.‹

Wir verließen die Türloge und gingen langsam wieder durch die Kirche zurück, bis zum Haupteingang. Er gab mir den Arm. Dieser Zufall, daß er sich ohnehin in Capri aufhielt, hätte mich beruhigen sollen, statt dessen erregte er mich von neuem, wenn auch nur leicht. Ich wollte ihn verlassen, mit der Möglichkeit, mit der Hoffnung, ihn wiederzusehen, nicht mit dem Zwang dazu. Überdies hatte ich ihm gesagt, daß Edith das Haupthindernis sei, uns weiterhin in Neapel zu treffen, ihm aber verschwiegen, daß sie mit mir zusammen nach Capri kommen wollte. Aber ich tröstete mich mit dem Gedanken, daß mich ja niemand zwinge, nach Capri zu gehen. In einem Monat, wenn, wie ich damals hoffte, die Versuchung vorübergegangen war, würde ich mir genausogut einen anderen Urlaubsort aussuchen können.«

»Und statt dessen …«

»… bin ich nach Capri gegangen, weil ich glaubte, die Versuchung überwunden zu haben. Ich hatte ihn seit jenem Tag nicht mehr getroffen. Er war auch nicht mehr auf den Platz vor dem Lazarett gekommen. In wenigen Tagen gelang es mir, nicht mehr an ihn zu denken, fast ihn zu vergessen. Ich war überzeugt, daß ich so etwas wie einen Anfall von Wahnsinn gehabt hätte. Und ohne Bedenken, meiner selbst ganz sicher, brach ich mit Edith auf. Père de Lalande meint, es sei der Dämon gewesen, der mir diese Ruhe, diese Sicherheit gab, der mich sogar die Gestalt meines Versuchers hatte vergessen lassen. Der Dämon wußte, daß die einzige Weise, mich nach Capri zu bringen, darin bestand, mir jede Angst vor dem Bösen zu nehmen, mich vergessen zu lassen, wie verlockend es gewesen war... Das Seltsame, gab ich Père de Lalande zu bedenken, war nur, daß Aldo selbst sich nicht mehr sehen ließ, wie wenn er das alles gewußt, wie wenn er sich mit dem Teufel verabredet hätte. In Wahrheit war auch dies bloß ein Zufall. Sein Vorgesetzter, Oberst Livingston, war plötzlich versetzt worden, und dessen Nachfolger verließ Capri nur selten, und wenn, dann ohne seinen Dolmetscher.

Eines Morgens im März bestieg ich mit Edith das Schiff. Das Herz war mir leicht. Ich schwöre dir, daß ich alles vergessen hatte. Ich genoß das Meer, die Sonne, die reine Luft und besprach mit Edith, was wir in diesen zwei Wochen in Capri alles unternehmen wollten. Edith hatte vor zu malen. Sie hatte ihren Farbkasten mitgebracht. Ich hatte mir viele Bücher mitgenommen, wollte stundenlang in der Sonne liegen und mich braunbrennen lassen. Wir sprachen über das Wasser, und ob es zum Baden schon warm genug wäre. Kurz, ich dachte an nichts anderes. Später gingen wir in die Kajüte hinunter; denn es war kühl geworden, und wir hatten Hunger. Wir saßen an einem Tisch in der Bar, aßen Sandwiches, tranken Vermouth und unterhielten uns. Plötzlich merkten wir, wie das Schiff seine Fahrt verlangsamte, und schauten hinaus.

Die Insel lag vor uns, riesenhaft, steil aufragend gegen das Licht, ein überraschender, fast unheimlicher Anblick.

Ich spürte einen Druck im Herzen. In diesen verzerrten Linien, dieser bizarren, farblos-grauen Gestalt spürte ich etwas unheilvoll Feindliches. Und plötzlich dachte ich wieder an Aldo. Nach einem Monat, während dessen ich ihn fast vergessen hatte, stand sein Bild mir wieder vor Augen, jetzt und hier, vor dem kühlen, finsteren Hintergrund der Insel. Ich sah ihn wieder vor mir, jeden Zug seines Gesichtes, seinen Blick und seine Gestalt, – all das, was ich glaubte, vergessen zu haben.

Da oben ist Aldo, dachte ich, als ich zu den steilen Felsen hinaufblickte und die verstreuten Häuser sah. Aldo ist dort oben, und ich gehe zu ihm, ohne daß Edith es weiß, ja, ohne daß ich selbst es wußte, bis zu diesem Augenblick.

Noch am gleichen Abend traf ich ihn auf der Piazza. Er trug die amerikanische Uniform, die er mir angekündigt hatte, wie so viele Italiener, die bei unseren Dienststellen arbeiteten. Jedenfalls benahm er sich, als er mich erkannt hatte, mit kluger Zurückhaltung. Ich saß mit Edith vor einem der Cafés, er im Café gegenüber, zusammen mit einigen unserer Offiziere. Sobald er mich sah und sicher war, daß ich ihn ebenfalls gesehen hatte, setzte er sich die Sonnenbrille auf, vielleicht um ungenierter zu mir herübersehen zu können, vielleicht auch nur, damit Edith ihn nicht sofort wiedererkannte. Ich war ihm für seine Vorsicht dankbar. Aber wie konnte ich mich mit ihm treffen? Doch, wollte ich es überhaupt?

Ich war mit mir selbst im Zwiespalt, schwankend zwischen Sehnsucht und Angst. Angst, ich könnte nicht mit ihm zusammensein, ohne daß Edith oder irgendein anderer Amerikaner es erführe. Und dann auch Angst, etwas Schlechtes zu tun. Die erste Angst steigerte die zweite. Denn die Schwierigkeiten, die unserem Zusammensein entgegenstanden, überzeugten mich davon, daß ich in jedem Fall, wenn ich Aldo traf, eine schwere Sünde beging.

Edith saß glücklicherweise mit dem Rücken zu ihm und konnte nichts bemerken. Ich hatte mir gleichfalls die Sonnenbrille aufgesetzt und begnügte mich an diesem Abend damit, ihn dort drüben in seinem Café zu beobachten, jede seiner Bewegungen zu verfolgen und mich an dem Gedanken zu freuen, daß wir uns beide auf der Insel befanden und daß sich vielleicht morgen oder übermorgen oder an einem dieser Tage eine zwanglos-natürliche Gelegenheit zu einem Zusammentreffen ergeben würde.

Nach einer Weile sah Edith auf die Uhr und sagte, daß wir gehen müßten. Wir wohnten in Anacapri, in einer Pension, die einer Dänin gehörte. Wir waren die beiden einzigen Gäste dort. Aber die Hausfrau hatte uns mehrmals ans Herz gelegt, pünktlich zum Essen zu kommen; und unser Autobus fuhr in wenigen Minuten ab.

Um zum Autobus zu gelangen, der hinter der Piazza, jenseits der Kirche stand, mußten wir dicht an Aldo vorübergehen. Ich fürchtete, Edith könnte ihn entdecken. Andererseits wollte ich möglichst lange die Freude auskosten, ihn anschauen zu dürfen. So sagte ich Edith, daß ich keinen Hunger hätte, daß mir so wohl sei hier draußen vor dem Café, in der frischen Luft, mit dem Vermouth vor uns, daß wir seit über einem Jahr in der Zwangsjacke des Stundenplans stäken: jetzt aber seien wir im Urlaub, möge sich die Dänin auch aufregen, sei's drum, notfalls könnten wir immer einen Wagen nehmen. Edith fügte sich lachend. Aber im selben Augenblick sah ich, wie die Offiziere, mit denen Aldo zusammen war, aufstanden und fortgingen. Mit ihnen brach natürlich auch Aldo auf. Er blieb bis zuletzt und blickte hartnäckig zu mir herüber, bis er unter der Torwölbung der Straße nach der Tragara hin verschwand.

Am nächsten Tag war ich wieder da. Wir machten es uns zur Gewohnheit, täglich zweimal in dieses Café zu gehen und dort unseren Aperitif zu nehmen, mittags und abends. Und jedesmal sah ich Aldo. Und jedesmal sah er mich. So konnte das nicht weitergehen. Meine unruhvolle Begierde brachte mich um Schlaf und Appetit, um alle Freude an diesem Ferienaufenthalt. Ich sah bleich und häßlich aus. Edith fragte mich besorgt, was ich hätte. Ich antwortete, daß ich mich nicht wohlfühlte, vielleicht bekäme mir das Essen in der dänischen Pension nicht. Schließlich kam mir eines Tages zu Bewußtsein, daß bereits eine Woche seit unserer Ankunft in Capri verstrichen war. Noch eine weitere Woche, und wir mußten wieder abreisen. Ich saß wie gewöhnlich in meinem Café, als ich mir das alles vergegenwärtigte. Und Aldo saß drüben, an seinem gewohnten

Platz. Als ob mich ein geheimes Uhrwerk trieb, stand ich plötzlich auf, ohne zu bedenken, was ich tat. Aber ich war entschlossen, mit ihm zu sprechen.

Edith, die lesend in der Sonne saß, fragte, wohin ich ginge. Ich fand eine Ausrede, ich weiß nicht mehr, welche... Ach ja, ich hatte in einem kleinen Laden, in einer Gasse, ein Paar Sandalen gesehen, die ich kaufen wollte. Während ich ihr das erklärte, zitterte ich vor Furcht, sie könnte mich begleiten wollen. Aber sie rührte sich nicht und las weiter. Das Schicksal war also auf meiner Seite!

Mit frischem Mut überquerte ich die Piazza in der Richtung auf das Café, vor dem Aldo saß. Während ich geradewegs auf ihn zuging (wir trugen beide stets die Sonnenbrille), sahen wir einander fest in die Augen. Ich ging ganz dicht an ihm vorüber, den Blick immer auf ihn gerichtet, fast streifte ich ihn. In der engen Gasse neben der Kirche wandte ich mich einen Augenblick um und sah, wie er sich gerade erhob. Er hatte also verstanden.

Schnell, fast rennend, ging ich die Gasse weiter hinauf, und als ich an eine Stelle kam, wo man uns von der Piazza aus nicht mehr sehen konnte, blieb ich stehen. Eine Sekunde später war Aldo bei mir und hielt mich in den Armen. Zum Glück war sonst niemand auf der Gasse. Ich riß mich heftig von ihm los und ging weiter, während ich ihm auseinandersetzte, wie er es anstellen müßte, damit wir unbeobachtet zusammenkommen könnten.«

»Du hattest natürlich schon alles im voraus bedacht!« warf ich mit unwillkürlichem Sarkasmus ein.

»Ja, Harry, aber nur wie im Spiel«, erklärte Jane.

»Ein gefährliches Spiel!« Gegen meinen Willen kamen mir diese ironischen Ausdrücke über die Lippen.

»Du mußt mir glauben, Harry!«

»Ich glaube dir.« Wirklich glaubte ich ihr und glaube noch heute, daß sie aufrichtig und ehrlich war. »Aber was ändert das?« fragte ich.

»Es ändert insofern etwas, als nun alles ganz natürlich vor sich zu gehen schien, ob ich es wollte oder nicht. Ich weiß genau, daß ich trotzdem schuldig bin. Ich suche keine Entschuldigungen, Harry. Ich will dir nur klar machen, wie alles geschah.

Nachts in meinem Zimmer in Anacapri hatte ich alles bedacht und mir bis ins letzte ausgemalt. Da hörte ich den Wind in den Olivenbäumen, öffnete die Tür zur Terrasse, trat hinaus und betrachtete den Olivenhain, der das Haus umgab, die violetten Blüten der Bougainvillea, die sich bis zur Terrasse heraufrankte, schaute in die Nacht, in den bestirnten Himmel und zählte die Lichter der Boote vor dem tiefen Dunkel des Meeres. Meine fixe Idee ließ mich nicht schlafen. Ich hatte mir ausgedacht, wie alles vor sich gehen könnte, aber dabei fest geglaubt, daß es nie geschehen werde.

Jetzt in der Gasse hatte ich keine Zeit, meinen Plan zu ändern. Auch wenn er nicht gut war, blieb mir keine Zeit, einen neuen zu ersinnen, und so teilte ich ihn Aldo mit. Dann bat ich ihn, etwas zurückzubleiben und wenn möglich auf einem anderen Weg zur Piazza zurückzukehren.

›Bis heute nacht!‹ sagte ich und lief davon.

›Und die Sandalen?‹ fragte mich Edith, als ich zurückkam.

›Meine Größe war nicht mehr da.‹

Ich erwartete Aldo in dieser Nacht, kurz nach Mitternacht, sobald der Oberst ihn freigab. Die Dänin ging gegen zehn Uhr zu Bett. Edith legte sich glücklicherweise gern früh schlafen und ließ sich auch an diesem Abend nicht lange bitten. Um halb elf war ich bereits in meinem Zimmer. Es hatte eine Tür zum Bad; und das Bad hatte eine weitere Tür zu Ediths Zimmer. Die Schlüssel funktionierten Gott sei Dank alle.

Ich hatte ihm geraten, einen Wagen zu nehmen. Vor halb ein Uhr konnte er kaum bei mir sein. Ich versuchte, die Zeit totzuschlagen, indem ich einen Brief nach Hause schrieb, in einem Buch las, eine Zeitschrift durchblätterte. Alles unmöglich. Ich fühlte mich so erregt wie noch nie in meinem ganzen Leben. Ich versuchte mich abzulenken. Aber ich vermochte an nichts anderes zu denken als an Aldo und die Begegnung mit ihm, der in zwei, in drei Stunden, jedenfalls noch in dieser Nacht kommen würde. Sehr schnell geriet ich in eine Art Wahnsinn. Ich ging im Zimmer auf und ab, barfuß, um kein Geräusch zu machen. Immer wieder sah ich in den Spiegel, kämmte mich, brachte die Frisur wieder durcheinander und frisierte mich neu. Der Atem schien mir zu stocken. Ich öffnete die Terrassentür, ging hinaus, kam wieder herein. Es war eine mir völlig neue Empfindung, wie ein heftiges körperliches Leiden, gemischt mit einer großen Freude, aber so tief und unentwirrbar, daß mir selbst die Freude keinen Frieden gab.

Plötzlich hätte ich am liebsten laut geweint oder geschrien. Es war wie ein Krampf, und ich fürchtete, ihn nicht mehr überwinden zu können. Ich ließ mich vom Instinkt leiten und tat, wozu mein Körper mich drängte. Ich zog mich aus, legte mich nackt auf den Fußboden und begann mich wie ein Tier zu winden. Endlich lag ich völlig regungslos, mit dem Gesicht nach unten, auf den kalten glatten Fliesen. Nur die Uhr hatte ich vor mich hin gelegt, und in dieser Stellung, ohne die geringste Bewegung, starrte ich auf das Zifferblatt. Es war meine kleine Uhr, die ich jetzt noch habe, auf der der Sekundenzeiger fehlt. Darum schien auch für die Uhr die Zeit stillzustehen. Vielleicht war es nun halb zwölf geworden. Bei dem Gedanken, daß er sich auch bis zwei Uhr und noch länger verspäten könnte, glaubte ich, nicht mehr die Kraft zu haben, so lange warten zu können.

Meine Augen mühten sich, im Halbdunkel (ich hatte das Licht neben dem Bett mit einem Schal verhüllt) das Vorrücken der Zeiger auf dem kleinen Zifferblatt zu erkennen. Und sie rückten vor, aber mit einer unendlichen, quälenden Langsamkeit, als ob sie mir eine Sekunde nach der anderen entreißen müßten und mich dabei immer weiter vom Ziel meines Sehnens entfernten. Entfernten? Ja, wie soll ich dir das erklären? Meine Begierde und Sehnsucht schwollen viel rascher an, als die Zeit dahinschmolz, die mir zu warten blieb. Nach einer Viertelstunde, die ich auf dem Boden gelegen hatte, schien mir eine Dreiviertelstunde eine unendlich viel längere Zeit zu sein als noch vor dieser Viertelstunde die ganze Stunde.

Wenn ich heute an diese schreckliche Nacht zurückdenke, dann bin ich überzeugt, daß ich krank war. Dieser Junge, bei allen Vorzügen, die er haben mochte, rechtfertigte in keiner Weise den Seelenzustand, in dem ich mich befand. Der Wahnsinn hatte mich jählings gepackt. So wie wir in der Zeitung lesen, daß ein Bauer eines Nachts Frau und Kinder mit der Axt erschlägt, die er doch offenbar bisher immer geliebt hatte. Darum auch, Harry, fühle ich, daß ich dir alles sagen kann. Es ist, als erzählte ich dir von einer dritten Person. Ich war wie ein anderer Mensch. Warum hätte ich sonst einen Mann gewählt, den ich verachtete?«

Ich schwieg. Ich dachte an Dora und mich, und ich wußte, daß Jane im Irrtum war. Nicht, daß sie log. Sie glaubte, die Wahrheit zu sagen. Aber ich wußte längst, daß unsere Natur zuweilen die Verneinung und Vernichtung ihrer selbst sucht. Das ist keine Krankheit. Es ist im Gegenteil unser Bedürfnis nach Ausgleich, unser Wille, auch den Teil der Wirklichkeit zu begreifen, den wir gewöhnlich von uns weisen. Es ist die Sehnsucht, wie die anderen zu sein, die Sehnsucht nach Normalität.

»Ich weiß nicht mehr, welchen Narrheiten ich mich noch überließ, während ich wartete. Ich weiß nur noch, daß ich um so mehr litt, je mehr Zeit verging. Die Freude, die zu Beginn in meine Qual gemischt war, nahm gradweise ab, bis sie ganz erloschen war. Gegen ein Uhr hoffte ich schon, daß er nicht mehr käme; nur hätte er mich benachrichtigen sollen. Es war wie eine Agonie. Ich betete, daß sie ein Ende nähme.

Seit halb eins stand ich draußen auf der Terrasse, in einem Winkel, an die Wand gelehnt, von wo aus ich das Gartentor sehen konnte. Ein Schlüssel war nicht nötig. Man brauchte es nur aufzustoßen. Ich hatte ihm alles erklärt. Ich starrte auf dieses Gitter, unten am Ende der Orangenallee. Ich starrte, bis meine Hals- und Gesichtsmuskeln schmerzten, als hinge Aldos Kommen von mir ab. Als könnte ich durch mein unablässiges Starren, durch die Kraft meines Blickes, plötzlich Aldos Gestalt auftauchen lassen.

Jetzt, sagte ich mir, zähle ich bis neun: und bei neun wird er da sein. Ich zählte. Ich war ganz sicher. Ich zählte. Ich vergrößerte die Pausen zwischen den einzelnen Zahlen. Aber ich war ganz sicher. Ich kam bis sieben. Bis acht.

Bis neun. Nichts geschah. Ein warmer, böiger Wind blies durch die Olivenbäume. Kein anderes Geräusch war zu hören. Die Dänin und das Dienstmädchen schliefen auf der anderen Seite des Hauses, und Edith in dem Zimmer um die Ecke. So konnte sie, selbst wenn sie wach war, nicht hören, wenn sich das Gartentor öffnete oder jemand über den Kies des Torweges schritt.

Ich schaute nicht mehr danach, ob die Sterne leuchteten, noch aufs Meer oder nach den Lichtern der Boote, wie sonst nachts, wenn ich an ihn dachte. Jetzt blickte ich nur starr zum Gittertor, und ich dachte auch nicht mehr an ihn. Ich dachte an das, was ich sah: an das Gitter. Wie ein Spieler, der alles auf eine einzige Nummer gesetzt hat, nur auf das Roulette schaut, nur achtgibt wo die Kugel haltmacht, ohne je an das Geld zu denken, das er doch gewinnen will. Ich war verrückt. Glaubst du nicht auch, Harry, daß ich verrückt war?«

»Ja, ich weiß, Jane«, sagte ich unwillkürlich. »Ich verstehe dich. Ich habe selbst schon ähnliches erlebt.«

»Das kannst du nicht erlebt haben!« sagte sie, fast schreiend. Ich sah wieder, daß an diesem Abend ein Geständnis von mir unmöglich war. Sie hätte es mir vielleicht nicht einmal geglaubt, hätte gemeint, ich erfände etwas, aus Mitleid mit ihr. Sie war wie berauscht von ihrer Schuld. Sie wollte sich, um jeden Preis, zu ihrer Sünde bekennen. Wie wenn sie nach all der Zeit, die vergangen war, sonst an der Wirklichkeit ihrer eigenen Erinnerungen zweifeln müßte.

»Plötzlich vernahm ich einen Schritt«, begann sie wieder. »Fern, leicht, auf dem Pflaster der schmalen Straße, die von

Anacapri zwischen den Villen und Gärten herabführte. Es hörte sich an wie der Schritt irgendeines barfuß gehenden Menschen aus dem Ort.

Ich hielt den Atem an und starrte nur immerzu auf das Gitter. Und wenn er es war und fehlging, vorbeiging? Ich hatte ihm alles genau erklärt. Aber die kleine Straße führte noch weiter. Es gab noch andere Villen, weiter unten, andere Gärten und Gartentore. Der Schritt kam näher, schnell und leicht. Er konnte es nicht sein. Ich gab bereits die Hoffnung auf. Vielleicht war es ein Fischer, der zum Meer hinunterging, um die Netze einzuziehen. Er konnte es nicht sein.

Eine Gestalt glitt jenseits des Gitters vorüber. Es war ein Mädchen. Wie ich sie haßte! Ich sah, daß ich insgeheim doch gehofft hatte, es wäre Aldo. Wenn ich sie hätte umbringen können! Sicherlich kam sie von ihrem Liebsten, oder ging zu ihm. Auch deswegen: wie haßte ich sie! Der Schritt entfernte sich, und endlich hörte ich an der Villa weiter abwärts ein Gitter knarren. Dann war alles wieder still. Und von Zeit zu Zeit das Blasen des Windes, das Rascheln in den Blättern der Olivenbäume.

Wie lange ich noch dort stand, an die rauhe Hauswand gelehnt, von der mein Rücken bereits jede kleine Unebenheit kannte?

Ich hatte meine Uhr nicht bei mir. Ich hatte den Fehler begangen, ganz plötzlich und ohne an die Uhr zu denken, auf die Terrasse zu gehen. Jetzt schien es mir unmöglich, wieder ins Zimmer zu gehen, auch nur einen einzigen Moment meinen Beobachtungsplatz zu verlassen.

Dort unten war das Gitter und schimmerte sehr weiß in dem schwarzen Laub der Orangenbäume.«

Siebzehn

Jedoch, er ließ sie nicht vergebens warten. Und er kam in jeder der folgenden Nächte wieder, die ganze Woche über, die Jane noch in Capri blieb. Er kam gegen ein Uhr, kletterte an der Bougainvillea hoch und ging, ehe es Tag wurde.

Weder die Besitzerin der Pension noch Edith bemerkten etwas. Nur einmal hatte Jane deswegen Angst. Eines Nachts sagte er ihr, daß er am nächsten Tage frei hätte: sein Colonel fuhr nach Neapel, und er hatte nichts zu tun. Er schlug vor, daß sie sich zu einer bestimmten Zeit an einem einsamen Platz hinter der Marina Piccola träfen. Er wollte sie mit dem Boot dort abholen, und wenn das Wetter schön war, wie man hoffen durfte, könnten sie zusammen schwimmen. Aber Jane wollte nicht. Als der Morgen graute und es für ihn Zeit wurde zu gehen, warf er sich aufs Bett, entschlossen zu bleiben und bei ihr zu schlafen. Jane hatte, entsetzt und wütend, widersprochen; aber sie mußte ihm schließlich nachgeben und ihn den ganzen Tag über bis zur nächsten Nacht in ihrem Zimmer versteckt halten.

Sie hatten sich eingeschlossen. Das Schwierige war, zu verhindern, daß Edith oder das Stubenmädchen das Zimmer betraten. Sie schützte starke Kopfschmerzen vor; sie müsse sich ausruhen und wolle niemanden sehen. Edith fragte sogar, als sie zum soundsovielten Mal an die Tür klopfte, ob noch jemand im Zimmer sei. Sie habe geglaubt, Jane mit jemandem sprechen zu hören.

Jane wartete, bis Edith nach Capri hinabging, dann schlüpfte sie hinaus, schloß wieder ab und eilte in die Küche, um Sandwiches und etwas zu trinken zu holen.

Als Edith aus Capri zurückkam, klopfte sie neuerdings an die Tür. Sie fand es sehr seltsam, daß Jane sie nicht einließ und war ernsthaft besorgt. Endlich sank die Sonne, die Nacht kam, und sobald es möglich war, verließ Aldo das Haus.

Jane glaubte, mir diese eher komische Episode erzählen zu müssen, weil sie ihre Befürchtung erklärt, daß Ediths Argwohn nun geweckt war. Diese Befürchtung sollte noch ernste Folgen haben.

Weit schwerere, als sie selbst wissen konnte! Denn hätte Jane nicht diese Sorge vor Ediths Argwohn gehabt, würde ich niemals Dorothea kennengelernt haben.

Am letzten Abend glaubte Jane, daß es nach allem, was vorgefallen war, sehr unklug sei, Ediths Einladung zu einer Party mit Offizieren ihrer Bekanntschaft abzulehnen.

Sie verabschiedete sich also von Aldo in der vorletzten Nacht. Und auf seine drängende Bitten, seine Schwüre, er sei unsterblich in sie verliebt und stets bereit, sie zu heiraten, hatte sie schließlich geantwortet, daß sie ihn gern wiedersehen wolle, aber erst in Rom. Man wußte, daß die Befreiung Roms unmittelbar bevorstand. Das Lazarett würde dann sofort nach Rom verlegt werden. Also sagte ihm Jane, sie wolle ihm schreiben, sobald sie in Rom sei, und gab ihm die Feldpostanschrift des Lazaretts. Damit verabschiedeten sie sich.

Später sah Jane ein, daß es falsch gewesen war, Aldo ihre Adresse zu geben. Aber damals, versicherte sie mir, habe sie sich als völlig geheilt betrachtet. Sie konnte es kaum mehr erwarten, Capri zu verlassen, und damit sollte dann alles zu Ende sein. Sie hatte ihm nur ihre Adresse gegeben, damit er sie nicht weiter belästige. Sonst, fürchtete sie, würde er sie im Camaldoli-Hospital besuchen wollen.

Beim Abschied war Jane kühl und ernüchtert. Als sie ihn endlich zum letztenmal auf dem Gartenweg davongehen und durch das Gittertor verschwinden sah, seufzte sie erleichtert auf.

Sie verbrachte den letzten Tag mit Edith, und am Abend ging sie mit ihr auf die Party. Sie aßen mit den Offizieren, die sie eingeladen hatten, in einer Trattoria. Später tranken sie alle zusammen in verschiedenen Offiziersvillen Whiskey und tanzten. Jane war froh, sich wieder unter Landsleuten zu befinden. Sie fühlte, vielleicht aus einer Reaktion, oder weil die mit dem

Italiener verbrachten Nächte sie davon überzeugt hatten, daß sich ihre Neigungen und ihr Geschmack nicht verändert hätten, das Bedürfnis, einem Amerikaner zu begegnen, der ihr aus anderen Gründen gefiele als Aldo. So wie sie etwa einen Monat später, in Rom, an mir Gefallen fand.

Gegen Mitternacht kamen sie in eine luxuriöse Villa an der Punta Tragara. Kaum war Jane eingetreten, erregt von Whiskey und ungewohnter Geselligkeit, als sie am Ende eines Ganges durch eine Flucht offenstehender Türen im weißen Glanz der Küche Aldo erblickte, der Eis aus einem Kühlschrank holte und die Drinks anrichtete. Sie war ins Haus des Colonels geraten. Auch Aldo erkannte sie sofort, grüßte sie aber nicht und ließ sich in seiner Arbeit nicht stören. Jane war sicher, daß er sich nichts anmerken lassen werde. Aber – Edith?

Im Salon suchte Jane unwillkürlich, der Tür zum Gang den Rücken zuzukehren. Edith stand ihr gegenüber.

So konnte Jane, als Aldo mit den Drinks hereinkam, Ediths Reaktion genau beobachten. Äußerst überrascht, kam sie auf Jane zu, faßte sie am Arm und flüsterte ihr ins Ohr:

»Jane, – dein Freund aus Neapel!«

»Was für ein Freund?« fragte Jane.

»Aber sieh doch, ›that handsome Italian‹!«

Jane wandte sich um, und ehe sie noch überlegen konnte, ob das klug gehandelt war, widersprach sie. Nein, Edith täusche sich. Er sehe ihm zwar ähnlich. Sehr ähnlich. Aber er sei es nicht.

Edith ließ sich nicht täuschen, sie war ihrer Sache nur allzu sicher. Aber Jane gab sich nicht geschlagen. Später, im Laufe des Abends, fühlte sie plötzlich, daß Ediths Blick auf ihr ruhte: und es sprach kein Wohlwollen daraus, sondern Überraschung, Ärger und forschende Neugier.

Aldo kam und ging, um neue Flaschen, Gläser, Eis zu bringen oder gebrauchte Gläser abzuräumen; aber er beteiligte sich in keiner Weise an der Unterhaltung, er wurde nicht vorgestellt und ging jedesmal wieder hinaus in seine Küche. Er spielte hier die Ordonnanz, mochte er auch offiziell die Obliegenheiten eines Dolmetschers haben.

Er benahm sich Jane gegenüber nicht anders als gegen die übrigen Gäste. Er machte ihr nicht das kleinste Zeichen. Und doch war Jane, besonders seit sie in Ediths Blick Argwohn und geheime Feindseligkeit gelesen hatte, etwas beklommen zumute. Endlich wurde es Zeit zum Aufbruch. Als man in den Garten hinausging, trat Edith an ihre Seite. Sie blickte zum Haus zurück und sagte leise:

»Ich begreife nicht, warum du so hartnäckig abstreitest, daß er es sein soll.«

»Geh doch zu ihm«, antwortete Jane etwas ärgerlich, »und frag ihn selbst. Du wirst ja sehen.«

Jetzt war sie sicher, daß Aldo kein Spielverderber war. Nur Edith spielte nicht mit. Sie fragte Aldo nicht und kam auch nicht mehr auf die Sache zurück. Aber Jane wußte, daß sie von jetzt an nicht mehr auf ihre Freundin zählen konnte.

Etwa einen Monat später marschierten die Amerikaner in Rom ein. Kaum war Jane dort eingetroffen, als sie schon einen Brief von Aldo erhielt. Er schlug ihr ein Stelldichein auf der Terrasse des Pincio vor, am hellichten Tage. Jane ging hin und ließ für diesmal alle Vorsicht außer acht. Fern von Aldo, war sie wieder eine Beute ihrer Sehnsucht, ihres Liebeswahns, ihrer Krankheit geworden.

Krankheit? Kaum. Aber ich verstand sie so gut! Wenn auch, was sie getan hatte, bei einer Frau, wegen der physiologischen und gesellschaftlichen Folgen, schwerer wiegt: wie hätte ich ihr nicht verzeihen müssen?

Es geschah, daß Edith in einer Droschke auf dem Pincio spazierenfuhr und Jane mit Aldo zusammen sah. Diesmal gab es keinen Zweifel. Jane dachte sich eine Erklärung aus. Sie wollte Edith sagen, daß sie auf dem Pincio den jungen Mann aus Capri wiedergetroffen habe, nicht den aus Neapel. Aber sie waren Arm in Arm gegangen. Die Erklärung war nicht sehr glaubhaft.

Ediths Verhalten aber war überraschend. Als sie sich abends trafen, sprach sie gar nicht davon, auch später niemals. Sie begann einfach, Jane von nun an mit leichter Zurückhaltung zu behandeln. In Ediths Blick glaubte Jane jetzt oft, außer Indignation und puritanisch-angelsächsischem Vorurteil, auch einen vielleicht unbewußten Neid zu lesen.

Nach einigen Wochen war Jane sicher, daß sie ein Kind erwartete. Trotz ihrem Horror vor einer Abtreibung, die Erziehung und Überzeugung ihr gleichermaßen verboten, war sie von Anfang an entschlossen, dieses Kind nicht zu bekommen. Aber der einzige Mensch, an den sie sich wenden konnte, war ein Militärarzt ihrer Einheit, und dieser Arzt war mit Edith verlobt. Selbst wenn er verschwiegen war, schien es unmöglich, alles vor Edith geheimzuhalten.

Es mußte sofort etwas geschehen. Nach einer qualvoll verbrachten Nacht sprach sie mit Aldo. Er machte sie mit Dorothea bekannt. Dorotheas Hauswirtin, die angeblich Krankenpflegerin war, brachte Jane zu einer Kollegin, die den Eingriff vornahm.

In diesen Tagen lernte Jane mich kennen. Noch unter dem Eindruck all des Schrecklichen, das sie gerade durchlebt hatte, mit gedrücktem Gewissen und recht verzagten Gedanken an die Zukunft, schloß sich Jane an mich an. Sie sah in mir so etwas wie einen rettenden Engel.

Und doch kam sie, solange sie in Rom war, nie vollständig von Aldo los. Nachdem sie vergeblich gegen die Versuchung angekämpft hatte, traf sie sich mit ihm zuweilen in einem möblierten Zimmer. Manchmal auch nachts, wenn sie kurz zuvor mit mir zum Essen zusammengewesen war, und ich es nicht wagte, zu Dorothea zu gehen, weil Jane mich im Hotel anrufen könnte.

»An dem Abend, als du nach Neapel fuhrst, um dich am nächsten Morgen nach Frankreich einzuschiffen«, fragte ich Jane, in plötzlicher Erinnerung, »kam ich dich in deinem Lager besuchen und mußte lange warten, da du noch viel zu tun hattest. Später sah ich, wie du telefoniertest. Du sagtest mir damals, daß du einen Geistlichen, deinen Beichtvater, glaube ich, angerufen hättest, um dich zu verabschieden. Stimmte das?«

»Nein«, sagte Jane, zu Boden blickend. »Einen Beichtvater hatte ich zwar, es war ein amerikanischer Jesuitenpater, der mich später an Père de Lalande in Paris verwies. Aber von ihm hatte ich mich schon am Tag zuvor im Gregorianischen Seminar verabschiedet. Nein. Dieser Anruf hatte nicht ihm gegolten.«

Eine Zeitlang, einen langen Augenblick, sprach keiner von uns. Ich erinnerte mich an jene Nacht, an die Abfahrt vom Lazarett, das Durcheinander von Krankenwagen und Lastwagen. Ich entsann mich, wie schmerzlich mir der Abschied von Jane wurde und wie ungeduldig ich zugleich war, Dorothea zu treffen. Ich sah Jane wieder am Apparat, in der spärlich beleuchteten Baracke, hinter dem verschmutzten Cellophanfenster, fern und fast unwirklich. Sie sprach und sprach in den Apparat hinein, ohne zu wissen, daß ich draußen stand und sie beobachtete, wenn ich auch ihre Worte nicht hören konnte. Obwohl oder vielleicht gerade weil sie mich durch ihre Abfahrt ganz Dorothea überließ, hatte ich Jane nie so wie damals geliebt und als mir zugehörig empfunden. Jetzt entdeckte ich, daß es in Wirklichkeit ganz anders gewesen war, und ich litt darunter! Und trotzdem fühlte ich, daß ich kein Recht hatte, mich zu beklagen, es sei denn aus Eitelkeit. Denn Jane hatte mich zwar belogen, aber im Grunde genommen hatte sie mich nicht betrogen. Sie hatte mich nur insoweit betrogen, wie sie sich selbst betrog, und bei diesem Selbstverrat war ich ihr Mittäter gewesen. Ihre Schuld hatte sie eines Tages Dorothea zugeführt, und so war ich durch ihre Verfehlung zu meiner eigenen Schuld verführt worden. Ein bitterer Trost? Doch wohl etwas mehr. Ich hatte geglaubt, sie telefonierte mit einem Geistlichen. Aber statt dessen war es ihr Geliebter gewesen. Während ich sie damals betrachtete und glaubte, sie sei mein, und gleichzeitig an Dorothea denken mußte, und Dorotheas Bild das Bild Janes überlagerte, erlebten wir da nicht beide den gleichen Zwiespalt, der jeweils nur eine Hälfte unseres Ichs dem andern zugehören ließ? Und war Jane mir im Grunde, ohne daß wir es wußten, nicht näher, verbundener und zugehöriger, gerade weil in diesem Moment ihr Gefühl, genau wie das meine, gespalten war?

Je mehr ich darüber nachdachte, um so klarer verstand ich, daß Jane und ich schicksalhaft aneinandergekettet waren, daß wir im Guten wie im Bösen zusammengehörten, und daß auf die eine oder andere Weise alle Menschen betrogene Betrüger sind, Opfer eines Verrats und selbst Verräter. Jeder glaubt sich in seiner Ichbezogenheit eines Tages berechtigt, einer niederen Lust nachgehen zu dürfen, die dem Nächsten nicht schaden kann; aber er täuscht sich: seine Selbsterniedrigung ist nicht unschädlich; sie greift um sich, vervielfacht sich, prallt zurück. Mit einem Wort, es scheint so, als gelte für die Sünde das gleiche Gesetz wie für die Tugend und als seien beide, die Sünde nicht weniger als die Tugend, Formen der Liebe.

Jane sagte:

»Harry, ich habe dich noch ein zweites Mal belogen. Ich habe dir etwas noch Schlimmeres verheimlicht. Zu Weihnachten, es waren die letzten Kriegsweihnachten, war ich in Frankreich und du in Rom. Nun, ich bin Weihnachten nach Rom gekommen und zwei Tage hier geblieben, ohne daß du davon etwas wußtest; auch später habe ich es dir nie gesagt. Ich benutzte einen kurzen Urlaub und die Gelegenheit, daß ein Flugzeug von Nizza aus zwei unserer Ärzte nach Rom brachte. Ich war aber von Saint Pierre d'Albigny abgefahren, um dich in Rom zu besuchen. Ich wollte dich überraschen und Weihnachten mit dir zusammensein.

Aber als ich in Rom ausstieg, überkam mich plötzlich die Versuchung, Aldo wiederzusehen. Es lag etwas Verzweifeltes in dieser Versuchung. Auch wenn du es mir noch nicht gesagt hattest, wußte ich doch, daß wir nach dem Kriege heiraten würden. Und nun wollte ich Aldo noch einmal wiedersehen, ein letztes Mal mit ihm zusammensein. Dann wollte ich nach Frankreich zurückgehen, später nach Amerika, und alles würde für immer aus sein.

Noch vom Flugplatz aus rief ich ihn an. Er war zu Hause. Ich ging zu ihm, noch bevor ich mein Hotel aufsuchte. Ich blieb bei ihm bis zum Abend. Es war die Weihnachtsnacht. Aldo hatte sich mit Freunden zum Essen verabredet und konnte nicht absagen. Wir verabredeten uns für den nächsten Tag, und er ließ mich allein. Ich fuhr ins Hotel.

Trotz der späten Stunde (es war nach neun Uhr) rief ich bei dem Jesuitenpater in der Gregoriana an. Denn schon quälte mich die Reue über das, was ich getan hatte.

Ich wollte beichten, zu einer Mitternachtsmesse gehen, kommunizieren. Der Pater sagte mir, daß um diese Zeit das Haus geschlossen sei und er mich nicht mehr empfangen könne. Ich ließ nicht locker. Daraufhin sagte er, daß einer ihrer Patres, ein Deutscher, der aber sehr gut englisch spräche, eine Mitternachtsmesse bei den Deutschen Schwestern der Seligen Pauline von Mallinckrodt abhalte. Er gab mir die Adresse. Er werde auch dem Pater Bescheid sagen und bei den Schwestern anrufen.«

»Weißt du noch, wo das war?« fragte ich Jane.

»Ich erinnere mich nicht mehr genau; aber es war in der Gegend der Via Nomentana. Warum willst du das wissen?«

»Weil ich dich damals nachts gesehen habe, Jane. Du nahmst dir ein Taxi, nicht wahr?«

»Ja«, sagte sie.

»Kurz vor Mitternacht?«

»Ja.«

»Ich saß in meinem Jeep. An der Kreuzung des Viale della Regina habe ich dich gesehen, einen Augenblick nur, im Taxi. Ich erkannte die amerikanische Uniform. Ich glaubte, es sei ein Mädchen, das dir sehr ähnlich sehe. Wie konnte ich ahnen, daß du in Rom warst? Auch ich bin in derselben Nacht in eine katholische Kirche gegangen. In die Peterskirche.«

Sonst sagte ich nichts.

Wir wagten nicht, uns anzusehen.

Wenn ich jetzt hätte sprechen können! Aber wie? Später würde ich ihr eines Tages alles erzählen. Nur jetzt war es unmöglich.

»Ich traf den Pater bei den Schwestern. Er nahm mir die Beichte ab. Dann wohnte ich der Messe bei. Es war eine kleine Kapelle. Auf den Bänken links saßen die Institutsschwestern, zehn oder zwölf. Rechts die Gäste, einige in Rom lebende deutsche Familien. Während der Pater die Messe las, sangen die Schwestern. Eine von ihnen, ältlich und mager, spielte das Harmonium. Sie hatte die schönsten Hände, die ich je gesehen habe: weiß wie Wachs, schmal, durchgeistigt.

Alle Schwestern sangen im Chor. Es waren ihre Weihnachtslieder. Manche der Melodien waren die gleichen wie bei uns in Amerika. Sie sangen mit leiser, bebender Stimme. Glaube und Innigkeit sprachen aus diesen Gesichtern. Sie schauten zum Altar und sahen, was ich nicht mehr sehen konnte: ihre Kindheit, die schönsten Stunden ihrer Kindheit, die für sie nicht verloren waren. Sie waren ihren schönsten Erinnerungen treu geblieben. Und diese schönsten Erinnerungen, vielleicht weit zurückliegende Weihnachtsnächte in einem bayerischen Gebirgsdorf, kehrten nun unberührt zu ihnen zurück. Ihr Herz war unverändert, ihr Glaube, ihre Liebe, ihre Hoffnung waren ihnen seit Kindertagen geblieben. Sie hatten der Welt entsagt. Aber sie hatten sich das Beste bewahrt, was die Welt geben kann: die Einheit von Körper und Geist.

Ich begriff, während ich sie ansah, wie sehr ich geirrt hatte, als ich dachte, Nonnen seien Frauen, die ihre Sinne abtöteten oder unterdrückten. Nein, sie läutern sie nur. Sie beteten und sangen mit aller Hingabe ihrer Natur. Und als sie aufstanden und langsam, aufrecht, mit gefalteten Händen und auf den Altar gerichteten, glühenden Blicken nach vorn gingen, um das Abendmahl zu empfangen, sah ich, daß sich in ihnen der Akt höchster Liebe vollzog.

Damals fragte ich mich, ob es nicht meine Pflicht war, ihrem Beispiel zu folgen. Damit meinte ich nicht, ins Kloster zu gehen, sondern Aldo zu heiraten. Mein Leben von mir zu werfen, wie sie das ihre von sich geworfen hatten. Zu glauben und bis zum letzten, mit meiner ganzen Kraft, ein einziges Wesen zu lieben. Wie sie meine Sinne zu läutern. War Aldo unwürdig? Aber weshalb war er unwürdig? Welches menschliche Geschöpf ist unwürdig? Und unwürdig wessen? Meiner? Ich wußte sehr gut, daß ich es war, die wirklich sündigte, und nicht Aldo. Ich, die ihn und mich selbst verriet, indem ich mich zwischen ihm und dir teilte. Hatte er mir nicht so und so oft gesagt, und noch vor Stunden erst wiederholt, daß er bereit war, mich zu heiraten? Ich hatte dazu nur gelacht. Mag er es auch aus eigenstem Interesse gesagt haben, weil diese Ehe ihn sozial über seinen Stand erhoben hätte; aber wenn es noch eine Möglichkeit gab, seine Seele zu retten, wenn nur ein Keim zum Guten in ihm war (und weshalb sollte er nicht da sein?), dann war es meine Pflicht, diesen Keim zu hegen und zum Blühen zu bringen.

Und weil ich diesen Mut nicht in mir spürte, ging ich am nächsten Tag nicht zu dem vereinbarten Treffpunkt. Ich sah ihn nicht wieder und verständigte ihn nicht einmal telefonisch. Abends nahm ich das Flugzeug nach Nizza und verschwand, wie ich meinte, für immer aus seinem Leben.«

Ich glaubte, Jane zutiefst zu verstehen.

»Jane«, sagte ich, »du hattest recht, ich bin ganz sicher: es wäre deine Pflicht gewesen, ihn zu heiraten.«

»Ich vergaß ihn. Oder ich glaubte, ihn vergessen zu haben. Das Kriegsende, Paris, die Rückkehr nach Amerika, unsere Heirat, ein neues Leben, und dann Duccio. Aber schon in Princeton hatte ich in den Stunden, während du Unterricht gabst oder in der Bibliothek warst, in den langen Stunden, die ich allein zu Haus war, nach und nach begonnen, wieder an ihn zu denken. Wie wenn nichts Böses, keine Gefahr dabei wäre, verstehst du? Nur Spiele der Phantasie. Aber allmählich wurde eine wahre Besessenheit daraus. Ich dachte ununterbrochen an ihn. Deshalb erschien ich dir so nervös. Deshalb wollte ich unbedingt nach Capri. Du hattest recht mit dem Klima; es war für Duccio nicht gut. Aber ich war wahnsinnig, noch einmal, wie zuvor. Ich wollte ihn um jeden Preis wiedersehen, in Capri wiedersehen. Immer hatte ich mir vorgestellt, dort noch einmal mit ihm zusammenzusein. In Capri wollte ich sozusagen meine Träume auf die Probe stellen, mich überzeugen, ob ich ihn wirklich liebte. Ich fühlte, daß es dann keinen Zweifel mehr geben würde. Nur ein Ja oder ein Nein. Und wäre es ein Ja, so wollte ich dir alles sagen und mich gegen die Grundsätze meiner Religion und Erziehung von dir scheiden lassen, um ihn zu heiraten.

Kaum in Rom angekommen, rief ich ihn an. Aber er wohnte schon lange nicht mehr dort. Eine andere Adresse war nicht zu erfahren. Ich hatte noch die Telefonnummer Dorotheas. Ich rief sie an. Aber auch sie wußte nicht, wo Aldo sich aufhielt. Aber sie war überzeugt, daß sie ihn mit Hilfe eines Verwandten ausfindig machen könnte. Sie fragte mich, was sie ihm sagen sollte, falls sie ihn fände. Er solle mir schreiben, sagte ich. Wohin? Nach Capri, gab ich an. Und ich überlegte dabei, daß Aldos Brief in Capri eintreffen könnte, während du noch da warst. Da beging ich den großen Fehler. Und du sollst nicht etwa glauben, daß ich mir nicht klar war über das, was ich tat. Aber es war stärker als ich. Zufällig lag auf dem Nachttisch, als ich telefonierte, ein Notizblatt. Das Blatt, auf dem Guglielmo uns die Adressen in Capri und den Namen Don Raffaeles aufgeschrieben hatte, an den wir uns halten sollten, wenn wir ein Haus mieteten. Ich bat also Dorothea, Aldo zu sagen, er möge mir in einem verschlossenen Umschlag schreiben, und diesen in einen zweiten an Don Raffaele adressierten Umschlag stecken. Aldo kannte nur meinen Mädchennamen. Ich erklärte Dorothea alles, auch daß ich mich verheiratet hätte.«

»Aber deine Briefe?« fragte ich.

»Sobald wir in Capri waren... ich möchte dir das nicht gern sagen, Harry. Du siehst, ich habe dir bisher alles gesagt. Aber jetzt kommt das, weswegen ich mich am meisten schäme. Doch ich bin schuldig geworden, und nun muß ich wohl büßen.«

Sie schwieg einen Augenblick, wie um Kraft zu sammeln. Das Gesicht hatte sie mit den Händen bedeckt. Dann fuhr sie fort:

»Gleich am ersten Tag, sobald ich mit Don Raffaele einen Augenblick allein war – du warst weggegangen, ich weiß nicht mehr, vielleicht zur Piazza, Zeitungen kaufen –, sprach ich mit Don Raffaele. Er werde einen Brief erhalten, und er solle ihn mir heimlich geben, so daß du es nicht bemerken könntest.«

»Aber was für einen Grund hast du ihm angegeben?«

»Ich log, daß ich geschieden sei, daß ich vor dir schon einmal verheiratet war. Und mein früherer Mann, der sich jetzt in Rom befände, schriebe mir hin und wieder. Es wäre mir lieber, wenn du das nicht erführst. Das ist alles.«

»Aber deine Briefe, Jane, deine?«

»Aldos Brief kam, als du noch in Capri warst. Wenn ich mir die Hölle ausmalen will, dann erinnere ich mich an das, was ich damals, an diesem Tag, empfand. Du warst gerade bei mir, in unserem Wohnzimmer. Die Sonne schien. Don Raffaele kam herein, grüßte und verneigte sich wie immer. Dir gab er eine Aufstellung über Gelder, die er ausgelegt hatte. Du legtest den Zettel auf den Tisch, und während du die Zahlen studiertest und deine Brieftasche zogst und das Geld abzähltest, blinzelte er mir hinter deinem Rücken zu. So. In diesem Augenblick war ich in der Hölle, und Don Raffaele war der Teufel.«

Jane hatte Don Raffaele nachgemacht, indem sie mit den Augen zwinkerte. Ich sah, wie sie dabei bleich wurde, und ein Schauder überlief mich. Aber dann empfand ich nur noch Mitleid mit ihr. Was vermochte ein so vornehmes Geschöpf, eine so offene, klare Seele wie Jane so zu erniedrigen und zu quälen?

»Du weißt, was man sich allgemein über das Postamt in Capri erzählte. Wahrscheinlich waren es Übertreibungen. Jedenfalls ergab sich aus diesen Gerüchten eine neue Versuchung für mich, die mit zu jener anderen, größeren Versuchung gehörte, der ich mich auszusetzen entschlossen war. Ich wollte, ja, ich wollte mich, wie verrückt es auch war, Don Raffaele anvertrauen. Da ich fürchtete, oder mir einredete zu fürchten, daß meine Briefe auf dem Postamt geöffnet würden, gab ich gleich nach deiner Abreise Don Raffaele einen Brief ohne Adresse. Er sollte sie selbst daraufschreiben. Im Postamt kannte man seine Handschrift und würde sicherlich seine Post nicht aufmachen.«

»Und so wäre für Don Raffaele dein angeblicher erster Mann ein Italiener gewesen. Aber glaubst du denn, daß er deine Briefe nie geöffnet hat?«

»Ich fürchte, daß ich am Telefon richtig gehört habe. Ich fürchte, daß er die Briefe nie abgeschickt hat. Als ich Aldo später sah, schwor er mir, niemals einen Brief von mir erhalten zu haben. Trotzdem habe ich bis gestern, bis zu diesem Anruf, immer geglaubt, daß er nicht die Wahrheit sagte.«

»Aber weshalb hätte er lügen sollen? Zu welchem Zweck?«

»Ich weiß nicht, ich dachte, die Briefe seien so unsinnig, so verrückt gewesen, daß er nicht den Mut gehabt hatte zu antworten; oder daß er einfach aus Bequemlichkeit und Trägheit geschwiegen hatte und das jetzt nicht zugeben wollte.«

»Wohin hattest du sie adressiert?«

»An die Adresse, die er mir in seinem ersten und einzigen Brief angegeben hatte. Nach Rom, ins Hotel Excelsior.«

»Wohnte er im Excelsior?«

»Ich glaube.«

»Erinnerst du dich noch, wieviele Briefe es waren?«

»Sechs. Einige waren sehr lang.«

»Und was hast du ihm geschrieben?«

»Alles, was ich damals empfand und hoffte. Ich sagte ihm, wie ich auf ihn wartete, und warum. Die verrücktesten Ideen, die mir gerade durch den Kopf gingen. Hätte ich damals diese Briefe nicht schreiben und mich auf diese Weise erleichtern können, ich glaube, ich wäre wahnsinnig geworden.«

»Hast du nie daran gedacht, daß du dich damit ganz in seine Hände gabst?«

»Ja, doch. Aber verstehst du nicht? Das war es ja gerade, was ich wollte, – mich in seine Hände geben. Ohne das Bewußtsein dieser Gefahr hätte ich nicht ganz die Freude und Lust empfunden, mit der ich die Briefe schrieb.«

»Aber hast du nie an mich und an Duccio gedacht?«

»Ja, natürlich. Aber ich war zu jedweder äußersten Lösung bereit, mochte sie noch so schändlich sein. Ich sagte dir schon, ich hätte mich von dir scheiden lassen und ihn geheiratet.«

»Hast du ihm das auch geschrieben?«

»Nein. Das war vielleicht das einzige, was ich ihm nicht geschrieben habe. Denn zuvor wollte ich ihn erst einmal wiedersehen. Mehr als zwei Jahre waren vergangen. Ich war ja nicht sicher, ob ich ihn noch so lieben konnte, wie ich es gern wollte und auch glaubte. Ich wartete anderthalb Monate. Sechs Briefe, das war wenig. Ich hätte jeden Tag einen schreiben können. Ich hätte leben mögen zu dem einzigen Zweck, ihm zu schreiben. Aber es kam keine Antwort. Und so tat ich mir Gewalt an. Die letzten beiden Wochen schrieb ich gar nicht mehr. Duccio fing an zu kränkeln. Ich hielt es für eine Strafe des Herrgotts, weil ich in Todsünde lebte, in der Sünde unreiner Gedanken und Begierden. Und für ein Zeichen, daß ich so nicht weiterleben durfte.

Jetzt glaubte ich nicht länger, daß ich Aldo in Capri wiedersehen würde.«

Achtzehn

Am 14. Mai wird in Capri das Fest des Schutzpatrons der Insel, San Costanzo, begangen. Die Vorbereitungen beginnen schon lange vorher. Bereits seit den ersten Tagen des Monats konnte Jane an den stillen Nachmittagen, während ein erstickender Scirocco wehte, das enervierende Geschieße der Böller und das endlose eintönige Läuten der Glocken hören. Das Kind erschrak jedesmal bei den Böllerschüssen. Wenn es gerade schlief, wachte es auf und konnte nicht wieder einschlafen. Bekam es die Flasche, so schob es sie beiseite und wollte nicht mehr trinken. Es war, als beschränke sich die Ungeduld, Unruhe und Erregung nicht allein auf Jane, die auf Aldo wartete, sondern als ginge sie von der Jahreszeit aus, von dem entnervenden Klima und der ganzen Insel, die sich auf das Fest rüstete.

Jane wartete hartnäckig weiter, aber im Grunde hatte sie die Hoffnung verloren. Und sie glaubte, sich umsonst der Verdammnis preisgegeben zu haben.

Schließlich kam der Festtag. Schon in Paris hatte sie mir ja ihre Rückkehr zum strengen Katholizismus mit den Geschehnissen dieses Tages erklärt, als sie mir von ihrer plötzlichen Angst wegen einer Kolik Duccios und der Jagd nach einem Arzt mitten im Trubel um die Prozession erzählt hatte, und von jenem Gelübde, das sie an die Madonna von Lourdes gerichtet hatte. Alles hatte sie mir erzählt, bis auf die Hauptsache. Denn den wahren Grund zu dem Gelübde hatte sie mir verschwiegen. Jetzt erst berichtete sie, was wirklich geschehen war.

»Seit vierzehn Tagen hatte ich aufgehört, diese verrückten Briefe zu schreiben, da ich sah, daß ich keine Antwort bekam. Ich hatte die Hoffnung aufgegeben, Aldo wiederzusehen, aber nicht aufgehört, an ihn zu denken. Wenn ich Don Raffaele begegnete, empfand ich tiefen Haß gegen ihn. Es waren Haß und

Wut zugleich, darüber, daß ich mich umsonst in seine Hände gegeben hatte. Sobald ich ihn sah, peinigte mich die Reue, daß ich mich so erniedrigt hatte, in der Hoffnung auf einen Genuß erniedrigt, um den ich mich nun betrogen sah. Es gab dafür keinen Trost, keine Entschädigung. Ich hatte den Schaden und den Spott zugleich. Duccio fing an, wirklich unter dem Klima zu leiden. Er aß wenig und schlief schlecht. Auch dieses Wagnis war umsonst eingegangen worden. Fast mit Ungeduld dachte ich an den Tag deiner Rückkehr. Aber dieser Tag sollte auch das Ende all meiner Träume bringen, und damit konnte ich mich nicht abfinden. War dies wirklich mein Schicksal? Nach diesen langen Monaten des Sehnens, nach all meinen Phantasien der letzten Zeit, in denen ich Aldo immer deutlicher und vertrauter vor mir gesehen hatte – sollte ich ihm im Leben nie wieder begegnen?

Ich lief aus dem Haus, kreuz und quer, wie besessen, über die Insel. Ich ging auf einsamen Wegen zur Punta Tragara hinab, bis über die Faraglioni hinaus, bis jenseits der letzten einsam liegenden Villen. Ich streckte mich auf irgendeinem der heißen, rauhen Felsblöcke aus und blieb lange Zeit liegen, ohne mich zu rühren, und starrte auf das tiefe grüne Meer hinaus oder in den Himmel. Dann bedeckte ich die Augen mit einem Schal oder dem Strohhut und blickte in ein heißes, gelbes, gestaltloses Dunkel.

Ich wartete und glaubte, er könnte durch einen unmöglichen Zufall in diesem Augenblick und gerade hier auftauchen. Vielleicht war er den Weg gegangen, auf dem ich gekommen war, hatte mich von oben erkannt und kam jetzt leise und geräuschlos durchs Gras auf mich zu, stand hinter mir und umarmte mich, noch ehe ich ihn sehen konnte.

Wie beim erstenmal, als ich ihn auf dem Balkon der Pension in Anacapri erwartete, zählte ich auch jetzt bis neun. Aber diesesmal war es noch weit unsinniger.

Ich schäme mich, dir diese Dinge zu erzählen. Aber ich will sie dir nicht verschweigen, damit du ermessen kannst, bis zu welchem Grad von Hysterie oder Wahnsinn es mit mir gekommen war.

So wie damals die Wand, an die ich mich gelehnt hatte, schien mir jetzt die rauhe Felsfläche einen geheimen Trost zu vermitteln. Denn nach einiger Zeit begann mir der Rücken zu schmerzen, und diese Schmerzen waren fast eine Lust, so als linderten sie ein wenig die Qual meiner Einsamkeit.

Als ich eines Tages von einem dieser Spaziergänge nach Hause zurückkehrte, kam mir der Gedanke, mir auf irgendwelche Weise körperlichen Schmerz zuzufügen. Dies Bedürfnis, körperlich zu leiden, hing eng mit der Erwartung und Begierde zusammen, in der ich lebte. Der Schmerz vermochte mir Trost zu geben. Ich überlegte, was ich tun könnte, um ihn hervorzurufen, und ich empfand ein seltsames Bedürfnis, erdrückt, erstickt und vernichtet zu werden.

Als eines Abends die Hausmädchen nach beendeter Arbeit fortgegangen waren und das Fräulein und Duccio schon schliefen, stieg ich in den Garten hinunter, nahm ein dickes Seil, das zum Wäscheaufhängen diente, schnitt ein langes Stück ab, schloß mich dann in mein Zimmer ein, wand mir den Strick zwei-, dreimal um den Leib, so fest und eng es nur ging, bis ich fast nicht mehr atmen konnte. Ich stellte mir dabei vor, er sei es, der mich mit seinen kräftigen Händen so drückte. Dann ging ich zu Bett, glücklich, wenigstens leiden zu dürfen, und schlief ein.

An einem anderen Tag ging ich nach Anacapri hinauf, zu meiner alten Pension. Ich ging den schmalen Weg, den er in jener Nacht gekommen war. Ich sah die weiße kleine Villa zwischen dem dunklen Laub der Orangenbäume, und die Bougainvillea mit ihren violetten Blüten, die sich bis zur Terrasse vor meinem Fenster hinaufrankte. Ich trat ein. Die Dänin, der die Pension gehörte, schien ein wenig älter und runzeliger geworden. Sie empfing mich begeistert. Sie hatte keine Pensionsgäste, abgesehen von einem bejahrten Fräulein, einer Schriftstellerin. Ich wollte mein altes Zimmer sehen. Alles war noch wie damals: die Möbel aus hellem Holz, die Vorhänge, die Cretonnedecken, die Nippsachen, und die Luft, das Licht, der Geruch, die Geräusche, die von draußen hereinkamen, von den Feldern und Gärten, und der Wind in den Oliven. Sicher, wenn Aldo käme, würde ich mit ihm hierher zurückkehren. Ich sagte der Dame nicht, daß ich mich verheiratet hatte. Ich sagte nur, daß ich für einige Tage nach Capri gekommen wäre und allein im Hotel wohnte. Und daß ich, falls ich noch länger bleiben sollte, vielleicht zu ihr heraufziehen würde.

Aber das war in den ersten Tagen, als ich noch ruhig und sicher war, daß er auf meine Briefe antworten und kommen werde.

Aber bald danach kam eine verzweifelte Unruhe und Nervosität über mich. Ich ging ständig zur Piazza hinauf, lief zwischen den Tischen der Cafés umher, zwischen den Gruppen von Fremden und Touristen, immer voll Hoffnung, ihn zu sehen. Oder ich stand oben bei der Funicolare, wenn der Dampfer aus Neapel eingetroffen war, und suchte unter den Gesichtern der Reisenden, in unermüdlicher Gier. Auch Don Raffaele war immer dort, zweideutig lächelnd, mit übertrieben ehrerbietigem Gruß. Seine Gegenwart verfolgte mich. Traf ich ihn auf dem Nachhauseweg, gegen ein Uhr mittags, in der verlassenen, im Sonnenglast daliegenden Gasse, so breitete er die Arme auseinander, noch ehe ich etwas sagen konnte, und sagte mit Leichenbittermiene:

›Noch nichts, Signora, niente ancora ...‹

Ich nahm mich zusammen und erwiderte lächelnd:

›Macht nichts, Don Raffaele. Es hat keine Bedeutung. Danke, auf Wiedersehen.‹

Aber dann, wenige Schritte weiter unten, blieb ich vor einer kleinen Holztür stehen, in der weißen Gartenmauer einer der Villen.

Es war dieselbe Villa (jedenfalls glaubte ich es, ohne allerdings ganz sicher zu sein), in der ich am letzten Abend meines Aufenthaltes in Capri während des Krieges gewesen war, die

Villa des amerikanischen Colonels, bei dem Aldo damals arbeitete.

Ich blieb vor der Gartentür stehen – ihr Holz war verwittert, die grüne Farbe verblichen –, und plötzlich war mir zumute, als habe Aldo hier eine Spur hinterlassen, vielleicht seinen Namen mit dem Taschenmesser eingeritzt. Ich untersuchte die Sprünge und Risse im Holz. Aldo, glaubte ich manchmal dort zu lesen, ALDO, ALDO. Ich weiß nicht warum, aber mit Gewißheit seinen Namen hier zu entziffern, von ihm selbst geschrieben, auf diesem alten Holz, hätte mir fast den gleichen Trost gewährt wie seine leibliche Gegenwart. Vielleicht litt ich zu sehr darunter, nur noch in einer Traumwelt zu leben. Obwohl ich noch vor einem Monat einen Brief von ihm aus Rom bekommen hatte, begann ich an seiner wirklichen Existenz zu zweifeln, und nun brauchte ich irgendein sichtbares Zeichen, das sie mir beweisen sollte.

Ich mühte mich, bis mir die Augen schmerzten, die Hieroglyphen an der Holztür zu entziffern, die zum Teil nur Sprünge waren, Runen des Alters und der Verwitterung, zum Teil aber auch Zeichen von Menschenhand, die Namen, Daten und kurze Sätze bedeuteten. Wie war es nur möglich, fragte ich mich in meinem Wahn, daß Aldo hier nicht seinen Namen eingeritzt hatte? Aber war dies wirklich die Villa des Colonels? Ich war mit Edith damals nach dem Genuß vieler High-balls hierhergekommen. Wie konnte ich da sicher sein?

Schließlich kam das Fest des heiligen Costanzo. Am Tag zuvor hatte sich das Kindermädchen, wie ich dir schon in Paris erzählt habe, auf dem Weg zur Marina Piccola den Fuß verstaucht, so daß sie nicht gehen konnte. Die beiden Frauen, die die Hausarbeit besorgten, hatten schon lange vorher angekündigt, daß sie bis zum folgenden Tag dienstfrei bleiben wollten.

Gegen drei Uhr nachmittags – seit einigen Stunden schon läuteten ununterbrochen die Glocken und schossen die Böller – hörte man, vom Wind herübergeweht, bald den Chor der Prozession, bald die Blaskapelle, die Banda, die die religiösen

Hymnen spielte. Ich hatte mich in meinem abgedunkelten Zimmer auf dem Bett ausgestreckt und hoffte nach so vielen durchwachten Nächten vergeblich auf Schlaf. Da rief plötzlich mit angstvoller Stimme das Fräulein: ›Der Kleine ist krank!‹

Duccio war blaugrün im Gesicht, seine Augen waren weit aufgerissen, der ganze kleine Körper war starr. Er schien nicht mehr zu atmen.

Ich nahm ihn hoch, schüttelte ihn, rief seinen Namen. Aber er schien mich weder zu hören noch zu sehen.

Mit dem Fräulein, das sich auf Kleinkinder und ihre Krankheiten verstand, versuchte ich alles mögliche: Wasser, Ohrfeigen, an den Füßen hochhalten, künstliche Beatmung.

Endlich kam er wieder zu sich. Zwar hatte er immer noch die beängstigende Farbe, aber er sah mich an und erkannte mich. Er weinte nicht und lachte nicht. Er starrte mich nur mit weitoffenen, traurigen Augen an. Es war etwas wie Verwunderung und Kränkung in seinem Blick. ›Weshalb hast du es mir nicht gesagt, Mama?‹ schienen mich diese Augen vorwurfsvoll zu fragen. Und plötzlich begannen die Händchen ins Leere zu greifen. Stoßweise, wie im Krampf, zitterten sie.

Ich sah das Fräulein an. Ich hatte erkannt, daß es sich um eine schwere Krankheit handelte. Da ich das Kindermädchen nicht schicken konnte, lief ich selbst aus dem Haus. In der Nachbarvilla war ein Telefon. Aber das Haus war verschlossen. Ich läutete Sturm, rief und schrie: niemand war da, alle waren zur ›Festa‹ gegangen. Ich lief, so schnell ich nur konnte, die Gasse hinab, die zur Piazza führt.

Unterwegs begegnete ich keinem Menschen, aber die Piazza war überfüllt, in jeder Ecke drängten sich die Leute; sie standen auf den Stühlen und Tischen der Cafés, um die Prozession sehen zu können, die jetzt vorbeikommen sollte. Die Glocken läuteten in einem fort, es widerhallte laut zwischen den engen Mauern. Die Böller knallten mit betäubendem Lärm in nächster Nähe. Ich drängte mich durch die Menge, um zur Apotheke zu gelangen, die auf der anderen Seite des Platzes liegt.

Nur mühsam kam ich zwischen den Menschen vorwärts, in der heißen, stickigen, stinkenden Luft. Die Leute standen sich fast auf den Füßen, Männer und Frauen, Einheimische, Touristen und Fremde; sie versuchten über die vor ihnen Stehenden hinwegzusehen, applaudierten, lachten, schrien und gestikulierten wie außer Rand und Band. Es war kaum zu glauben, daß es sich hier um ein religiöses Fest handeln sollte. Ehe ich noch die Apotheke erreichte, erblickte ich Don Raffaele, der an einem Fenster des Zwischengeschosses vom Eck-Café stand. Ich schrie zu ihm hinauf und fragte ihn, ob er den Doktor gesehen habe.

›Da steht er ja‹, antwortete Don Raffaele, von seinem Fenster herab, und zeigte auf die andere Seite hinüber, zur Kirche hin. ›Da auf der Treppe vor der Kirche!‹ Und als er meine Aufregung bemerkte, rief er: ›Ich komme gleich hinunter, Signora!‹

Ich stürzte mich wieder in die Menschenmenge. Doch konnte ich nur langsam vorwärtskommen. Don Raffaele hatte mich schon nach den ersten Schritten eingeholt. Während ich mich, so gut ich konnte, weiter durch die Menge zwängte, erklärte ich Don Raffaele, daß es Duccio schlecht, sehr schlecht gehe; während ich versuchen wollte, bis zum Doktor vorzudringen, könnte er doch in die Apotheke gehen!

›Die Apotheke ist heute geschlossen, Signora!‹

Don Raffaele sprach mir Mut zu (›Regen Sie sich nicht so sehr auf, nehmen Sie es nicht so tragisch, bei Kindern kommt so etwas leicht einmal vor!‹) und half mir voranzukommen, indem er mir einen Weg durch die Menschen bahnte.

Aber als wir zu der breiten Treppe vor der Kirche kamen, war der Arzt schon nicht mehr dort.

Don Raffaele fragte alle Umstehenden. Niemand hatte ihn gesehen. Er protestierte heftig, sagte, daß er ihn mit eigenen Augen gesehen habe, hier an derselben Stelle, wo wir jetzt standen, noch vor wenigen Minuten. Alle bestritten es. Und Don Raffaele ereiferte sich weiter.

Endlich gab eine Frau zu, ihn gesehen zu haben. Ja, es sei

richtig, Doktor Cuomo habe hier bis vor kurzem noch neben ihr gestanden und sei dann dort hinüber gegangen, nein, hier, nach links, über den Platz, zur Station der Drahtseilbahn. Die Frau, eine Frau aus dem Ort, und Don Raffaele sprachen sehr schnell, im Dialekt, mit vielen Gesten, und ich verstand fast nichts von dem, was sie sagten. Vor allem verstand ich nicht, warum die Frau immer weiter sprach, nachdem sie uns die Richtung gezeigt hatte, in der der Doktor fortgegangen war. Das war ja alles, was wir wissen wollten. Sie sprach von nichts anderem; in diesem Strom von Worten hörte ich immer nur: ›dottore, u dottore, u dottor Cuomo.‹ Und ich verstand nicht, worauf Don Raffaele ihr immer wieder antwortete und wonach er sie immer wieder fragte. Was war weiter zu tun, als dem Doktor nachzugehen und zu versuchen, ihn zu finden? Ich zog Don Raffaele heftig am Arm und bat ihn, um Himmels willen, nur schnell dem Arzt nachzulaufen; und ich zeigte in die Richtung, in die die Frau gedeutet hatte.

Aber nein. Don Raffaele bedeutete mir, still zu sein, einen Augenblick, nur noch einen Augenblick. Und wieder sprach er in rasender Eile, im Dialekt, auf die Frau ein.

Verstört blickte ich um mich und sah im Geiste Duccio vor mir, seine großen, erstaunten und beleidigten Augen, die mich anflehten. Da stand ich, eingekeilt in diese schwitzende, schmutzige Menge, betäubt von Hitze und Lärm, während an der Spitze der Prozession die blaugekleideten Mädchen der Kongregation den Platz betraten und der schrille Chor ihrer zittrigen Stimmen noch den stürmischen Beifall der Menge übertönte. Im Gefühl meiner Ohnmacht, irgend etwas zu Duccios Rettung unternehmen zu können, litt ich, wie ich noch nie in meinem Leben gelitten hatte.

›Don Raffaele! Don Raffaele! Ich bitte Sie!‹ schrie ich und schüttelte ihn mit aller Kraft meiner Hände.

›Eh, si calmi, Signora, so beruhigen Sie sich doch‹, antwortete er und wandte sich ungerührt um. ›Was soll es denn nützen, sich so aufzuregen?‹

›Aber der Doktor ist doch dorthin gegangen!‹ schrie ich wieder auf ihn los und wies in die Richtung der Drahtseilbahn.

›Nein, er ist eben nicht dorthin gegangen. Die Signora ist dort hingegangen, die Frau des Doktors, die hier mit ihm zusammengestanden hat. Er selbst ist dagegen zu einer Frau gegangen, die in den Wehen liegt, und die gute Frau hier erklärt mir gerade den Weg.‹

›Ist es weit?‹

›Ich glaube nicht.‹

›Gehen wir doch sofort hin!‹

›Aber warten Sie einen Moment. Ich habe noch nicht genau verstanden, wo es ist.‹

Und wieder begann er zu reden, und begann die Frau zu erklären und kleine schnelle Gesten zu machen, nach rechts, nach links, nach oben und nach unten; und das bedeutete: um die Ecke, und wieder abbiegen, und bergauf und bergab, und Treppen, und Durchgänge, Torbogen und Gassen.

In diesem Augenblick brach die Musik der Banda von neuem los, die hinter den Figlie di Maria, den Töchtern Marias, den Platz erreicht hatte. Es war ein unheimliches Getöse, ein triumphaler Lärm, der einem die Ohren zerriß.

Hinter der Musik kamen in langen roten Hemdblusen, die um die Hüfte mit Hanfstricken zusammengeschnürt waren, acht Männer, die auf zwei über ihre Schultern gelegten Balken die wankende vergoldete Statue des Heiligen trugen. Haßerfüllt schaute ich auf das rosige Gesicht, die puppenhaften Augen des Standbildes, auf die drei alten, goldgewandeten Priester, die müde, gelangweilt und gleichgültig gegen das Getöse um sie her, der Statue folgten, miteinander sprachen, da und dort von einem Blick, einem halben Satz zu irgendeiner in der Nähe stehenden Frau unterbrochen. Voll Haß schaute ich auch auf die Ministranten, die heftig ihre Weihrauchfässer schwenkten und ranzige Geruchsschwaden ausstreuten. Voll Haß blickte ich auf alles und alle.

Und da, während noch Don Raffaele neben mir mit der Frau spricht und sich genau erklären läßt, wo der Doktor sein könnte, während die Banda, die zwei Schritte vor uns an der Kirchentreppe haltgemacht hat, pausenlos und mit aller Kraft den Refrain ihres Festmarschs spielt, erblicke ich, halb verdeckt von der Prozession, von der Schar fetter Geistlicher in hermelinverbrämter Galatracht, die hinter den Priestern und Ministranten einherziehen, in der ersten Zuschauerreihe, in einer Gruppe von eleganten Damen: Aldo.

Schon im ersten Augenblick hatte ich auch nicht den geringsten Zweifel, daß er es wirklich war.

Dort stand er, in seiner Schönheit, seiner Jugend, in der Menschenmenge, in der Sonne Capris. Blaues, kurzärmeliges Sporthemd. Die Hand mit dem Goldschmuck. Er lachte und sah der Prozession zu. Eines der Mädchen hatte er um die Hüfte gefaßt, während er angeregt mit einer dicken, bejahrten, geschminkten und juwelenbehangenen Frau sprach, die ihm zur anderen Seite stand. Der betäubende Lärm der Musik, die schwülstige und abgeschmackte Melodie hatten plötzlich nichts Unangenehmes mehr: ganz unvermittelt war es jetzt eine sehr schöne und wirklich triumphale Musik.

Ich vergaß alles. Er war also gekommen. Aber augenscheinlich war er nicht meinetwegen gekommen. Er war in Gesellschaft hier, in Damengesellschaft. Deshalb also hatte er mir nicht mehr geschrieben! Trotzdem waren die Freude und die Überraschung, ihn leibhaftig vor mir zu sehen, nur ein paar Schritte von mir entfernt, so heftig, daß ich keine Enttäuschung, keine Eifersucht empfand. Diese Frauen gehörten einfach zu seinem Erscheinen. Sie waren wie ein Hofstaat, der ihm gebührte.

Wie lange ich so dastand und Aldo betrachtete? Don Raffaeles Stimme riß mich wie aus einem Traum. Ich hatte Duccio völlig vergessen. Don Raffaele erklärte, er wolle rasch den Doktor holen. Ich sollte solange hier auf ihn warten.

Aber ich wartete nicht. Sobald Don Raffaele in der Menge

verschwand, vergaß ich, ohne mir darüber klar zu sein, Duccio abermals. Ich war wie hypnotisiert. Und da die Prozession zu Ende ging, konnte ich endlich über den Platz gehen, zu Aldo.

Er erkannte mich sofort und ohne irgendwelche Verlegenheit zu zeigen. Als habe er mich erwartet. Er mußte ja auch darauf vorbereitet sein, da er wußte, daß ich in Capri war. Mit vollkommener Unbefangenheit machte er mich mit seinen Freundinnen bekannt. Die jüngere von ihnen war, wie er behauptete, Filmschauspielerin. Und die ältere, dicke, war sogar eine Berühmtheit: eine bekannte Rundfunk- und Varieté-Sängerin, deren Namen ich natürlich nicht kannte und auch wieder vergessen habe. Die Junge war hübsch, aber unbedeutend und harmlos. Im übrigen begriff ich sofort, daß sie nicht die Freundin Aldos, sondern die der Sängerin war, die sie auch, wie ich später erfuhr, nach Capri eingeladen hatte. Die Sängerin schien mir eine Frau von ausgeprägtem Charakter: draufgängerisch, lebhaft, fröhlich, von heftigem, selbstherrlichem Temperament. Sie war augenscheinlich mit Aldo liiert. Ich glaube sogar, daß sie in ihn verliebt war. Und der Anschein (nur der Anschein, denn ich war nie gewillt, solchen Dingen auf den Grund zu gehen) war leider nicht sehr ehrenvoll für Aldo.«

Janes Erzählung fesselte mich. Aber noch wichtiger war mir im Augenblick, wenn irgend möglich eine Erpressung auf Grund der Briefe Janes zu verhindern, herauszubekommen, wer telefoniert hatte; und zu erfahren, was für ein Mensch dieser Aldo tatsächlich war.

»Willst du damit sagen«, fragte ich Jane, »daß die Sängerin ihm Geld gab?«

»Ich kann das natürlich nicht behaupten, Harry, aber jedenfalls war es mein Eindruck, als ich sie zusammen beobachtete.«

»Hatte er irgendeine Arbeit? Stimmt es, daß er Student war?«

»Ich weiß es nicht mit Sicherheit. Arbeit? Ich glaube, er arbeitete nur nebenher beim Film und stand vor seiner Abschlußprüfung an der Universität. Jedenfalls glaube ich nicht, daß er viel verdiente. Heute hat mir Dorothea gesagt, daß er jetzt bei einer Revuetruppe in Mailand ist.«

»Und die Briefe?«

»Das war das erste, wonach ich fragte, sobald ich einen Augenblick mit ihm allein war, und die Sängerin und ihre Freundin ein paar Schritte vorausgingen.«

»Und?«

»Er hatte sie nicht erhalten. Wenigstens bestritt er es, sofort und entschieden. Weshalb, fragte er, hätte er denn nicht antworten sollen? Ich hatte sie adressiert, wie er mir seinerzeit angegeben hatte: Hotel Excelsior in Rom. Warum also hatte er sie nicht bekommen? Ich argwöhnte, daß Don Raffaele sie zurückbehalten hatte. Aber jetzt hatte ich ja endlich Aldo, in Fleisch und Blut, neben mir.

Nur, daß mich gleichzeitig die Sorge um Duccio quälte und mich zwang, Aldo gleich wieder zu vernachlässigen, ja, vielleicht zu verlieren. In dem schmerzlichen Zwiespalt dieser beiden Gefühle waren die Briefe meine geringste Sorge. Übrigens warteten bereits die Freundinnen auf uns. Aldo ging mit ihnen ins ›Quisisana‹ zum Tee. Ich hatte nicht den Mut, ihn zu verlassen, und ging mit. Wenn aber nun Don Raffaele mit dem Arzt auf die Piazza zurückkam und mich dort nicht mehr fand – was würde geschehen? Meine Angst, Aldo zu verlassen und ihn womöglich zu verlieren, stand gegen meine Sorge um Duccio. Und in dieser Unentschiedenheit fand ich, wenigstens äußerlich, die Ruhe wieder, die Don Raffaele mir vergeblich empfohlen hatte. Es macht nicht viel aus, sagte ich mir; Don Raffaele und der Arzt werden glauben, daß ich in die Villa zurückgelaufen bin, wenn sie mich auf der Piazza nicht mehr finden. Der Arzt wird Duccio untersuchen und das Nötige verordnen. – Aber es war nur eine scheinbare Ruhe. Beim Tee mit Aldo und den beiden Frauen auf der Terrasse des ›Quisisana‹ stand ich unter dem quälenden Zwang, zu sprechen, zu scherzen und liebenswürdig zu sein, während Duccio litt, vielleicht in Gefahr war, vielleicht... Doch dann sah ich Aldo an. Sein Gesicht war mir nie so schön erschienen. Ich saß wie festgeschraubt auf meinen Sessel, unfähig aufzustehen und fortzulaufen, wie ich doch eigentlich wollte. Ich war voller Sehnsucht und – Reue. Glücklich und verzweifelt. Ich empfand unendliche Scham über mich selbst. Aber da diese Scham von meiner Unterwerfung unter ein Wesen herrührte, das mir fast göttlich erschien, war diese Scham zugleich eine Quelle nur noch größerer, tieferer Lust. Gewiß, ich fühlte mich schuldig. Aber ich hielt diese Schuld für schicksalhaft. Kannst du mich verstehen?

Je törichter und alberner die Gespräche Aldos mit den beiden Damen wurden, desto mehr marterte mich der Gedanke, daß im gleichen Augenblick Duccio Qualen litt und mich mit seinen großen Augen verzweifelt suchte. Aber gerade dieser innere Konflikt schien mir meine blinde Verliebtheit zu adeln, mir zu bestätigen, daß ich wahrhaft liebte. Und hatte ich nicht längst auf einen solchen Augenblick gewartet, auf eine Gelegenheit, ihm, und mehr noch mir selbst, meine Liebe zu beweisen, vor allem, was mir sonst teuer war? Und nun hatte das Schicksal, oder Gott, mir diesen Augenblick gewährt. Endlich durfte ich, grausam genug, unter Einsatz von Duccios Leben, dem Liebsten, was ich auf der Welt hatte, den tödlichen Ernst meiner Liebe beweisen.

Eigentlich werden mir diese Dinge erst jetzt, da ich sie dir erzähle, klar. Damals quälte mich nur der Widerstreit meiner Gefühle.

Die Sängerin und ihre Freundin wollten noch vor Abend einen kurzen Ausflug nach Anacapri machen. Sie gingen in ihre Zimmer, um sich umzuziehen, und so blieb ich eine Viertelstunde mit Aldo allein. Jetzt war der Augenblick gekommen: ich hätte ihm von Duccio erzählen und dann nach Hause eilen können. Aber er wußte noch nichts von meiner Heirat. In der törichten Angst, ihn wieder zu verlieren, wollte ich ihm erst alles gestehen, wenn ich noch einmal mit ihm zusammengewesen war. Und das wollte ich sofort. Ich sagte es ihm, ohne ihn dabei anzublicken, aber auch ohne Zögern. Er schien fast betroffen von diesem Eingeständnis meiner Leidenschaft. Aber er entschuldigte sich; im Augenblick wäre es unmöglich, ohne einen Skandal bei seinen Freundinnen zu provozieren.

Wann also?

Morgen, die beiden würden abfahren, und er werde versuchen zu bleiben. Vielleicht werde er sie auch bis Neapel begleiten und dann zurückkommen. Nein, heute abend, erwiderte ich, ohne ihn anzusehen, heute abend oder nie mehr.

Heute abend? Bemüht, mich nicht zu kränken, wollte er unser Zusammensein verschieben. Er versuchte, mir begreiflich zu machen, daß er nicht allein gekommen sei und mehr oder weniger als Gast der beiden Damen, so daß er sie keinesfalls am Abend allein lassen durfte. Und was geschähe, fragte ich ihn, wenn er sie doch im Stich ließe? Sie wären beleidigt. Nun, und was lag daran, fragte ich, im Bewußtsein des viel schwereren Unrechts, das ich um seinetwillen auf mich nahm. Aber sie wären dann so beleidigt, daß sie für immer mit ihm brechen würden. Ich sagte, daß auch ich, wenn er diesen Abend nicht zu mir käme, ihn nie wieder sehen wollte; er habe nun die Wahl. Noch immer zögerte er. Er schwieg, und ich dachte an Duccio. Ich sah wieder seine kleinen Hände, wie sie krampfhaft, zuckend in die Luft griffen. Wie lange war es her? Was war inzwischen geschehen? Wann würde ich seine Händchen wieder in die meinen nehmen? Endlich sprach Aldo – und sagte zu. Also gut, heute abend, aber wo? In Anacapri, schlug ich vor, in der dänischen Pension, wie damals. Ich sei schon dort gewesen, es ginge ohne weiteres. Ich würde auf dem Weg, vor dem Gitter, auf ihn warten, um zehn Uhr. Um Mitternacht, bat er. Gut, um Mitternacht, gab ich nach.

Jetzt erst sah ich Aldo ins Gesicht und fand, daß seine schönen gelben Augen mich begehrend, aber auch unentschlossen, beinahe ängstlich anschauten. Konnte ich mich wirklich auf ihn verlassen? Ich ging soweit, ihm meinen Zweifel zu gestehen: wie könnte ich sicher sein, daß er wirklich käme?

Er wußte nicht, was er antworten sollte, welchen Beweis er

mir geben könnte. Er wiederholte nur, er werde bestimmt kommen, ich könne ganz ruhig sein. ›Aber ich bin nicht ruhig‹, antwortete ich ihm. Seine Worte genügten mir nicht, ich wollte einen Beweis. Unschlüssig sah er sich um, blickte dann auf seine Armbanduhr. Ich glaubte, er wäre in Sorge, wegen der Rückkehr seiner Freundinnen. Aber er hatte nur einen Einfall gehabt. Er streifte sich das goldene Armband mit der Uhr ab und reichte es mir mit einer kindlichen Geste.

›Das ist alles, was ich besitze. Behalte es. Steck es in die Handtasche, damit es niemand sieht. Wenn ich nicht kommen sollte, kannst du es für immer behalten.‹

Ich lachte, bitter und entschlossen. Der ständige Gedanke an Duccio und das Opfer, das ich brachte reizte mich, mich irgendwie zu rächen. Was lag mir an dem goldenen Armband? Ich lachte.

›Ich weiß, daß du reich bist‹, sagte er. ›Aber für mich ist das ein Schatz. Schau dir die Uhr genau an. Sie ist von Audemars und Piguet. Das Werk allein ist zweihunderttausend Lire wert. Mit dem Gehäuse und dem massivgoldenen Armband von achtzehn Karat kostet sie mehr als eine halbe Million. Ich müßte verrückt sein, wenn ich nicht käme. Du wolltest doch ein Pfand! Mehr kann ich dir nicht geben.‹

Ich kam mir in diesem Augenblick selbst schlecht vor. Hatte ich ihm nicht schon meine Seele gegeben? Was hatte ich noch zu verlieren? Ich wog die Uhr in der Hand und sagte lachend:

›Wer weiß, vielleicht kann ich auch jetzt noch nicht ganz sicher sein? Vielleicht schenkt dir deine Sängerin, wenn du ihr heute abend alles erzählst, dafür eine Brillantuhr.‹

Er war nicht gekränkt, der Ärmste. Er schüttelte nur betrübt den Kopf und flüsterte mir nochmals und noch leiser zu: ›Du kannst ruhig sein.‹

Er war älter geworden. Für ihn schienen nicht nur drei, sondern zehn Jahre vergangen zu sein. Sein Körper war noch jugendlich. Aber das Gesicht, mit den immer noch vollen Wangen, wies da und dort Falten auf, die Augen waren umrändert und blickten etwas müde.

Die beiden Freundinnen kamen zurück, frisch geschminkt und gepudert, nach Mitsouko duftend, die ältere lärmend, die jüngere zwitschernd und flötend.

Wir gingen zur Piazza. Der Ausflug sollte darin bestehen, einen Wagen zu mieten, nach Anacapri hinaufzufahren, dort fünf Minuten lang die Aussicht zu bewundern und wieder umzukehren.

Ich verabschiedete mich. Ich hatte keinen Grund mehr, bei ihnen zu bleiben; ich konnte jetzt nach Hause gehen und doch die Gewißheit haben, nicht auf Aldo verzichten zu müssen. Aber eine geheimnisvolle Kraft schien mich festzuhalten. Ich konnte mich nicht losreißen, mich nicht von Aldo trennen. Nachdem ich mich bereits verabschiedet hatte, begleitete ich sie noch bis zum Wagen. Unentschlossen blieb ich stehen.

Wir gaben uns abermals die Hand. Aber dabei bemerkte die Sängerin meinen zögernden Gesichtsausdruck. Lebhaft und herzlich fragte sie mich, warum ich nicht mitkäme. Und da ich nicht sofort ablehnte, zog sie mich an der Hand fast mit Gewalt in den Wagen.

Ich war verrückt, war wahnsinnig, unmenschlich, sagte ich mir, als der große Wagen die ersten Kehren am Fels von Anacapri hinauf nahm. Was wollte ich hier, zwischen diesen parfümierten Frauen? Warum entfernte ich mich immer weiter von Duccio? War ich überhaupt noch eine Mutter? Aber was denn, Mutter! Und doch, ich hatte nicht darauf verzichtet, noch Mutter zu sein. Duccio an mich zu pressen, ihn zu küssen, lebendig in meinen Armen zu halten... Mir war, als überlegte ich mir zum erstenmal, was wirklich geschähe, wenn Duccio inzwischen gestorben wäre. Und das war ja keine so unsinnige Phantasie, vielmehr eine Möglichkeit, die in der natürlichen Ordnung der Dinge lag. Wieviele Kinder sterben in diesem Alter! Gewiß, Duccio war nicht schwächlich, er war gesund und kräftig; aber das Klima hatte ihm sehr zugesetzt. Wenn ich ihn nun bei meiner Rückkehr tot vorfände? Was konnte ich nur tun, um ihn zu retten?

Ich betete. Endlich, einen Augenblick lang, betete ich von ganzem Herzen. Aber durfte ich beten? Wie lange schon lebte ich in Todsünde? Nicht seit einer oder zwei Stunden, nicht erst, seit ich Aldo bei der Prozession getroffen hatte, sondern seit dem Tag, an dem ich nach Capri gekommen war und auf ihn wartete; seit jenem Abend in Princeton, als du aus New York von deinem Besuch bei Offner zurückkamst und ankündigtest, daß wir nach Italien führen, und ich sofort unwiderruflich beschloß, nach Capri zu reisen. Und viel länger schon, seit viel früherer Zeit. Schritt für Schritt war ich in die Todsünde abgeglitten, anfangs nur wie zum Versuch, halb im Scherz, dann nach und nach immer ernstlicher, als ich mich der langvergangenen Stunden mit Aldo im Rest Camp erinnerte und mir andere Stunden ausmalte, die ich mit ihm verbringen wollte, in ferner, unwahrscheinlicher, aber nicht undenkbarer Zukunft. Konnte, durfte ich beten? War mein Gebet würdig, bis zu Gott zu dringen? Nein, gewiß nicht. Das wäre zu bequem gewesen. Und so wagte ich nicht mehr zu beten. Das einzige, was ich tun konnte, war dies: mir vor Augen zu halten, wie unwürdig ich war, zu beten.

Das Auto war inzwischen bis zur letzten und steilsten Stelle der Steigung gekommen. Knatternd fuhr es langsamer und blieb nach einigen Metern ganz stehen.

Gerade dort oben, auf halber Höhe im Felsen, steht in einer höhlenartigen Nische das Standbild der Muttergottes von Lourdes. Votivlämpchen und Weihgaben aller Art schmücken es. Der Dicke, der den Wagen fuhr, schlug vor, wir sollten aussteigen und das letzte Stück zu Fuß gehen, während er versuchen wollte, den Motor wieder in Gang zu bringen.

In der grauen Dämmerung hing der hohe Felsen über uns, eine riesige schwarze Masse, aus der nur die schwach beleuchtete weiß und blaue Madonnenstatue hervortrat.

Die beiden Frauen und Aldo schauten nicht auf die Madonna. Sie standen an der äußeren Schutzmauer der Straße und blickten in die Tiefe, auf die farblose Fläche des Meeres und die fernen Lichter Neapels. Dann gingen sie lachend weiter die Straße bergan.

Ich blieb für ein paar Augenblicke zurück. Ich sah zur Madonna hinauf, dann blickte ich Aldo nach, wie er, am Arm der beiden Frauen, groß und schlank, die weiße Straße hinaufstieg. O ja, ich konnte beten. Aber in irgendeiner Weise mußte ich dafür bezahlen. Bezahlen, damit mein Gebet Erhörung fände und von Gott die Gnade erlangte, daß Duccio am Leben blieb. Die Madonna, zu der ich hinaufstarrte, hatte mir einen Gedanken eingegeben – und auch den Mut, danach zu handeln.

Nur einen winzigen Augenblick zögerte ich. Ich sah, wie Aldo sich entfernte, und ich fühlte, daß ich nicht nur Aldo für immer verlor, sondern etwas sehr viel Wichtigeres, etwas, was zu mir gehörte – worin es bestand, hätte ich nicht genau sagen können. Ich begriff, daß ich nur noch wie an einem Faden hing. Mein ganzes Leben stand auf dem Spiel. An welchem Faden? Welches Spiel? Ich wußte es nicht, ich wußte nichts. Während ich noch fragte, hatte ich mich bereits entschieden.

Ich hatte mein Gelübde getan. Wenn Duccio lebte, würde ich für immer auf Aldo verzichten.«

Neunzehn

»Als wir kurz darauf wieder in den Wagen stiegen und eine kleine Rundfahrt durch die Straßen von Anacapri machten, fiel es der Sängerin auf, daß Aldo seine Uhr nicht trug. Ich holte sie aus meiner Handtasche und gab sie Aldo zurück, der mich fragend ansah. Wir hätten im Scherz um etwas gewettet, erklärte ich der Sängerin; Aldo habe verloren und mir die Uhr als Pfand gegeben.

›Aber Aldo‹, rief die Sängerin, die jetzt ihn und mich forschend ansah, ›um das Pfand wiederzubekommen, werden Sie doch eine Buße versprochen haben. Warum leisten Sie sie nicht?‹

Ich sagte, daß ich keine Buße mehr erwartete. Ich hätte keinen Spaß mehr daran. Als wir wieder in Capri waren, verabschiedete ich mich endgültig von der Gesellschaft.

Ich fand Gelegenheit, Aldo schnell zuzuflüstern, daß ich nur Scherz gemacht hätte; er habe recht, es sei besser, wenn wir uns heute abend nicht sähen.

Ich lief nach Hause, und den ganzen Weg über betete ich zur Madonna, ein Ave-Maria nach dem anderen. Das Kindermädchen stand in der Tür und hielt Duccio auf dem Arm. Duccio, dem es ausgezeichnet ging, der sofort wieder munter geworden war, kaum fünf Minuten, nachdem ich aus dem Haus gestürzt war, um den Arzt zu holen; er hatte seine gewohnte Mahlzeit genommen und dann geschlafen. Der Arzt war mit Don Raffaele gekommen und hatte festgestellt, daß der Kleine zwar eine heftige Kolik gehabt hatte, aber nichts, das irgendwelche Folgen haben könnte. Aber was mit mir losgewesen sei?

Das Fräulein war in höchster Sorge um mich gewesen.

Ich konnte nicht antworten. Ich weinte vor Glück und küßte den laut lachenden und quietschenden Duccio wieder und wieder, ohne an irgend etwas anderes zu denken.

Zwei Tage lang dachte ich an nichts sonst. Ich beschäftigte mich ausschließlich mit Duccio, und von Zeit zu Zeit dachte ich an die Madonna und dankte ihr.

Am dritten Tag morgens, als ich mich gerade zurechtmachte, um mit Duccio zur Marina Piccola hinunterzugehen, meldete mir das Mädchen den Besuch eines Herrn. Den Namen hatte sie nicht verstanden.

Ich ging hinunter und dachte, es sei Baxter, der englische Musiker, den wir vor deiner Abreise auf der Piazza kennengelernt hatten und der dann zwei oder drei Mal zu mir zum Tee gekommen war. Aber es war Aldo.

Sobald ich ihn sah, begehrte ich ihn wieder mit aller Leidenschaft; aber nicht mehr mit dem Herzen. Wie soll ich dir das erklären? Er war keine göttliche Kreatur mehr für mich. Meine Neigung zu ihm war ein Laster. Vielleicht ein unwiderstehliches, aber nichts weiter als ein Laster.«

»Und was tatest du, Jane? Hieltest du dein Gelübde?«

»Ich brach es. Ich brach es, ohne zu zögern, noch am selben Abend.«

»Ohne zu zögern? Wie ist das möglich? Warum? Die Madonna hatte dich erhört. Hattest du denn keine Angst?«

»Nein. Weil ich völlig klar und eindeutig begriff, daß ich nicht das Gelübde abgelegt hatte, für immer auf ihn zu verzichten, sondern nur für jenen ersten Abend, und daß ich es ausgesprochen hatte in einem Augenblick, als ich Duccio für schwer krank hielt. Verstehst du, ich war überzeugt, nach Hause zu kommen und Duccio todkrank vorzufinden. Ihn in jener Nacht im Stich zu lassen, um nach Anacapri zu gehen und mit Aldo zusammenzusein, während Duccio in Gefahr schwebte: das war es, worauf ich vor der Madonna Verzicht geleistet hatte. Das war mein Gelübde, um Duccios Leben zu erhalten. Nichts anderes. Jetzt war es ohne jede Bedeutung, ob ich mit Aldo zusammen war oder nicht. Es war eine Freude, eine Lust, gewiß, aber eine Lust, die nichts ... wie soll ich es erklären ... die nichts Tragisches, nichts Endgültiges mehr bedeutete. Es war beinahe unschuldig, gegenüber dem, was ich empfunden hätte, wenn ich das Gelübde nicht geleistet, die Uhr nicht zurückgegeben hätte und in jener Nacht nach Anacapri gegangen wäre.

Denn das hätte bedeutet, dich um die Scheidung zu bitten und Aldo zu heiraten. Es hätte dabei nichts ausgemacht, wenn ich Duccio, wie es dann wirklich der Fall war, zu Hause in bester Gesundheit vorgefunden hätte. Deswegen nicht, weil ich meinen Entschluß zum Bruch mit dir in dem Moment gefaßt hätte, als ich noch für Duccios Leben fürchtete, nach meinem vergeblichen Versuch zu beten, vor allem, nachdem ich die Eingebung eines Gelübdes schon gehabt hatte.«

Ich rief Jane in Erinnerung, was sie mir selbst in Paris über ihr Gelübde erklärt hatte, wenn sie dabei auch die Hauptsache verschwiegen hatte. Ich konnte es ihr fast noch mit ihren eigenen Worten wiederholen. Und zwar: Wenn es Gott gibt, dann gibt es für Gott kein Vorher und kein Nachher. Alles geschieht vor Ihm gleichzeitig. Meiner Meinung nach also wäre Jane verpflichtet gewesen, ihr Gelübde zu halten.

»Das hat mir auch Père de Lalande gesagt. Ich habe versucht, mich zu verteidigen. Nicht weil ich überzeugt war, nicht gesündigt zu haben, sondern nur, um ihm zu erklären, daß die Sünde, die ich beging, als ich das Gelübde brach, eine unendlich weniger schwere Sünde war als die, die ich begangen hätte, wenn ich der Eingebung des Gelübdes nicht gefolgt und also nachts nach Anacapri gegangen wäre. Das wäre die eigentliche Todsünde. Die Sünde, die man im Leben nur einmal begehen kann. Die Sünde, über der man so verzweifeln kann, daß man in die Hölle gerät, oder die man so bereuen kann, daß man zur Heiligen wird. Ich habe sie nicht begangen.«

»Du solltest zufrieden sein, Jane, daß du sie nicht begangen hast.«

»Ja, Harry. Aber manchmal befällt mich ein Zweifel. Ein sonderbarer, quälender Zweifel. Ob es nicht eine notwendige Sünde gewesen wäre. Jetzt zum Beispiel, wo ich für dich fürchte; jetzt, wo Don Raffaele uns mit meinen Briefen erpreßt ...

Wäre es nicht besser gewesen, wenn ich damals kompromißlos bis zum Ende gegangen wäre und wir uns dann hätten scheiden lassen? Dann brauchtest du jetzt nicht diese Sorgen zu haben.«

Am nächsten Tag sollte Jane von Ciampino aus direkt nach New York fliegen. Wir annullierten die Buchung und belegten einen Platz in der Maschine, die drei Tage später von Paris aus flog. Dann fuhren wir nach Capri. Es war klar, daß nur Don Raffaele die Briefe haben konnte und daß der Anruf von einem seiner Bekannten gekommen war.

Wir mieteten einen Wagen und fuhren am frühen Morgen von Rom ab. Gegen zehn waren wir in Neapel, noch rechtzeitig für den Dampfer. Mittags landeten wir in Capri. Don Raffaele war, nach seiner Gewohnheit, an der Marina Grande. Er ging mit dem Wachtmeister der Zollpolizei auf der Mole auf und ab. Als das Schiff anlegte, erkannte er uns sofort und kam uns freudig entgegen, mit ausgebreiteten Armen und dem offensten Lächeln der Welt.

Er bemerkte sofort, daß wir ohne Koffer waren. Wir sagten, daß wir am Nachmittag wieder zurückfahren wollten. Er schien überrascht und traurig.

»Aber warum? Sie wollen nicht hierbleiben? Das ist ja ein Verbrechen! Wie kann man nach Capri kommen und nicht wenigstens eine Nacht bleiben?«

»Wir sind nur gekommen, um mit Ihnen etwas zu besprechen, Don Raffaele«, sagte ich ernst. Seine Überschwenglichkeit irritierte mich. Ich hatte mir vorgenommen, keine allzu große Empörung an den Tag zu legen, wollte aber auch nicht diesen familiären Ton. Je schneller wir zum springenden Punkt kamen, desto besser würde es sein.

»Etwas mit mir besprechen? Zuviel Ehre! Ich stehe Ihnen jederzeit zur Verfügung. Sprechen Sie, sprechen Sie nur, Herr Major.«

»Wohin gehen wir?« fragte ich, auch an Jane gewandt.

»Wollen Sie zur Piazza hinauf? Wenn Sie gestatten, möchte

ich Sie zu einem Vermouth bitten. Diesmal bin ich an der Reihe.«

»Ich muß geschäftlich mit Ihnen reden, Don Raffaele. Wir haben keine Zeit zu verlieren. Können wir zu Ihnen nach Hause gehen? Vielleicht ist das am besten.« Ich dachte natürlich, daß er die Briefe zu Hause aufbewahrte, und ich wollte, wenn er einmal die Summe angenommen hatte, die ich zu bieten entschlossen war, unverzüglich in den Besitz der Briefe gelangen.

»Zu mir nach Hause? Oh, Signor Maggiore, entschuldigen Sie mich bitte. Es ist doch auch für die Signora so weit. Man muß eine halbe Stunde gehen. Es wäre mir eine große Ehre, Sie in meinem armseligen Haus zu empfangen. Das können Sie sich vorstellen, Herr Major! Aber es wäre zu unbequem für Sie, glauben Sie mir. Wir können doch im Café sprechen. Weshalb nicht?«

»Es ist ein heikles Geschäft, Don Raffaele«, sagte ich und blickte ihm fest in die Augen.

Aber er, der doch sonst so wach und scharfsinnig war, schien die Bedeutung meines Blickes nicht zu bemerken.

»Ein heikles Geschäft?« Er schloß die Augen einen Moment, wie um nachzudenken. »Wir könnten ins ›Quisisana‹ gehen, in einen der Aufenthaltsräume, oder auch auf die Terrasse?«

»Nein, Don Raffaele. Versuchen Sie mich bitte zu verstehen. Ich muß ohne Zeugen mit Ihnen sprechen.«

»Ausgezeichnet. Kommen Sie doch mit ins Municipio. Um diese Zeit ist kein Mensch mehr im Rathaus.«

»Ins Municipio?«

»Aber ja doch. Ich sehe, Sie wissen noch nichts. Bitte entschuldigen Sie, wenn ich von mir spreche. Ich bin jetzt Bürgermeister. Sindaco von Capri. Seit einem halben Jahr. Meine Mitbürger haben Vertrauen zu mir gehabt. Bitte, kommen Sie, Signora...«

Mit diesen Worten forderte er uns auf, die Station der

Drahtseilbahn zu betreten. Als ich zum Billettschalter ging, hielt er mich eilends zurück:

»Bitte, machen Sie keine Umstände! Sie sind meine Begleiter. Wer mit dem Bürgermeister fährt, braucht keine Fahrkarte. Wenigstens ein Vorteil!«

Während der Fahrt in der Funicolare sprachen wir über gleichgültige Dinge, das Wetter, den Fremdenverkehr, das Wasserproblem in Capri. Er fragte nach dem Kind, und Jane gab Antwort, trotz ihres inneren Widerwillens, einfach überwältigt von so viel aufdringlicher Herzlichkeit. Sie sprach von Duccio und erzählte sogar von Donatellas Geburt. Und ich betrachtete diesen Mann, mit dem ich binnen kurzem eine schmachvolle Auseinandersetzung haben, einen elenden Streit ausfechten sollte. Ich forschte in seinem glatten Gesicht, beobachtete die schmalen Lippen, die grauen, lachenden, nie stillstehenden Augen, die kaum angedeuteten Falten der Mundwinkel, die feinen, skeptischen Züge, eine Maske, die in langen Generationen von Höflingen, Händlern, Dienern und Priestern ererbt war, von den uralten Kulturen der Mittelmeervölker, die in stetem Wechsel phönizisch, griechisch, hellenistisch, italisch und spanisch gewesen waren, bis hinab zu diesem rohen, vulgären Wesen, das sie trug, ohne sie je abzulegen: als seine mächtigste Waffe. Und ich maß an dieser Maske die jahrhundertealten Kräfte seiner Verschlagenheit und stellte sie meinen eigenen bescheidenen Fähigkeiten gegenüber. Wie konnte ich hier siegen? Wie teuer würde ich bezahlen müssen?

Ohne jeden Zweifel wußte er alles von uns. Er wußte, daß Janes Familie reich war. Er wußte, daß wir in Paris wohnten. Er wußte von meiner Stellung bei der Unesco. Er hatte es nicht erwähnt. Aber um so deutlicher sprach seine betonte Ehrerbietung.

Ich beobachtete Don Raffaele, wie er lachte, scherzte und Jane Komplimente machte. Aber ohne auf den Sinn seiner Worte zu achten, dachte ich verzweifelt immer nur Zahlen und Summen, nichts als Zahlen und Summen. Tausend Dollar?

Zweitausend? Fünftausend? Zehntausend? Ich tastete in meiner Tasche nach dem Scheckbuch. Ich sagte mir, daß mein Konto bei American Express in Paris nicht ausreichen werde, daß ich Jane bitten müßte, mit ihrem Vater zu reden. Vielleicht konnten wir mit einer Anzahlung einen Teil der Briefe herausbekommen. Aber wieviel würden wir geben müssen, um sie alle zurückzuerhalten?

Auf der Piazza war nichts verändert. Nur saßen wegen der Hundstage zu dieser Stunde alle Fremden auf der Schattenseite, und das Café gegenüber, das in der vollen Sonne lag, war gänzlich verödet. Die Hitze war so groß, daß alle regungslos an ihren Tischen saßen. Männer wie Frauen halbnackt, mit schwarzen Brillen vor den Augen, schlürften mit trägen, langsamen Bewegungen eisgekühlte Getränke.

Wir gingen über den Platz und betraten das kleine Gebäude des Municipio. Wir stiegen in den ersten Stock hinauf. Don Raffaele hatte die Schlüssel. Wir traten in ein weiträumiges, kahles Arbeitszimmer, das im Dunkel der herabgelassenen Rolläden lag.

»Hier kommt man um, wenn man es nicht so macht«, erklärte Don Raffaele, »wenn Signora gestatten?« Damit zog er seine Jacke aus. Dann setzte er sich auf seinen Bürgermeisterstuhl, hinter einem großen, mit Papieren überhäuften Schreibtisch. Er bat uns, auf der anderen Seite, in zwei Korbsesseln, Platz zu nehmen.

Bevor ich zu sprechen anfing, nahm ich all meinen Mut und meinen Abscheu zusammen. Ein letztes Mal betrachtete ich Don Raffaele. Auf seinem Sessel sitzend, in grauem kurzärmeligem Polohemd, wischte er sich mit dem Taschentuch den Schweiß von Hals und Nacken. Über ihm hingen an der weißgetünchten Wand die Portraits des Papstes und des Präsidenten der Republik. Darüber hing ein Kruzifix.

»Don Raffaele«, sagte ich, »ich komme ohne Umschweife zur Sache. Meine Frau hat mir alles erzählt.«

Das leichte Lächeln der Aufmerksamkeit, das bisher auf

Don Raffaeles dünnen Lippen geblieben war, verschwand plötzlich. Sein ernstes, ruhiges Gesicht war einen Augenblick Jane zugewandt, und dann wieder mir.

Ich sprach weiter.

»Daher weiß ich also, daß meine Frau im vergangenen Jahr, während sie hier in Capri war, einen Brief von ihrem ersten Mann erhielt. Einen Brief, der an Ihre Adresse gerichtet war, Don Raffaele, und den Sie meiner Frau weitergegeben haben. Meine Frau wollte mich nicht belügen; sie wollte einfach vermeiden, daß ich mich beunruhigte. Gleichzeitig, um zu verhüten, daß auf dem Postamt hier die Briefe erbrochen würden, die sie ihrem ersten Mann schreiben wollte...«

»Entschuldigen Sie bitte, wenn ich Sie unterbreche, Herr Major. Es ist wahr, leider nur zu wahr, daß früher das Postamt in Capri keinerlei Garantie bot. Ich selbst wies als erster Ihre Frau Gemahlin darauf hin. Aber mit derselben Aufrichtigkeit möchte ich Ihnen doch erklären, daß, seit ich Bürgermeister von Capri bin, dergleichen nicht mehr vorkommt. Dieser enorme, unerhörte Mißstand, der eines der ersten und elementarsten Grundrechte einer zivilisierten Nation verletzte, ist in Capri beseitigt, Herr Major. Sagen Sie das bitte allen. Allen Ihren Landsleuten. Es war die erste Maßnahme, die ich traf, seitdem ich im Amt bin. Obgleich, wie Sie wissen, die Post nicht von der Gemeinde abhängt, sondern direkt dem Staat untersteht, bin ich gleich nach meiner Wahl zum Sindaco, allein zu diesem Zweck und auf eigene Kosten, nach Rom gefahren und habe dieses Geschwür aufgeschnitten. Seit einem halben Jahr ist das Postamt in Capri ebenso zuverlässig wie das Postamt in Washington. Entschuldigen Sie nochmals die Unterbrechung, Herr Major. Aber, bitte, sprechen Sie nur weiter, bitte, fahren Sie fort...«

Fahren Sie fort! Ich fand die Worte nicht mehr, um das Gespräch wiederaufzunehmen. Wenn auch zwischen der Pose Don Raffaeles, der sich zum Retter und Hüter der Moral im Postamt erhob, und meiner zunehmenden Scheu, ihm eine

Summe anzubieten, um die Briefe von ihm zurückzukaufen, kein logischer Zusammenhang bestand, fühlte ich doch, während er vom Aufschneiden des Geschwürs sprach, wie meine Scheu ins Riesenhafte wuchs – und damit leider auch die Summe, die ich ihm nun wohl bieten mußte.

Don Raffaele hatte sicherlich diese Wirkung vorausgesehen und mich deshalb mit diesem Wortschwall und dem betonten Hinweis auf die Moral unterbrochen.

Er war Bürgermeister. Er hatte die Zustände auf dem Postamt bereinigt. Folglich war der Preis für die Briefe sehr viel höher, als ich angenommen hatte.

Ich sagte, daß ich nicht imstande war, meine Rede wiederaufzunehmen. Zum Glück legte sich Jane ins Mittel.

»Don Raffaele«, sagte sie, »ich habe meinem Mann alles erzählt. Das heißt, ich habe ihm von den sechs Briefen erzählt, die ich Ihnen übergab, damit Sie sie in einen zweiten Umschlag tun und adressieren sollten.«

»Gut, Signora«, sagte Don Raffaele.

»Was verlangen Sie für diese sechs Briefe?« fiel ich schnell ein, stand auf und schlug mit der Faust auf den Tisch.

Don Raffaele wich entsetzt an die Lehne seines Sessels zurück.

»Ich verstehe nicht«, stammelte er. »Ich verstehe nicht, was Sie sagen wollen, Herr Major.«

»Oh, Sie verstehen sehr gut. Spielen Sie nicht den Unschuldigen! Wieviel wollen Sie für die sechs Briefe. Ich biete Ihnen tausend Dollar! Sind Sie zufrieden?«

»Aber, Signor Maggiore, wie gern ... von ganzem Herzen gern ... Auch ohne tausend Dollar. Aber ich habe doch die Briefe zur Post gegeben!«

Ich stand über den Tisch gebeugt, schon fast über Don Raffaele, der mich entsetzt anstarrte und immer weiter wegrückte. Ich betrachtete ihn von oben herab und schrie mit allem Haß, dessen ich fähig war:

»Erzählen Sie keine Märchen. Schluß damit! Die Briefe

sind niemals angekommen. Und Sie wissen das sehr genau. Wer hat uns denn vorgestern in Rom angerufen? Irgend jemand in Ihrem Auftrag. Also, wieviel wollen Sie? Sind Ihnen tausend Dollar zu wenig? Sagen Sie es. Haben Sie wenigstens dazu den Mut!«

Ich merkte jetzt, daß Don Raffaele zitterte. Er zitterte, sein Atem ging keuchend, und er war bleich vor Angst.

»Gestatten Sie, Herr Major«, sagte er mit flehender Stimme. »Aber beruhigen Sie sich doch, ich beschwöre Sie. Erlauben Sie, daß ich aufstehe...«

Er stützte sich mit beiden Händen auf die Armlehne seines Sessels, stand zitternd auf, drehte sich zur Wand und hob die rechte Hand zum Kruzifix empor.

»Sie sehen, Herr Major«, sagte er fast schluchzend, »ich schwöre auf das Kruzifix. Ich schwöre beim Gekreuzigten, daß ich die sechs Briefe ... Sie sagen, daß es sechs waren, ich bestreite es nicht, aber ich kann mich wirklich nicht genau erinnern, wieviele es waren... daß ich sie, ohne sie zu lesen, jeden in einen zweiten Umschlag getan, zugeklebt und mit eigener Hand einen Namen darauf geschrieben habe, einen Namen, an den ich mich jetzt nicht mehr erinnere; aber die Adresse war das Hotel Excelsior in Rom; ich habe die Briefe zugeklebt und in den Kasten geworfen. Weiter weiß ich nichts; ich habe nie wieder etwas davon gehört. Ich wiederhole Ihnen, ich schwöre das aufs Kruzifix. Soll in diesem Augenblick meine kleine Nichte sterben, die sechzehn Jahre alt ist und der einzige Mensch auf der Welt, den ich liebe, da meine Frau mir keine Kinder geschenkt hat – soll in diesem selben Augenblick meine Nichte Constanza sterben, wenn das, was ich gesagt habe, nicht die reine und lautere Wahrheit ist!«

Während er seinen feierlichen Schwur sprach, blickte er abwechselnd auf das Kruzifix und auf uns, um sich von der Wirkung seiner Worte zu überzeugen. Endlich ließ er den Arm sinken, kehrte zum Schreibtisch zurück, wischte sich die Tränen mit dem schweißgetränkten Taschentuch und starrte mich noch immer entsetzt an. Ich sah zu Jane hinüber. Sie hielt den Blick gesenkt und schwieg.

Nach einer langen Pause fuhr Don Raffaele fort:

»Aber so etwas dürfen Sie nicht tun«, sagte er leise und streckte zögernd eine Hand zu mir herüber, und mit bescheidenem, fast väterlichem Ton fuhr er fort: »Hören Sie auf einen Mann, der ein gut Teil älter ist als Sie. Beruhigen Sie sich. Machen Sie sich nicht unnötige Sorgen! Es gibt so viel wirklich Trauriges, Schmerzliches im Leben. Was bedeuten solche Dinge im Vergleich zu einer schweren Krankheit, der unheilbaren Krankheit eines geliebten Angehörigen zum Beispiel! Nichts, glauben Sie mir, nichts... Ich bin Witwer, meine Frau ist am Krebs gestorben. Sieben Jahre der Qual. Das sind die wirklichen Unglücksfälle im Leben, Herr Major. Danken Sie dem Himmel und der Madonna, daß Ihre Gattin gesund ist, daß Sie gesund sind, daß Ihre Kinder in Amerika gesund sind. Und das andere ... das andere versuchen Sie mit Ruhe und Überlegung zu lösen, ohne sich derart hinreißen zu lassen. Ich bitte Sie, Herr Major, ein Mann wie Sie!«

Nur mühsam bezwungene Rührung beengte mir die Brust, stak mir in der Kehle. Ich reichte diesem Mann, den ich so zu Unrecht verdächtigt hatte, die Hand, voll Scham und Reue.

»Verzeihen Sie mir, Don Raffaele. Ich war nicht bei Sinnen. Bitte, verzeihen Sie mir. Wollen Sie?«

»Aber was denn, Verzeihung für was denn, Herr Major!« sagte Don Raffaele und umschloß mit seinen beiden Händen die meine. »Das sind Augenblicke, die bei jedem einmal vorkommen. Man verliert einfach den Kopf, man weiß nicht mehr, was man tut. Aber dann geht es vorüber, und man kann sich nicht einmal mehr daran erinnern. Ich wünsche Ihnen das Beste, Herr Major.«

»Verzeihen Sie auch mir, Don Raffaele«, sagte Jane, die aufgestanden war und ihm nun ebenfalls die Hand reichte.

»Schluß mit dem Verzeihen«, sagte Don Raffaele, stand auf, verneigte sich, ergriff Janes Hand und führte sie leicht an seine

Lippen. »Bin ich vielleicht Christus? Ich bin Bürgermeister von Capri, und als Bürgermeister bin ich sehr streng und verzeihe niemandem etwas! Wenn jemand Papier auf die Straße wirft und nicht in die eisernen Abfallkörbe, die ich an allen Ecken habe anbringen lassen, muß er Strafe zahlen. Wenn die Fremden nachts herumlärmen und die Nachtruhe stören, gibt's eine Geldstrafe. Wenn die reizenden jungen Damen im Bad, nun, wir verstehen uns, ihren Badeanzug nicht so haben, wie es das Gesetz vorschreibt, Geldstrafe. Geldstrafen, Geldstrafen, Geldstrafen!«

Er brach in lautes Gelächter aus und ging mit uns auf die Piazza hinab, um einen Vermouth zu trinken.

»Kehren Sie nach Amerika zurück, Herr Major? Mit dem Flugzeug?«

Er wußte nichts von Paris, wußte nichts von der Unesco, wußte von gar nichts. Unser schlechtes Gewissen hatte ihm diabolische Macht und Allwissenheit angedichtet, die er in Wirklichkeit gar nicht besaß.

Nach dem Vermouth verabschiedete er sich rasch. Es war fast zwei Uhr. Spät für ihn, sagte er, denn seine junge Nichte warte auf ihn mit dem Mittagessen. Wahrscheinlich hatte er sogar soviel Takt, um zu verstehen, daß wir, wenn auch nun von seiner Unschuld überzeugt, ihn trotzdem mit unseren Sorgen um die mysteriöse Briefgeschichte in Zusammenhang brachten, und daß er uns einen Gefallen tat, wenn er verschwand.

So war es. Und von diesem Augenblick an bis zum Ende ging zwischen mir und Jane alles gut. Wir fuhren sofort zur Marina Grande hinab und aßen dort, um sicher zu sein, daß wir das Schiff um vier Uhr nicht versäumten.

Wir schliefen in Neapel, wo wir unser Gepäck gelassen hatten. Am nächsten Morgen nahmen wir einen direkten Schlafwagen und fuhren nach Paris.

Wir dachten an Don Raffaele und fühlten uns beruhigt und frei. Die Briefe? Der Skandal? Warten wir ab, was geschieht, trösteten wir uns. Wer die Briefe auch haben mag, wird, wenn er Geld haben will, schon zu uns kommen, ehe er weiteres unternimmt. Es war töricht gewesen, sich so aufzuregen, wie wir es getan hatten.

Ich war nunmehr überzeugt, daß Jane am Telefon nicht richtig verstanden hatte. Ich versuchte, die Worte zu rekonstruieren, die das Mißverständnis verschuldet hatten. Bedrängt von Reue, besessen von der Angst vor Erpressung, hatte Jane vielleicht selbst zuerst von den Briefen gesprochen. Und wer der Mann am Telefon auch war, er konnte in seinem gewollt kindlichen Italienisch, mit dem die einfachen Leute sich Ausländern leichter verständlich zu machen glauben, ganz gut gesagt haben: »Lettere? mai sentito«, »nie etwas gehört von Briefen«. Und Jane konnte gedacht haben: »The letters? They have never been sent«, »die Briefe sind niemals abgesandt worden.« Und sofort hatte sie dabei an Don Raffaele gedacht. Vielleicht war es so.

Ich setzte Jane meine Überlegungen auseinander. Trotz aller Unwahrscheinlichkeit trugen sie dazu bei, uns zu beruhigen.

Was uns übrigens besonderen Eindruck gemacht und mit einem Mal wie durch einen Zauber beruhigt hatte, war die überraschend demütige Bescheidenheit Don Raffaeles gewesen, dieses sonst verschlagenen, geldgierigen Menschen, der sicherlich in seinem Leben zahllose Gemeinheiten begangen hatte und jetzt, einmal zu Unrecht beschuldigt, sich nicht empört und aufgelehnt hatte, sondern die Anschuldigung mit geduldiger Fassung hinnahm und sich fast angstvoll verteidigte.

So sind die Italiener! Bescheiden, ja, demütig bis zur Selbsterniedrigung, schlau bis zum Verrat, immer menschlich, heldenhaft nie, und bisweilen wahre Heilige.

Don Raffaele, der uns von Anfang an immer als eine Art Teufel erschienen war, hatte sich in den letzten fünf Minuten geradezu als ein Heiliger erwiesen. An uns hatte er jedenfalls wie ein Heiliger gehandelt!

Im Schlafwagen sprach ich mit Jane friedlich über diese Dinge. Alles, was geschehen war, erschien uns jetzt wie ein böser Traum. Es wurde Abend. Der Zug kletterte die dunklen

Täler hinauf und näherte sich der Grenze. Wir machten kein Licht. Wenn der Zug, zwischen zwei Tunnels, am abschüssigen Talhang dahinfuhr, drang die reine frische Bergluft durch die Fenster herein ins Abteil. Von meinem Bett aus sah ich die hohen schwarzen Kämme der Berge, das dunkle Blau des Himmels und die helleuchtenden Sterne.

Ich hatte alles vergessen, sogar Dorothea, und ich liebte Jane.

Ich war glücklich. Weshalb es nicht zugeben? Weshalb sollte man solche Widersprüche und Umschwünge in seinem Leben nicht zugeben? Warum um jeden Preis eine Logik suchen, wo es nur Geheimnis gab oder vielleicht eine höhere Logik, deren Gesetze wir nicht verstehen können?

Ich war glücklich. Mit Jane glücklich, wie sonst nur mit Dorothea. Aber es war ein vollkommeneres Glück.

Ich weiß nicht mehr, woran ich dachte oder was ich im einzelnen empfand. Nur, daß ich in dieser Nacht im Zug glücklich war. Und daß deshalb, gleich danach, Janes erste Worte mich verletzten, enttäuschten und mit Bitterkeit erfüllten. Ich hatte geglaubt, auch Jane sei glücklich mit mir, wie ich es mit ihr war. Aber nein.

Denn sofort danach sagte Jane, wobei sie mich zärtlich streichelte:

»Wir lieben uns, Harry, ich weiß. Wir lieben uns in wirklicher Liebe. Aber wie schade ist es, daß wir uns nicht auch im Bett lieben!«

Der Zug fuhr gerade langsamer und näherte sich der letzten italienischen Station. Das schwarze Profil der Berge, der Himmel, die Sterne blieben langsam, langsam stehen und wurden zum unbewegten Bild im Fensterrahmen. Ich hörte die Schritte der Eisenbahner und der wenigen Reisenden, ein paar vereinzelte Summen, einen fernen Schrei, einen Pfiff. Dann das nächtliche Schweigen der Berge, das Rauschen der Wasserfälle. Eine Glocke aus dem nahen Ort schlug elf. Und ich wiederholte mir, wie ein Urteil, die fest in meinem Gedächtnis eingeprägten Worte Janes: »Wie schade, daß wir uns nicht auch im Bett lieben!«

Ich gab keine Antwort. Ich preßte sie an mich. Ich fühlte sie, klein, mager, mir ganz zugehörig. Ich widersprach nicht. Ich antwortete nicht. Ich betrachtete das Gebirge. Ich lauschte dem Rauschen des Wassers.

Dabei, dachte ich, war es durchaus möglich, daß Jane sich täuschte. Vielleicht war auch sie mit mir glücklich gewesen, und nur aus ihrer angeborenen kleinmütigen Scheu wagte sie nicht, es wahrzuhaben.

Aber vielleicht war es auch umgekehrt, daß ich in meinem naiven Selbstvertrauen mir aus Eitelkeit etwas vormachte?

Doch als ich weiter darüber nachdachte, kam mir der Verdacht, daß ich mit Jane so glücklich gewesen war, weil es unsere erste Umarmung seit ihrem Geständnis war. Und vielleicht würde auch sie eines Tages, wenn ich ihr gebeichtet hatte, so glücklich sein können... Es war sinnlos, ihr in dieser Nacht von Dorothea zu erzählen. Jane flog am nächsten Tag nach Amerika zurück. Wenn sie im September wieder nach Paris kam, würde ich ihr in Ruhe alles sagen. Ich wollte ihr aber diese Nacht wenigstens eine Andeutung geben. Ihr etwas wie einen Zweifel einimpfen. Wenn nicht anders, so deswegen, damit sie sich selbst nicht allzu sehr quälte, und sich mir gegenüber nicht gar zu schuldig fühlte. Wieviel öfter hatte doch ich sie betrogen! Nicht nur mit Dorothea, auch mit anderen Frauen. Checchina fiel mir ein. Und im Gedanken an Checchina die kleine goldene Kette mit dem Medaillon der Muttergottes von Lourdes, derselben Madonna, vor der Jane ihr Gelübde abgelegt hatte. Ich hatte Checchina versprechen müssen, die Kette zu behalten oder sie eines Tages meiner Frau zu schenken.

Jetzt zog ich die Kette aus meiner Brieftasche, in der ich sie immer bei mir trug, und gab sie Jane.

»Auch ich bin dir gegenüber schuldig geworden«, sagte ich. »Wenn du wieder nach Paris kommst, will ich dir alles erzählen. Dieses Medaillon mit der Madonna von Lourdes hat mir eine Frau geschenkt, eine Italienerin, mit der ich zusammen war, als du in Capri warst. Ich erzähle es dir später einmal.«

»Warum soll ich das Medaillon haben?« fragte Jane mit krausgezogener Stirn. »Ich will es nicht.«

»Bitte, behalte es«, drang ich in sie. »Du wirst alles leichter nehmen, wenn du es anschaust. Übrigens war es ein braves Mädchen.«

»Warum sagst du: war. Ist sie gestorben?«

»Nein. Aber ich glaube nicht, daß ich sie jemals wieder treffen werde. Sie war ein braves Mädchen. Auch dein Aldo ist im Grunde ja ein braver Junge. Das Böse, Jane, liegt niemals im anderen. Es ist immer und ausschließlich in uns selbst, wenn wir begehren.«

Sie antwortete nicht sofort. Sie betrachtete die Kette. Ich sah, wie sie angestrengt über etwas nachdachte, und daß sie nicht den Mut hatte zu sprechen. Schließlich sagte sie:

»Aldo hat auch eine solche Kette um den Hals getragen.«

Sie band sich selbst die Kette um, und vielleicht von diesem Gedanken überwältigt, begann sie mich leidenschaftlich zu küssen. Ich entsann mich der letzten Worte Checchinas, mit denen sie mich zur Annahme des Geschenkes überredete: ›Du wirst sehen, daß es dir Glück bringt.‹

Und vielleicht war diesmal auch Jane glücklich.

Bis zum letzten Augenblick jedenfalls schien sie wirklich glücklich zu sein. Bis zum letzten Kuß, den ich ihr, am nächsten Abend, auf dem Flugplatz in Orly gab.

Abschiednehmen auf einem Flugplatz ist immer eine nervenaufreibende Angelegenheit. Die Trennung beginnt, während man sich noch am gleichen Ort befindet, aber schon getrennt durch uniformierte Beamte, die die Passagiere in niedrige Holzabsperrungen, Glasbarrieren, enge Korridore schleusen, wie Vieh, das zur Schlachtbank getrieben wird.

Ich wartete draußen, in der Nacht, sah die große Constellation-Maschine, mit der Jane fliegen sollte. Aber man hatte die Passagiere noch nicht aus dem Gebäude herausgelassen. Endlich erschien auf dem Platz eine kleine Gruppe, wie verirrt, ein Häuflein Menschen, die nur widerwillig, wie von unsichtbaren Henkersknechten getrieben, vorwärtszugehen schienen, auf das Ungeheuer zu, das sie über den Ozean tragen sollte. Es war zu dunkel und die Entfernung schon zu groß, als daß ich Janes schmächtige Gestalt noch zu erkennen vermochte. Ich winkte eifrig aufs Geratewohl, in der Hoffnung, daß wenigstens sie mich sehen könnte.

Die kleine Gruppe stieg in die Maschine. Die Treppe wurde zurückgezogen. Wieder drehten sich die Propeller der vier Motoren, einer nach dem anderen, zur letzten Probe. Dann alle vier zusammen. Langsam begann das Flugzeug sich zu bewegen, sich um sich selbst zu drehen.

Es war eine langsame Bewegung; aber in wenigen Augenblicken war die Constellation unerklärlicherweise schon in der Dunkelheit verschwunden, zur Mitte des Flugfeldes hin.

Ich setzte mich in meinen Wagen und fuhr vom Flugplatz, in Richtung Paris. Nach fünfhundert Metern hielt ich an und stieg aus. Ich blickte zum Flugplatz zurück. Hörte das unregelmäßige Brummen der Motoren. Da und dort sah ich Lichter und Scheinwerfer. Wo war Janes Maschine jetzt?

Nach einigen Minuten glaubte ich, ihre grauen Umrisse in der schwarzen Nacht zu erkennen und zu sehen, wie sie an Höhe gewann.

Zwei Lichter, ein rotes, ein grünes, die abwechselnd aufleuchteten, erschienen einen Moment lang mitten am Himmel. Dann nichts mehr.

Es war nur noch ein sich immer weiter entfernendes Brummen zu hören, und plötzlich fiel mir das laute Zirpen der Grillen auf: es erfüllte die Nacht und die ganze Landschaft um mich her.

Es war sehr heiß. Der Himmel war mit Wolken bedeckt. Man sah nicht einen Stern.

Hier brach Harrys Manuskript ab.

Ich muß sofort, als Regisseur und Filmmann, erklären, daß ich in Harrys Erzählung gute Ideen, entwicklungsfähige Ansätze und sogar Handlungselemente sah, aber auch, daß sie völlig umgearbeitet werden müßte, wenn man einen Produzenten – mochte er noch so vorurteilsfrei und gebildet sein – ernsthaft für das Projekt interessieren wollte.

Sobald ich das Manuskript gelesen hatte, schrieb ich Harry in diesem Sinn, sagte auch, daß seine Geschichte mir persönlich tiefen Eindruck gemacht hätte. Er solle sie nun sobald wie möglich zu Ende führen und mir den Schluß schicken. Wenn ich in einigen Monaten wieder nach Rom zurückkäme, hoffte ich, ihm bereits konkrete Vorschläge machen zu können. Wir würden versuchen, zusammen ein Drehbuch daraus zu machen.

Nicht, daß ich viel Hoffnung hatte, jemals einen Film zu drehen mit psychologisch so komplizierten, ungewöhnlichen Charakteren, die schon das Psychopathische streiften. Ich rechnete aber damit, den Stoff verkaufen zu können, da die Möglichkeit gegeben war, in der Rollenbesetzung zwei große amerikanische Darsteller unterzubringen, so daß Harry auf diese Weise ein paar Millionen Lire verdienen konnte.

Ich schrieb ihm jedoch nichts davon, um ihn nicht zu entmutigen, seine Erzählung zu Ende zu führen. Ebensowenig schrieb ich ihm von all den Widersprüchen und Ungereimtheiten, die ich in der Abfolge der von ihm berichteten Ereignisse zu erkennen glaubte, und die mich manchmal sogar an deren Wirklichkeit zweifeln ließen. Wie war es zum Beispiel möglich, daß sich Harry und Jane durch diesen geheimnisvollen Anruf soweit bringen ließen, bis nach Capri zu fahren und mit Don Raffaele eine so lächerliche Szene aufzuführen? Aber ich konnte überhaupt mit dem berühmten Telefonanruf nichts Rechtes anfangen. Nach dem, was Harry schrieb, hatte der mysteriöse Anrufer zwar vage Drohungen ausgesprochen, aber er hatte kein Geld gefordert. Weshalb also all diese Aufregung?

Was die Gestalt Don Raffaeles betrifft, so war ich sicher,

daß Harry und Jane nach beiden Richtungen übertrieben hatten: zuerst, indem sie ihn für gar zu teuflisch hielten, und dann wieder für allzu ›heilig‹. Die Wahrheit lag wahrscheinlich in der Mitte: Don Raffaele war weder ein Erpresser, wie sie anfangs befürchtet hatten, noch von jener tiefen Menschlichkeit und Demut erfüllt, die sie dann bis zu Tränen rührten. Sehr wahrscheinlich hatte Don Raffaele gemerkt, daß er es hier mit zwei Menschen zu tun hatte, die, nach seinen Maßstäben, ihr seelisches Gleichgewicht verloren hatten und am besten wie Verrückte zu behandeln waren. Also schien es ihm sinnlos, sich zu empören, dagegen klug, ihnen gütig zuzureden, auf jeden Fall aber sich mit ein paar passenden Worten so schnell wie möglich aus der Affäre zu ziehen. Zugegeben, er hatte die Briefe nicht. Aber hier handelte es sich um Amerikaner, und in seiner Stellung als neuer Bürgermeister von Capri war es ihm wichtig, vor allem und um jeden Preis zu erreichen, daß sie künftig nie mehr an seiner moralischen Integrität zweifelten oder, wem gegenüber auch immer, einen solchen Verdacht äußerten. Was ihm auch vollauf gelungen war, mit seinem Schwur vor dem Kruzifix, seinen Tränen, seiner Sanftmut und väterlichen Milde.

Aber was war aus den Briefen geworden? Traf es zu, daß der junge Mann sie nie erhalten hatte? War der Anruf nicht von ihm ausgegangen? In dieser Hinsicht war ich nicht so optimistisch wie Harry und Jane.

Und was war weiterhin aus Harry und Jane geworden? Warum hatte Harry Paris verlassen und seinen Posten bei der Unesco aufgegeben, warum lebte er in dürftigen Umständen in der Via Margutta mit Dorothea? Hatten sie sich also trotz allem noch scheiden lassen? Nach allem, was ich nun erfahren hatte, schien sich Harry auf Gedeih und Verderb an jene Frau gekettet zu haben – ja, er war ein verzweifelter, zugrundegerichteter Mann, der sich nur noch treiben ließ. Was also war geschehen?

Ich gestehe, daß ich nach einiger Zeit mit Ungeduld auf das Eintreffen der restlichen Erzählung Harrys wartete. Wenn ich abends aus Joinville zurückkehrte, war das erste, wonach ich den Portier fragte, ob nicht ein Päckchen für mich gekommen sei. Oder ein Brief oder Telegramm, das mich auf die Gare de Lyon bestellte, wie das vorige Mal.

Aber Harry antwortete nicht einmal auf meinen Brief. Ich schrieb ihm noch ein paarmal, aber umsonst. So vergingen zwei Monate, und als ich Anfang September nach Rom zurückkehrte, begab ich mich sofort in die Via Margutta.

Ich stieg die dunkle Treppe etwas zögernd hinauf. Oh, ich dachte keineswegs mehr an ein Abenteuer mit der schönen Apulierin. Ich dachte an Harry, an sein Leben, von dem ich, bis zu einem gewissen Punkt, jetzt alles wußte. Alles, nur Dorothea kannte ich nicht. Auch nach der Lektüre der langen, eingehenden Schilderung, die Harry gegeben hatte, blieb sie mir rätselhaft, weil sie nämlich Harry selbst ein Geheimnis geblieben war.

Was für eine Frau war sie im Grunde? Berechnend oder großherzig? Liebte sie Harry oder lebte sie aus Berechnung mit ihm zusammen? Es war schwierig, darauf zu antworten, wenn man sich nur auf Harrys Bericht stützen konnte. Schwierig, weil es klar war, daß Harry, ohne es zu wissen, Dorothea nicht um dessentwillen liebte, was sie in Wirklichkeit war, wie immer diese Wirklichkeit auch sein mochte; er liebte im Grunde nur das Wunschbild, das er sich von ihr gemacht hatte und an dem er bis zum Irrsinn festhielt. Er wollte, daß sie egoistisch, ruchlos, hurenhaft, herzlos und selbstherrlich war.

Auch hier traf vermutlich dasselbe zu, was ich bereits im Fall Don Raffaeles bemerkt hatte. Es kam Harry nicht so sehr darauf an, zu entdecken, wie Dorothea wirklich war, als vielmehr die Übereinstimmung mit dem glänzenden, verstiegenen, fabulösen Bild festzustellen, das die bloße Erscheinung Dorotheas von Anfang an in ihm hervorgerufen hatte.

In Wirklichkeit war Dorothea bescheiden, prosaisch und gutmütig und entsprach in nichts dem Mythos, den Harry sich von ihr zurechtgelegt hatte. Aber diese mangelnde Entsprechung zerstörte nun nicht diesen selbstgeschaffenen Mythos, sondern bekräftigte ihn. Weder fähig noch willens, zu erkennen, wer seine Göttin in Wirklichkeit war, gaben Harry die ständigen Enttäuschungen, die sie ihm bereitete, ebensoviele Rätsel auf, die sie ihm nur noch geheimnisvoller und faszinierender machten. Bemerkte er nicht, bei einer bestimmten Gelegenheit, daß sie nicht herrschsüchtig und böse war, wie er geglaubt hatte? Nun gut, aber er zog daraus nicht den Schluß, wie jeder andere es getan hätte, daß Dorothea umgänglich und gutmütig war, sondern nur, daß sie dieses eine Mal sich eben nicht herrschsüchtig und böse hatte zeigen wollen, wie sie es seiner Ansicht nach dennoch war. *Sie hatte nicht gewollt.* Und der Grund dafür war unerfindlich, ihr Zauber war damit nur noch stärker geworden. Die Herrschaft dieses ›Mythos‹ über ihn schien unbegrenzt und unerschöpflich, da er weder von Dorotheas wirklichen Eigenschaften noch von seinen Illusionen geformt wurde, sondern im Gegenteil von seinen Enttäuschungen, die er fortgesetzt erlebte.

Kurz gesagt: wenn Harry eine andere Dorothea getroffen hätte, die nun wirklich, objektiv gesehen, die böse und launenhafte Gottheit gewesen wäre, die er anbetete, so würde er seine Anbetung sehr schnell aufgegeben haben. Als intelligenter und guter Mensch, der er war, hätten die Härte und Gemeinheit echter Bösartigkeit und die Unerträglichkeit echter Torheit Harry sehr bald abgestoßen. Nein, er konnte mit Dorothea nur weiter zusammenleben, weil sie eben völlig anders war, als er sie sich erdachte.

Soweit meine Deutung – aber ich hatte sie aus der Lektüre von Harrys Manuskript gewonnen und war natürlich begierig zu sehen, wieweit sie den wirklichen Verhältnissen entsprach.

Ich kam an den Malerateliers vorüber, überquerte den mit alten Majolikaplatten gepflasterten kleinen Hof und läutete an ihrer Tür.

Ich wartete lange. Ich läutete abermals, vergeblich. Ich dachte, daß sie ausgegangen seien, und ging meines Weges.

Am späten Nachmittag kam ich wieder, mit demselben Ergebnis.

Ich versagte es mir zu telefonieren. Ich wollte sie überraschen. Doch nachts entschied ich mich dann anders. Ich rief um elf Uhr an, um Mitternacht, um ein Uhr. Dann früh am Morgen. Das Telefon gab das Freizeichen, aber niemand meldete sich.

Ich ging nochmals in die Via Margutta, und nachdem ich wieder vergeblich an ihrer Tür geläutet hatte, ging ich hinunter, um die Portiersfrau zu fragen. Harry war vor zwölf Tagen abgereist, wohin, wußte die Frau mir nicht zu sagen. Er hatte ihr nichts gesagt, auch keine Adresse hinterlassen. Ich fragte nach der »Signora«. Sie sei am selben Tage verschwunden. Also waren sie zusammen verreist? Die Frau konnte es mir nicht sagen. Das einzige, was sie sicher wußte, war dies: bis zuletzt waren Harry und Dorothea zusammen gewesen, waren vor dem Haustor zusammen in ein Taxi gestiegen, mit Gepäck. In ein Taxi? Nicht in den Jeep? Nein. Den Jeep hatte er nicht mehr, er hatte ihn vor einem Monat verkauft.

Ich ging zum Haus der Auswärtigen Presse-Vereinigung, wo sich Harry seiner Arbeit wegen häufig aufhielt. Ich erfuhr, daß er seit längerer Zeit nicht mehr gekommen war. Aber man habe gehört, daß er nach Amerika gereist sei.

Dann fiel mir Borruso, der Schlafwagenschaffner, ein, der Harry eine halbe Million geliehen hatte und dessen römische Adresse ich noch besaß. Borruso war unterwegs, sollte aber in einigen Tagen zurücksein.

Als ich ihn schließlich traf, erzählte er mir, was er wußte. Harry sei endgültig in die Vereinigten Staaten zurückgekehrt. Vor seiner Abreise sei er zu ihm gekommen und habe ihm das Geld wiedergebracht, nachdem er zuvor den Jeep verkauft hatte. Er kehre nach Amerika zurück, hatte ihm Harry erklärt, und nehme seine frühere Lehrtätigkeit an der Universität wieder auf. Jedoch habe auch er, Borruso, Harrys Adresse nicht bekommen. Vorsichtig fragte ich, ohne auf Dorothea anzuspielen, von deren Existenz Borruso vermutlich nichts wußte, ob Harry allein abgereist sei.

»Allein. Ja, natürlich. Warum? Mit wem sollte er denn reisen? Er war doch hier allein, soviel ich weiß...«

»Ich glaube«, sagte ich. »Jedenfalls wird er in Amerika wieder zu seiner Frau zurückgekehrt sein?«

Borruso sah mich verwundert an.

»Zu seiner Frau? Hat er wieder geheiratet? Das wußte ich allerdings nicht.«

»Aber nein, zu seiner Frau, der ersten, immer derselben...«

»Die Signora Jane?« fragte da Borruso. »Aber wußten Sie denn nicht, daß sie tot ist? Sie starb bei einem Flugzeugunglück. Vor zwei Jahren. Erinnern Sie sich noch an das Flugzeug, das zwischen Paris und New York, gegen Ende Juli, glaube ich, über den Azoren abstürzte? Mit dem auch der bekannte Boxer geflogen war?«

Also Jane war tot. Harrys ganze Erzählung bekam jetzt einen anderen Sinn. Ich ging nach Hause und las mir nochmals einige Abschnitte des Manuskripts durch, vor allem die, in denen er von Jane erzählte, von der letzten Reise von Neapel nach Paris und von dem Halskettchen der Madonna von Lourdes...

Ich hatte Jane kaum gekannt, zwei- oder dreimal hatte ich sie gesehen; und das lag Jahre zurück. Ich konnte bei dieser Nachricht nur das unpersönliche Mitgefühl empfinden, das man allen Menschen entgegenbringt, die leben, leiden, lieben und einen plötzlichen, grausamen, erlösenden Tod finden. Und doch stand ihr leidenschaftlicher, selbstquälerischer Charakter, ihre schlanke, kleine Gestalt aus Harrys Bericht mir lebendig vor Augen. Mich überfiel die Vorstellung von den kurzen schrecklichen Augenblicken, die ihrem Tode vorangegangen sein mußten. An wen hatte sie wohl in diesen Augenblicken gedacht, fragte ich mich? An die Kinder, an Harry, oder an Aldo, oder an alle zugleich, in einem letzten Zweifel über den Sinn des Lebens? Was ist der Tod? Und wie erklärt sich – obwohl alle eines Tages, früher oder später, langsam und wissend und vorbereitet, oder in einem herzzerreißenden, ungeheuerlichen Augenblick, diese unvermeidliche und letzte aller Qualen bestehen müssen –, daß die Menschen schon zeit ihres Lebens hartnäckig und eigensinnig Leid und Qual suchen, so als ob sie nicht sterben müßten?

Lange blieb ich ohne Nachricht von Harry.

Endlich erhielt ich Anfang Februar des folgenden Jahres einen Brief. Er lautete:

Long Island, 30. Januar 1951

Mein lieber Mario,
nach meinem langen, Dir gewiß unverständlichen Schweigen muß ich Dich zunächst um Verzeihung bitten. Ich glaube nicht einmal, daß die letzten Ereignisse, die mein Leben völlig verändert und mich gezwungen haben, gerade das zu tun, was ich am wenigsten gewünscht oder auch nur vorausgesehen hatte, meine Schreibfaulheit rechtfertigen können. Ich gebe zu, daß ich Dir eine kurze Nachricht oder wenigstens ein Telegramm hätte nach Paris schicken können und müssen, um Dir meine Verheiratung mit Dorothea und unsere gemeinsame Rückkehr in die Staaten zu melden.
Aber ich wußte, daß Dir Janes Tod nicht bekannt war und wie ich früher, in dem langen Bericht, den ich Dir nach Paris geschickt habe, nicht den Mut hatte, Dir davon zu erzählen, so zögerte ich auch später und verschob dieses Eingeständnis, das mich von allem am schwersten bedrückte, von Tag zu Tag.
Vor einer Woche endlich schrieb ich an Signor Borruso und bat ihn um eine kleine Gefälligkeit für Dorothea. Jetzt eben bekam ich seine Antwort. Er schreibt mir, daß er Dich gesehen und Dir zufällig von dem Unglück erzählt hat.
Es ereignete sich am 28. Juli 1948, im Morgengrauen, über den Azoren.
Seit jenem Tag, vor mehr als zwei Jahren, empfand ich Janes Tod wie eine Schuld. Und erst jetzt, nachdem Dorothea Janes Platz auch bei den Kindern eingenommen hat, in einer Weise, die ich niemals voraussehen konnte, sehe ich allmählich ein, daß ich mich im Grunde zu Un-

recht beschuldigt habe, und beginne, wenn schon nicht den Frieden, den ich nie gehabt habe, so doch ein wenig Heiterkeit des Gemüts wiederzufinden. Wenn ich jetzt überhaupt noch leide, so an einem neuen Übel, das mir, wenigstens in diesem Ausmaß, bisher unbekannt war: an der Langeweile.
Ich verabscheue Amerika, und wünsche mir nur eins: nach Italien zurückkehren zu können. Jeder Vorwand oder Anlaß wäre mir dazu recht. Dorothea will natürlich hierbleiben. Das macht mir nichts aus. Gar nichts. Ich ließe sie, da sie soviel Freude daran hat, gern mit den Kindern hier, und käme allein. Ich muß, verstehe mich recht, ich muß nach Rom zurück. Könntest Du nicht einen Anlaß oder Vorwand für mich finden? Wenn es auch nur für eine kurze Zeit wäre, für drei, vier Monate? Ich versichere Dir, daß ich wenig, nur ganz wenig Geld brauche. Dreißigtausend Lire in der Woche würden mir reichen. Das Wichtige ist nicht das Geld, es ist der Vorwand, die Ausrede, um kommen zu können, eine Filmarbeit, die Ausarbeitung eines Filmstoffes, eine Synchronisierung, oder was Du willst. Aber es müßte ein stichhaltiger Grund sein, selbstverständlich, irgendeine tatsächliche, wenn auch nicht notwendige Arbeit.
Ich kann mich von der Universität beurlauben lassen, solange ich will. Ich würde sagen, daß es sich um meine wissenschaftlichen Studien handelt. Offner protegiert mich trotz des Unesco-Skandals noch immer. So brauche ich nicht zu befürchten, meine Stellung zu verlieren. Andererseits haben Janes Eltern, wie ich Dir wohl erzählt habe, reichliche Mittel und geben einen mehr als ausreichenden Monatsbetrag, um die Kinder und Dorothea anständig zu unterhalten. Janes Eltern hatten Gelegenheit, Dorothea bei längerem Zusammensein gründlich kennenzulernen. Zu meiner Überraschung haben sie eine große Zuneigung zu ihr gefaßt, bewundern sie und haben grenzenloses Vertrauen zu ihr. Im Schiffbruch meines Lebens ist wenigstens dies gut ausgegangen. Wie Du Dir denken kannst, war das das letzte, was ich erwartet hatte.
Versuche doch bitte, mein lieber Mario, ob Du das Wunder vollbringen und mich kommen lassen kannst. Ich will hier indessen die unterbrochene Arbeit an meiner Erzählung wieder aufnehmen, sie sobald wie möglich beenden und Dir schicken. Ich werde mir einen Durch-

schlag davon machen, so daß ich ihn Dir unbesorgt mit der Post schicken kann. Als Du den ersten Teil bekamst, hast Du mir zwei oder drei begeisterte Briefe geschrieben. Du sagtest, daß Du mit einigen Streichungen und Änderungen den Film schon zu »sehen« glaubtest. Auch daß eine Wahrscheinlichkeit bestände, den Stoff unterzubringen, weil darin Rollen für zwei große amerikanische Darsteller seien. Ich hoffe, daß Du immer noch dieser Meinung bist. Du warst auch neugierig, den Schluß kennenzulernen, weil auch bei einem guten Sujet der schwierigste und wichtigste Teil, oder jedenfalls der Teil, der die geringe Einbildungskraft der Produzenten am ehesten beflügelt, immer das Finale ist.

Nur weiß ich nicht, ob das Finale, das ich Dir schicken werde, sehr filmgerecht ist. Ich befürchte das Gegenteil. Aber leider kann ich, wie auch im ersten Teil, nichts als die Wahrheit erzählen.

Antworte mir bitte gleich. Ich brauche ein Wort der Ermutigung von Dir.

Ich bin wie immer in herzlicher Freundschaft

Dein alter Harry.

P.S. Du kannst mir jetzt völlig frei und unbesorgt alles schreiben. Dorothea ist, seitdem wir hier sind, so glücklich, daß wir nicht mehr den geringsten Streit miteinander haben. Sie arbeitet den ganzen Tag, beschäftigt sich mit den Kindern und dem Haushalt. Sie ist außer sich vor Freude über all die modernen Vorrichtungen und Apparate in unserer Küche. Sie hat sogar Autofahren gelernt und nimmt Unterricht im Englischen. Meine Post liest sie nicht mehr. Aber Amerika, welch endlose Langweile! H.

Am gleichen Tage, an dem ich diesen Brief bekam, rief Borruso mich an, um mir Harrys Adresse mitzuteilen. Ich dankte ihm und sagte, daß Harry mir gerade geschrieben habe. Borruso erzählte weiter, daß er am nächsten Tag einem ihm befreundeten Angestellten der T.W.A. ein Paket nach Amerika mitgeben werde, um das Harry ihn gebeten habe. Wenn ich ihm schreiben oder etwas schicken wollte, so könnte ich die Gelegenheit nützen. Ich hatte eine Idee und fragte Borruso, ob es das Paket zu sehr belasten würde, wenn ich einen ›Panettone‹ mitschickte?

So sandte ich also Dorothea und den Kindern einen ›Panettone‹, das berühmte Mailänder Gebäck. Aber was enthielt bloß das Päckchen, um das Harry gebeten hatte, und das, wie ich wußte, für Dorothea bestimmt war?

Ich ging zu Borruso in die Wohnung, um den ›Panettone‹ abzugeben. Und meine Neugier wurde sofort befriedigt.

Es waren jene bunten Zuckerperlen, die wahrscheinlich in ganz Amerika nicht aufzutreiben waren und mit denen Dorothea ihre prächtige Torte, die ›Scarcella‹, zu bestreuen pflegte.

Zwanzig

Etwa zwei Monate später erhielt ich die Fortsetzung von Harrys Manuskript. Hier die Übersetzung:

Fortsetzung und Ende von Harrys Erzählung

Ich hatte meinen Bericht an der Stelle abgebrochen, an der ich dir von Janes Tod hätte erzählen müssen. Janes Tod bedeutete eine Pause, etwas wie ein Vakuum, in meinem Leben. Als ich an diese Stelle gekommen war, hatte ich einfach nicht mehr die Kraft weiterzuschreiben. Das Ereignis, das Delikt, war mir noch zu nahe. Ich sage Delikt, denn als ich im vergangenen Jahr, in Rom, meine Erzählung niederschrieb, dachte ich noch an Janes Tod wie an einen Mord, den ich begangen hätte.

Denn wirklich, wenn ich nicht in so törichter Weise auf Janes Ängste und Gewissensbisse eingegangen wäre und mich nicht selbst von diesem Telefonanruf hätte erschrecken lassen, dann hätte ich sie gewiß beruhigen und überreden können, mit dem Flugzeug von Ciampino aus nach New York zu fliegen, für das wir bereits lange vorher gebucht hatten. Aber ich hatte selbst ein schlechtes Gewissen. Ich verband unwillkürlich meine Schuld mit der Schuld Janes. Und wie ich, als ich noch glaubte, daß die Erpressung von Dorothea ausging, mich mit einer Art Wollust, die Taschen voll von Zehntausenderscheinen, auf den Weg zu Dorothea gemacht hatte, so war ich nach Capri mit dem Wunsch gefahren, in Don Raffaele einen ausgemachten Lumpen zu finden.

Ich hatte Jane das Kettchen mit der Madonna von Lourdes geschenkt... Die Nachricht erfuhr ich aus den Abendzeitungen. Als ich aus dem Büro kam, riefen die Zeitungsverkäufer auf den Champs-Elysées die Schlagzeile vom Absturz des Flugzeugs aus. Ich wollte, ich könnte hier getreu Minute für Minute, Stunde für Stunde wiedergeben, was ich von diesem Augenblick an erlebte, bis ich endlich die Bestätigung von Janes Tod erhielt. Zuerst hoffte ich, die Zeitungsverkäufer nicht richtig verstanden zu haben. Warum sollte gerade Janes Flugzeug verunglückt sein? Dann hatte ich, für den Bruchteil einer Sekunde, den schrecklichen Verdacht, Janes Tod selbst gewünscht zu haben, um frei zu werden und Dorothea heiraten zu können. Schon hatte ich die Zeitung gekauft, war schon unterwegs zur American Press, telefonierte mit der ›Air France‹, mit unserem Konsulat. Verzweifelt holte ich alle erreichbaren Informationen ein, ich wollte das Entsetzliche noch nicht glauben. Drei Tage und drei Nächte hindurch schlief ich nicht und rührte kein Essen an. Ich rauchte und trank. Bis es keinen Zweifel mehr geben konnte. Ich depeschierte meinen Schwiegereltern nach Philadelphia. Zum Glück war Donatella erst wenige Monate alt und Duccio noch keine zwei Jahre.

Aber wozu soll ich hier im einzelnen diese Tage schildern? Auch wenn ich Hunderte von Seiten schriebe, könnte ich das Geschehene nicht ungeschehen machen. Jane war entschwunden. Jane war tot. Ich würde sie niemals wiedersehen. Seit damals hat der Tod für mich keinen Schrecken mehr. Oder doch, er ängstigt mich immer; aber wenn ich an ihn denke, denke ich an Jane, die diesen Schritt schon hinter sich hat. Sie hat bereits erfahren, was diese Augenblicke bedeuten. Und, so denke ich weiter, warum sollte nicht auch ich diese Prüfung auf mich nehmen können? Mag es ein Jenseits geben oder nicht – mögen wir, Jane und ich, uns wiedersehen und erkennen oder nicht: jedenfalls ist der Tod mir seit jenem Augenblick vertrauter geworden. Ich denke und spreche vom Tod jetzt leichter als früher, weil er mir Jane genommen hat. Und manchmal scheint es mir geradezu unmöglich, daß wir uns nicht wiedersehen sollten. Wenn ich eine halbe Flasche Whiskey getrunken habe, ist Jane hier, unsichtbar an meiner Seite, und wartet auf mich.

Es ist nur eine Frage der Zeit. Eine Frage von Jahren, Tagen, vielleicht nur von Stunden oder Minuten. Das ist ohne Bedeutung. Sie ist da und erwartet mich, und ich bin es zufrieden.

Oft habe ich von ihr geträumt (wäre ich so töricht, an das zu glauben, was ich dir jetzt erzählen will - ich hätte nicht den Mut, es niederzuschreiben), habe ich von ihr geträumt, daß sie tot sei und in der Hölle; daß sie aber, in irgendeiner dunklen Absicht des Teufels und mit unerforschlicher göttlicher Erlaubnis, für ein paar Tage oder Wochen, auf die Erde zurückgekehrt sei. Jane tot, Jane im Inferno, und doch hier, mit ihrem Leib, ihrem Gesicht, ihrem Blick, ihren Bewegungen, sogar mit ihren Kleidern, hier unter uns; und ich weiß, daß sie aus der Hölle kommt und dorthin zurückkehren wird. Sie wird in die Hölle zurückkehren, der sie in Ewigkeit angehört. Verzweifelt umarme ich sie und drücke sie an mich. Das geschieht auf der Straße, an der Ecke des Boulevard Saint Germain und der Rue des Ciseaux, neben einem italienischen Restaurant, wo wir manchmal abends zum Essen waren; es ist in der Gegend des Hotels, in dem ich wohnte, in dem ich schlief und dieses träumte. Wir ließen den Wagen auf dem Boulevard, an der Ecke der Rue des Ciseaux. Es ist wieder Abend, es ist Nacht. Die alten, baufälligen Läden sind geschlossen. Sie steht auf dem Gehsteig; nachdem ich aus dem Wagen gestiegen bin, treffe ich sie dort, zwei Schritte vor mir. Ich drücke sie an mich, und dann schaue ich sie an. Ein seltsames, schreckliches Rot ist auf ihren Wangen, die, als sie lebte, immer blaß waren, aber von einer gesunden, trockenen, nervösen Blässe. Jetzt sind ihre Wangen rot, wie feuerdurchglüht. Und *ich weiß*, woher die arme Jane kommt. Ihre Augen funkeln. Sie sieht mich an. Aber sie sagt nichts. Ihre Augen sind voll Tränen und funkeln schrecklich, als ob sie keine Liebe mehr für mich noch für irgendwen sonst kennten, denn es sind Augen, die den Ort sahen und sehen, den sie für immer sehen werden. Und doch ist sie hier, geht neben mir und reicht mir ihren Arm. Es ist, als leide sie an einer fürchterlichen, unheilbaren und selbstverschuldeten Krankheit. Die Hölle – das ist gerade diese Vorstellung von Schuld. Sie hatte sie selbst gewollt. Noch jetzt, mit dieser Röte, mit diesem funkelnden und verzweifelten Blick und im vollen Bewußtsein des ewigen Unheils, zu dem sie sich verdammt, und also in einer ungeheuerlichen Verdrehung ihres ursprünglichen Willens – sogar jetzt will sie sie noch: Sie will Hölle und Schuld. Ihr Wille ist nicht mehr frei zu einer anderen Wahl. Und wie sie keine Liebe mehr für mich hat, so habe ich fast kein Mitleid mehr mit ihr. Ich leide an diesem Mangel wie an einem Martyrium. Ich habe den Schmerz, kein Mitgefühl mehr zu empfinden.

»Jane«, sage ich, während ich mit ihr zu dem italienischen Restaurant hinübergehe, »läßt sich denn wirklich nichts tun? Ist es entschieden? Wirklich für immer entschieden?«

Sie sieht mich an und antwortet nicht ... Oh, diese Augen, rot von Weinen, von Entsetzen, von Haß und Verzweiflung! Mein Herz krampft sich zusammen. Es ist also wahr, sage ich mir, daß Gott gerecht bis zum Bösen ist? Daß er die äußerste Pein über eines seiner Geschöpfe verhängt? Haben wir vergeblich auf sein Erbarmen gehofft? Ich sehe Jane an, blicke ihr in die Augen, die mich verzweifelt anstarren, und kann nicht mehr zu diesem Gott beten. Das einzige, was ich tun kann, ist dies: Jane lieben, Jane lieben, was auch immer geschah, selbst gegen den Willen Gottes, sie lieben, weil es meine Jane ist, meine geliebte Gefährtin. Ich weiß, wie gut sie ist. Ich weiß, wie sanft sie ist. Ich weiß, daß in der Tiefe ihres Herzens Unschuld und christliche Liebe wohnten. Wie konnte Gott zulassen, daß sie nicht nach ihrem wahren Wesen gerichtet wurde, sondern nach Handlungen oder Gedanken in einigen Augenblicken ihres Lebens? Und wie kann es geschehen, daß er sie jetzt leibhaftig auf die Erde zurückkehren läßt, an die Kreuzung des Boulevard Saint Germain und der Rue des Ciseaux? Was ist der Sinn dieses Wunders? Besteht Hoffnung für Jane?

Ich frage sie danach, ich spreche zu ihr und drücke ihren Arm:

»Jane, Geliebte, gibt es eine Hoffnung?«

Aber Jane sah mich mit ihren trüben, düsteren Augen an, gerade so wie damals, als sie in unserem Zimmer im Grand Hotel in Rom am Telefon sprach, nur daß sie jetzt noch dieses schreckliche Funkeln hatte. Sie sah mich mit diesen Augen an und schwieg. Gab es eine Hoffnung, ja oder nein?

Aber das Schlimmste war, daß mir im Traum immer wieder Zweifel kamen, ob ich wirklich nur träumte. Zunächst sagte ich mir: Dies alles ist nicht möglich, Jane ist tot, die Maschine ist abgestürzt, sie ist bei den Azoren im Atlantischen Ozean versunken, folglich kann Janes Körper nicht hier auf dem Boulevard Saint Germain Ecke Rue des Ciseaux sein, folglich ist nichts von alledem, was ich sehe und empfinde und betasten kann, wahr, und ich träume. Aber nein, in diesem Moment fuhr ein Auto auf dem Boulevard vorüber, oder ein Mann ging pfeifend vorbei, und ich wurde im Traum gewahr, daß ich nicht träumte; alles war wirklich, auf eine unerklärliche Weise wirklich. Jane war da in Fleisch und Blut, und sie mußte, *mußte* in die Hölle zurück. Aber warum war sie gekommen? Damit ich es wissen sollte? Und was war im Grunde ihre Schuld gewesen? Die Schuld, um derentwillen sie ihre Seele verloren hatte?

Im Traum dachte ich, ohne es der armen Jane zu sagen, daß ihre Schuld ihre Sünde mit Aldo war: zuerst ihre Hingabe an Aldo; dann ihr Buhlen mit ihm in Gedanken, die Sünde des Begehrens; schließlich der Frevel des gebrochenen Gelübdes und der Ehebruch. Aber dann erwachte ich ... Ich richtete mich entsetzt auf, ich war schweißgebadet, das Herz klopfte mir zum Zerspringen, ich riß im Finstern die Augen weit auf und machte Licht. Ich war allein in meinem kleinen Hotelzimmer, in der Rue des Saints Pères. Es war ein kleines Hotel, dessen Besitzer, Personal und so manche Gäste ich bereits seit langem kannte. Und doch, wenn ich nachts aus solch furchtbarem Traum erwachte, fühlte ich mich allein und begriff, daß ich so nicht weiterleben konnte, ohne eine Gefährtin für die Nacht, die mit ihrer körperlichen Gegenwart den Teufel aus meinem

Zimmer vertriebe. Ich dachte an Dorothea. Nicht, daß ich sie bereits wieder begehrte. Sondern nur, da sie neben Jane die Frau war, die ich am besten kannte.

Ich kam zu mir und atmete auf, erleichtert, daß es nur ein Traum gewesen war. Dann dachte ich wieder an Jane wie ich sie im Traum gesehen hatte, und brach in hemmungsloses Weinen und Schluchzen aus. Jetzt, ja, jetzt empfand ich Mitleid und Erbarmen mit ihr. Über ihr so kurzes, so schmerzensreiches Leben. Aber wie war es möglich, fragte ich mich, daß Gott sie verdammt hatte? Nein, es war unmöglich. Auch wenn ihre Schuld in etwas anderem bestand. Denn Janes wahre Schuld, so schien mir, lag anderswo. Jetzt, da ich wach war, dachte ich darüber nach. Es war die Schuld, deren sie sich selbst am Schluß ihres Geständnisses bezichtigt hatte. Es war die Schuld, nicht mutig bis zur letzten Konsequenz gesündigt zu haben; die Schuld, zu sehr an das Böse und zu wenig an das Gute zu glauben; die Schuld, Aldo nicht geheiratet zu haben; die Schuld, der Versuchung des Gelübdes nicht widerstanden zu haben, und mit Aldo in jener Nacht nicht nach Anacapri gegangen zu sein. Nun, auch wenn dies alles ihre Schuld war, wie sollte man kein Mitleid mit ihr haben? Weshalb ihr nicht verzeihen? Christus hatte Magdalena verziehen, die, ehe sie bereute, geliebt und gesündigt hatte. Weshalb sollte er nicht auch Jane verziehen haben, die, ehe sie bereute, die Liebe wie eine Sünde gefürchtet hatte?

Ich stand auf und zum erstenmal seit meiner Kindheit betete auch ich. Ich betete um Erbarmen für Jane, Erbarmen mit mir und meinen Kindern, Erbarmen auch mit Dorothea, Erbarmen mit allen Menschenwesen.

Es schien mir unmöglich, daß Gott kein Erbarmen haben sollte. Ich war allein. Und wenn es mir, nachdem ich das Licht wieder gelöscht hatte, vorkam, als verberge sich in der Dunkelheit zur Seite meines Bettes etwas Unsichtbares, Böses, der Dämon, dessen rote Augen ich plötzlich zu erkennen fürchtete (vielleicht war Jane, die mir im Traum erschienen war, nicht die wirkliche Jane, sondern ein Dämon, der ihre Gestalt angenommen hatte); wenn ich meinte, ein Knistern zu hören, das von ihm rühren mochte, und wenn ich beinahe den Hauch seines Atems auf meinem Gesicht spürte und sein verhaltenes Grinsen erkannte – dann begann ich von neuem zu beten. Herr, sprach ich, vergib uns unsere Schuld, wie wir vergeben unseren Schuldigern. Und erlöse uns von dem Übel. Amen.

Erst viele Monate später sehnte ich mich wieder nach einer Frau ... Nach allem, was du von mir weißt, nach allem, was ich dir erzählt habe, wirst du mir das vielleicht nicht glauben wollen. Ich werde also ganz aufrichtig sein. Ich gebe zu, daß mein Ausdruck zweideutig ist und mir erlauben sollte, einen geistigen Vorbehalt zu machen. Aber du kannst mich hier buchstäblich beim Wort nehmen. Lange Monate hindurch habe ich tatsächlich keine Frau begehrt – was nicht bedeutet, daß ich keine gehabt hätte. Ich sehnte mich danach, wieder lieben zu können. Das war es. Ich wollte mich betäuben, ermüden. Aber es gelang mir nur in geringem Maße. Ich nahm eine alte Gewohnheit wieder auf. Nachts ging ich auf die Boulevards und suchte die Gesellschaft der Huren. Manchmal begnügte ich mich damit, einer von ihnen Geld zu geben, ohne etwas anderes als für eine halbe Stunde ihre Gesellschaft in einem schmutzigen Bistro bei einem Glas Armagnac zu verlangen.

Ich empfand kein Bedürfnis nach körperlicher Liebe, nur nach Gesellschaft. Und die einzige Gesellschaft, die ich ertragen konnte, war die von Huren. Warum? Mag sein, daß alles Falsche, jede Konvention oder gesellschaftliche Verbrämung mich abstießen. Ich wollte die Wahrheit. Und mir schien, daß ich sie nur in der anspruchslosen Bescheidenheit dieser Mädchen finden konnte, die nicht mehr sein wollten, als sie waren, vor allem, wenn sie nicht mehr schön und nicht mehr jung waren. Sie hielten mich für verrückt, einige für impotent, andere für degeneriert. Es lag mir nicht daran, sie vom Gegenteil zu überzeugen. Wozu auch? Mochten sie von mir denken, was sie wollten. Mir genügte es, wenn sie einverstanden waren, mir jeden Abend Gesellschaft zu leisten, meinen zusammenhanglosen Geschichten und verhüllten Beichten zuzuhören, oder auf meine Fragen zu antworten und mir von ihrem Leben, ihren Freuden und Leiden, ihrer Vergangenheit und ihren Plänen für die Zukunft zu erzählen. Ich entdeckte auch unter diesen Menschen die verschiedensten Charaktere und weit auseinandergehende Meinungen. Es gab auch hier Verbitterte, Skeptiker, Verzweifelte, Empörer und Umstürzler. Es gab Harmlose, Glückliche, Vertrauensvolle, Fügsame, Konservative. Alle hatten sich jedenfalls eine große Illusion bewahrt, und diese Illusion war die Macht des Geldes. Auch in diesem Punkt verzichtete ich darauf, ihnen zu widersprechen. Und wie hätte ich es auch wagen können? Woher den Mut nehmen, ihnen zu erklären, daß Geld, woher man es auch bekommt, stets mit dem Verlust von irgend etwas Lebendigem, und sei es nur der Verlust des Schmerzes, erkauft wird? Mit der Äußerung solcher Erwägungen hätte ich sie nur erzürnt, und obendrein hätten sie mich nicht verstanden. Sie waren zu sehr am Spiel beteiligt, um den Einsatz abschätzen zu können.

Geld! Das Geld, für das sie ihr Heil opferten, begann nun auch ich, in dem Maße, in dem Janes Tod in die Vergangenheit rückte, wieder zu schätzen. Aber ich wollte es nur haben, um es wieder verlieren zu können, es mir nehmen zu lassen.

Nach Monaten der Schwäche und Betäubung, die dem Tod Janes gefolgt waren, Monaten der Reue, der nächtlichen Ängste und der Unlust zu jeder Tätigkeit, war das erste Symptom wiedererwachenden Lebenswillens, daß ich mich der Briefe aus Capri erinnerte. Was war aus ihnen geworden? Wer hatte sie erhalten? Ich begann von neuem darüber nachzudenken.

Es war unwahrscheinlich, daß Jane sich am Telefon verhört hatte. Mühsam hatte ich seinerzeit die Hypothese eines Mißverständnisses aufgebaut. Ich hatte es vor allem getan, um Jane zu beruhigen. Es war eine zu spitzfindige Hypothese gewesen; in Ruhe betrachtet, hielt sie nicht stand.

Wer die Briefe besaß (mochte es Aldo sein oder irgend

jemand sonst), konnte mich noch immer erpressen. Bei der bloßen Vorstellung spürte ich etwas wie ein vorübergehendes Aussetzen des Herzschlags: die Versuchung einer tiefen Lust, die tiefer war als diese Lust selbst, von der ich glaubte, auf immer erlöst zu sein. Die sechs Briefe Janes! Ich meinte, es sei meine Pflicht, sie zu suchen und wiederzufinden; und zwar nicht so sehr, um mich und meine Kinder vor einem Skandal zu schützen, sondern um Janes Andenken rein zu halten. Ich wäre jedoch nicht ganz ehrlich, wenn ich nicht zugäbe, daß ich auch neben diesem Gefühl der Pflicht eine starke Neugier verspürte. Ich füge hinzu, daß es nicht einmal schlichte Neugier war, sondern daß Mitleid, Eifersucht, Neid und Tücke hineinspielten bei diesem Wunsch, zu entdecken, wie weit die arme Jane in ihrer Verirrung gegangen war. Vielleicht versprach ich mir auch einen fragwürdigen Genuß von dieser Lektüre, so, als wollte ich die Sünde, die sie begangen hatte, weiterführen und vollenden.

Das ist freilich eine Deutung, die ich heute, zwei Jahre später, gebe. Damals waren meine Wünsche noch verworren. Ich spürte sie nur dunkel und drängend in mir, immer stärker, je öfter ich an die Existenz dieser Briefe dachte. Und ich dachte immer häufiger an sie.

Bis schließlich eines Tages diese gleichsam unterirdische Arbeit der Einbildungskraft zu einem Ergebnis führte, das ich jedoch für einen spontanen Einfall hielt: Ich fuhr nach Rom.

Es war kurz vor Ostern, und ich überraschte Dorothea, gegen Mittag, wie sie, mit enggeschnürter Schürze und einem Tuch auf dem Kopf, mit ungeschminkten Lippen und ohne künstlich geschwärzte Augenbrauen in der Küche den Teig zu einem Ostergebäck knetete und walkte. Eine klassische, überwältigende Schönheit, wie ich sie vielleicht noch nie gesehen hatte. Sie konnte mir nicht die Hand geben, aber sie hob die Arme und beugte sie zurück, damit ich sie umarmen könnte. Ich tat es, obwohl ich einen Augenblick zuvor noch nicht daran gedacht hatte. Und die Berührung ihres Körpers und, mit dem Duft ihres Parfüms, die plötzliche Erinnerung an die vielen,

vielen Freuden, an die ich nie mehr gedacht hatte, ließen mich einen Augenblick den Zweck meiner Reise und meines Besuchs vergessen.

Dorothea war dabei, ihre ›Scarcella‹ zu backen, den kräftig gewürzten Kuchen, wie man ihn in ihrer Heimat zu den Festtagen buk und den ich schon öfter bei ihr gegessen hatte. Sie konnte ihre Arbeit nicht unterbrechen, und so blieb ich bei ihr in der Küche. Ich setzte mich auf einen Korbstuhl, lenkte mich gewaltsam von dem unerwarteten und verführerischen Schauspiel ihrer kräftigen, feierlichen, wunderbar harmonischen Bewegungen ab und begann, von dem eigentlichen Grund meines Kommens zu sprechen. Natürlich mußte ich, um zu Aldo und den Briefen zu kommen, von Anfang an beginnen, mußte ihr sagen, was ich ihr immer verheimlicht hatte, mußte ihr meine Ehe bekennen und, daß meine Frau Jane gewesen war, die Dorothea ja kannte.

Während ich sprach, kehrte mir Dorothea, mit dem Teig auf dem Tisch beschäftigt, den Rücken zu. Zu meiner Verwunderung stellte ich fest, daß mein Bericht sie gar nicht zu überraschen schien. Sie arbeitete ruhig weiter, so als hörte sie nicht oder als erzählte ich ihr nichts Neues. Es war so seltsam, daß ich mich plötzlich unterbrach.

»Was hast du denn?« fragte ich. »Verstehst du mich nicht?«

»Aber ja doch, sprich weiter«, sagte sie in gleichgültigem Ton; sie knetete und walkte heftiger und schneller, schien mir, und wiederholte: »Sprich weiter, komm zum Kern der Sache.«

Ich hatte meine Rede mit einer wohlüberlegten Einleitung begonnen und ihr erklärt, daß ich sie um einen großen Gefallen bitten müsse, daß, wie sie gleich selbst sehen werde, mein Besuch nicht die übliche Bedeutung habe, ich ihr aber trotzdem sehr dankbar sein und diese Dankbarkeit beweisen würde.

»Nun komm schon zur Sache«, sagte sie, ohne mich anzublicken, und arbeitete dabei weiter. Im Klang ihrer Stimme bemerkte ich jetzt, lag etwas mehr als Gleichgültigkeit: ein leiser Unwille. Ich glaubte, daß sie die Gekränkte spielen wollte, vielleicht auch wirklich gekränkt war, weil ich ihr bis jetzt verschwiegen hatte, daß ich verheiratet und Familienvater war. Ich stand auf, ging zu ihr und faßte sie mit beiden Händen um die Taille.

»Was hast du, Dora? Bist du traurig, daß ich dich so belogen habe?«

Kaum, daß sie sich umwandte; und ohne ihre Arbeit zu unterbrechen, lächelte sie mir leicht, fast mütterlich, zu:

»Aber für was hältst du mich denn? Du bist verrückt! Für mich bist du kein Schwindler, denn schließlich habe ich das alles längst gewußt. Schon vor deiner Heirat wußte ich, daß du mit ihr verlobt warst. Alles wußte ich. Was lag schon daran, ob du es mir sagtest oder nicht? Ich kannte sie gut, die Ärmste, sie war eine so gute Frau.«

»Hast du auch von dem Unglück erfahren?« fragte ich ganz verblüfft.

Sie hörte auf zu arbeiten, wandte sich um, sah mir in die Augen und sagte ernst und schlicht:

»Natürlich, der ›Messaggero‹ brachte doch die Namen der Opfer des Unglücks, nicht wahr? Im ersten Moment, als ich beim Lesen auf deinen Namen stieß, dachte ich sogar, du wärst es selbst. Doch dann las ich, daß du sie aus Italien nach Paris begleitet hattest, daß ihr am Tag zuvor eingetroffen wart und sie nur durch Zufall dieses Flugzeug nahm. Eigentlich hatte sie von Rom aus fliegen sollen. Stimmt das?«

»Ja, das ist richtig.«

»Die Ärmste. Drei oder vier Tage vorher hatte sie mich noch besucht. Sie war hübsch, so fein und elegant. Wenn du wüßtest, Harry, wie leid mir das getan hat. Leid um sie und auch für dich, Harry. Glaubst du mir, daß ich damals die ganze Nacht geweint habe und nicht schlafen konnte? Frag meine Wirtin ...«

Ich betrachtete Dorothea fast mit demselben Erstaunen, mit dem ich Jane angeschaut hatte, als sie mir ihr Geständnis machte. Nur daß es diesmal kein schmerzliches, sondern geradezu ein bewunderungsvolles Erstaunen war. Also Dora hatte es immer gewußt und immer geschwiegen; und getan, als glaubte sie, was ich ihr von mir erzählte. Und ich hatte es starrköpfig für nötig gehalten, ihr meine Ehe zu verheimlichen, aus Furcht, sie könnte mich erpressen. Gewiß hatte sie auch den Grund meiner langen, törichten Verstellung erraten; aber sie hatte sich nicht darüber entrüstet, sondern den Takt und die Herzenshöflichkeit gehabt, auf mein Spiel einzugehen.

All das war außerordentlich. Es schien einfach unglaublich, hätte ich nicht den Beweis vor Augen gehabt. Ich betrachtete Dorothea, und mir war, als sähe ich in ihr ein neues Wesen, eine Seele voll Adel und zarter Empfindung in einem Körper... aber sogar ihr Körper erschien mir jetzt verwandelt. Ja, er hatte alle Zaubermacht verloren; oder mindestens jenen Zauber, den er bis vor wenigen Minuten noch besessen hatte, den Zauber des Lasters, der Lust, der Sinnlichkeit.

Ich fragte mich, ob es sich hier um einen vorübergehenden Eindruck handelte; oder ob wirklich diese gütige, mütterliche, verständige Art, die ich schon früher zuweilen, ungeachtet des äußeren Anscheins, an ihr bemerkt hatte, nicht doch ihre eigentliche und wahre Natur war.

Sie hatte wieder ihren Teig zu kneten begonnen. Ich sah sie an und schwieg und fühlte eine große Ruhe in mir, eine tiefe Melancholie, und keinerlei Begehren mehr. Meine Gedanken kehrten zu den Briefen zurück. Das war jetzt noch das einzige, was meine Leidenschaft erregte.

Ich fragte Dorothea, sehr eingehend, nach Aldo. War es denkbar, daß er die Briefe hatte? Falls Dorothea nicht ganz sicher vom Gegenteil überzeugt sei, solle sie es mir sagen. Ich würde kein Opfer scheuen und notfalls einen hohen Preis zahlen, wenn ich nur die Briefe zurückbekäme.

Dora antwortete ohne Zögern, sie sei vollkommen sicher, daß Aldo die Briefe weder jetzt besäße noch je erhalten habe. Sie nannte mir auch den Grund, den sie Jane damals noch nicht geben konnte, weil Aldo zu der Zeit in Mailand war und sie erst später mit ihm darüber sprechen konnte.

Als Aldo Jane nach Capri schrieb, hatte er ihr das Hotel Excelsior als seine Adresse in Rom angegeben. Er hatte das getan, weil er sich seiner wirklichen Adresse schämte, die eine elende Herberge letzter Ordnung war. Er wollte aber Jane recht imponieren. Sie sollte glauben, daß er ein bekannter Filmschauspieler geworden war, der in der großen Welt der Via Veneto zu Hause war. In Wirklichkeit war er nicht viel mehr als ein Komparse. Manchmal arbeitete er auch als Revuetänzer. Und da er ein hübscher Kerl war, hatte er von Zeit zu Zeit ein erfolgreiches Abenteuer mit irgendeiner Schauspielerin oder Sängerin. Nun wußte Aldo von seiner Wirkung auf Jane. Vielleicht hatte er das ausnutzen wollen. Aber all das mehr in Gedanken und Worten; nein, nicht einmal in Worten, es blieb reine Phantasie. Aldo glaubte wohl, gerissen, zynisch und berechnend zu sein. Er glaubte, früher oder später auf einen Schlag sein Glück zu machen. Aber in Wahrheit war er nichts als ein braver Junge, ziemlich schüchtern und ziemlich faul, der nie die Ausdauer und Härte gehabt hätte, eine Situation bis ins letzte auszunutzen. So hatte er zwar das Hotel Excelsior als seine Adresse angegeben, im besten Glauben, vielmehr, in der schlechtesten Absicht, hatte dann aber nicht einmal den Mut gehabt, die Halle des Excelsior zu betreten, den Portier anzusprechen, ihm das nötige Trinkgeld in die Hand zu drücken und seine Korrespondenz abzuholen.

»Du wirst sehen, wenn du beim Portier des Excelsior nachfragst, daß die Briefe noch da sind«, schloß Dorothea.

Nach zwei Jahren? Mir schien es unmöglich. Immerhin ging ich sofort ins Grand Hotel, stellte Guglielmo ein gutes Trinkgeld in Aussicht und bat ihn, die nötigen Nachforschungen aufzunehmen.

Noch vor dem Abend hatte ich die Briefe, alle sechs. Ich raste zum Flugplatz. Zurück nach Paris. Und ich vergaß sogar, Dorothea anzurufen und ihr zu danken, wie es meine Pflicht gewesen wäre.

Einundzwanzig

Ich wandte den Blick vom Fenster, wo ich im Gold des Sonnenuntergangs diese geliebte Stadt zurückbleiben und versinken sah, mit der sich für Jane und mich so viele gemeinsame Erinnerungen verbanden. Nun hielt ich ihre sechs Briefe in der Hand. Keine Spur irgendeiner Verletzung oder Beschädigung des Umschlags war zu erkennen. Alle waren aufs sorgfältigste versiegelt, und an den Ecken ein wenig vergilbt. Also hatte die Stimme am Telefon damals auch nicht von den Briefen gesprochen. In ihrer Angst hatte Jane irgend etwas mißverstanden.

Ich entzifferte die Poststempel und ordnete die Briefe nach den Absendedaten. Einen nach dem anderen öffnete ich, und las.

Ich schreibe sie hier ab, genau so, wie sie geschrieben wurden.

1

Capri, 6. April 1947

Aldo, Geliebter,
habe Dank! Vor allem anderen, was ich dir sagen will und sagen muß: habe Dank, habe Dank! Vor mir liegt Dein Brief. Von dem Augenblick an, als ich ihn bekam – der glücklichste, intensivste, erfüllteste Augenblick meines Lebens seit unserem letzten Zusammensein – von diesem Augenblick an lebe ich nur noch mit Deinem Brief. Ich lese ihn wieder und wieder, wende ihn um und um, betaste ihn, küsse ihn. Ich kenne jetzt schon jedes Wort auswendig, kenne alle Kurven und Linien, die Du mit Deiner Hand gezogen hast, während Du an mich dachtest.
Ja, mit den Gedanken warst Du bei mir. Du hast an mich gedacht. An mich, die ich unwürdig bin, daß Deine Gedanken auch nur einen einzigen Augenblick bei mir verweilen. Denn Du stehst so hoch über mir. Und ich bin vor Dir so schuldbeladen.

Wirklich, das ist mein stärkstes Gefühl Dir gegenüber: meine Schuld. Eine Schuld, die um so drückender ist, als ich soviel Zeit verstreichen ließ, ohne das zu tun, was ich längst tun sollte. Und was ich tun sollte, ist, mich vor Dir in den Staub werfen und Dich flehentlich um Verzeihung bitten.
Ich tue es, ich tue es jetzt. Siehst Du, ich habe mich nackt auf den Boden geworfen, wie damals, als ich Dich in der kleinen dänischen Pension in Anacapri erwartete, und ich presse meinen Busen gegen die kalten Fußbodenplatten. Ich habe diese Blätter hier vor mir, auf denen ich Dir jetzt schreibe. Ich fühle die Pflicht, Dir in dieser Stellung der Pein und der Demütigung zu schreiben.
Geliebter, ich habe die Gnade, das Glück, die Seligkeit Dich zu sehen, seit dem Heiligabend 1944 nicht mehr erfahren. Weißt du noch? Du hattest Dich mit mir zum ersten Feiertag mittags im Café Picarozzi bei Santa Maria Maggiore verabredet. Wir wollten zusammen essen, den Tag gemeinsam verbringen – und die Nacht und den folgenden Tag. In einem Anfall von Hochmut und Auflehnung verzichtete ich auf all dies riesige Glück, das Du mir in Deiner großen Güte botest. Ich habe Dich gekränkt, Dich schmählich beleidigt; jetzt während ich Dir schreibe, zittert mir die Hand, wenn ich nur daran denke. Ich bin damals nicht zu unserer Verabredung gekommen. Und als wäre das noch nicht Kränkung genug, habe ich Dich nicht einmal angerufen, um mich zu entschuldigen und Dir zu sagen, daß ich abreisen wollte. Ich müßte Dir erklären ... aber es gibt keine Erklärung, die mich entschuldigen könnte! Es gibt keinen Grund – wie Du nur zu gut weißt –, der meine Torheit, meinen Hochmut, meinen Irrtum rechtfertigen könnte. Aber ich möchte Dir doch erzählen, was ich mir damals in meiner Verblendung gedacht hatte: all meine törichten Erwägungen, warum ich Dich nicht mehr wiedersehen wollte. Höre sie bitte an: Am Nachmittag des Heiligen Abends hattest Du, der Du so gut, so schön und so edel bist, mich sehr glücklich gemacht. Du hattest mir so viel Freude gegeben, mich in ein solches Paradies erhoben, daß ich nachts, bei der Messe, eine Stimme in meinem Innern zu hören glaubte, ich sollte Deinen Vorschlag annehmen und mich für immer, auf Leben und Tod, Dir verbinden und in Treue Deine Frau werden. Du hattest mir, die ich so arm-

selig vor Dir bin, mit Deinem Vorschlag eine hohe Ehre angetan. Und doch war ich nun so kleinmütig, so selbstmörderisch kleinmütig, daß ich den Mut dazu nicht aufbrachte. Darum also habe ich Dich nicht mehr gesehen und bin abgereist, ohne Dich auch nur anzurufen. Denn damals hätte ich nicht mehr ein ›kleines‹ flüchtiges Abenteuer – wie groß es mir auch erschienen wäre – mit Dir haben können. Damals wäre es um den ganzen Einsatz gegangen, um das Leben in der Ehe oder nichts. Verstehst Du mich?

Heute nun wäre dieser »ganze Einsatz« bereits verspielt. Wie Du von Dorothea gehört haben wirst, bin ich mit einem Amerikaner verheiratet, einem tüchtigen, braven, sympathischen Mann, den ich aber nicht liebe, oder vielmehr den ich liebe wie einen Bruder, einen Sohn, einen Vater. Es ist etwas von allen diesen drei Empfindungen zusammen. Aber ich liebe ihn nicht, auch nicht ein wenig und für keinen einzigen Augenblick, wie einen Mann, einen Geliebten, einen Gatten. – Aber weißt Du, daß ich ein Kind habe, einen Jungen? Er ist, neben Dir, das Wesen, das ich am meisten auf der Welt liebe.

Ich hoffe nun, Dich in Capri bald, sehr bald wiederzusehen. Mein Mann muß morgen verreisen und wird erst Ende Mai oder Anfang Juni zurückkommen. Wir haben also zwei lange Monate des Glücks vor uns. Aber da siehst Du wieder, wie anmaßend, wie dumm und egoistisch ich bin. Ich sage: Glück. Und denke dabei nur an mich. Aber wirst Du glücklich sein? Wirst Du mich noch lieben? Dein Brief ist so lieb, so gut. Aber ich weiß nicht, ob Du mich noch wie früher liebst.

Aber ich will ganz aufrichtig sein. Selbst wenn Du mich nicht liebst, werde ich trotzdem glücklich sein, es genügt, wenn Du nach Capri kommst und Dich herabläßt, mich wieder in Deinen Armen zu halten. Wenn Du wüßtest, wie ich von ihnen geträumt habe, von Deinen Armen, Deinen Schultern!

Wie könnte ich verlangen, daß Du mich liebst, nachdem ich so verbrecherisch wahnsinnig war, Dein Angebot von mir zu weisen, das Du mir für ein ganzes Leben gemacht hattest, und das, um einen Mann zu heiraten, den ich hoch achte, aber nicht lieben kann?

Ich fordere nichts, Aldo, mein Aldo. Verzeih mir, wenn ich es wage, Dich ›mein‹ zu nennen. Ich verlange nichts. Nur bitte ich Dich, flehe ich Dich an zu kommen, schnell zu kommen, und wieder Besitz von Deiner demütigen Magd und Sklavin zu ergreifen. *Jane.*

P.S. Wenn Du aus irgendeinem Grunde nicht gleich kommen kannst, nachdem Du diesen Brief erhalten hast, dann schreibe mir sofort ein paar Zeilen, nur um mir zu sagen, daß ich noch warten muß, damit ich mich nicht unnütz länger quäle. Ich liebe Dich. Ich küsse Deine Hand. Deine linke Hand, weißt du noch? Die Hand meines Herrn. Ich küsse sie. Ich küsse sie. Ich küsse sie. Küsse sie. *Deine J.*

2

Capri, 11. April

Herr und Meister meines Lebens,
seit drei Tagen warte ich vergeblich auf eine Antwort von Dir. Ich glaube, ich werde wahnsinnig. Ich muß – verstehst du? – ich muß wenigstens Deine Handschrift sehen.
Deine Handschrift ist wie Du, denn Du bist es, der mit seiner rechten Hand (nicht der eigentlichen Hand meines Herrn, aber ihrer Gefährtin), Du mit Deiner rechten Hand, der mir schreibt.
Heute morgen bin ich um fünf Uhr erwacht. Mein Junge weinte und hatte mich aufgeweckt. Wir haben ein Kindermädchen, das sich um ihn kümmert, und so brauche ich mich eigentlich nicht um ihn zu sorgen. Aber ich habe sofort an Dich gedacht und konnte nicht wieder einschlafen.
Mein einziger Trost, mein ganzes Leben ist es, Dir zu schreiben. Dies ist der zweite Brief, den ich Dir schicke. Aber wenn Du wüßtest, wieviele ich Dir geschrieben und nicht abgeschickt habe. Seit über einem Jahr schon schreibe ich Dir. In Amerika habe ich zeitweilig jeden Tag geschrieben. Dann habe ich alle Briefe verbrannt.
Ich habe bis zur Ankunft der Post gewartet – das heißt bis zu der Stunde, wo der Mittelsmann, an den Du adressieren mußt (ich wiederhole Dir den Namen, falls Du es nicht mehr wissen solltest: Mare-

sciallo Raffaele Criscuolo, Capri, das genügt) – ich habe bis zu der Stunde gewartet, in der Don Raffaele nach Ankunft der Post hätte bei mir sein müssen. Aber umsonst. Und dann habe ich mich hingesetzt, um Dir zu schreiben, mein Geliebter.

Mein geliebter Aldo, warum schreibst Du mir nicht? Warum? Was habe ich Dir getan?

Ich begreife wohl, daß ich es nicht verdiene. Aber eine Zeile wenigstens, eine einzige Zeile. Du kannst nicht so grausam sein. Ja, ich weiß es und wiederhole, ich bin schuldig vor Dir und deshalb auch vor mir selbst. Schuldig, die echte Freude *vergessen zu haben, die Du mir gabst. Aber warum willst Du mich jetzt so bestrafen?*

Ich denke, daß Du mir vielleicht nicht schreibst, weil Du schon abgefahren bist oder gerade abfährst, um hierher zu kommen, und nicht erst noch schreiben willst.

Ich gehe zur Piazza, wenn die Drahtseilbahn nach Ankunft der Schiffe die Reisenden heraufbringt. Morgens und abends. Und schaue, ob Du dabei bist.

Vielleicht kommst Du heute?

Aber wenn Du noch nicht unterwegs bist und noch nicht gleich kommen kannst, dann schreibe mir.

Wenn Dein Brief kommt, will ich jedes Wort darin küssen. Weißt Du, ich lese immer wieder Deinen ersten und einzigen Brief. Es heißt, daß sich in der Handschrift der Charakter des Menschen ausdrückt. Und ich sehe Deinen Charakter, all das Schöne in ihm, in der Form Deiner Buchstaben. Mir gefällt, wie Du die Vokale schreibst, die O und die A, so rund, so zärtlich, Sinnbilder der Umarmung. Mir ist, als ob bei jedem O und jedem A Du mich leibhaftig umarmst. Aber vor allem gefällt mir Deine Unterschrift. Deine Unterschrift, in der, als ob es so sein müßte, das A wie das O vorkommt. Aber auch das L gefällt mir. Deine Unterschrift ist wie Du. Du bist es, lebendig, warm, ruhig, liebevoll, schön. Aldo. Aldo.

Ich küsse Deine Unterschrift, ich küsse Deine rechte Hand und küsse vor allem die linke.

Ich gehöre Dir. Ich erwarte Dich jeden Augenblick. *Jane.*

3

Capri, 17. April

Mein Gebieter!

Es sind bereits elf Tage vergangen, seit ich Dir das erste Mal schrieb, als Antwort auf Deinen lieben, herzlichen Brief, den ich immer bei mir trage und beim Schlafen unters Kopfkissen lege, und den ich immer wieder und wieder lese, um mir Mut zu machen. Es sind elf Tage vergangen, und Du hast mir noch nicht geantwortet. Dies ist der dritte Brief, den ich dir schreibe. Du hast mir das Herz für eine so große Hoffnung geöffnet. Warum willst Du mich jetzt leiden lassen? Bis zu einem gewissen Grade verstehe ich, daß es gerecht ist. Es ist recht und billig, daß ich leide und warte. Um in irgendeiner Weise die schwere Schuld zu sühnen, die ich Dir gegenüber habe. Es ist gerecht, daß ich warte und leide, ohne die geringste Antwort von Dir zu haben; denn so ermesse ich immer mehr und immer besser den ungeheuren Irrtum meines Lebens. Wenn Du es deswegen tust, wenn Du mit dieser Absicht schweigst, wenn Du Deinen Besuch hinausschiebst, um mich zu strafen und mir auf diese Weise den Sinn für die wirkliche Bedeutung, die Du in meinem Leben hast, wiederzugeben, dann sollst Du gesegnet sein. Aber Du sollst immer und auf alle Weise gesegnet sein.

Nur flehe ich Dich auf Knien und unter Tränen an, daß diese Strafe zu einem Ende kommen möge. Daß es mir wieder gestattet sei, mir der Unwürdigen und Schuldbeladenen, aber durch das Warten Gebesserten, wenn nicht Gereinigten und Erlösten, daß es mir gestattet sei, die Schönheit Deines Antlitzes zu schauen, die Sanftmut Deiner Augen und Deiner Lippen, das Wunder Deiner Hand.

Deine Hand (die linke, die Hand des Herrn, die Hand des Gebieters) ist ständig vor meinen Augen. Wenn Du hier bist, will ich sie anbeten wie das lebende Sinnbild Deiner Macht über mich. Ich will sie immer wieder küssen. Du sollst sie mir aufs Gesicht legen. Sie ist so groß, daß sie mein Gesicht ganz bedeckt. Sie ist so stark, daß sie mich mühelos töten könnte. Sie ist so sanft, daß sie ganz allein mich beglücken kann. Ich will, daß Du Dich auf dem Bett ausstreckst und, ohne Dich sonst um mich zu kümmern, die Hand auf mein Gesicht legst und sie dort läßt, bis ich einschlafe. Es wird die schönste Nacht meines Lebens sein. Oft und oft habe ich mich gefragt, warum ich so sehr Deine Hand liebe. Ich habe keine Antwort gefunden. Es ist ein Geheimnis.

Wenn ich an Deine Hände denke: wie oft habe ich gewünscht, Dir einen Ring mit einem Brillanten zu schenken, dem schönsten und teuersten, den ich mir leisten kann, und daß Du mein Geschenk als Zeichen meiner Ergebenheit annimmst. Als ich in Paris war, gleich nach dem Krieg, konnte ich niemals an dem Schaufenster eines Juwelierladens vorübergehen, ohne daß mir dieser Gedanke kam. Manchmal war mein Mann bei mir. Ich blieb vor der Auslage stehen, und er glaubte, daß ich irgendein Schmuckstück haben wollte. Er blieb gern stehen und betrachtete oft lange die Juwelen, ohne etwas zu sagen. Er ist ein so guter Mensch! Und er hat nicht den geringsten Argwohn gegen mich. Ich kann behaupten, daß er mich nicht kennt.

Du dagegen hattest schon nach den ersten fünf Minuten, die Du mit mir in der Kirche in Neapel sprachst, mir bis auf den Grund der Seele gesehen.

Erinnerst Du Dich noch an unseren ersten Kuß, zwischen den beiden Türen, als Du mich plötzlich in Deine Arme zogst und mich küßtest? Wenn meine Worte, wenn meine Blicke, wenn meine Erregung Dir noch nicht enthüllt hatten, wie es um mich stand, so hatte es Dir dieser lange Kuß gesagt. Was war mit mir? Was ist mit mir?

Alles verschwindet. Nichts hat Bedeutung. In meinem tiefsten Wesen bin ich nur noch Liebe. Liebe zu Dir. Ich bin Dein Spiegelbild, Dein Abglanz. In mir ist nichts, nur Du. Du erfüllst mich ganz.

Aber es gibt so vieles, was Du noch nicht weißt: Wie lange ich schon für Dich und durch Dich lebe. Auch als ich keine Hoffnung hatte, Dich wiederzusehen, gab ich Dir die geheimen und schönsten Stunden meines Lebens.

Zum Beispiel in Amerika, wenn mein Mann Vorlesungen hielt (er lehrte damals an der Universität) und ich allein zu Hause blieb, ganze Nachmittage lang. Dann badete ich, mit duftenden Essenzen, und wenn ich aus dem Bad kam, dachte ich an Dich. Ich stellte mir vor, Du wartetest nebenan auf mich. Ich legte mich nackt ins Bett und roch, als wäre ich Du, mein Parfüm, und preßte mir mit meinen Händen die

Hüfte, so stark ich konnte, als wäre ich Du, der mich umarmte. Nach und nach gewann die Täuschung Gewalt über mich, und ich lag in enger Umarmung mit Dir – der nicht da war.
Ich lege Dir heute eine Fotografie von mir bei. Sie ist vor zwei Tagen an der Marina Piccola gemacht worden. Ich bin eigens in dem Badeanzug hinuntergegangen, den ich in New York auf der Fifth Avenue kurz vor meiner Abreise gekauft habe, um mich darin fotografieren zu lassen und Dir die Aufnahme zu schicken, falls Du nicht gleich kommen könntest, um mich in Fleisch und Blut zu sehen. Leider bist Du nun auch nicht gleich gekommen, bist immer noch nicht hier. Und schreibst mir nicht einmal.
Von allen Aufnahmen ist nur diese hier ähnlich geworden. Wie Du siehst, bin ich immer noch jung. Ich habe ein Kind gehabt, aber das hat mich kaum verändert. Gefalle ich Dir noch?
Meine Liebe, meine Kraft, mein Leben, ich küsse Dich, ich küsse Dich wie damals, zwischen den beiden Türen der Kirche in Neapel, und mehr noch, mehr, viel mehr. *Deine Jane.*

4

Capri, 23. April

Mein Aldo,
gestern bin ich in Anacapri gewesen.
Es war nicht nur ein sentimentaler Erinnerungsausflug. Ich bin dort gewesen, um zu sehen, ob die dänische Pension noch besteht und uns aufnehmen könnte, ohne daß Du diesmal heimlich kommen und an der Bougainvillea hinaufklettern mußt.
Ja, sie ist noch da. Es ist alles noch wie früher. Die Signora hat mich gleich wiedererkannt und sehr, sehr freundlich begrüßt. Wenn Du kommst, mußt Du einfach dort bei ihr wohnen. Du wirst mein altes Zimmer bekommen. Es ist frei. Und diesmal werde ich Dich besuchen. Du wirst verstehen, daß es bei mir zu Hause unmöglich ist.
Du kannst ein- oder zweimal kommen und dabei Duccio kennenler-

nen, aber kaum öfter. Wir könnten hier nicht ungestört zusammensein.

Mein altes Zimmer war noch genau wie damals. Dieselbe Decke über dem Bett, die geblümten Cretonnevorhänge, der Spiegel mit dem Frisiertisch in der Ecke zwischen den beiden Fenstern. Die Läden waren geschlossen. Durch einen Spalt fiel ein heißer gelber Sonnenstreifen auf den grünen Majolikafußboden. Man hörte draußen das Gegacker der Hühner. Alles atmete Frieden. Ich war glücklich in der Vorfreude auf die Seligkeit, wenn Du erst hier bist. Ich erinnerte mich wieder an den Tag, an dem Du heimlich dageblieben bist, den ganzen Tag über in meinem Zimmer. Was für eine Angst habe ich damals ausgestanden! Aber wie süß war diese Angst!

Ich bin nach Capri zurückgegangen und war dabei noch mehr erfüllt von Dir, wenn das möglich ist. Ich versuchte, mich im einzelnen an jede Stunde zu erinnern, die wir zusammen waren. Zuerst in Anacapri. Und dann in Rom. Ich glaube nicht, daß ich mich genau an jedes Zusammensein erinnern konnte. Wohl an die Orte. Das Zimmer in Anacapri. Dann Dein erstes Zimmer in Rom, in Trastevere; und das zweite, in Prati, dann das dritte und letzte, bei Santa Maria Maggiore, damals, als ich am Weihnachtsabend aus Frankreich gekommen war, um Dich zu sehen… Und die Pineta in Fregene, an jenem Septembertag, als wir mit dem Autobus hinausfuhren. Ich hatte in meinem ›cestino‹ belegte Brote und Bier mitgebracht, und wir wanderten in der Pineta immer weiter, bis zu einer völlig einsamen Stelle, dicht am Meer, und wir waren so glücklich dort.

Ich habe es Dir nie gesagt – aber weißt Du, was ich fast jedesmal dachte, sofort danach? Wenn ich auf Dir lag, meinen Kopf im Nest geborgen (weißt Du noch, wir nannten es das Nest, den Platz für meinen Kopf zwischen Deiner Schulter und dem Hals), und wenn ich mit Deinem Atem atmete, dann dachte ich, fast jedesmal, und ich weiß nicht warum, an den Tod. Ich war so glücklich gewesen – und war es noch – daß ich zu sterben wünschte. Danach, meinte ich, konnte es nur noch den Tod geben. Um genau zu sein – es war ein vielschichtigeres und tieferes Gefühl. Deine Liebe, mit der Du mich beschenktest, und mein Denken an den Tod – das gehörte zusammen. Deine Liebe war so wirklich, wie *nur der Tod wirklich ist. Nichts sonst war so gewiß. Und ich wußte, ich würde nie wieder etwas so Wirkliches erleben wie Deine Liebe und den Tod. Damals schien mir, während ich, die Arme über Dich geworfen, in einem unendlichen, wehmütigen Glück ruhte, als sei ich bereits tot, des großen Friedens teilhaftig, im Besitz der beiden einzigen Gewißheiten, die wir haben können: der Liebe und des Todes.*

Mein Aldo! Muß ich Dir sagen, daß ich nie etwas Ähnliches mit irgendeinem anderen Mann erlebt habe? Vor Dir – ich habe Dir einmal davon erzählt – hatte ich nur ein paar törichte Flirts mit Schulkameraden. Später dann, meinen Mann! Oh! ich habe nie, nicht ein einziges Mal, an den Tod gedacht, wenn ich mit meinem Mann zusammen war.

Was ist die Liebe mit meinem Mann? Nüchtern wie das klare Wasser; und mit Dir ein berauschendes Getränk. Mit meinem Mann ein gewollter, erzwungener Akt; und mit Dir eine nicht zu zähmende Hingabe meiner gesamten Natur. Mit ihm kühle Bewußtheit, mit Dir das Vergessen eines jeden Gedankens, um mich ganz in Empfindung und Sinne umzuwandeln, wie eine Blume im Wind, ein Stein in der Sonne, ein Fisch im Wasser.

Mit Dir kam der Schlaf überraschend, nicht herbeigesehnt noch erwartet. War ich mit ihm, verwehrte er sich. Wie oft habe ich mich danach *schlafend gestellt. Er glaubte immer an meine Verstellung. Er hatte nicht den geringsten Verdacht. Und wenn er aus Zärtlichkeit – er liebt mich über alles in der Welt – seinen Arm unter meinem Rücken gelassen hatte, wagte er nicht, ihn zurückzuziehen, aus Furcht, ich könnte aufwachen. Ich merkte, daß er noch wach war und daß der Arm ihn schon schmerzte… aber ich tat weiter so, als schliefe ich, weil er mir leid tat, denn ich dachte, ich würde ihn noch unglücklicher machen, wenn ich ihn von diesem körperlichen Schmerz befreite und ihm statt dessen den seelischen zufügte, meine Verstellung und mein Unbefriedigtsein zu entdecken.*

Oft dachte ich an Dich, um die Kraft zu finden, seine Umarmung zu ertragen. Ich schloß die Augen, seufzte tief und stellte mir vor, Du seist es, der mich an sich preßte. War das schlecht von mir? Sicherlich. Aber was sollte ich tun? Ich war bestraft für meine Torheit, vor Dir geflohen

zu sein, als seist Du der Irrtum, während Du doch die Wahrheit warst und bist. Meine Wahrheit, mein Weg und mein Leben.
Der Irrtum dagegen war mein Mann. Und dadurch kam ich nach und nach soweit, ihn zu hassen, freilich nicht bewußt und mit Überlegung. Denn er ist stets gut zu mir gewesen, und ich hatte ihm nie das geringste vorzuwerfen. Er ist voller Aufmerksamkeit, Sorge, zarter Rücksichtnahme. Es quält mich, daß ich die Zeichen seiner Liebe hinnehmen kann, ohne daß sie mich rühren.
Nein, ich habe ihn nie mit Überlegung gehaßt. Aber mit den Sinnen, mit dem Körper. Da ist etwas, das stärker ist als ich. Manchmal, besonders bei Tisch, wenn er Sellerie kaut, oder eine Brotkruste, oder einen Apfel, erfaßt mich ein wahnwitziger Drang: ich möchte ihn am liebsten umbringen. Und ich glaube, ich würde es in einem solchen Augenblick ohne Reue tun.
Ich wiederhole Dir, ich habe nichts gegen ihn. Ich kann von ihm nur Gutes sagen und denken. Er ist intelligent, arbeitsam, gut, er liebt in der Welt nur mich, sein Kind und seine Arbeit.
Trotzdem erkenne ich in ihm jeden Tag mehr meinen Irrtum und hasse ihn, weil er meinen Irrtum verkörpert. Wenn ich nicht ihn geheiratet hätte, wäre ich Deine Frau geworden.
Dies ist der vierte Brief, den ich Dir schreibe, Geliebter.
Ich hoffe und bete zu Gott, daß es der letzte sei.
Ich weiß nicht, was mir die Kraft gibt, durchzuhalten.
Wenn Du wirklich nicht nach Capri kommen willst, Deiner Arbeit wegen oder aus sonstigen Gründen, so schreibe es mir. Ich will dann sehen, ob ich nach Rom kommen kann. Einen Vorwand werde ich wohl finden. Aber schreibe es mir, in des Himmels Namen!
Wie hat Dir meine Aufnahme gefallen? Hätte ich sie vielleicht besser nicht schicken sollen?
Genug jetzt, es ist spät. Zwei Uhr nachts. Meine Hand ist schon müde vor lauter Schreiben. Aber ich tue nichts anderes. Nur so kann ich leben.
Ich hatte eben für einen Augenblick aufgehört und war auf die Terrasse gegangen. Es ist eine stickige Luft, der heiße Wind, den Du kennst. Ich sah, durch die Bäume hindurch, hinter dem Dunkel der Gärten und

Villen, die Lichter der Piazza und der Hotels. Wenn Du nun schon gekommen wärst, vielleicht dort auf der Piazza sitzt, und ich weiß es nur noch nicht? Auch heute abend wartete ich, nach der Ankunft des Dampfers, vergeblich an der Funicolare. Aber Du könntest ja auch mit einem Wagen heraufgekommen sein, oder zu Fuß. Sieh, ich denke, wenn Du hier in Capri wärst, dann wäre alles ganz anders, selbst wenn wir uns einige Zeit aus irgendeinem Grunde nicht sehen könnten. So aber, ohne Dich, ist Capri ... wie ein Gefängnis, wie eine Verbannung. Wann wird sie enden? Ich bin Deine Jane.

5

Capri, 2. Mai

Mein Geliebter,
wie dumm war ich, ein richtiger Schwachkopf, ich könnte mich ohrfeigen, so wütend bin ich über mich.
Diese Nacht konnte ich, wie es mir jetzt seit einiger Zeit geschieht, vor lauter Sehnsucht nach Dir nicht schlafen.
Plötzlich fiel mir etwas ein. Ich bin zornig über mich selbst, daß ich nicht früher daran gedacht habe.
Ich dachte darüber nach, ob Du vielleicht deswegen nicht kommen willst, weil Du meinst, nicht genügend Geld für Capri zu haben. Und Du willst es mir nicht sagen und schreibst darum nicht.
Ich lege Dir einen Scheck über hunderttausend Lire bei, für den Fall, daß meine Annahme zutreffen sollte. Ich bitte Dich herzlich, ihn einzulösen und sofort herzukommen. Du wirst mir das Geld zurückgeben, wann es Dir möglich ist, nach einem Deiner nächsten Filme. In Deinem Brief schreibst Du, daß Du für den Sommer eine gute Arbeit in Aussicht hättest. Nimm also an, Du hättest von der Produktionsfirma einen Vorschuß erhalten.
In jedem Fall: sei nicht gekränkt. Versuche zu verstehen, in welcher seelischen Verfassung ich mich befinde. Ich würde jede Verrücktheit begehen, nur um Dich zu sehen.

Seit einiger Zeit mache ich jeden Morgen einen langen Spaziergang zur Punta Tragara. Ich komme dabei über Wiesen mit sonnenverbranntem Gras. Die Sonne brennt nämlich schon wie im Sommer. Ich gehe eine Stunde, vielleicht länger. Dann strecke ich mich auf einem dieser porösen, zerfurchten Felsen aus, die überall auf den Wiesen verstreut sind. Und dort bleibe ich, regungslos, mit einem Strohhut über den Augen, bis der harte Stein mir weh tut. Aber auch dann harre ich noch aus. Ich bleibe, solange ich irgend kann, ohne mich zu bewegen. Der körperliche Schmerz ist das einzige, was mir bei dieser schrecklichen Sehnsucht nach Dir Erleichterung verschafft.

Wenn ich ihn nicht mehr aushalten kann, stehe ich wie betäubt auf. Dann ist es das blendende, gleißende Licht, das mir wehtut. Ich starre auf diese harte, trockene, und doch so erregende Landschaft, mit ihren Felsen, formlos, wie nach einem Erdbeben aufgeschichtet. Ich starre auf das tiefgrüne, fast schwarze Meer zu meinen Füßen. Auf die Faraglioni, die unheimlich und riesenhaft daraus auftauchen. Ich sehe in der dunstigen Ferne drüben die Küste von Amalfi. Kaum sichtbare Berge, blaue Asche. Und auf halber Höhe undeutliche weiße Flecken von Häusern und Orten. Auch dort drüben, denke ich, gibt es Leben, gibt es Tränen und Leiden und marternde Sehnsucht. Die ganze Welt scheint mir plötzlich aus Schmerz zu bestehen. Auch in der Tiefe dieses Meeres, das so glatt und leuchtend scheint, gibt es ein gestaltloses Leben voll erbitterter Kämpfe, gibt es Tod und Verderben.

Und doch komme ich von der Vorstellung nicht los, daß Du vielleicht gerade in diesem Augenblick in Capri ankommst. Du hast Don Raffaele gesucht. Er hat Dir den Weg zum Haus gezeigt. Im Haus sagt Dir das Kinderfräulein, daß ich spazierengegangen bin, zur Punta Tragara. Und nun bist Du mir nachgekommen. Jetzt kommst Du auf mich zu. Ich höre Deinen Schritt nicht auf dem Gras. Oder vielleicht höre ich ihn, aber ich wage nicht zu glauben, daß ich ihn höre. Du siehst mich, stehst hinter mir, umarmst mich…

Deine Jane.

6

6. Mai

Aldo,
dies ist der letzte Brief, den ich Dir schreibe, falls Du mir nicht antwortest oder kommst.
Ich werfe mich Dir zu Füßen. Ich will als Deine Dienerin leben. Ich werde es einrichten, wenn Du es verlangst, daß auch mein Mann und mein Sohn Dir dienen werden.
Mehr kannst Du nicht von mir wollen.
Aber vielleicht willst Du das gar nicht. Vielleicht willst Du nichts von mir. Ganz einfach, Du willst mich nicht.
Und doch wäre ich bereit…

Ich überspringe drei Seiten, die so toll sind, daß ich sie nicht abschreiben kann. Hier folgt der Schluß des Briefes:

… heute morgen, bei Tagesanbruch, lag ich noch wach. Wie immer morgens, hörte ich, gleichsam vor dem fernen Hintergrund der Brandung, die ersten Schwalben schreien. Schrill, und doch frisch und lieblich. Schnell wurden es mehr. Sie füllten die Luft, bis sie das Rollen des Meeres übertönten.
Ich bin von meinem Marterbett aufgestanden und auf die Terrasse gegangen. Im kalten, blauen Licht war alles ruhig, still und ohne Farbe. Nur die schwarzen und weißen Schwalben waren da, die kreuz und quer vor mir herflogen.
Ich ging wieder ins Bett. Die Augen geschlossen, hörte ich die lustvollen Schreie der Schwalben. Und da dachte ich zum erstenmal etwas, was ich seit langem wußte. Die Schwalben schreien so, weil sie, pfeilschnell die Luft durchschneidend, mit offenem Schnabel Insekten verschlingen, und die plötzlichen Wendungen, das Hin- und Herschießen ihres Fluges, haben keinen anderen Zweck. Sie verschlingen, sie töten. Ich stellte mir ihre offenen Schnäbel, ihre kleinen, lebhaften, raubgierigen Augen vor. Mit einem Mal erschien mir dieses Schreien schrecklich. Ich schloß das Fenster, steckte den Kopf unter das Kissen. Aber immer

noch hörte ich gedämpft das grausame Geschrei, bis es mit der höher steigenden Sonne allmählich nachließ. Da schlief ich ein.

Ich habe bis zum Mittag geschlafen. Natürlich bin ich dann nicht mehr zur Punta Tragara gegangen.

Addio, Aldo. Erwarte ich Dich noch?

Ich erwarte Dich das ganze Leben hindurch. Du weißt es.

Auch Du bist wie die Schwalben. Vielleicht ohne es zu wissen, verschlingst und tötest Du mich.

Ich liebe Dich dennoch. Mit meiner ganzen Seele und meinem ganzen Körper, immer… *Jane.*

Noch am Abend meiner Rückkehr nach Paris rief ich Dorothea an. Die Verbindung kam gegen Mitternacht. Dorothea war natürlich nicht zu Hause.

»Sie ist ins Kino gegangen«, sagte mir ihre Wirtin.

»Sagen Sie ihr bitte, daß es mir leid tat, abzureisen, ohne sie vorher anrufen zu können. Sagen Sie ihr, daß ich ihren Rat befolgt und gefunden habe, was ich suchte. Daß ich ihr danke. Und daß alles in Ordnung ist, und wir uns bald wiedersehen werden.«

Meine erste, spontane, aus irgendeinem dunklen Instinkt kommende Reaktion auf diese Briefe war also gewesen, Dorothea anzurufen.

War sie wirklich ins Kino gegangen? Vielleicht. Aber mit wem? Und wann würde sie wieder nach Hause kommen? Allein? Ich konnte keinen Schlaf finden und dachte immerzu an sie.

Auch während ich die Briefe las, hatte ich an sie gedacht. Was Jane für Aldo empfunden hatte, erinnerte mich an meine Liebe zu Dorothea.

Der letzte Eindruck, den ich von Dorothea empfangen hatte, verwandelte sich schon beim Lesen des ersten Briefes ins Gegenteil. Dorothea war nicht mehr die als Hure verkleidete brave Hausfrau, sondern sie war die als brave Hausfrau maskierte Hure. In Wahrheit war sie genau so, wie ich sie vom ersten Augenblick an gesehen hatte, damals, als ich sie durch Jane in der Trattoria kennenlernte. Hatte ich vielleicht noch immer irgendwelche Zweifel? Nach diesem Anruf eben ... Ich konnte nicht einschlafen. Bis ich schließlich um drei Uhr nachts nochmals anrief. Wieder kam die Hauswirtin an den Apparat. Sie war verschlafen und gereizt. Nein, Dorothea war noch immer nicht nach Hause gekommen.

Trotzdem, mein Bild von der braven Hausfrau überlagerte nunmehr das andere, verschmolz mit jenem Bild von der Frau, die sich nicht scheute, um des Geldes willen jede Nacht mit einem anderen Mann zu schlafen. Wie sie, mit der als Schürze umgebundenen Serviette, den aufgekrempelten Ärmeln über den kräftigen Armen, mit geschickten, altvertrauten Bewegungen den Teig knetete: dies Bild schlich sich heimlich in das andere von der geschminkten, mit billigem Schmuck überladenen Dirne, die vielleicht gerade jetzt in einem Café der Via Veneto Passanten anlockte. Und das zweite Bild milderte das erste, ironisierte es und machte es im Grunde nur noch verführerischer. Sie war sozusagen eine »Segnorina« der Renaissance. Ihr ins Olivenfarbene und Bläulich-Schattige spielender Teint, die glänzenden, tierhaften Augen, erinnerten, wie ich schon sagte, an die Modelle des Sebastiano del Piombo. Aber wenn sie nicht zurechtgemacht und nur im Hauskleid war, so wie ich sie zuletzt gesehen hatte, dann ließen ihre statuenhaften, kräftigen, runden Formen eher an Piero della Francesca denken.

Ich betrachtete wieder die Fotografie der armen Jane, die in einem der Briefe lag. Die Anstrengung, die sie vollbracht hatte, um sich in einen ›Vamp‹ zu verwandeln, verletzte mich tief und schmerzlich. Der Bikini, den sie in der Fifth Avenue gekauft, die drollig und plump verrenkte Stellung der Beine, das Lachen, das anzüglich sein wollte und nur hysterisch war: ein Mädchen aus guter Familie, ungeschickt als Flittchen hergerichtet, für die Aufführung eines Liebhabertheaters. Sollte das die wahre Jane sein? War dies das Ende? Sie hatte Kinder gehabt – und war trotzdem nie Frau geworden? Hatte sie niemals ihre Seele gegeben und sie deshalb verloren?

Ich lag in meinem alten Bett, dem Bett der Schrecken und Ängste, in dem kleinen Hotel der Rue des Saints Pères. Wieder sah ich Jane, wie ich von ihr geträumt hatte. Die trübe und stumme Jane, ihre Augen, einst grau und sanft, jetzt funkelnd, fast schwarz vor Verzweiflung, ihre sonst so blassen Wangen jetzt rot in jener unnennbaren Röte...

War ich vielleicht zu demselben Ende verurteilt?

Auf jeder Seite, in jeder Zeile ihrer Briefe hatte ich mich selbst wiedererkannt. Dieselben Gefühle, dieselben Begierden, dieselben Verrücktheiten.

Und wenn wir vor den Auslagen der Juweliere stehengeblieben waren und den Goldschmuck und die Edelsteine betrachteten, diese Symbole des Geldes, so hatte sie dabei an Aldo und ich an Dorothea gedacht.

Im vorletzten Brief lag der Scheck über hunderttausend Lire. Niemand hatte ihn eingelöst. Ich hielt ihn in Händen. – Was war nur der Sinn all dieser Verirrungen, dieser Anstrengungen und Anläufe?

Ich konnte nicht glauben, daß Gott so böse war. Jane war nicht in der Hölle. Sie hatte zu sehr gelitten. Sie war schon auf dieser Erde in der Hölle gewesen. Ich weinte um sie, ich liebte sie zärtlich, wie eine Schwester, mehr als eine Schwester, ich liebte sie wie mein anderes, Frau gewordenes Ich, das mir diese Briefe überlassen hatte, damit ich verstand, was ich zu tun hatte.

Zweiundzwanzig

Ich fuhr nach Rom. Ich mietete das Atelier in der Via Margutta und bat Dorothea, zu mir zu ziehen. Nach einigem Zögern willigte sie ein.

Jeden Montag früh flog ich nach Paris und kehrte jeden Freitag mit dem Nachtflugzeug nach Rom zurück. Ich verbrachte also mit Dorothea nur zwei Tage in der Woche, den Samstag und den Sonntag.

Weshalb ich sie nicht nach Paris mitnahm?

Da ich mich schon entschlossen hatte, mit ihr zu leben – warum tat ich nicht auch diesen Schritt?

Ein dunkles und widerspruchvolles Gefühl verbot es mir, ein Gefühl, das dennoch sehr mit dem tiefsten Grund meiner Liebe zu ihr zusammenhing. Ich wollte diesem Gefühl auch weiterhin folgen und sie auch nicht nach Amerika mitnehmen. Aber es ist nun einmal so: alles was geschieht, geschieht schicksalhaft, und es ist vergeblich, sich zu beklagen und Vorwürfe zu erheben.

Ich fürchtete, wenn ich sie in eine Stadt im Ausland mitnähme, sie, die noch nicht einmal bis Mailand gekommen war, ganz für mich zu haben – und sie damit zu verlieren; ich meine, daß sie dann ihren Reiz für mich verlöre. Denn ich liebte sie, so wie sie war, in ihrer, wenn auch ärmlich beschränkten, Unabhängigkeit, in ihrer anrüchigen Hausgemeinschaft mit der Kupplerin in der Via Boncompagni, mit ihren mysteriösen nächtlichen Unternehmungen außer Haus.

Wieso aber, wirst du mich fragen, hast du dann das Atelier in der Via Margutta gemietet? Weshalb hast du sie zu dir geholt? Hast du damit nicht selbst zu der Entzauberung beigetragen, die du vermeiden wolltest, als du sie nicht nach Paris mitnahmst?

Ja, gewiß. Doch gerade meine Furcht, sie einmal nicht mehr

zu begehren, täuschte mich hinweg über einen unbewußten Trieb, der mich unmerklich und schrittweise, über qualvolles, langsam nachlassendes Schwanken zwischen Hoffnung und Enttäuschung, einem bestimmten Ziel zutrieb, dem Ziel, das ich nunmehr erreicht habe: Dorothea nicht mehr begehren zu müssen.

Hätte ich sie nach Paris mitgenommen, so hätte ich dieses Ziel nur früher erreicht. Und das war im Grunde das einzige, was ich fürchtete. Denn wir wollen zwar unser Verderben, aber langsam und allmählich, in feiger Selbsttäuschung, indem wir uns einreden, daß wir weiter auf dem Weg des Heils sind.

Die Tage, die ich in Paris war, wollte Dorothea in der Via Boncompagni wohnen und schlafen. Aber ich hatte den Verdacht (und ich kann dir jetzt noch nicht sagen, ob dieser Verdacht mir mehr Pein oder mehr Freude bereitete, vielleicht beides zugleich), daß sie ihre Liebhaber in der Via Margutta empfing.

Gewiß, seitdem ich das Atelier in der Via Margutta gemietet hatte und dort jedes Wochenende mit Dorothea verbrachte, womit ich sie sozusagen als meine offizielle Freundin anerkannt hatte, rief ich sie häufig nachts von Paris aus zur Kontrolle an; und immer war sie zur verabredeten Stunde, halb ein Uhr nachts, in der Via Boncompagni.

Aber sie konnte im übrigen natürlich tun und lassen, was sie wollte.

Jedesmal, wenn ich zurückkam, gab es die unsinnigsten Eifersuchtsszenen. Unsinnig, weil ich enttäuscht war, wenn ich in einem Aschenbecher keinen Zigarettenstummel von einer anderen als Dorotheas bevorzugter Marke fand; und tatsächlich war das niemals der Fall.

»Wer ist gestern hier gewesen? Ich jag dich fort, ich bring dich um!« brüllte ich, scheinbar aus Eifersucht. Aber wäre ich aufrichtig gewesen, so hätte ich mich, von Begierde gequält, wie ich war, vor ihr auf die Knie werfen und flüstern sollen: »Ich flehe dich an, sag mir, daß gestern jemand hiergewesen ist, sag mir, daß du hier, in unserem Bett, mit jemandem zusammengewesen bist, beweise es mir, und ich will dich segnen und mit Küssen bedecken!«

Mit anderen Worten, ich hatte mir Dorothea genommen, um mit einer Dirne zusammenzuleben. Nicht aber, um sie zu meiner Frau zu machen. Doch ich hatte nicht mit ihr gerechnet. Sie hatte es anders verstanden. Oder aber: sie verstand es genau so, aber nur allzu gut.

Nach einiger Zeit ließ ich, erbittert, niemals bei meiner Rückkehr auch nur den kleinsten Beweis von Untreue zu entdecken, Dorothea von einem privaten Detektivbüro überwachen. Die wöchentlichen Berichte enttäuschten mich, weil sie nicht dem geringsten Zweifel Raum ließen. Der Angestellte des Büros, der mir den Bericht überreichte, lächelte befriedigt. Ich lächelte ebenfalls, wenn ich ihn entgegennahm. So ging es weiter. Und ich kann nicht leugnen, daß ich nicht in meiner Enttäuschung auch befriedigt gewesen wäre. Was wollte ich denn im Grunde genommen? Einen Schmerz. Daraus allein folgt schon, daß ich teilweise zufrieden war, wenn er ausblieb.

Ich hatte dem Büro sogar Weisung gegeben, mir in dem Fall, daß Dorothea, sei es beim Betreten meines Ateliers, sei es in der Via Boncompagni oder sonst irgendwo, in Begleitung eines Mannes beobachtet würde, sofort ein Blitztelegramm zu schicken. Ich wäre mit dem nächstbesten Flugzeug gekommen, hätte sie vielleicht überrascht, und dann...

Nichts von alledem geschah. Die Überwachung durch das Detektivbüro kostete mich viel Geld, und als ich sah, daß sie zwecklos war, verzichtete ich darauf.

Schließlich bat ich bei der Unesco um einen Monat Urlaub, mit der Begründung, daß ich nach Amerika zu meinen Kindern wollte. In Wahrheit fuhr ich nach Rom.

Als der Monat um war, den ich, man kann sagen, Tag und Nacht mit Dorothea verlebte, hatte ich nicht mehr die Kraft, mich von Dorothea zu trennen und nach Paris zurückzukehren. Ich war toll vor sinnloser Eifersucht. Dauernd hatte ich den

Verdacht, daß sie mich betrog, und niemals einen Beweis. Es war, als habe Dorothea alles verstanden; das heißt, daß anfangs meine Abwesenheit von fünf Tagen in der Woche genügte, um mich in diesen Zustand der Ungewißheit zu versetzen, daß aber nun etwas mehr nötig sei: eine stete Beunruhigung; Anrufe, bei denen ich sie überraschte, wenn ich unerwartet heimkam, und die ich für mysteriös hielt - vielleicht waren sie es auch -, langes Ausbleiben, Verspätungen, wenn sie mit mir verabredet war, Blicke und Lächeln, mit denen sie bei unseren Gängen durch Rom andere Männer erfreute, ohne daß ich dessen jedoch ganz sicher war.

Niemals konnte ich etwas Greifbares feststellen. Sie wich meinen Fragen aus, bald mit Umarmungen, Zärtlichkeiten, Treueschwüren, bald mit unbestimmten Antworten, mit halblaut hingeworfenen Worten, mit einem seltsamen, durchtriebenen Lächeln in den Augen, wie ich es nie vorher an ihr bemerkt hatte; bald auch mit empörtem Aufbrausen, das mich verstummen ließ, ohne mich wirklich zu überzeugen.

Kurz, ich war in diesem Spiel der Gefangene und fand keine Kraft, es aufzugeben und nach Paris zurückzukehren. Ich begann, meine Abreise hinauszuschieben. Dann benachrichtigte ich die Leitung der Unesco, daß ich erkrankt sei. So verging ein weiterer Monat. Bis irgendein liebenswürdiger Landsmann es sich angelegen sein ließ, meine Vorgesetzten darüber aufzuklären, daß ich keineswegs in die Vereinigten Staaten gefahren war, wie ich angegeben hatte - und worin in Wahrheit meine Krankheit bestand.

Natürlich ahnte ich nichts von dieser Spionage, als ich eines Tages dringend nach Paris beordert wurde. Erst jetzt wurde mir meine Situation klar, und ich versuchte, während ich alle möglichen Folgen meiner Antwort erwog, zunächst Zeit zu gewinnen. Ich rührte mich nicht aus Rom fort. Zehn Tage später war ich aus der Unesco entlassen. Das war Anfang Januar vergangenen Jahres.

Nun begann ein Höllenleben mit Dorothea. Ich hatte bald

kein Geld mehr. Dorothea hatte mich veranlaßt, auf die Unesco zu verzichten. Gelegentlich hatte ich ihr angedeutet, daß ich sie mit mir nach Paris nehmen könnte. Ich weiß nicht, warum, aber Paris interessierte sie nicht. Lieber blieb sie in Rom. Es war eine unerklärliche Dickköpfigkeit. Ich sagte mir, daß es sich vielleicht um einen »Minderwertigkeitskomplex« handele. Sie sprach zwar etwas Englisch, das sie während der Befreiung gelernt hatte (du kannst dir vorstellen, auf welche Art), aber Französisch sprach sie kein Wort. Und vielleicht schüchterte die Stadt der eleganten Frauen sie auch ein. So erklärte ich es mir. Die Wahrheit entdeckte ich erst später und nur schrittweise, denn Dorothea hatte einen großen Plan, und dieser Plan war für sie so bedeutungsvoll, so lebenswichtig, daß sie versuchte, um jeden Preis meinen Widerspruch zu vermeiden. Nur äußerst umsichtig und zögernd ließ sie davon etwas verlauten.

Seit der Zeit der Befreiung Roms, und vielleicht schon viel früher, da sie als kleines Mädchen in ihrem Heimatdorf die Auswanderer nach Amerika aufbrechen und als Millionäre zurückkommen sah, hatte sie von Amerika wie von einem Paradies auf Erden geträumt. Es war eine fixe, tiefverwurzelte Idee, die durch keinerlei Erfahrung mehr zu berichtigen war. Wer das südliche Italien kennt, wird verstehen, was ich meine.

Nun, wenn Amerika nicht das Paradies auf Erden war, wäre es nicht so schwierig gewesen, hineinzugelangen. Auch in der tollsten Zeit der Befreiung galt es für ein italienisches Mädchen, »Segnorina« oder nicht, immer als ein wahrer Glückstreffer, von einem G.I. geheiratet zu werden. Die amerikanischen Soldaten waren damals auch Dorothea, ebenso wie allen anderen, als eine Art Engel erschienen, die, wenn Fortuna es wollte, die Pforten zu diesem Paradies öffnen konnten. Und unter diesen Engeln war ich, als Offizier und Major, geradezu ein Erzengel. Daher ihre unbeirrbare Sanftmut, ihre Fügsamkeit gegenüber jeder meiner Launen, ihre Geduld mit all meinen Unhöflichkeiten und Grobheiten. Sie sah hinter mir das schemenhafte Bild der Freiheitsstatue, die Einfahrt in den Hafen von New York.

Sie konnte mich gar nicht anders sehen, selbst nicht, wenn ich ihr zu Füßen lag. Deswegen liebte sie mich bedingungslos und ohne Berechnung. Konnte sie auch in der ersten Zeit unserer Beziehungen noch hoffen, daß ich sie nach Amerika mitnehmen würde, so erfuhr sie doch später, daß ich verheiratet war und Kinder hatte. Trotzdem blieb sie so geduldig und fügsam wie früher, ohne mir je ein Wort von ihrer Sehnsucht zu sagen. Oh, nein, es war keine Berechnung! Ihre Liebe zu Amerika war mystisch. Ich war ein Teil dieser Liebe, war ihr Sinnbild und lebendiger Zeuge.

Berechnung kam erst später hinzu. Und wie hätte es anders sein können.

Als ich sie in die Via Margutta holte, als ich ihr deutlich zu zeigen begann, daß ich bei ihr außer der physischen Hingabe auch den menschlichen Kontakt suchte, und als ich schließlich die Unesco aufgab, um mit ihr in Rom zu leben, da merkte sie natürlich, daß der Mythos wohl auch einmal Wirklichkeit werden konnte. Ich war kein Erzengel mehr, ich war ein amerikanischer Staatsbürger aus Fleisch und Blut, von dem sie geheiratet werden konnte und wollte, und der sie nach Amerika mitnehmen würde. Paris, was sollte sie mit Paris? Das war weniger wert als das letzte Dorf im Staate Arkansas. In Paris, das spürte sie, und sicher mit Recht, würde ich schließlich ihrer überdrüssig werden und mich von ihr abwenden. Nein, ich sollte bei ihr bleiben, in der Via Margutta, bis der große Augenblick kam.

Sie spielte die Partie, wie sie sie spielen mußte: vollendet. Nach den elf Monaten, die wir verheiratet sind, nach den zehn Monaten ehelichen Lebens in Amerika, erkenne ich erst jetzt Dorotheas Karten. Die letzte bekam ich gestern abend zu sehen.

In der Via Margutta aber begriff ich noch nichts von alledem.

Wenn wir Amerika einen Augenblick beiseite lassen, so liebte Dorothea mich vielleicht auch um meiner selbst willen, obwohl ich dessen nicht ganz sicher bin. Doch das war ohne Bedeutung; denn in keinem Fall wollte sie mich wieder verlieren, und sie wußte, daß es, um dieses Ziel zu erreichen, nur einen Weg für sie gab, wenn er auch schwierig und mühsam war. Sie mußte mir tagtäglich den Verdacht, aber nie den Beweis ihrer Untreue geben. Sie mußte mir also tatsächlich treu sein, um auf keinen Fall entdeckt werden zu können. Auch wenn sie mich nicht liebte, war der Einsatz für sie nicht zu hoch und jedes Opfers wert. Denn ich wollte zwar betrogen werden - sie war nicht so einfältig, meinen lasterhaften Wunsch, meine nach wirklicher Untreue dürstende Eifersucht nicht zu erkennen –, aber ihr ererbter gesunder Menschenverstand und ihr bäuerliches Mißtrauen zeigten ihr auch, was ich nicht sah: nämlich was eintreten würde, wenn sie meiner perversen Gier entgegengekommen und mir dieses Gefühl von Verworfenheit gegeben hätte, nach dem es mich so verlangte. »Der hier«, mußte Dorothea sich sagen, wenn sie mich in ihrer gesunden römischen Schlichtheit beurteilte, »der hier sehnt sich mit aller Gewalt danach, daß ich ihm Hörner aufsetze und den mathematischen Beweis dafür liefere, um dann zu streiten, mich zu prügeln, selber geschlagen zu werden und endlich mit mir ins Bett zu gehen. Aber ich weiß, ich weiß, wie solche Sachen ausgehen. Zwei- oder dreimal, wenn das nicht schon zu viel ist: und das Fest ist zu Ende. Er wird wieder ein anständiger Kerl, denn das ist er doch eigentlich. Ich werde ihm lästig, und weil ich ihn betrogen habe (er hat den Beweis!), jagt er mich fort, und dann adieu Amerika; das hätte ich mir dann selbst verscherzt! Nein, nein, hiergeblieben und brav sein! Eines Tages wird auch er eingesehen haben, daß das alles Verrücktheiten sind.«

Das Schöne an dieser Überlegung war, daß genau so auch eine wirklich verliebte Frau gedacht hätte.

Was ich nun wirklich davon halte? Muß ich heute sagen, daß Dorothea mich nicht geliebt hat und mich nicht liebt?

Aber nein. Im Gegenteil.

Doch selbst, wenn sie mich nicht geliebt hat und mich auch heute nicht wahrhaft liebt, muß ich doch sagen, daß sie für mich

Zärtlichkeit, Achtung und tiefe Dankbarkeit empfindet. Gegen sich selbst ist Dorothea aufrichtig. Darüber gibt es keinen Zweifel. Sie vergißt nicht, was ihr Leben bis zu dem Tag war, an dem ich ihr die Möglichkeit gab, es zu ändern. Es war die tägliche Sorge gewesen, die Notwendigkeit, jeden Tag für sich und für die Mutter und für eine Tante, alte kranke Frauen, die sie in ihrem Heimatort unterhielt, das erforderliche Geld zu beschaffen. Sie hatte das Gewerbe der Prostitution gewählt. Vielleicht hätte sie sich ein anderes aussuchen können. Aber hatte sie es wirklich ›*gewählt*‹? Wie weit war sie selbst schuldig? Ihr Leben hatte es mit sich gebracht. Wie dem auch sei, niemals vergißt sie, was sie mir verdankt, und sie beweist es mir auch noch nach elf Monaten der Ehe mit ihrer herzlichen Zuneigung.

Warum sollte ich behaupten, daß sie mich nicht liebt? Als du, lieber Mario, mir vor etwa einem Jahr in der Via Margutta begegnetest, machten Dorothea und ich gerade die kritischste Phase in unserem Zusammenleben durch.

Du wirst nicht annehmen wollen, ich hätte nicht bemerkt, daß Dorothea auch dir gefiel. Mir steht noch ganz deutlich und lebhaft unser Ausflug vor Augen, den wir bei Tor San Lorenzo ans Meer unternahmen. Dorothea zwischen uns beiden im Jeep. Ich sah, begriff und spürte alles. Und auch du wirst vielleicht verstanden haben, daß ich begriff, aber auch, daß meine Eifersucht - wie soll ich sagen? - etwas zwiespältig war. Dorothea flirtete mit dir. Ich bin sicher, daß du versucht hast, deine Chancen auszunutzen. Wäre es dir doch geglückt! Aber ich bin ebenso überzeugt, daß das nicht geschah. Dorothea war eine uneinnehmbare Festung.

Und als nach und nach das Geld fürs tägliche Leben immer knapper wurde und schließlich ganz ausblieb, bot sich unsere Übersiedlung nach Amerika, die ich in meinen Gesprächen mit Dorothea bisher immer als eine ferne, nur theoretisch bestehende Möglichkeit gestreift hatte, nun als die einzige Lösung an.

Immer noch war Offner da, mit dem ich im Briefwechsel geblieben war, und für den ich dann und wann kleine Aufträge erledigte, Bilder fotografierte, ihre genauen Maße angab und feststellte, ob sie noch am alten Ort hingen. Ich schrieb an Offner, und er antwortete mir postwendend, ich sei die ideale Vertretung für ihn. Ich sollte ihn in seiner Sommervorlesung an der New Yorker Universität vertreten, zu der er selbst keine Lust hatte.

Ideal war diese Lösung auch für Dorothea.

Ich heiratete sie eine Woche später. Dorotheas Trauzeugen waren ihr sogenannter Schwager, der Feuerwerker vom Film, und der alte Freund von Dorotheas Hauswirtin in der Via Boncompagni, ein siebzigjähriger, beleibter, etwas kindisch gewordener Arzt; meine waren Peter Tompkins und Dale McAdoo. Ich hätte dich gern telegrafisch gebeten zu kommen. Aber ich wußte, daß du zu sehr mit deinem Film beschäftigt warst. Außerdem hätte ich dir zu viele Erklärungen geben müssen.

Am 29. Juli erblickte Dorothea mit eigenen Augen die Freiheitsstatue. Wir haben die Überfahrt mit dem Dampfer gemacht, weil Dorothea Angst vorm Fliegen hatte.

Was hatte mich zur Heirat und zur Rückkehr nach Amerika bestimmt?

Die Geldsorgen – und daher, in naher Zukunft, der Zwang, Dorothea aufzugeben?

Wäre diese Trennung so schrecklich gewesen, daß ich keinen Mut gehabt haben sollte, mich mit ihr abzufinden?

Nein, mein Lieber, ich habe Dorothea aus einem ganz anderen Grunde oder besser gesagt: einem ganz anderen Impuls folgend, geheiratet und nach Amerika mitgenommen. Es war nur ein flüchtiger Impuls und doch hätte ich ohne ihn Dorothea nicht geheiratet.

Am Abend, an dem Offners Brief kam, fiel die Entscheidung. Ich hatte Offner auf Drängen Dorotheas geschrieben, aber in der stillen Hoffnung, daß seine Antwort, wenigstens vorläufig, negativ ausfiele.

Als dagegen Offners Antwort kam und es klar war, daß ich in Amerika, sofort und für immer, Verdienst und Arbeit fände und daß es nur von mir abhing, zuzugreifen oder abzulehnen, mir Dorothea zu erhalten und mit ihr nach Amerika zu gehen oder allein in Europa zu bleiben – da wurde mir zum erstenmal meine Situation in ihrer ganzen Bedeutung klar. Zum erstenmal überlegte ich mir ernsthaft, was wirklich geschähe, wenn ich Dorothea heiratete und sie mit mir nach Amerika nähme. Konnte ich sie Janes Eltern vorstellen? Den Brüdern, den Onkeln? Meinen Kollegen vom Typ der Tutts? Und anderen, diesen und jenen, die noch schlimmer waren, noch heuchlerischer, hochnäsiger, dümmer? All diesen Leuten, die ich aus der tiefsten Tiefe meines Herzens haßte? Dieser Welt von Philistern, die die Hauptschuld an dem verfehlten Leben und dem Tod meiner armen Jane hatten?

Ich stellte mir vor, wie diese Puritaner und Provinzler auf Dorothea reagieren mochten. Wie hätte ich das genossen! Das, ja, das war eine köstliche Rache. Plötzlich wieder bei ihnen auftauchen, ihnen meine Frau vorstellen: eine Prostituierte.

Entweihte ich damit Janes Andenken? Ich dachte an ihre Briefe und meinte, daß ich vielmehr ihrem Rat folgen, ihr Testament vollstrecken würde, wenn ich mit Dorothea das tat, was sie sich vorwarf, mit Aldo unterlassen zu haben. Ich wählte das Leben, ich heiratete das Geschöpf, mit dem ich geglaubt hatte, am tiefsten zu sündigen, das Wesen, das ich voll Verachtung heftiger als jedes andere begehrte.

Dennoch hatte ich insgeheim diese leise, fast unaussprechliche Hoffnung auf Entweihung. Dorothea würde bei meinen Kindern die Mutterstelle einnehmen. Ihre Unschuld würde ich Dorothea gleichsam zum Opfer bringen. Aber diese Beflekkung meiner Vaterliebe, dieser Frevel ... sobald der Gedanke vor mir auftauchte, fühlte ich, wie sich alles in mir dagegen auflehnte. Nein, das nicht, das ist zuviel, sagte ich mir; selbst wenn ich Dorothea heirate und sie nach Amerika mitnehme, werden wir nicht mit den Kindern zusammenleben. Meine ganze Natur, dieser Komplex von Erziehung, Tradition, Religion, Bildung, Stolz und Ehrfurcht, lehnte sich dagegen auf.

Und doch wurde mir gerade diese Vorstellung zum eigentlichen Anreiz für meine Entscheidung. Es war, als verspräche ich mir aus der blasphemischen Mißachtung meines eigenen Gefühls für Pietät eine neue Lust.

Als ich an jenem Abend gegen neun Uhr nach Hause kam, fand ich Offners Brief vor. Ich las ihn und übersetzte ihn für Dorothea. Sie sagte nichts. Sie ging weiter zwischen Küche und Wohnraum hin und her und richtete das Abendessen. Schweigend betrachtete ich Dorothea und suchte auf ihrem Gesicht zu lesen, was sie dachte. Oh, was sie dachte, wußte ich nur zu gut; ich versuchte zu erkennen, was sie mir sagen würde, wenn sie sich endlich zum Sprechen entschloß.

Dann kam sie mit der dampfenden Suppenschüssel, stellte sie auf den Tisch und füllte die Teller.

»Komm«, sagte sie. »Iß jetzt. Nachher wirst du deinen Entschluß fassen.«

Ich aß und sah dabei zu ihr hinüber. Und während ich sie betrachtete, überlegte ich all das, was ich dir erklärt habe. Das heißt, ich dachte zum erstenmal darüber nach, was es bedeutete, wenn ich sie heiratete und nach Amerika mitnähme. Als ich bei diesen Überlegungen zu den Kindern kam, empfand ich einen so heftigen Schmerz, daß ich plötzlich aufstand und auf die Terrasse hinausging.

Dora hatte nichts weiter gesagt. Vielleicht begriff oder ahnte sie doch, wie mir zumute war.

Ich ging auf die Terrasse hinaus, diesen kleinen Dachgarten zwischen den stufenweise am Hang gebauten Häusern. Vor mir hatte ich die dunkle hohe Masse des Pincio.

Dort oben auf der Höhe leuchteten in regelmäßigen Abständen auf der Allee die Straßenlampen zwischen dem Laub der Bäume, darunter die sich überschneidenden Pfeile der Autoscheinwerfer. Man erkannte langsam wandernde Pärchen, die das Dunkel dicht am Schutzwall der Straße suchten.

Es tat mir weh, an die Kinder zu denken, an meine und Janes Kinder, ich litt bei dem Gedanken, daß ich der Versuchung nicht würde widerstehen können, ihnen eine Dirne als zweite Mutter zu geben – und daß sogar nur diese Vorstellung, samt allen damit verbundenen wollüstigen Erwartungen, mich zu der großen Entscheidung bestimmen sollten.

Wenn ich ein Mann wäre, sagte ich mir, zur schwarzen Masse des Pincio hinaufblickend, würde ich die Kraft haben, Dorothea zu heiraten, mit ihr nach Amerika zu gehen und trotzdem dieser schmählichen Lust zu widerstehen, das Andenken Janes zu entweihen.

Oder ich würde einsehen, daß ich die Kraft dazu nicht hätte, und folglich ganz und für immer auf Dorothea verzichten.

Aber ich bin kein Mann. Ich bin ein Halbwüchsiger, ein alternder, egoistischer, komplizierter und feiger Jüngling: sentimental genug, um vor den Kindern und allen herkömmlichen zarten Gefühlen, zu denen ich erzogen wurde, auf den Knien zu liegen; aber zynisch genug, Kinder und Überlieferungen zu opfern, wenn es nur meinen Lüsten dient.

Als ob ich nicht längst wußte, zu welchem Ergebnis ich kommen würde, wiederholte ich mir immer wieder: weshalb soll ich kein Mann sein? Weshalb diese Kraft nicht haben? Und ich versuchte, mir die eine wie die andere Lösung vorzustellen, die beide die dritte ausschlossen, die einzige, zu der ich im Grunde bereits entschlossen war. Dorothea aufgeben? Oder sie heiraten und nach Amerika mitnehmen, aber nicht mit den Kindern zusammenleben?

Natürlicherweise neigte ich der zweiten Lösung zu. Denn dem feierlichen Versprechen, das ich mir gab, zum Trotz, bildete ich mir ein, daß ich, war ich erst einmal in Amerika, immer noch meine Meinung ändern konnte.

Ich bin soeben nicht aufrichtig gewesen, als ich unterstellte, daß ich im Grunde genau wußte, wie alles ausgehen würde. Um unsere Schuld nachträglich zu mildern, versuchen wir immer, sie als schicksalhaft hinzustellen. Wir reden uns ein, aus Bedenken, aus Großmut, aus Egoismus gekämpft zu haben, während wir vom ersten Augenblick an wußten, daß nichts zu machen war, daß die Versuchung zu stark war, die Partie bereits verloren. Und doch, wenn wir ehrlich sind, wenn wir uns diese kurzen Augenblicke in Erinnerung rufen, in all ihren Einzelheiten, so entsinnen wir uns deutlich, daß wir durchaus frei waren, uns so oder so zu entscheiden, das heißt, entweder auf unser Vergnügen oder auf die Erfüllung unserer Pflicht zu verzichten. Unsere Gewissensskrupel von heute sind nichts anderes als der Beweis, daß wir damals die Freiheit der Wahl hatten.

Ich starrte auf die schwarze Masse des Pincio und die dahinschießenden Lichter der Autos zwischen den Bäumen der Allee. Ich wußte, daß hinter mir Dorothea noch am Tisch saß und durch die offene Tür zu mir hersah. Diese Leidenschaft, die ich schon auf ihrem Höhepunkt und also am Beginn des Abstiegs wußte, sollte ich sie durch das Opfer meiner zärtlichsten und reinsten Empfindungen von neuem anstacheln?

Nein, nur mit der *Möglichkeit* eines solchen Opfers, sagte ich mir schließlich. Aufseufzend wandte ich mich um. Dorothea saß noch am Tisch. Aber sie aß nicht und schaute auch nicht zu mir her. Sie las eine Illustrierte.

Ich ging zurück ins Zimmer, legte ihr eine Hand auf die Schulter. Sie blickte von der Zeitung auf und sah mich unbefangen an:

»Nun«, sagte sie ruhig, »hast du dich entschieden?«

Ihre grüngelben Augen mit dem goldenen Schimmer auf der Iris, ihre geheimnisvollen Augen, in die ich so oft und so lange träumend geblickt hatte, sagten mir in diesem Augenblick nichts mehr, verbargen kein Geheimnis mehr. Sie war nichts von dem, was ich in sie hineingeträumt hatte. Sie war nicht das Böse und war nicht das Gute, sie war ein Mensch wie andere, mit ihren eigenen und besonderen Problemen, und diese Probleme hatten nichts mit mir zu tun.

»Ich habe mich entschieden«, sagte ich lächelnd. Und es war wie der Sprung eines Selbstmörders in die Tiefe, ins Nichts.

Dreiundzwanzig

Als wir erst einmal in Amerika waren, verlief alles gänzlich anders, wie du schon aus meinem Brief vor zwei Monaten ersehen haben wirst. Ich bin noch immer nicht aus dem Staunen heraus.

Meine Lehrtätigkeit an der New York University begann im September. Wir kamen am 29. Juli an. Wir hatten also einen vollen Monat für uns. Die erste Woche verbrachten wir in New York. Offner, der die Situation kannte, war großzügig und menschlich; er wollte mich um jeden Preis für alle Arbeiten, die ich für ihn in Italien gemacht hatte, entschädigen und bat mich, zweitausend Dollar anzunehmen.

Ich zog Dorothea von Kopf bis Fuß amerikanisch an, schleppte sie vom Coiffeur zur Maniküre und so weiter. Nach einer Woche fuhr ich mit ihr nach Atlantic Highlands, wo meine Schwiegereltern mit den Kindern in ihrer Sommervilla an der See waren.

Sie hatten nicht einmal zu Beginn Mißtrauen. Meine Schwiegereltern empfingen Dorothea sogleich mit friedfertiger, liebevoller Freundlichkeit. Und sie waren es, die, auch wenn ich es nicht gewollt hätte, darauf drängten, daß die Kinder ohne weiteres Zutrauen zu ihr faßten. Es schien, daß mein Schwiegervater, der meine Heirat mit seiner Tochter niemals gern gesehen hatte, jetzt zum erstenmal zufrieden war. »Der Tod der armen Jane ist sicherlich ein schreckliches Unglück gewesen; aber jetzt hat sich alles zum besten gewendet«, schien er zu denken. Ich kannte seine Abneigung gegen Europa und die Europäer, kannte seine eingefleischte Verachtung der romanischen Völker, vor allem der Italiener. Und ich vermochte den Grund seiner Sympathie für Dorothea, seines Vertrauens zu ihr, nicht einzusehen.

Bei meiner Schwiegermutter, die doch an Jane so gehangen

und rückhaltlos jeden ihrer Entschlüsse gebilligt hatte, war das alles noch überraschender, noch weniger erklärlich.

Ich dachte, daß, bei aller Liebe zu den Enkeln, wohl einfach die Last mitsprach, die ihnen die Kinder mit ihrem Geschrei, ihrer Lebhaftigkeit und der Verantwortung für sie bedeuten mußte. Die Kinder hatten das peinlich geordnete, egoistische Leben der Großeltern, dieses typische Leben aller alten Leute, besonders wenn sie reich sind, durcheinandergebracht. So sehnten sie nur die Stunde herbei, in der ihnen diese Last abgenommen würde. Und Dorothea war die Rettung.

Wahrscheinlich braucht man also keine weitere Erklärung zu suchen. Sicher, wenn Dorothea ihnen nicht einen so günstigen Eindruck gemacht hätte, würden sie wohl auch weiterhin auf ihre Bequemlichkeit verzichtet und sich der Kinder angenommen haben.

Aber Dorothea war vollendet. Zunächst: sie sprach fast nie. Zweitens nahm sie sich in den vierzehn Tagen, die wir als Gäste meiner Schwiegereltern in Atlantic Highlands verbrachten, der Küche an.

Jeden Tag brachte sie ein neues Gericht auf den Tisch. Spaghetti, Ravioli, Fettuccine, Gnocchi, das ganze Repertoire der italienischen Küche führte sie meinen Schwiegereltern vor, selbst die berühmte ›Scarcella‹, die aber außer bei mir und den Kindern keinen so großen Erfolg hatte.

Dorothea ist eine großartige Köchin. Wer solche Gerichte kocht, sagten sich meine Schwiegereltern und auch meine Schwager, die sonntags nach Atlantic Highlands herauskamen, wer solche Gerichte kocht, muß doch wohl eine tüchtige Frau sein. Ein Mädchen aus dem Volke, natürlich. Aber tüchtig, anständig und sympathisch. Im übrigen nehmen es auch die konservativsten, die in den sozialen Rangstufen unerbittlichsten Leute nicht so genau, wenn es sich um Ausländer handelt und die Sache einem gelegen kommt. Dorothea stammte aus dem Volke. Aber das fiel fast nicht auf, weil sie Italienerin war und nicht gut Englisch sprach. Folglich ging alles ausgezeichnet.

Im September siedelten wir mit den Kindern nach Long Island über. Ich hatte ein hübsches kleines Haus gemietet, mit einem schönen Garten. Um nach Manhattan zur Universität zu gelangen, hatte ich nur etwas über eine Stunde Fahrt mit der Subway. Die Luft hier draußen war wundervoll, mit all dem Grün ringsum, und dem Meer in der Nähe. Genau das, was für die Kinder richtig war.

Und Dorothea?

Dorothea ist glücklich.

Aber für mich bedeutet Dorothea nichts mehr. Das Licht, das ich damals in ihren Augen, im letzten Augenblick meiner Freiheit, schon erloschen fand, ist nicht wieder aufgeflammt. Meine Schwiegereltern haben vollkommen recht. Dorothea ist eine tüchtige Frau. Ich begehre sie nicht mehr. Nachts geschieht jetzt dasselbe wie mit Jane: ein willkürlicher, verzweifelter, überlegter Akt.

Ich frage mich immer wieder, wie das möglich ist. Wie sich der Zauber, der einst von ihrem Körper ausging und mich immer wieder bannte, so verflüchtigen konnte.

Sollte ich das, vielleicht ohne es zu wissen, gewollt haben?

Wenn es so ist, kann ich wohl sagen, daß ich mein Ziel erreicht habe.

Es ist drei Uhr nachts. Oben, im Stockwerk über mir, schläft Dorothea bei den Kindern.

Ich schreibe diese letzten Seiten in meinem Haus in Long Island, wo wir seit über einem Jahr wohnen. Die Arbeit geht gut, die Kinder gedeihen und wachsen, Dorothea wird dick, alles steht zum besten. Nur ich – ich sterbe vor Langeweile. Solltest du wirklich keinen Vorwand finden können, mich nach Rom zu rufen?

Ich denke an den geheimnisvollen Anruf damals im Grand Hotel. Wer war es, der mit uns telefonierte? Der uns erpressen wollte? Ein Freund Dorotheas? Oder ein Freund Aldos? Ich möchte nach Rom kommen und diesen Aldo besser kennenlernen. Wer weiß.

Gestern abend hat Dorothea ihre letzte Karte aufgedeckt. Sie erwartet ein Kind. Verstehst du, was das bedeutet?

Heute, gegen fünf Uhr nachmittags, als ich mit meinen Vorlesungen fertig war, rief ich sie an und sagte ihr, daß ich erst sehr spät heimkommen würde; sie solle mit dem Essen nicht auf mich warten und ruhig schlafen gehen. Mir schmerzte der Kopf, ich brauchte etwas Bewegung. Ich wollte etwas Verrücktes tun: zu Fuß nach Hause gehen. Eine Verrücktheit, denn es sind über zehn Meilen, fast zwanzig Kilometer.

Ich hab es geschafft. Bin zu Fuß nach Hause gegangen. Über die Brooklynbrücke und dann quer durch Brooklyn. Die Brücke und der East River waren sehr schön. Aber dann wurde es schrecklich. All diese Straßen, diese Häuser ohne Stil, ohne Charakter, eine wirre Anhäufung von Gebäuden, die nur zweckmäßig sind und nichts anderes. Ein Kino, eine Garage, eine Drogerie, ein Apartmenthaus, wieder ein Kino, wieder eine Garage, wieder ein Apartmenthaus. Und die bunten Reklameschilder, zweckmäßig auch sie. Selbstverständlich, auch die alten Städte waren zu ihrer Zeit zweckmäßig gebaut worden. Aber jetzt sind sie in dieser Hinsicht nicht mehr vorbildlich. Es gibt Besseres. Sie aber sind der reinen Zweckmäßigkeit schon enthoben. Sie sind nutzlos und unpraktisch, und folglich schon deshalb beinahe schön.

Und der Abend senkte sich während meiner Wanderung hier in den Straßen von Brooklyn und Long Island herab, wie in Paris, in Capri, in Rom.

Lange, endlose Alleen in Long Island, da und dort Häuser, von Wiesen und niedrigen Bäumen umgeben; beleuchtete Fenster und Musik aus dem Fernseher: brave amerikanische Familien beim Abendessen. Dann und wann standen die Häuser dichter; Läden, Drugstores, ein Bestattungsunternehmen, ein Kino. Ich bleibe stehen, esse ein Sandwich, trinke eine Salsaparilla. Dann gehe ich weiter. Es ist heiß. Die Füße beginnen mir wehzutun. Ich ziehe die Jacke aus und trage sie über dem Arm. Ich spüre mit dem Arm das Päckchen von Janes Briefen in der inneren Jackentasche. Ich trage sie immer bei mir, auch wenn ich sie nie mehr lesen werde.

Ich gehe und gehe, es ist bereits dunkel. Schon liegt das eine und das andere Haus im Grünen finster und schweigsam da. Weiter. Ich habe noch einen weiten Weg. An einer einsamen Straßenkreuzung mache ich halt und ruhe mich zehn Minuten aus. Ich setze mich auf die Schwelle des Gehsteigs und rauche eine Zigarette. Betrachte, was ich um mich her sehe. Nacht; drei, vier Straßen, die sich in der Nacht verlieren, mit der endlosen Geraden ihrer bläulichen Laternen. Da und dort, zwischen den Bäumen, Häuser. Der Asphalt sauber, mit den breiten Knöpfen und weißen Markierungen der Verkehrszeichen. Ein paar Reklametafeln. Auf rechteckigen Schildern, deutlich lesbar, die Straßennamen. Gelbe Tafeln, auf denen Pfeile die Richtung zu den benachbarten Stadtteilen anzeigen.

Mitten über der Kreuzung schaukelt in dem vom Meer heraufkommenden Wind eine große blaue Straßenlaterne. Die Verkehrslichter, rot und grün, wechseln in regelmäßigen Abständen. Nur wenige Fahrzeuge kommen, in sehr schneller Fahrt, vorüber. Bei rotem Licht fahren sie bis an die Markierung heran, halten, warten, fahren weiter.

Ich betrachte diese blaue Straßenlaterne, vor dem schwarzen Himmel, die wie verzweifelt im Wind schaukelt. - Mein Gott, soll mein Leben hier zu Ende gehen?

Und doch sollte mir dieser Anblick vertraut sein: Es ist die Landschaft meiner Kindheit. Warum denke ich an Rom?

Schließlich stehe ich auf und mache mich wieder auf den Weg.

Vor zwei Stunden, gegen ein Uhr nachts, sah ich die Umrisse meines Hauses auftauchen. *Meines* Hauses. Das Haus, in dem Dorothea und meine Kinder schlafen. Ich bin müde, ich habe Lust auf ein Glas Whiskey, den ich dort, zu Hause, finden werde. Und Lust, eine Pfeife zu rauchen. Und dieses Manuskript hier abzuschließen. Aber ich bleibe noch eine Weile stehen und sehe mir das Haus an, aus hundert Schritt Entfernung.

Die Fenster sind dunkel. Das Herz zieht sich mir zusammen bei der Vorstellung, dort hineinzugehen. Wenn ich fortliefe? Einfach so, ohne etwas zu sagen, irgendwohin, ohne wiederzukehren. Wohin? In den Westen? Nach Mexiko?

Nein, nein, nein, ich will zurück nach Rom.

Wieder setze ich mich auf den Rinnstein. Ich hole das Päckchen mit den Briefen aus Capri aus der Tasche. Seit langem schon will ich es tun, aber erst jetzt entschließe ich mich endgültig, sie zu verbrennen. Einen nach dem anderen nehme ich sie aus den Umschlägen heraus. Ich halte die Augen halb geschlossen, damit ich nicht, auch nicht unwillkürlich, einen Satz, ein Wort lesen kann. Langsam zerreiße ich jeden Umschlag, jedes einzelne Blatt. Dann finde ich ganz in der Nähe einen dürren Zweig im Gras. Ich breche ihn in Stücke und errichte mit den Stäbchen eine Art Gerüst, gegen den Rinnstein gelehnt. Dann lege ich, noch immer die Augen halbgeschlossen, die zerrissenen Blätter und Umschläge darauf. Der Wind weht mir zwei Schnitzel davon. Ich muß schnell alles wieder in die Tasche stecken und die beiden fortgeflogenen Stücke wieder holen. Dann stelle ich die Windrichtung fest, knie mich so hin, daß ich mit meinem Körper als Windschutz diene, und lege alles wieder zurecht. Ich zünde es an, und sofort beginnen die Papierstückchen sehr schnell zu verbrennen.

Sie sind verbrannt. Ich kann aufstehen.

Ein Mann kommt näher, ein Mann mittleren Alters, unrasiert, im Leinenanzug, vielleicht ein Ire oder ein Deutscher. Er sieht mich mit bösem Blick an. Ich glaube, daß er stehenbleiben und mich um ein Almosen bitten will.

Aber nichts dergleichen. Er schaut mich nur mit seinem bösen Blick an, voller Haß oder Verachtung – oder auch nur Gleichgültigkeit – und geht weiter, in die Nacht hinein.

Jetzt stehe ich vor meinem Haus. Ich muß mich wohl entschließen, hineinzugehen. Der Mann, der vorüberkam ... Mir ist, als hätte ich diesen Augenblick schon einmal erlebt. Vielleicht eines Nachts in Princeton, als ich mit Jane zusammen war.

Jetzt muß ich eintreten. Ja, ich tue es schon. Ich muß nur noch über die Straße. Ich ziehe den Hausschlüssel aus meiner Tasche.

Ich frage mich, ob es mir gelingen wird, noch einmal zu entfliehen.

Aber wann?

Wann wirst du mich holen?